呼啸的原野

汪群 著

中国戏剧出版社

图书在版编目(CIP)数据

呼啸的原野 / 汪群著. — 北京：中国戏剧出版社，
2022.12
ISBN 978-7-104-05285-2

Ⅰ.①呼… Ⅱ.①汪… Ⅲ.①长篇小说--小说集—中
国—当代 Ⅳ.①I247.5

中国版本图书馆 CIP 数据核字(2022)第 184382 号

呼啸的原野

责任编辑：赵宇欣
责任出版：冯志强

出版发行：	中国戏剧出版社
出 版 人：	樊国宾
社　　址：	北京市西城区天宁寺前街 2 号国家音乐产业基地 L 座
邮　　编：	100055
网　　址：	www.theatrebook.cn
电　　话：	010-63381560（发行部） 010-63385980（总编室）
传　　真：	010-63381560

读者服务：010-63381560
邮购地址：北京市西城区天宁寺前街 2 号国家音乐产业基地 L 座

印　　刷：	北京鑫益晖印刷有限公司
开　　本：	880mm×1230mm　1/32
印　　张：	16
字　　数：	400 千
版　　次：	2022 年 12 月　北京第 1 版第 1 次印刷
书　　号：	ISBN 978-7-104-05285-2
定　　价：	98.00 元

版权专有，违者必究；如有质量问题，请与出版社联系调换。

目录

引　子 / 001
第一章　心在跳动 / 005
第二章　父母如山 / 019
第三章　悲欢离合 / 043
第四章　原野有情 / 076
第五章　田畴牧歌 / 087
第六章　动荡年景 / 116
第七章　山乡飘红 / 125
第八章　曙光初照 / 140
第九章　垒筑温巢 / 146
第十章　东方风来 / 161
第十一章　借梯登高 / 182
第十二章　前山有路 / 238
第十三章　严峻考问 / 269
第十四章　绿水青山 / 344
第十五章　同生共荣 / 445

引　子

　　抬头望去，这里是中国浙江北部一片看不到尽头、除了绿还是绿的碧翠森林。

　　那一天，狄峰在此驻足凝望了很久，心潮起起伏伏，有许许多多说不出的疑惑，很长时间只有在自己的心底里打着旋儿。如潮水般反反复复地卷土重来，又像丝丝凌乱的棉絮飘过来又飘过去，来来回回地弥漫着。

　　但有时狄峰也会产生一种让自己一吐为快的心动，那种感觉激越开来，到后来，终究会迎来酣畅淋漓的那种舒畅，那种痛快，那种满足。

　　面前这片浩瀚的森林，是狄峰的人生中迈入大自然、认识美丽原野的第一步。

　　现在屈指数来，流逝的岁月已经慢慢地过去了半个多世纪，真是不堪回首啊！

　　在这里，狄峰深切地感受到，以往走过的每一步，仿佛都有一种风的力量，在拉动，在推波助澜。

这里的风，似乎是有形的，有路数的，有声音的，有味道的，还有温度的。

就在这一天，狄峰沿着一条长满茅草和野生苦竹的小径，一直往前走。

走着走着，不经意间又停了下来。

他站立的地方，是一个缓坡连接着密密匝匝的原始杂木林和毛竹林的山冈交叉口。

狄峰突然被一块突出地面几厘米的石块绊了一下，脚步停下了，但心里却生发出一丝胆怯：一个人莫名其妙地来到了这里，再往前走，就不知道接下去将会发生什么！

狄峰想着想着，忽然间，耳边回响起"呜呜呜……呼呼呼……哇哇哇……"一些怪异的声音。

狄峰抬起头，天还是湛蓝湛蓝的，白云还是优哉游哉，一片片翻过波澜起伏的山冈，没有什么异常的情况。凭直觉，也不会发生什么意外的事啊！

这些直觉，也毫无疑问地给了狄峰一种壮胆的理由，更何况现在还是个青天白日呢。

定下神来，狄峰才想到这是大山里的风起了作用。

大山里的风，与平原里的风有所不同，不需要拉开乌云、雷鸣、闪电这样的威严与阵势，它就像人们随心所欲的那种自由自在、情不自禁和引吭高歌。

这种风，是来自大山与大山之间、山冲与山冲之间、竹林与竹林之间、树木与树木之间、瀑布与瀑布之间、鸟兽与鸟兽之间的和谐相处，是真正的相好、真正的亲热、真正的恬静，也是大自然以及精灵们与生俱来的惺惺相惜、异性相吸。

还有，在风的面前，植物们都会让对方彼此存在，像大人爱护小孩一样，像丈夫关心妻子一样，像姐姐照看弟弟一样，像情人间互被吸引一样，不离不弃、心心相印。

它们相互之间，情同手足地牵引着，呵护着，照顾着。

它们好像从来没有一丝迷茫，忧郁，难受，也像从来没有遭受过雾霾和沙尘暴一样的满目凄凉。

一年四季里清清澈澈，光鲜亮丽，花枝招展。它们之间，彼此看到的都是一种比自己美的容颜，比自己美的风景，比自己好的形态。

大山里的风，出奇，美妙，令人神往。

不然，对于"起风"，还会有其他的"秘密"？

捕捉到的，积淀下来的当然还有芸芸众生、变幻莫测。

与"风儿"有关的，或许说与大千世界有关的、无奇不有的种种声音。

村子里的老人和小伙伴们，经常挂在嘴边、似乎吓唬不听话的孩子的一些"路数"：

"小巴西"，可不要四处乱跑啊，不要三更半夜游走，夜里野外说话可是要小声点啦……

"路数"里面，少不了一些令人毛骨悚然的可怕事儿裹在其间。

大人叫小孩不要乱跑，是带着一种对晚辈的庇护。

乡下的道路坑坑洼洼，到处都是一个个水塘，又没有一盏路灯，有时真的是伸手不见五指。

大人们自己也管不住自己的那一双腿啊，有时说的与做的也并不是一回事。一天到晚，连自己的老婆也不知道他们在外面黑灯瞎火地、深更半夜地、心急火燎地、气急败坏地折腾着什么。

"路数",诸如"鬼打墙":夜间或是白天行走时迷失了方向,就像现在的"驴友"们,穿行在大山里玩起了"失联"。这里走不出,那里也走不进,说是遭遇了"鬼打墙"。

行进的路径本身就是错误的方向,以至于越走越远,人迹罕至了,越走越怕,丧失信心。

"鬼旋风":走在路上,面前突然之间卷起了黑压压的旋风,风卷着泥沙,泥沙包裹着风,层层叠叠、团团转转,昏天黑地,伴着"呼呼呼呼"紧促的风声。

大自然气象万千中的普遍现象并不奇怪。

每一种现象,都会被后来的人们传扬得神秘兮兮,危言耸听。

山风,还在一阵阵地刮,风声,仍是一阵紧似一阵地发出动静……

狄峰习惯成自然的"三七开"发型,已被吹得乱蓬蓬的,显得凌乱不堪。

此时,狄峰似乎让大山里的风,把醉酒似的自己吹醒了一大半,思绪已从回忆的深处拉了回来。面前的大山青翠欲滴,如巨幅油画般展开,觉得神清气爽,清醒了许多。

忽然,狄峰又想起了自己,如今,我站在这里,又是哪一种风把自己吹过来的呢,接下去我前面的路该往哪里走呢?

第一章　心在跳动

命运，似乎是由老天爷注定，把你一生的行走方向早就"规划"好了，犹如一张尼龙网把你牢牢地网住，让你动弹不得，也只得按部就班，听天由命。

一个幼小的生命，自从娘亲的肚胎里来到了人世间，上天就给你铺就了一条漫长且充满坎坷的路。

正如些长者、智者，早已生发出这样的感叹：人来到世间是来干什么的？图的又是什么？既会领略风光，又要承受痛苦，且祖祖辈辈、世世代代乐此不疲，周而往复，循环不止。

其实，狄峰与普通人一样，他也是莫名其妙地来到了一个应该来，或者又是不应该来的地方。

然而，狄峰的命运，冥冥之中，似乎也决定了他生性的硬朗，以及执着地往前，再往前。

一

"戴花要戴大红花,骑马要骑千里马;唱歌要唱跃进歌,听话要听党的话。"

狄峰那段时间里,在县城一家幼儿园里刚学会了这首儿歌,在爸爸妈妈身边经常开心地唱着、跳着、欢呼着。

"妈妈,妈妈……今天晚上还要带我们去哪里玩啊?"

"爸爸,爸爸……我们怎么带上那么多东西啊,离开了城里,我们还会再回来吗?"

这是狄峰和他的姐姐狄玲,见自己的爸爸妈妈时那种行色匆匆的急促情景,似懂非懂的姐弟俩,就这样向父母反反复复地追问着,唠叨着,吵闹着。

父母在这个时候,又能对自己这一对幼小的儿女说些什么话好呢,怎样去说些让他们能听得懂、又能理解的话呢?

那是一个初夏星光灿烂的晚上,也是一个普普通通的日子。

5岁的狄峰,与大他一岁的姐姐狄玲,分别坐在他们父亲肩担着的两只可盛放稻谷和其他杂物的篾箩里,他们小小的双手紧紧抓住篾箩的绳索,随着父亲起步、踏步的节奏,如同晃晃荡荡的摇篮,一会儿颠过来,一会儿又颠过去。

然而,在他们幼小的心灵里,与爸爸妈妈在一起,无论走到哪里,感觉到的这一切,都会是幸福的,甜蜜得开开心心。

狄峰、狄玲的母亲,也怀揣着一种别样的心情,担惊受怕似的跟在丈夫肩担着的箩筐后面,不紧不慢地一路向前。

路边的稻田里,由近及远、由远及近,隐隐约约传来了"呱呱"的青蛙叫声，还有树上浓密的枝叶间，一阵停了又一阵发出"知了知了"的蝉鸣声。

狄峰、狄玲姐弟俩听得很有趣，还不时向父母提问："青蛙、知了它们，晚上为什么还要叫啊唱啊的？"

"它们也和我们人一样啊，会说话，会唱歌，会跳舞。"

父母这样回答他们。

狄峰、狄玲一路上，还细心地听着父母讲着一些开心的故事。

尽管苍穹星星闪烁，但面前的道路还是漆黑一片。

一家人留下的，不仅有一串串欢快的脚印，还有许许多多的欢歌笑语。

"峰儿，玲儿，爸爸挑着你们已经很累了哦，你们可要听话啊，不要在箩筐里乱动，要坐稳哦……"

狄峰的父亲担着的不仅是他们姐弟俩，箩筐下面还有许多父亲心爱的书籍：《红楼梦》《三国演义》《水浒传》《聊斋志异》《平原枪声》《野火春风斗古城》《芦荡火种》《林海雪原》《暴风骤雨》《红岩》《烈火金刚》等。这些书籍，现在还能跟随着父亲"出城下乡"，父亲的心底里，也经常荡漾起渴望幸福生活的丝丝涟漪。

"峰儿，玲儿，你们不要把衣服纽扣解开哦，夜里还是很凉的，不然要冻坏的啊……"

母亲时不时地关照狄峰他们姐弟俩，生怕他们晚上睡着后会受了凉患上感冒，并一声紧似一声地呼唤着姐弟俩的名字，让他们强打起精神，说到了乡下，一家人就可以在那里安安稳稳地睡上好觉啦。

1962年,一纸紧急"号令",四口之家从一个只有几千人的小县城里走出,奔向一个公社下面的一个村庄安家落户。

这是一股不大不小的风,把他们不容思索、毋庸置疑又无可奈何地刮到了这里。

狄峰和姐姐狄玲,随父母来到乡下的那个夜晚,尽管母亲一路上想着法子不让他们睡着,但毕竟夜深人静,黑灯瞎火,姐弟俩怎么能挡得住睡眠虫的催促,还是慢慢地进入了梦乡。

"妈妈,这是哪里啊?"

狄峰在乡下醒来时的第一个早上,房子变了,道路变了,景色也变了。当然,昨夜的一切,也变得模模糊糊了。眼前的脚底下,怎么都是高低不平的泥巴地啊。

狄峰急匆匆地走到了大门口,眼前所见,如梦幻一般:到处都是一片片起起伏伏、绿油油的庄稼。

当然,狄峰还不知道这些庄稼的名字,它们又是"派"什么用场的。

母亲告诉狄峰:"峰儿,从今往后,这里就是我们新的家啊。今后,我们一家人就要在这里长期住下来、生活下去。峰儿,你说好吗?"

狄峰回答母亲:"我们为什么要到这里来啊?在县城里好好的,那里我的小朋友还有很多很多,我已经在城里上了幼儿园啦。"

母亲又该怎样与孩子交流呢?她拉着狄峰,用手指点着面前的那片庄稼地以及身边地上"咕咕咕咕"来来回回叫着、跑着的母鸡、公鸡,便脱口而出:

"峰儿,在乡下,我们今后不仅天天有白米饭吃,而且天天还有鸡蛋吃呢。面前的庄稼是生产队里的,这些鸡是房东家的。从现在起,我们就可以养老母鸡,老母鸡还会天天下蛋呢。"

听了这些,懂事的狄峰,就没有再追问母亲了,高兴地走出了大门,向这片既陌生又亲切的原野走去……

狄峰那时不知道这绿油油的一片就是稻田,就是母亲说的,它们是会变成"白米饭"的好东西,是会让自己再也不受饥饿的好东西,觉得这样的好东西很神奇啊。

幼小的狄峰,心里在想:以前我喜欢的那个县城里,根本就看不到这样的好风景啊。

母亲似乎也知道此时的狄峰在想着什么,就对他这样说:"乡村是美好的,这里除了有青青的稻苗,金灿灿的稻谷,清澈的溪流,深山区还有碧翠的大毛竹呢。到时候,爸爸妈妈都会带你们去走走看看的。"

二

来到乡下的第二年,也就是1963年。

居住在老房子里,狄峰疑惑家门口怎么会变得一片汪洋。

波涛汹涌,翻江倒海。家门口绿油油的庄稼瞬间不见了,成了漫无边际的开阔江河。

这个时候的县城,上游还没有修建一、二类大中型水库。

满目山坡,还没有采取封山育林的措施。

每年到了汛期和台风季节,一场接着一场的洪水蜂拥而至,势不可当。

"怕就怕夏天到来,还不知道会有几场大台风,弄不好,一年的主要收成就被一场洪水泡了汤,颗粒无存。"

老百姓担惊受怕,叫苦连天。

在狄峰的记忆里,那一年的洪水是他记忆最深刻的,也是最大的一场洪水。

汹涌的洪水,惊涛骇浪,像一匹断了缰绳的野马,东突西撞,即将进入家门口那一道高高的、古老的石门槛。

很快,洪水还是毫不留情地漫过了门槛,把家里的角角落落,彻彻底底地冲刷了大半天。

退潮后,家里一片泥浆疙瘩,遍地狼藉。

毕竟年幼,狄峰看着这场大水还觉得新奇。

根本不知道那时父母复杂的心情:做了地地道道的农民后,就要靠自己的双手去向地里刨出"白米饭",刨出"鸡鸭蛋",一家人的肚子吃饱了,身体才会好。

怎么会知道,一场大水,毁掉的是农民一年里起早贪黑、辛辛苦苦的全部心血啊!

洪水泛滥,百姓过的是吃不饱、穿不暖的日子。

看到随洪水从上游漂流下来的树木、粮食,以及棉被、衣服,一些农民不顾一切地划着竹排,在湍急的河水里打捞着"收获",打捞着"开心"。

被洪水卷走的悲惨事件随之发生,让落难的乡民痛不欲生,萎靡不振。

每一次洪水过后，庄稼地里的稻苗东倒西歪，被泥浆糊得不见眉目。番薯、南瓜、冬瓜、玉米地，也似风卷残云，水面上到处漂浮着各种农作物，它们已是奄奄一息，失去了往日的春意盎然和生机勃勃。

因此，狄峰对家门口绿油油的庄稼，起了怀疑：
绿色的美丽，怎么会经不起河水的冲击呢？
难道你也没有耐心，摧垮了精神，说倒就倒了，说走就走了吗？据《浙北县志》记载：

1963年9月11至13日，12号台风在福建连江登陆，正面袭击浙北县，全县三日平均降雨量298.5毫米，其中冰坑站475.9毫米。这是中华人民共和国成立后一次降雨量最多的特大洪水。全县共有受灾户1.3万户，4.82万人；冲毁水利工程1317处，桥梁252座；冲毁房屋4189间，损坏房屋8404间；死亡4人，受伤95人；冲失牲畜356头，粮食2.8万余公斤，毛竹995吨，木材39立方米，各类农家具1.5万余件。农田受灾0.918万公顷，成灾0.71万公顷，损失粮食1900万公斤。

狄峰父母来到乡下时，举目无亲。身上并没有多余的盘缠，下放时，退职费少之又少，根本买不起房子。

王家村一位姓孙的老领导，从内心深处期盼能从城里来一对有知识的年轻人。

老孙觉得不能亏待他们，怠慢他们，就无私献出了几间老屋，让狄峰父母一家人先安顿下来。

从此，狄峰一家人，也就开启了漫长而艰苦的农村生活。

三

狄峰的母亲是桐君县人，她的乳名叫婉珠。

狄峰的父亲小名叫瑞麟，是浙北县人。

瑞麟从小是随他的父亲、母亲、奶奶从安徽迁徙过来的。

瑞麟的父亲，在浙北这个小县城里，谋生靠的是从事小商贩，挑着货郎担走街串巷，挣的是辛苦钱。

狄峰的家里，至今还保存着他爷爷当年沿街叫卖冰棒的"棒冰箱"。60多年过去了，棒冰箱看起来还是簇新光鲜的样子，墨绿的底色，两个黄色的"棒冰"行书大字还是撇捺到位、浑厚有力，特别醒目。

狄峰爷爷后来耳朵完全失聪了。狄峰后来听他的父亲说，爷爷那个时候也只有50多岁，耳朵已经听不到清晰的声音了。爷爷的耳朵失聪得那么早是有原因的，是日本鬼子侵略中国时，日寇的飞机狂轰滥炸，爷爷的耳朵就是在那个时候被震坏的。

爷爷耳朵虽然失聪了，但为了生计，还是肩背沉重的棒冰箱沿街走巷叫卖，用一截木头"笃笃笃"地敲击木箱算是吆喝了。

狄峰记忆深处，有多少回爷爷把剩下的已经融化的棒冰从冒着寒气的洁白棉被中取出，其实棒冰的小棒子已经分离了，奶奶忙递着让狄峰快点儿吃。这也是狄峰幼年时的幸福时光吧。

当年，每天到了黄昏时分，爷爷总会将当天一些零零碎碎的纸钞、硬币，小心翼翼摊在家里一张古老、油漆斑驳的四方桌上。纸钞和纸钞放一边，硬币和硬币放一起。纸钞，需要一张一张地把皱皱巴巴的边角用手指细心地一一摊平；硬币，就要按它们的分值进行归类，并用事先裁好的大小不一的旧报纸，一筒一筒地将它们卷包起来，有1分的、5分的、1角的……叠在一起，整整齐齐，用这些硬币去进货时，清点起来就会省力、方便、清楚。

"读书读得高，裁纸不用刀。"狄峰的爷爷用报纸包卷硬币，报纸都是直接用手裁开的，而且整整齐齐，没有残缺，狄峰还记得当时母亲是这样夸奖爷爷的。后来狄峰长大了，也想起了这句话，觉得爷爷奶奶那个年代，并没有读书读得高啊。再后来，狄峰恍然大悟了：做任何事情，任何工作，都是要有熟能生巧的功夫啊。

爷爷清点好当日所有的纸钞、硬币后，如发现今天的收入要比前几天多，就会拉开笑脸，对着奶奶连声说些"老太婆，今天的生意不错啊"的话。说着这些话的时候，声音还特别响亮，因为爷爷年岁已高，耳朵也听不见了，自己听不到外界的声音，也生怕人家听不到自己的声音。

到了这个时候，爷爷觉得今天可以歇息下来了，接下去的时间就是去洗洗手，准备享用老太婆已做好的晚饭了。

瑞麟的母亲是从来不出家门的那一类家庭妇人，又是"两耳不闻窗外事"的规矩女人，安分守己，言听计从。她从旧社会过来，还裹着一双传统典型的小脚。走起路来，不像现代农家妇人一双大脚风风火火，倒有点儿像舞台上演员们的"小碎步"，轻盈、灵巧，举止端庄、稳稳重重。说起话来轻声细语，亲亲热热。但，在做起家里面的杂七杂八的事来，还算得上蛮精练、蛮熟稔。

父亲还告诉狄峰，因为爷爷从旧社会过来，年轻时就为大户人家管账。所以，在对待管账这个问题上毫不含糊，把大户人家的账本搞得清清楚楚。可是，连自己应得的报酬待遇，狄峰的爷爷也不去计较，以至于后来的形势变迁，还有不少酬金没拿到手，辛辛苦苦地无私付出，到头来也没有得到好的回报。

全国解放了，各地小商小贩可以自由流动设摊经营。狄峰的爷爷对待自己的小商小贩经营同样讲究清清楚楚，明明白白。每天的"地摊"经营、流动叫卖，每一笔进账、出账，都不会落下一处，几角几分，不差毫厘，库存也就准确无误。父亲告诉狄峰，工商税务部门人员每次来到爷爷叫卖的摊位上，爷爷把现金日记簿，进项、出项账本拿出来让他们检查。每当这个时候，爷爷都会受到工商税务人员的表扬。说爷爷一笔一笔把所有的账目记得那么清楚，从不投机取巧，弄虚作假，爷爷在那个城里是做得最好的。

那时，与狄峰的爷爷一样，在浙北这个小县城里谋生经商的不少人并不是当地人，而是从全国各地集聚而来的。

就是这个浙北县，也是一个多灾多难的山区县。"长毛造反"时（太平军），浙北县的人基本上被战乱掠杀。据记载：

自庚申（1860）至辛酉（1861），贼往来不计其数。民始时死于兵戈，其饿毙者尚少。至辛酉五六月，颗粒难得，民皆食木皮青草，由是八九饿毙。往时户口十三万有奇，至甲子秋贼退，编排止六千遗人而已。同治三年（1864）清查户口，土著仅3500户，"男妇大小丁口"6838人。随着逃难在外的县人陆续还乡，至同治十年（1871）全县土著人口增为1145人。

后来，居住在这里的人是逐渐从外地迁徙而来，有湖北的，河北的，河南的，江苏的，安徽的，等等。仅浙江省内的就有"上八府"的绍兴、东阳、温州、金华、台州、黄岩、温岭等地而来的人。

据记载，来自光山、罗山、潢川、商城等县的河南移民，分布于县境北部今禹高乡、月良乡、梅灵镇、湾荆乡各村和城门镇、龙港乡、拂晓镇部分村，其他乡也有星散杂处，以开荒种稻为业；来自安庆、徽州的安徽移民，其中安庆人大多居住于今月良乡、亩西乡、古郚大部和城门镇、朱官乡部分村落，以开荒种稻为生，徽州人居于城镇和乡间市集，经营商业和饮食业；来自湖北的移民，多散居于县境西部靠安徽一带，以今古郚乡、坞赤乡、红舍乡、溪磻乡、永太乡、汤下乡、亩西乡为多，以开荒种田为主；来自苏北的移民，大多居于湾荆、梅灵、拂晓、曹埠、马家口渡等莒西溪沿岸，从事水上撑运、码头搬运、挑卖苏北糖果和抬轿、理发等服务业；来自台州府所属县移民，多居于山区和丘陵地带，垦山种旱粮或佃种水田，烧炭也是其中部分人谋生之业；来自宁波、绍兴两府所属县移民，大多从事农耕，以精耕细作见长，少数经商，形成"宁绍帮"；来自温州府所属县移民，定居于黄土低丘地带，从事旱地耕作，以擅种番薯、花生著称，子甲山、龙石、乐安、元墩、朗开和溪双口等村是主要聚居点；来自金华府的东阳、义乌、永康移民，多为泥水、木、竹、铁、铜等手艺匠人，星布于城镇和乡间集市，有的设作坊固定营业，有的串乡走户售技，来往不定，逐渐定居；来自处州府所属县移民，较多分布于县南山区枣村、福生一带，初来时大多以劈山种旱粮为主，有的也耕种水田，或从事船运。抗日战争前后，来自萧山、富阳移民，多为手工造纸工人，为东野乡龙王殿、元村和浮玉乡、川海乡等地造纸厂（坊）佣工，后逐渐定居。抗日战争爆发后，吴兴等沦陷区部分人民迁至孝子县避难，抗日战争后，大多迁返原籍。

所以，现在浙北县的人，都会称自己的县是"移民县"。

无论在乡村还是在城里，他们交流时，都会有各种各样的语言混杂在一起，南腔北调，有的人形容它有点儿像"外语"。

狄峰的爷爷、奶奶，当然也是"移民"了。

父亲曾多次与狄峰谈到祖籍的话题，他说："你的爷爷奶奶是从安徽那边过来的，具体是在哪个地方我也不清楚，或许是徽州，或许是一个叫黟县的地方。"

"我们老家那边的人，上知天文、下知地理，而且都会做生意，自古以来都很讲究经商，你的爷爷就是小商贩出身。"

父亲还风趣地对狄峰说："天上九头鸟，地上徽州佬。"

狄峰当时对此话不十分理解，隐约悟出那里的人一定很有本事。狄峰后来才知道，徽州人不仅很勤劳，很能吃苦，而且也特别灵敏、聪明，不会轻易上当受骗。你不认识的东西，只要遇到了徽州人，他们就会一眼"识货"，也就是人们常常说的"真的假不了，假的变不了真"。比如，一件玉器、一件古董，徽州人似乎有着"特异功能"，在他们的眼里，就像是魔鬼见了照妖镜，原形毕露，真假分明。还有，"裁缝师傅出徽州，江湖上的各种活儿都会来一手"，这也是浙北人对徽州人的由衷评价，也是打心底里的敬佩。

除了"徽州佬",狄峰还听到的一句是"天上九头鸟,地下湖北佬"。它最早出自清末民初笔记汇编《清稗类钞》。对于"湖北佬",另外还有多种解释。有的说是指湖北人像九头鸟一样有九个头,即有九条生命;也有的说指像九头鸟一样,九头各奔东西,不闹"窝里斗"。实际上,不管古代的人还是现在的人,对所谓九头鸟的记载,也没有谁去认真地研究过。

后来,狄峰与外界的交往多了起来,有时在一拨人当中经常会遇上几个安徽人。见到那里来的人就感到特别亲切,会热络起来,也有许多话可以探讨、交流。

现在,不少外地来浙北县的人,虽然从小就学会了普通话,但有时仍然会遇到一些语言交流上的障碍。

当然,在那里居住长久的人们,听惯了各种地方话,也就慢慢地习惯了,大家相处得和和睦睦,像一首首五线谱上的音符,悦耳动听,觉得舒服。所以,当地的电视台后来开办了一档用地方方言主持的节目——《夜夜不落空》,邀请了几位男女业余主持人,他们都是普普通通的当地老百姓。尽管这些主持人的能力发挥到了极点,但当地的语种实在较多,方言拿捏得还是不够完美,不过仍得到了听众的谅解。

狄峰的父亲瑞麟,在中华人民共和国还没有成立时就参加了革命;狄峰的母亲婉珠,也是在中华人民共和国成立前就参加了革命工作,他们都在一个系统工作,从此相遇、相识、相爱。

狄峰的父母,带着狄峰和姐姐狄玲来到乡下时,狄峰的母亲其实还怀着即将出生的妹妹狄颖。

农村是靠双手劳动,而且不是简单的劳动就会养活一家人,在这里不会有"饭来张口,衣来伸手"的日子过。

在这种上无依靠、下无托举的逆境里,狄峰的父母只能是双双下田劳动,又双双操持家务,拖儿带女、谋划生计。

狄峰的父母是从机关里走出来的,对于所有的农活儿概是一窍不通。比之祖祖辈辈、一生一世在农村里劳作的农民,不知需要多付出多少的精力、心力和体力。

狄峰的父母在下放之前,就相互安慰:我们到乡下,不会有什么问题的,两个人给大队、生产队兼职会计当当,或者养一些鸡鸭猪什么的,就能轻而易举地过上好日子。

这样的憧憬与愿望,在许许多多的家庭里,或许并不困难,但在狄峰父母的身上,一切的一切并不那么容易啊!

就像追求的一个理想目标,如苍穹里的一钩弯月,众星闪烁,熠熠生辉,却遥不可及。

第二章　父母如山

父母,是风雨中的两座山。

狄峰自从随他的父母来到乡村后,乡村火热的生活,给予了他全新的人生舞台。

父母在乡村风风雨雨的艰难历程,以及顽强的抗争精神,也一直影响了他对未来的祈盼与执着。

狄峰的父母,其实在下放到乡村之前,同样也经历了风和雨的洗礼。

一

狄峰对母亲一直有愧对之处,那就是母亲在生前(狄峰的母亲于 2015 年 7 月 5 日去世)曾经写过一些回忆录的文章,让他修改整理一下,看能否在有关报刊上发表。可是,狄峰一直忙着,没有静下心来完成母亲生前的这一愿望。狄峰深深地谴责自己,没有尽到儿子对母亲的孝道。

母亲离开后,狄峰将母亲的一份份遗稿寻找出来,大部分是在父亲那里保存着,狄峰从父亲手里接过来。

狄峰的母亲有写《纪念抗日战争胜利65周年》的文章;有1949年参加革命工作时,用一双男式军用布鞋在小店换来了一双美丽的袜子,作为第一次送给她的妹妹(狄峰的娘姨,当时11岁)的礼物的回忆文章——《一双鞋》;还有母亲用财务"分类账"的空白账页写下的69页——她的"大半生回忆录"。

狄峰的父亲后来为这部"回忆录",在它的蓝皮硬质封面上题了名,写上了"逝去的岁月"五个字。当时,狄峰和他的父亲、母亲在一起讲到这个名称时,还都好好地议论了一番,认为取这个标题很确切,能够表达自己追溯过去的心境。

狄峰母亲在当时,也洋溢着一种成就感的那种幸福。

当然,在狄峰的心里,同样也感受到了一种快乐,更多的是为母亲有过这样的工作经历与体会,感到崇敬与骄傲。

狄峰的母亲用文字留下的一些回忆录,虽然有的只是一些断断续续的"碎片",但在一些主要的年代里所发生的事件,以及亲身的经历却没有遗漏和遗忘,写得情真意切,非常感人。有的事件,狄峰在母亲生前已经多次倾听过,因而狄峰没有感到这些事件的陌生,如同母亲就在他的身边一样,唠唠叨叨,如数家珍。

母亲常常在倾诉,时时在诉说,狄峰也会细细地听着,想着,品味着。

"我在5岁之前,是非常幸福的。"狄峰的母亲回忆苦难的童年时,这句话总会夹在其间。说此话的时候,她的脸上总会流露出一丝淡淡的哀怨与忧容。

家住桐君县横村埠,门前有一条江(系分水江,流经此地,注入富春江),后面是一条古老的街,景色优美,民风淳朴。

"这里是一块风水宝地啊。"这是狄峰母亲对家乡热爱的一句话。

狄峰母亲的爸爸,也就是狄峰的外公德亨,还是杭州地区的国大代表,那时在省城杭州因有公务在身,不能回老家与亲人相聚。

狄峰的母亲也记不清,她是几岁时与她的母亲(狄峰的外婆)一起前往杭州与外公同住在一起生活的。

在杭州,狄峰的母亲就很方便地进入了幼儿园,在那里可学唱儿歌、跳儿童舞。母亲天生性格开朗,勤快活泼,听话懂事,生活得很开心、很愉快。

所以,这段快乐的童年生活,一直深深地烙印在了狄峰母亲的脑海里,她觉得那个时候是天真烂漫、无忧无虑的,也是最最美好的。

狄峰母亲的哥哥,也就是狄峰的舅舅国梁,当时在桐君县老家由爷爷奶奶带着,生活在一起。

"大人们都很喜欢我们,对我们哥妹俩无论是说话还是教育,都是温温和和、亲亲热热的,在家里的氛围感觉特别好,其乐融融,感到家庭很幸福很温暖。"狄峰的母亲想起在亲人们的身边时,满脸都是幸福的表情。

可是,童年的幸福生活,不仅是短暂的,而且又是极其困苦的、不幸的。

狄峰的母亲说,她五岁那年,日本鬼子入侵了中国,很快占领了杭州。

"婉儿，不能影响你爸爸的工作，我们不能在杭州这样待下去了。"狄峰的外婆对女儿婉珠说。

狄峰的外婆，很体谅丈夫以党国的事业为重，无可奈何地带着幼小的孩子，急匆匆地逃回到了老家桐君。

狄峰的外公，名沈德亨。据《浙江民国人物大辞典》、桐君县委党史研究室提供的资料：

沈德亨，浙江桐庐人，出生于1909年。1937年7月，卢沟桥事变爆发，全国掀起抗日救亡运动。在这中华民族生死存亡之关头，国民党党员沈德亨投入抗日，转战浙西山区。曾在香泉山华林寺开办"浙江青年抗日救国训练班"。沈德亨系中央军校高等教育班第八期，后任国民政府国防部情报局设计委员、上海普陀区公安局局长。

狄峰外婆还没有安顿下来，日本侵略者又疯狂地侵入了桐君县。

一家人从此过上了担惊受怕、颠沛流离的日子。

狄峰的外婆带着狄峰的母亲，以及还在狄峰外婆胎腹里的瑞珠，即狄峰后来的唯一娘姨，迅速往狄峰母亲的外公外婆家的村子里逃。

这时，狄峰母亲的哥哥国梁由他的奶奶带着，也逃往了乡下杜俞王家躲避灾难。

但唯有狄峰母亲的爷爷，舍不得丢弃那个家而留守家门。藏在哪里好呢？便躲进了房屋的楼顶层。

可是，日本鬼子烧杀掠抢，丧尽天良，无恶不作，无孔不入，残害百姓，让百姓再也没有了一天的安宁日子，几乎到了暗无天日的地步。

狄峰母亲的爷爷怎么也不会想到，日本鬼子会一把火点燃了自己苦心支撑起来的老房子。木结构的老房子，像被泼进了汽油一样，很快变得烈火熊熊，使狄峰母亲的爷爷无处藏身，危在旦夕。烈火熊熊，烧坏了狄峰母亲爷爷的耳朵。老人家为了活命，被活活烧死不如跳楼摔死，危急关头只得咬紧牙关，从楼上纵身跳下。

狄峰母亲的爷爷的纵身一跳，让自己严重受伤倒在了大街上，还被一群日本鬼子你一脚我一脚，踢得遍体鳞伤，再也爬不起来。

日本鬼子还不放过狄峰母亲的爷爷，叫嚷着、逼着老人家给他们扛抬抢劫来的物资，伤势严重的老人家站也站不稳，怎么能行走得动呢？

危急关头，出现了几个年轻人，实在看不下去这样的情势就冲了过去，为狄峰母亲的爷爷解围说："这位老先生实在是抬不动了，还是让我们来抬吧！"

狄峰母亲的爷爷，终于躲过了这一生死的大劫难，接着又被好心人用门板抬到了乡下。

狄峰母亲老家的村子里，被日本鬼子烧毁房屋的，不仅仅是狄峰母亲的一家。"整个横村埠烧得只剩下了两间平房。"狄峰的母亲说。

狄峰母亲的爷爷，自从被抬到了乡下母亲叫关炎表叔的家里，得到了暂时的安身和照料，但毕竟那个年景兵荒马乱，家里一下子多了人，经济拮据，捉襟见肘，难以养家糊口啊！

狄峰母亲自责地说，那个时候她一点儿也不懂事，爷爷病在了床上，危在旦夕，她还说："爷爷，我还没有吃饱呢。"

爷爷看看自己的孙女，又能对她说些什么呢，心疼得无语可言，流下的除了眼泪，还是眼泪。

不久，由于贫病交加，狄峰母亲的爷爷就此撒手人寰了。

狄峰的母亲在她的生前，每当对狄峰兄妹说起这段心酸的往事时，就会伤心哭泣，咬牙切齿，更加痛恨万恶不赦的日本侵略者。

房屋被烧，家里已变得一贫如洗了。

狄峰的母亲说，她接下去的日子是在她的外婆家住了几年，吃穿用都得到她外婆的悉心帮助与照料；而她的哥哥国梁此时已在姨母家得到照顾，并在那里上了小学。

狄峰的母亲婉珠说，那段日子，外公在地头挖番薯、挖花生，她就在他的身后捡番薯、捡花生，还帮助外婆捡柴火。

后来，狄峰的母亲在她奶奶家读小学时，还是读读停停，停停读读；还给人家抱带小孩，吃自己家的饭，一个月能挣到十斤大米。狄峰的母亲把小孩抱回家时，她的奶奶还帮她照料小孩。

狄峰的母亲说，那个时候，她的妈妈在一家服装店帮忙做衣服。狄峰的母亲说她妈妈很能干，样样活儿都会做。尤其是像绣花、缝制衣服这样的手工活儿，一件件都做得特别的精细、美观。衣针在她的手里，像穿行的飞梭一般，针针到位，让人很是羡慕。

狄峰的母亲在断断续续的四年半的时间中，终于在横村上到了高小毕业，那个时候是母亲叫九如表叔的担任学校的校长。

后来在杜俞王家的村子里，狄峰母亲叫舅公的女儿为秀贞娘娘，她又带狄峰母亲去她的家里听老师教英语，母亲非常感兴趣。并在这位娘娘的热心帮助下，狄峰的母亲还考上了桐君中学。

遗憾的是，由于家中实在无钱支撑求学，狄峰的母亲只得放弃了。

抗日战争胜利时,狄峰的外公还动员过外婆和狄峰的母亲跟随他出去。

狄峰的母亲说,由于狄峰的外婆曾被日本鬼子惊吓得背井离乡,再也没有胆魄出远门了。

狄峰的母亲还说,更重要的还有,她的妈妈与她的奶奶之间,婆媳之间相处得非常好,她的妈妈舍不得离开她的奶奶。

就这样,狄峰的外婆和外公在万般无奈之下只得分离了。

当时,狄峰的外公给了外婆一笔钱,还让狄峰的母亲去学做生意。狄峰的母亲当时说,她不喜欢做生意,她喜欢去读书,然后想当一名教师。

但就在这个时候,狄峰的外婆对狄峰的母亲说:"你也有十六七岁了,还是找个婆家订婚、结婚算了。"

狄峰的母亲不懂婚事,对此,天天吵闹哭嚷,狄峰的外婆也没有办法去说服狄峰的母亲,只得暂时放弃不说了。

狄峰的外婆只得用于头上的钱,买下了12亩良田。想不到,就是这12亩良田,在桐君县解放的时刻,家里的户主就被评上了不该有的地主成分。

二

对于婚姻大事,狄峰的母亲说,她在参加革命工作后的起初阶段,根本没有考虑过这个问题,一心想着自己年龄还小,要好好珍惜这份来之不易的工作,为国家、为社会多做事,多做有益的事。对于个人问题,哪怕是人家有了这个"情",在这个时候她还是不会去领这个"意"的。

狄峰的母亲对自己的婚姻问题还是有自己的想法的。

前面说到了一些"不明"的细节，就是狄峰母亲身边的一些好领导被无故地调离。有个别主要领导，"主观"上在婚姻抉择上的"妄为"，居功自傲看高自己，而没有完全尊重狄峰母亲的个人想法和意愿。

在这样的环境中工作，让狄峰的母亲感到特别困惑和无助。

"后来，我们终于结婚了。"

狄峰的母亲说此话时，看得出有如释重负的感觉。

狄峰从母亲的这句话中，悟出了他的母亲在婚姻这个问题上，肯定是有过一番磨难的，当然也包括狄峰的父亲瑞麟，他们最终走到一起，是一起经历过了种种磨难。

"那时结婚，是要经过单位领导批准的。"狄峰的母亲说。

说到这里，狄峰对父母"磨难"的症结也就自然解开了。

狄峰的母亲在回忆录中有这么一句："我们办理婚姻登记不叫那个领导批，我们请另一位好领导批了。"

"我们结婚很简单：我的亲叔叔从上海寄来了一条毯子；我的哥哥国梁寄来了一对枕头；我和瑞麟合力置办了两条棉被。新郎没有一顶新帽，新娘没有一双新袜，房间里只有一张木头床，一张小方桌，两把竹椅。"

狄峰的母亲还说，那时的她每月工资是44.5元，经济条件要比狄峰父亲家的条件好一些。她每月还拿出10元钱贴补给了公公婆婆，就是狄峰的爷爷奶奶。

狄峰的外婆去世后，狄峰的母亲后来多次对狄峰说，他的娘姨瑞珠就在她的身边读初中，毕业后到他的舅舅国梁那里去实习。

狄峰的母亲说瑞珠娘姨很幸运,当时具备了三个条件:身体健康,成绩优秀,初中毕业。就这样,狄峰的娘姨就很顺利地挑选进入了水利部北京勘察设计院工作。

其实,狄峰的父亲和母亲走到一起,狄峰的母亲曾担心会遇到难免的"风险",后来狄峰的父母真的是经历了。

"恶果一个接着一个,一言难尽,有口难言。"狄峰的母亲在回忆录中这样表述。

狄峰的母亲婚后,第一个生下的是女儿,就是大狄峰一岁的姐姐狄玲,第二胎生下的是狄峰。

"当时,党和国家对育龄妇女的产假就有明确的规定,产假期为 56 天,但我总共只休息了 29 天就被单位催着去上班,而且工作的地点被调远了,工作的岗位又忙,就连自己的丈夫也很难见到面了。"狄峰的母亲讲到这里,显得有些无可奈何。

那时,尽管狄峰的母亲经历了种种磨难,心情极其低落,但她对小家庭始终充满着热爱。

由于受当时、当地的医疗条件所限,狄峰的母亲为了狄峰姐弟俩,连打个预防针卡介苗都既到过杭州又去过上海。这样的来来去去奔波,都是狄峰的母亲一个叫巧仙的表妹带领着一路陪同。

巧仙,狄峰也叫娘姨。"你这位娘姨,是在剧团里演戏的,那时正在上海。"母亲对狄峰说。

带着儿子狄峰去上海打卡介苗时,狄峰的母亲见到了在上海皮鞋厂工作的叔叔,也就是狄峰外公的亲弟弟。

狄峰的母亲向她的叔叔倾诉了自己心里的痛楚,她的叔叔听了母亲一肚子的委屈,还气得发了火!

"你把在桐君的工作给辞了,不要去干了,我帮你在上海找个岗位做个工人,你把户口也迁到上海来。"母亲的叔叔对母亲这样直说。

此时正逢 1958 年,国家出台了干部"能上能下,能文能武,为国为民"的政策和号召。

狄峰的母亲觉得这是一个千载难逢的好机会啊!

于是,狄峰的母亲向桐君县的原单位呈上了辞职报告,要求辞职。

办理手续时,狄峰的母亲拿到了四百多元的退职费。

母亲当时的心情也随之好了起来。她由保姆陪同,先来到了在浙北县的公公婆婆家,也就是狄峰的爷爷奶奶家。

那时,狄峰母亲身边的这位保姆,是哭着离开母亲的。母亲送给了她狄峰父母结婚时的一对枕头、一件衬衣。

"在你的爷爷奶奶家,当时我买了一百多元的东西给你爷爷奶奶。在爷爷奶奶家只住了几天后,就把你的姐姐狄玲交给了爷爷奶奶带养,我抱着只有几个月大的你,走向了上海。"狄峰的母亲对狄峰说。

狄峰的母亲来到上海后,吃、住、用都是母亲的叔叔负担,自己不用交伙食费。其实,狄峰母亲的叔叔,当时的工资每月也只有八十多元,经济条件也不是很宽裕。

狄峰母亲的奶奶那时也在上海。狄峰的母亲、狄峰和母亲的奶奶都住在一起。

狄峰的母亲每当想到这里,脸上就会露出笑容,感受当年与亲人在一起时的那种温情与幸福。

通过母亲叔叔的操心与奔走,狄峰母亲的户口终于落在了上海的龙华镇。

镇里了解了狄峰母亲的情况后，就让他的母亲去一所小学担任少先队辅导员。

"当时既不会上海话，又讲不好普通话，但还是很高兴地去报到了。"狄峰的母亲说。

在学校，少先队员给狄峰的母亲戴上了红领巾。母亲说，她当时只能教学生们军训和唱革命歌曲，以及做做游戏什么的。

有一回，一位少先队员跑到狄峰的母亲跟前立正敬礼："报告沈指导员，明天有什么任务？"

这下，给狄峰的母亲难住了，因为狄峰的母亲毫无思想准备，也没有这方面的组织和领导经验。

"明天的任务，还是由你们自己决定吧！"狄峰的母亲灵机一动，说了这样的一句话。

狄峰的母亲生前经常回忆那段经过，觉得当时面对学生这样的回答很幼稚，很好笑。

第二天，狄峰的母亲见到学生们把拿来的毛巾放在了洗脸盆里，自觉地为从客车里下来的旅客洗脸。对于这样的事，让狄峰的母亲深为感动。

"想不到，龙华镇的校长和老师们，会把学生教育得如此好啊！"狄峰的母亲当时这样评价这所学校和师生们。

后来，学校提出让狄峰的母亲担任老师。

"我的文化水平低，没有教学经验，还是安排适合我的工作吧。"狄峰的母亲实事求是地对校领导说。

后来，镇里的领导把狄峰的母亲安排到了一家工厂担任会计工作。

狄峰的母亲说，那时要经常出去结账，天天路过上海飞机场，看飞机起飞和降落，觉得很新奇。

这样的工作和生活当然是好，但过了几个月，狄峰母亲的心里总是感觉到不踏实：儿子狄峰还小无人带，在浙北县的婆家还有自己的大女儿狄玲，有点儿不放心。心里一直不安，就思忖着不能再这样留在上海了。

当时，这家工厂是一位女厂长，她耐心地做了狄峰母亲的思想工作。让狄峰的母亲好好考虑，还是留在上海。

狄峰的母亲内心深深感谢这位好厂长，无奈之下又只得婉言谢绝了。

母亲抱着狄峰，又回到了浙北县狄峰的爷爷奶奶家。

狄峰的母亲在上海仅仅工作了9个月，但她对那段工作和生活的经历，在后来漫长的岁月里，总是引以为豪。一想起在上海的那个时候，她的心里就会高兴，就会兴奋，因为这毕竟是世界大都市啊！

狄峰的母亲每当讲起这段往事时，也会让狄峰忆起一些模模糊糊的"碎片"。

那时，狄峰只有3岁，回到浙北县后，还记得当时有那么一个难忘的场景：有一个像铁锅一样的形状，很大很大的，有人在里面上上下下绕着圈子骑车。

"这就是飞车走壁啊！"狄峰的母亲高兴地对狄峰说。

母亲还夸奖狄峰当时这么小还有这样的印象呢。

如今，狄峰对在上海的这个场景，以及母亲那时告诉他的这句话，还记得清清楚楚，好像就在眼前似的，印象深刻，历历在目。当然，也有一些没有一点儿印象的经历，如：在上海大世界乘坐假飞机，在变形镜子前看自己，等等。

狄峰在上海生活的短短9个月时间里，由于年幼，还有一件与浙北县有着密切关系的事,他一点儿也不知道,说白了他根本还不懂事。当然,狄峰的母亲婉珠,那个时候担负着家庭生活的重担,也没有足够的心思与兴趣去关心这些。

浙北县与大上海一衣带水,黄浦江源头就出自浙北县的王龙山,彼此地域相连,人文相亲。那么,它们之间究竟有着怎样的关系呢?

解放初期,上海滩百废待兴,尤以建筑业日渐火热。高楼大厦建设中的大量"脚手架"、脚踏"片架",采用的物资材料都是毛竹,而这些毛竹大多数是从浙北县运送过来的。浙北县丰城一带的山民中,就有一些脑子活络的人,当然这些山民还有一定的文化,能说会道,他们打探到这样的信息,就想方设法把家乡的毛竹源源不断地支援给大上海。所以,浙北县在哪个具体的位置,许多上海人不一定知道,但要说起"丰城"二字,十有八九的沪上人都会了解一些。

浙北县与申城路途遥远,尤其是陆地还是砂石路面。毛竹都长在深山里,再加上那时的山路还没有通公路,更没有运输车辆。浙北人就是天生聪明,吃苦能干,他们从山上将砍伐下来的毛竹,一根根拖到了苕西溪里,然后用粗硬的竹篾撬扎起一个个竹排,连接成一条条竹龙,像浩浩荡荡的航行"拖机包",完全靠水运至浙北县的梅灵码头。毛竹到了梅灵,就好比是到了大上海,山民才真正地松了一口气。因为,从深山里,从河流里运送过来的毛竹,不是稳稳当当、一帆风顺的,要经过多少个山路十八弯,有时还会遭遇到许许多多的不测。物资材料一旦到了这里,通过其他途径运送去上海就方便得多了。

梅灵是一条由山涧清泉汇聚起来的溪流,幽静古雅。清朝田山云诗曰：一溪烟雨野香浮，石径无人涧水流。为爱寒波能浣漱，莫传花讯到渔舟。

梅灵，那时可以说是浙北县走向外界的一扇"东大门"，东南西北的人从这里进来，山里头杂七杂八的货物也从这里走出去。所以，当时商贾云集，人丁兴旺，被外界誉为"小上海"。

三

乌云散开见了太阳。

狄峰母亲婉珠到了17岁时，桐君县迎来了解放的好日子！全县人民为此欢欣鼓舞，喜笑颜开，老百姓终于熬到了出头的那一天。

"解放军来了格外亲，解放军还走进了老百姓的家，走进了我们的家。"

狄峰的母亲兴奋地说。

狄峰的母亲回忆，那个时候，她的娘娘秀贞与她的10个同学，其中一位是同学的姐姐，她们11人都来动员她，做她的思想工作。

"你家里穷，母亲没有钱给你读书，娘娘带你出去参加革命。"

秀贞娘娘对她说。

狄峰的母亲还说，当时她的秀贞娘娘还指了指墙上的毛泽东主席和朱德总司令的画像说："是他们叫你出去的啊！这次机会好，带你出去，是为了让你好好读书，读好书出来还有钱呢。"

"真的?!"

狄峰的母亲听了好开心，好激动。

就这样，得到了家里大人们的同意后，狄峰的母亲就跟随着她们，离开了家乡横村埠。

狄峰的母亲等12人，来到了桐君县人民政府。

狄峰的母亲说，报到时，她才知道面前的这位就是县里的王县长，王县长亲自为大家开了介绍信，信中的内容是到建德干部学校学习。

当王县长发现狄峰的母亲个子不高，瘦弱小巧，看上去还是一个很小的姑娘时，皱了眉头，当即提出让狄峰的母亲回家去好好读书。

说到读书，狄峰的母亲心里就犯嘀咕了：秀贞娘娘明明说她们这次出来，就是去读书的，怎么会变卦了呢？

狄峰的母亲正想要问问她的秀贞娘娘时，她的娘娘正在与王县长为狄峰的母亲说情，为母亲解释："姑娘真的不小了，已经18岁了啊。"

王县长看看狄峰的母亲终于笑了。

狄峰母亲的担心也就这样过去了。

狄峰的母亲与其他人，很快到了建德干部学校参加学习。而狄峰母亲的秀贞娘娘，说被抽调去了第三野战军。

在建德干部学校，狄峰母亲回忆说，学习的是政治理论，参加的是军训，还教她们学唱革命歌曲。

可是，军训和革命歌曲，狄峰的母亲说她也学会了一些，但很多深奥的革命知识和道理，懂得的还不多，如"劳动创造世界""革命人生观""时势造英雄，英雄造时势"等。

后来，狄峰的母亲觉得有一个很奇怪的问题，教过她小学的俞老师也与她们一起参加了革命。更奇怪的是，他是有了孩子做父亲了啊，还怎么进入干校学习？

狄峰的母亲是第一次出家门，又是一位小小年龄的姑娘。那时，怎么会懂得参加革命的"年龄""时间"与"先后"呢。

在考试时，狄峰的母亲面对很多道难题，一时看不懂，也不理解，就请教身边的俞老师。而俞老师呢，只顾自己，低着头专心做题，俞老师回答狄峰母亲的一句话是："每道题，你只要写上一句'为人民服务'就行啊。"母亲说，她大部分的答题都写上了"为人民服务"。

后来，狄峰的母亲说，首长同志看到了她的考卷后，乐得哈哈大笑。

还有，学校为狄峰的母亲她们发军装时，狄峰的母亲穿在身上的军装又大又长，母亲怨道："这个衣服穿上去，怎么会一点儿样子也没有啊。"

发放军装的同志笑着对狄峰的母亲说："不是衣服太大太长了，而是你的年纪太小了啊。"

建德干部学校学习的同志很多，学习时间为 40 天。学校里的生活很艰苦，狄峰母亲说，吃饭时八人一组，只有一盘菜，而且还要蹲在地上吃呢。

狄峰的母亲回忆，学习期间，指导员还带领她们去做解放淳安的接管工作，每一天都要步行七八十里路程，路上经常看到写在地上、石头上，如"加油、加油"之类的宣传鼓励的文字。

许多同志跑得很快，一位大狄峰母亲一岁的十八岁姑娘，她也走不动，与狄峰母亲一样走得很慢，脚上还走出了血泡。晚上，领导叫她们用烧酒烧热了擦敷。狄峰母亲她们走了三天才到达了目的地，而且路上指导员还为她俩背着棉被呢。

在淳安县，狄峰母亲说她们都是住宿在祠堂里。

指导员提醒大家："这一带是土匪出没最频繁的地方，你们都要警觉。"指导员还对狄峰母亲等五位女同志说："明天晚上你们参加动员大会，先听县区长讲话，我（指导员）讲话之后，你们一起唱革命歌曲，唱完了歌，你们马上脱下军装换上便衣，为了安全，你们都要分散到群众当中去。"

狄峰母亲说："那时在区政府，我们进入的是一个大地主家的房屋，那时，里面的收粮人员（国民党留用人员）拿出一沓粮单让我们计算，我们五个女同志一个也不会算盘，我们采取的是边学算盘，边用笔算，双方核对一致了才算准确，后来大家也慢慢地会用算盘了。"

狄峰的母亲婉珠离开家乡的日子久了，很想回去看看亲人，但这是不可能的事啊。

一次，狄峰的母亲一人在路上哭了起来，被指导员发现了。问狄峰的母亲发生了什么？

狄峰的母亲说，离家太远了。

指导员一听是这样，就对她说："你想离家近一点儿，就给你调到远一点儿的地方；你想到远一点儿的地方，就给你安排到近一点儿的地方。"

狄峰的母亲机灵地脱口而出："指导员，那就给我安排到远一点儿的地方好了。"

指导员笑着对她说："你这个调皮小鬼啊！"

狄峰的母亲在淳安40天的艰难磨砺，虽然有过煎熬，有过困惑，但她觉得，是在期盼理想的信念中，是在增长知识的收获中，是在提高工作的才能中，是在开阔视野的见识中，愉快而匆匆地过去了，这段经历，值得珍藏在心底。

学习结束时，组织上把狄峰的母亲和其他四位女同志一起分配到了临水县（现在是桐君县），一共有多少人去了那里，狄峰的母亲后来也记不清了，其中就有叶鸾、陈惠兰、袁福林等同志在内。

被分配去工作的地方，正好是离狄峰母亲的家乡横村镇上不远，狄峰的母亲感到特别高兴。

狄峰的母亲回到杜俞王家时，想到自己身上没有钱，那怎么办呢？家中还有一个妹妹呀，可拿什么礼物送给她呢？纠结之中，狄峰的母亲想到了身边的包里还有在干校里发的一双簇新的男式军用布鞋，于是想办法到街上的一家小店里换来了一双花格袜子，这是她参加革命后，第一次送给亲人的一份珍贵礼物啊！

狄峰说："作为儿子，我为母亲当时在困苦的年月里，有这样的一份至爱亲情，而由衷地感到高兴。"

狄峰的母亲在自己的家里只住了一个晚上，就急匆匆地赶到了临水县人民政府。临水县粮食局成立后，狄峰的母亲被安排在了局里工作。当时的局长是陈仰臣先生，他对大家的态度很和气，狄峰的母亲对他的为人很赞赏，印象很深。她说，百废待兴，当时工作上的调动变化也频繁，合理的变动当属正常。

这里，狄峰母亲的"频繁"一词，也有其他的因素。狄峰从他母亲的"回忆录"中可以得知一些原委。母亲经历了从局里到所里、从所里再到局里的上上下下、反反复复的变化调动。

狄峰的母亲，特别提到了在临水县武盛镇粮管所的工作。她说，这个办公场所是和区政府合并在一起的，这座房屋原来也是一家地主的。狄峰的母亲在所里担任记账，区政府俞指导员还让她兼任区政府伙食账的管理。在共青团组织中，狄峰的母亲还担任了宣传委员。

狄峰的母亲说，凡是有文艺演出活动，粮食部门都会叫她参加演出，还有花灯调什么的。

狄峰的母亲对这里的工作环境很满意，她说还有区长张妈妈对她也非常好，因而对待工作的积极性很高。

想不到这些好领导，后来又被一一调走了。狄峰的母亲为之感到遗憾。

四

狄峰的母亲婉珠，从上海回到了浙北县，来到了狄峰的爷爷奶奶家，从此就意味着失去了工作，没有了收入，且身上只剩下三十元钱。面对新的生活，特别是要养活狄峰和他的姐姐狄玲（狄峰的父亲此时还在桐君县工作），加上狄峰的爷爷肃侯、奶奶梅贞经济条件不好，爷爷是从事挑货郎担的小商贩，一天的收入也只有零零碎碎的一些硬币、纸钞，一年的收入也是很有限的。

为了生存，为了生活，狄峰的母亲在浙北县的一个镇上寻找可以挣钱的各种活儿。

那时，狄峰的母亲苦活儿累活儿都干，哪怕是钱不多的活儿也要干。如到镇上竹器厂做削筷子的活儿等，为的是在镇上能安下心来，扎下根，把子女们养育大。那个时候镇上就有了一家竹器厂，而且是以生产竹筷子为主的，这也是利用当地的竹子资源而创办的企业。

狄峰后来才想起，母亲当年来浙北县时，对于毛竹这样的原材料，早就有了认知上的"情结"。狄峰还没有见到过像毛竹这样的竹子。其实，采用毛竹这样的材质制作的竹筷子，不仅不会破坏生态资源，而且是完完全全的"绿色产品"。毛竹是可再生资源，狄峰认为，浙北人的骨子里头，早就潜意识地蕴藏着"生态"理念，其发展是迟早的事。

狄峰的母亲为这个小家不仅默默地奉献、付出，不怕苦累，而且还参与到社会，能够见义勇为做好事。

狄峰爷爷奶奶的家，就在镇子上一座老剧院的边上。

一天，剧院门前一户人家的房屋突然起火了。

狄峰的母亲婉珠得知后，急匆匆跑进了这户人家。

帮助他们把房屋内的东西往外搬，还拖出了一个特别沉重的大箱子。

狄峰母亲的这一举动，让在场的人看得发呆。

"真看不出来，那个聋子（狄峰的爷爷那时耳朵已经失聪了）的媳妇那么瘦弱，且有一副善良的热心肠，又是那么的能干。"镇子上的人们这样议论狄峰的母亲。

狄峰的母亲当时想，尽管在镇上能找些活儿干，但面对狄玲、狄峰姐弟俩和一家人的生活负担，靠微薄的经济收入是很难走出生活困境的。

那段时间，狄峰的母亲天天在想啊想啊，能有什么方法走出困境，撑起小家庭的一片天呢？

狄峰的母亲想到了自己是1949年8月参加革命工作的，为自己那么小的年纪就能为国家做些事情，心里总会感到有些激动与热望，即使前几年自己从桐君县响应党的号召退职回来，但平民百姓遇到了苦难的日子，总可以向党的组织反映心声与要求啊！

于是，狄峰的母亲抱着试一试的想法，写了一份要求复职的申请报告，提交到了中共浙北县委组织部。

让狄峰母亲意想不到的是，竟有了"喜从天降"的好消息：浙北县委组织部给母亲来信了！

信中说，得知狄峰的母亲是1949年参加革命工作的干部，有过很多的工作阅历与经历，肯定了母亲的工作业绩，要求母亲写一份简历，又让母亲写一封信去桐君县委组织部，把原来的工作档案材料转到浙北县来。

那时还是靠邮信的唯一方式联系工作，仅仅只有一个多月的时间，浙北县委组织部就通知狄峰的母亲到县文化局报到，县、局领导在征求母亲的意见时，问："把你安排到县电影管理站担任会计好不好？"

"不管工资多少，我都会很高兴地去！"狄峰母亲毫不犹豫地说。

此时，狄峰作为母亲的儿子，从内心深处感谢党组织，更对那个年代的领导和干部，在工作岗位上具备那种真诚务实、为群众排忧解难的可贵精神和服务态度，由衷地敬佩与赞扬！

在狄峰的心里，尽管这是一件事关百姓普普通通的事，但组织上能够这样做，真是了不起，真的是不容易啊！

狄峰的母亲后来也说起过这件事。"那个时候的干部就是这样为民办实事，一心想着为民服务的。"狄峰的母亲对当时的领导干部这样评价。

这是一件多么让百姓感到温暖与慰藉的事啊！

五

狄峰的母亲婉珠到电影管理站工作时，还只有 25 岁。

不难想象，狄峰的母亲那么年轻就有过如此多的磨难。而当时的电影管理站，连她算在内也只有 3 个人。

狄峰的母亲说，负责管理站的叫维孝。维孝的老家是南山庄张家村羊角山的。后来，维孝也下放到了农村，还做过酿酒的活儿，走村串户以买卖度日。再后来，又听说老张离世了。另一个是做维修电影放映机的，叫天文。狄峰的母亲任会计。

"管理站下面有 7 个放映队，一个工会电影队、35 毫米双机放映队。"狄峰说起当时电影管理站的现状。

狄峰的母亲虽然任会计工作，她说自己什么都去干，从来不会闲着，如排片计划、影片调动，有时还要写工作总结，下乡收放映款，通知人员参加党代会、人代会期间的电影安排。

有一次，狄峰的母亲为了一部影片的安排，说是县里的一次大会结束后接着要放映的，打电话到取片的地方却始终打不通，急得母亲一大清早就赶往隔壁的长安县。当接过这部影片急匆匆赶回县城时，县里的会议刚刚结束，大家就等着要观看这部影片了，多么十万火急啊！由于影片顺利播放，狄峰的母亲出色地完成了任务，领导叫狄峰的母亲去县委食堂吃饭。

"我自从来到浙北县后，这是我吃到的最好的一次饭菜。"狄峰的母亲后来回忆说。

狄峰的母亲每当讲起这件事，总是喜形于色，视之幸福与满足。她何以评价这是"最好"的饭菜呢，并不是县委食堂里菜肴有多奢侈，而是从一家人当时生活的拮据感悟到的。

"我当时每个月的定粮是 28 斤，规定节约、奉献上交 1 斤，每月还寄给在桐君县工作的丈夫 3 斤，虽然狄玲、狄峰姐弟跟他们的爷爷奶奶一起吃，但我还是吃不饱。"狄峰的母亲对当时生活的窘迫记忆犹新。

即使这样，狄峰的母亲平时还经常在招待所买回一些面包给她的公婆和儿女吃，她自己呢，往往买点南瓜汤和便宜的东西充饥。因为去乡下放电影很辛苦，自己推独轮车又是体力活儿，加上工资低，靠那点儿定粮根本吃不饱。狄峰的母亲说，不是她一个人吃不饱，其他的同事也一样。

有一次，狄峰的母亲回办公室，同事金根还在为放电影前准备写幻灯片，看到他是用糖精冲开水喝。狄峰的母亲就问他："小宋，你怎么用它当茶喝？"小宋回答："每天都吃不饱。"狄峰的母亲在自己也吃不饱的情况下还拿出了半斤饭票送给了金根。

对于"吃不饱"之事，浙北县广播站早已退休的职工美娣，当时与狄峰母亲共过事，她也有见证。

美娣，狄峰叫她阿姨。无论在街上遇到她，还是她来到狄峰工作的单位，或参加每一年的重阳节活动，总是问问狄峰母亲的身体状况。其中，让狄峰印象至深的就是说他的母亲，当年的生活过得很艰辛。

美娣还说："那时真苦啊，我经常看到婉珠会计偷偷地从办公桌的抽屉里，拿出一个装有谷糠粉的罐子，迅捷地舀一些在杯子里用开水冲泡，以解决肚子饿的问题。我当时还认为婉珠会计藏着什么好东西经常悄悄地吃呢。婉珠说，工资和粮票能省得多一点儿，就会让子女吃得饱一点儿。"

狄峰每次听到美娣阿姨说到这里，胸口里就觉得很难受。"我的母亲在我的心里是多么伟大啊！"狄峰也默默地对自己说，"在今后的日子里，我要好好报答我的母亲。"

"浙北县当时有两个越剧团，宣传部还建议我调到越剧团担任政治团长。我当时很矛盾：自己是个越剧迷，很想去；但毕竟是两个孩子的母亲，早晚又需要照顾他们。犹豫之中，电影管理站的领导也提出'单位很需要她'，就这样我没有离开电影管理站。"狄峰的母亲说。

直到 1962 年，狄峰的父亲从桐君粮食局下放回到了浙北县，并向狄峰的母亲提出一起走向农村。

当时，狄峰的父亲瑞麟为了说服狄峰的母亲，便说："农村生活要比单位工作好，那里当当会计，养养鸡养养猪什么的，就有饭吃了。"

狄峰的父亲再三鼓动母亲一同到农村去，狄峰的母亲只得应允。县委组织部、宣传部、文教局、电影管理站知道狄峰母亲的情况后，都不同意她到农村去。

"嘉庆局长（文教局）当时就对我很认真地说，小沈啊，你在单位表现好，很能干，千万不要下去啊！"这是狄峰母亲常常唠叨的一句话。

当然，狄峰母亲的小姐妹也极力劝她不要到农村去，狄峰的爷爷也说不能下去。

狄峰的父亲说，这是响应国家的号召，也喜欢乡下那个地方，坚持要一家人一同到农村去生活。

那时狄峰 5 岁，姐姐狄玲 6 岁。

第三章　悲欢离合

一

狄峰和他的姐妹随父母下放时，为何选择到王家村，在第五生产队安家落户，何以没有选择到山区或者其他的地方落户？

是因为，狄峰的父亲和狄峰的爷爷奶奶，与这里的关系早有渊源的。

狄峰曾在一篇记叙文《篾箩如车》中写道：曾经听父亲说，日本侵略中国，又很快进入浙北县，小镇也被日军飞机狂轰滥炸，横尸遍野，鸡犬不宁。

那时，狄峰的父亲与他的姐姐瑞萱，狄峰叫大阿娘，一同随狄峰的爷爷奶奶从小镇上逃难到了这里。入住房东户主叫百林的人家，大家相处得很好。

因为王家村有个自然村叫木橡园，这里有连绵成片的小竹林，竹林中还有零星的橡子树，长得比竹子还要高。狄峰的爷爷奶奶一家人，在躲难的那段时期，只要一听到有飞机声过来，就马上从屋内逃进竹林。

日军飞机轰炸的目标是百姓房屋,躲在竹林里就显得安全点儿,风险也会小一些。

竹子,对于狄峰家祖孙三代来说,早在生命中注入了"竹魂"之血液,给狄峰带来的影响也是深刻的。北宋诗人苏轼在《於潜僧绿筠轩》中有句:宁可食无肉,不可居无竹。无肉令人瘦,无竹令人俗……

因而,狄峰对于竹子的感情也与日俱增,而且把竹子与溪水称为"姊妹",也常常抒发这样的感慨与赞美:

浙北的竹林成了海洋,叫作中国大竹海。长在这里的竹都很幸福,每滴水,会变成一株竹,每株竹,让水滴纯净一万年。每株竹的绿,点化成会说话的山泉,山泉走过的地方,都会唤醒每株竹。竹与泉,似父母又如兄弟,青山般巍峨,绿水般柔情,世界就是这样汇聚绿色潮流。浙北高峰龙王山,水之娘家,沪上市民逆黄浦江追根溯源,问我安吉的竹子有多少株?我说竹乡的母亲河会告诉你,西苕溪里和两岸全部是竹,犹如繁星闪耀长空。面前这面凤凰翠湖,就像巨幅宽银幕,株株竹子都会踏歌起舞。(《这里每滴水都变成一株竹》)

在那段躲难的日子里,狄峰的爷爷奶奶和父亲在当地结识了不少好乡亲,有的还成了莫逆之交。

乡下人听说狄峰的父母下放选择于此,当然是热情欢迎,显得亲亲热热。

狄峰的父亲瑞麟爱读书,在乡下特别受到尊重。那时,生产队的社员们没有什么文化娱乐活动，下放到村子里来的前几年，还没有开始"生产队里开大会"。一些青年社员，知道狄峰的父亲"肚子里有货"，而且能说会道，就鼓动社员们让狄峰的父亲为大家讲故事。

社员们每天都要参加劳动，无论刮风下雨，还是电闪雷鸣，抑或是风霜雪雨。讲故事，只能是晚上的事。

狄峰知道父亲经常是三更半夜回家。其实，狄峰不知道，父亲每次回来时他早已睡着了，是母亲第二天说父亲"说大书"回来那么迟才知道的。

母亲唠叨父亲回来迟也是经常性的。后来，狄峰去生产队里时，自己亲耳听到社员们在议论他的父亲"说大书"说得好听，说得精彩，动人心魄。有时，狄峰的父亲心情愉快时，在家里，也会把在生产队里讲的故事说给狄峰听。狄峰才知道，他父亲说的"大书"，都是从他珍藏的宝贝书籍里解读的。狄峰印象深的是，父亲把《西游记》说得头头是道，唐僧、孙悟空、猪八戒、沙僧和妖怪什么的，一个个说得活灵活现，扣人心弦。尤其是对《聊斋志异》的演绎，把妖魔鬼怪的人物说得出神入化，就像会出现在自己眼前似的，令人毛骨悚然。

狄峰的父亲除了"说大书"，吹拉弹唱样样都会来一手。会拉二胡、京胡，吹口琴；会越剧、京剧唱段；楷书、行书也写得漂漂亮亮，钢笔字也似印刷体一样。自从生产大队成立了"文宣队"，父亲还成了辅导老师，当时不少"戏曲"唱段，队员们都到家里来请教他。他识谱，还会谱曲，自己经常在家里把自己新创作的歌曲一遍遍地大声哼唱，旁若无人。这里，指的是隔壁有其他家的住户，兴致起，他也不去顾及这些了。有时，父亲还会让狄峰跟着学唱，教狄峰怎样识简谱，几分之几的调怎么"起音"，节拍、节奏怎么来把握。

二呀二郎山，高呀高万丈，古树荒草遍山野，巨石满山冈。羊肠小道难行走，康藏交通被它挡那个被它挡……

狄峰记得，有时父亲天天拉着这个曲子，觉得特别好听，旋律优美。父亲边拉着二胡，边还一声声哼出了歌词。父亲告诉狄峰，这首歌叫《歌唱二郎山》，从此狄峰深深记住了。很多回，狄峰是听着父亲拉着这首曲子美美地进入梦乡的。

面对农村里的艰苦生活，狄峰的父亲始终充满乐观心态，看淡一切。

狄峰母亲曾经说过，狄峰妹妹狄颖，因为小，经常会哭闹，而且声音很尖利刺耳。狄峰的父亲，有时为了不影响自己拉上一回二胡，兴致正浓时，还会把女儿放在用毛竹做成的"竹坐车"里，索性把她摆放在离自己很远的门前田埂上。这种竹坐车，全部采用的是毛竹原料，是请当地的竹匠进家门专门制作的。采用的毛竹型号并不大，但需要很均匀，每根竹子从粗到细都可以合理利用。它们的弯节处，都是用刀具进行精心雕琢，"大竹筒"环套着"小竹筒"，不需要用其他的材料，就是"清一色"的竹子材料。就连对接的榫头部分，也采用长短不一的"竹针"，或者叫"竹销""竹榫"加以固定，服服帖帖。用竹子制作的这种小坐具，轻盈灵巧，适合人体构造特点；坐具的表面不失原始风貌，而且竹子的青翠与微黄，竹节的粗细与凹凸，一一呈现，看上去舒服，手感清凉光滑。

稻禾随风摇曳，似音乐与节奏的高低起起伏伏，麻雀们也开开心心、来来回回地跳跃着，叽叽喳喳地叫着。狄颖的坐车出现在了稻田里，似一道原野上的风景。当然，狄峰的父亲虽然拉着二胡，但一双眼一丝也不离开面前的这道"风景"。

狄峰从那个村里出来到镇上参加工作，已有30多年了。至今，狄峰一家人，对这份乡愁和乡亲们的情怀，丝毫也没有远去和淡化。

近几年，狄峰的父亲还让狄峰陪他，一起去看望当地的一些老乡亲，如阿新妈、阿苗妈、建华的爸妈等，他们都与狄峰父亲的年龄相仿，年事已高。

狄峰与那里的月苗、根生、敬业、林平等一大批同龄人，也均保持常年的走动，家中有了大事都会往来。

被狄峰的母亲称为"好心人"的卫臣是村里的老书记，是同一个生产队的社员。老书记，狄峰一直叫他老伯伯，他很热情，狄峰一家人许多方面都得到他的照顾与关怀。

狄峰的母亲后来也常常提及当初来农村时，像卫臣老伯伯一样的乡亲们，伸出了一双双援助之手，让狄峰一家人深为感激，无比温暖。

前几年，卫臣老伯伯已年届90多岁，狄峰的父亲瑞麟叫上狄峰一起去看望他，相见时的那种情感难以表达。

后来，狄峰的父亲由于自己身体也不好，就吩咐狄峰在每年快要过年的时候去看望老人家。每一次，狄峰都是与妻子梅梅一起去的。

再后来，听到老人家离世的消息时，狄峰就陪同父亲来到乡下，送了老人最后一程。

第三章 悲欢离合

二

"当初来到生产队时,要参加队里的各种劳动。但我要料理家务和照顾几个幼孩,还有挑水、弄柴等,再加上队里分给了我家许多自留地,所以我就不能参加生产队的劳动了。"狄峰的母亲婉珠这样回忆说。

"弄柴",也就是砍柴或捡柴。

王家的村子里没有山,山里人称没有山的地方为"田版里",像地图上标注的版图一样,一块一块有着各种色彩的庄稼,叫得还挺贴切。

没有山的地方,就只有路边上的杂草了。

但,那里有成片成片的小竹漾,小竹漾里面有自然枯死的小竹子。狄峰的母亲就跟随人家去小竹漾里捡柴。

有一次,狄峰的母亲去一个叫高墩朗的竹漾里,把一些小竹子砍下背回家当柴烧,新鲜的竹子只要有引火的纸就会燃起来,因为竹子里有一种"竹油",燃烧起来会噼噼啪啪地响,火苗旺旺的。

结果砍小竹子一事,被邻队的一名社员知道了。他气急败坏地赶到狄峰家,毫不留情地对狄峰的母亲说:"这是集体的竹子,不好砍的!大家都像你这样去砍,还不早早地砍完了。"

"竹子是生产队的集体资产,砍伐后卖出去就是集体的经济收入,既可用于集体固定资产投入的支出,盈余部分又可在年终为社员们'分红'。"狄峰的母亲这时才有了这样的概念,也就恍然大悟。

狄峰的母亲每次讲到这里，流露出自己来农村时什么都不懂的真情实感，心里想想真是有点儿不好意思呢。还好，狄峰的母亲在农村的社员面前，一直把自己当作小学生，社员们对她的批评，她也是从内心深处虚心接受的。

后来，狄峰的母亲也曾多次说到当年自己有过错，砍了生产队里的竹子。她认为，社员们都有爱集体的观念，还有生态环境保护的良好意识。不然，后来浙北县的绿水青山，怎么能一直保持下来？

狄峰渐渐长大了，体会到母亲的艰辛。在读书空闲之时，狄峰也经常去生产队周围的竹漾里捡柴。有时会与邻居的伙伴一起去，如阿华、阿海、阿耀他们。但阿华、阿耀他们家里并不十分缺柴，一起去捡柴的原因是与狄峰相处得好，做做伴儿，一起玩玩而已。即便是这样，狄峰也感到特别开心，因为有了随行的伙伴，就不会有一个人钻进竹漾里的那种担惊受怕。

有几件事，后来也常常会浮现在狄峰的脑海里。

狄峰每次走进竹漾，就有一个习惯：看看哪根竹子的颜色是否变了，即枯死的那种颜色；再看看竹叶是否渐渐变黄了，如果竹叶变黄了，就有可能这根竹子开始枯萎了。另外，竹梢间开了花的竹子，说明这些竹子已渐渐进入衰败的时候了。

当然，竹子叶子变黄了，还会有另一个原因，就是出现了"人为"对竹子的伤害。如果是这样，这些竹子肯定是遭到了别有用心的人放了"冷枪"。

什么是"冷枪"？

竹子也会中"明枪暗箭"，狄峰觉得村民们形容此事还蛮有文化味的。

这种现象，就是不怀好意者故意用柴刀在竹子的根脚斫了一刀。被斫了的竹子，看上去还是像自然长着的一样，一根根立在原地。当这些被斫的竹子，经过一段时间的日晒雨淋，竹叶开始变黄并且纷纷落下了，竹竿也呈现出枯死的模样。到了此时，放竹子"冷枪"的人，可谓是贼喊捉贼，装出一副事不关己的样子去竹漾里捡柴。这些被他放了"冷枪"的竹子，也就毫无疑问占为己有。

"冷枪"是他"放"的，"放"在了何处只有他自己最清楚，轻车熟路的，其他人一时会看不到、找不到。他把自己的行为看成是遇到了"好运"，就大胆地把那些"假死"的竹子拖回家去，口里还振振有词："这些竹子，不知是被谁放了'冷枪'，好可惜啊！"

狄峰一个人去漆黑的竹漾里捡柴，会遇到一些意想不到的事。

有一回，狄峰来到一片淡竹林，这里的土地肥沃，每根竹子都长得粗粗壮壮，竹子又特别高，阴暗一片。

这片竹林，它的外侧是一条碧绿的溪流，终年流淌不息。那里还有一个摆渡口，叫基石渡。由于水源充沛，一年四季土地湿润，竹子也特别"出众"。它的里侧，则是一条用作防洪的泥土堤埂，里面是一块玉米地。

此时，玉米长得正郁郁葱葱，虽然都已长出了鼓鼓的玉米棒子，但它们还吐着白白的细絮，还远远未到收获的时节。

狄峰钻进竹林之后，很快看到了一根黄焦焦的竹子，这种竹子就是枯竹。如果还没有枯死的淡竹，其竹竿是墨绿色的，光光鲜鲜的。

狄峰砍竹子之前，特地向竹子的顶端张望了一下。好像这根枯死的竹子上面，有一片长长的玉米叶子缠挂着。狄峰马上想到，一定是一片玉米叶子，碧绿碧绿的。因为旁边的地里长着玉米，可能是一些人把玉米秆砍下当"甘蔗"品尝，玉米叶子可能随手抛进了竹漾里。这样的事，在农村是常有的。那时，人们吃的东西实在是太少，尤其是没有经济条件去买这买那的，玉米秆就当成了甘蔗来品尝。

可是，狄峰这个"判断"错了。

狄峰的柴刀正用力地向这根枯竹砍下去时，意外的事出现了！

"啪嗒"一声，从竹子顶端突然垂落下了什么。

狄峰一看，想不到，落在狄峰面前的竟然是一条光光溜溜的大青蛇。

在狄峰惊慌失措之时，这条大青蛇好像也被惊吓到了，抬起头扭动着身子，"嗖嗖嗖"地朝着溪流的方向游走了。狄峰虽然为自己庆幸，但因这突如其来的惊吓，双腿还在一阵阵地发抖。

这件事，困扰了狄峰好长一段时间，他再也没有胆子去竹漾里了。

狄峰想，如果这条青蛇不是落在地面上，而是落在自己的头上、身上，会是怎么样的结果？即使不受到毒害，也会被吓得昏死过去。

狄峰曾听人说过，假如人被青蛇咬了，救治的希望是极其渺茫的。

狄峰家不远处有一片黄苦竹林。

黄苦竹林，不像淡竹林长得那么高大，可能是这里的土壤并不肥沃，竹子也没有淡竹林的密集，还不时有阳光折射到竹林里来。

在这样的竹林里，狄峰感觉不到有任何的担忧。

有一回，狄峰在竹林里寻寻觅觅，哪里会出现枯竹呢？犹豫中，狄峰的一只脚踩到了一个什么物体，传递给自己的是一种摇摇晃晃的、颤颤巍巍的、软绵绵的奇怪感觉。

当狄峰抬起脚，发现被踩到的是一只肥大的鸟，定睛一看，原来是一只竹鸡。

此时，竹鸡被惊吓得"咕咕"飞了起来。但竹鸡只能在低空中飞翔，是那种飞一下就需要在地上休息一会儿的吃力状态。

原来这只竹鸡正在孵化小竹鸡，刚才竹鸡身子匍匐的下面正是一窝竹鸡蛋，足有十几个。

狄峰既没有将飞不起来或者说飞不高的那只竹鸡捉回家，也没有把那些竹鸡蛋拾回家。狄峰家里窘迫，如果不用掏钱就拥有了一只竹鸡，还有十来个竹鸡蛋，会是怎样的感觉？

当年，一个鸡蛋能卖八九分钱啊。但这是一只正在孵蛋的竹鸡啊，它正在孕育着一群小竹鸡呢。

竹林里有竹鸡，是正常、自然的生态现象，与稻田里出现稻鸡一样，这都是它们生存、生活的家园啊。就像一个村庄，需要拥有许许多多的住户。村庄里有许许多多的住户，就会有许许多多的孩子，那么这个村子肯定会人丁兴旺，红红火火。

狄峰把人与鸟的和谐相处，居家与鸟窝的平等关系，也联想到了一起。

对于家里灶台的柴火问题，每个家庭成员都有责任担当。

狄峰的父亲瑞麟，有一次去六里外叫"鸭舌岭"的山上砍柴。傍晚，队里的其他人陆陆续续都回到家里了，可是到了天漆黑时，狄峰的父亲还没有到家。

狄峰的母亲急得心神不安起来，但又没有办法可想。碰到了已回到家的邻居阿德，便急呼呼地向他打听。

阿德说，狄峰的父亲砍的柴分量很重，可能挑不回来。阿德建议狄峰的母亲去山上帮助丈夫挑一些柴回来。狄峰的母亲想，父亲也挑不动，我这个弱女子怎么行啊？

后来才知道，可以将四捆柴分拆开，每人挑两小捆。狄峰的母亲扛着一支竹子做成的、可插入柴束内的一根尖担急匆匆去了。

狄峰的母亲是第一次来到大山里，环境不熟，何况又是黑夜，一路狄峰的母亲担惊受怕，结果还是走错了一条山路。

再加上山里的风大，不时传来"呼呼呜呜"的声音，于是狄峰的母亲用呼喊狄峰父亲的名字壮胆："瑞麟、瑞麟……"

正走投无路间，狄峰的母亲好像看到另一个山冈上有一个影子，好像空着手下来，就高兴地向对面问话："同志，你有没有看到一个挑柴的人啊？"

很快传来一句似乎笑着的声音："啥个同志哈子，快下来！"

其实，这就是狄峰的父亲瑞麟。

"你的柴呢？"狄峰的母亲见到丈夫瑞麟就急着问他。

"放在一个老人家那里，他给我保管着。"狄峰的父亲幽默风趣地说。

此时，狄峰的父母都笑了。

狄峰的母亲说，原来狄峰的父亲因挑不动这担柴火，索性把这担柴滚下山去了，意思是挑不动就不要了。

回来后，狄峰的母亲把这件事告诉队里的社员，大家都乐得笑开了。

后来，狄峰的父亲也常常跟随人家一起去砍柴，砍回来的柴特别的"金贵"。"这样的柴只能是放着看看的，不能烧。"狄峰的父亲瑞麟这样说。

狄峰的母亲理解丈夫的意思，是"弄柴"实在是太辛苦了。

少年时代的狄峰，随着母亲多次到过山区去砍柴。

有一回拉着双轮车，赶上几十里山地来到了青恋村。那个时候，狄峰的父亲瑞麟担任王家村的生产大队会计，认识、结交了青恋村大队会计朱茂林。

狄峰父亲认识朱会计，是当时浙北县为了清查一个经济上的案子，县里把几位"财务高手"都请来进行集中查账，分析案情。几位"高手"只用了几天时间，就把案件彻查清了。后来，县里需要查账方面什么的，狄峰的父亲和青恋村的朱会计会经常被抽调去。

有了父亲认识的熟人，所以狄峰的母亲就找到了这里，在砍柴这件事上得到了大队朱茂林会计的指点与帮助。

青恋村，对狄峰来说，很有缘分。

后来，狄峰进县城参加工作进入一家在"龙山岗"的工厂时，在这家工厂担任了首任团支部书记。有一年的五四青年节，狄峰带着20多名团员，大家骑着自行车来到了青恋村。

这次来青恋村，目的是来参观那里的一个文化宫，它还是全县村级中的第一个。狄峰带领全体团员来参观取经，主要是想在自己的工厂里把文化娱乐活动正常开展起来。

那天,团员们特别开心,说是进入工厂之后也是第一次出门参加活动,个个兴高采烈。团员们虽然知道有个大名鼎鼎的青恋村,但他们从没有来过。大家见到了"青恋文化宫",都有眼前一亮的感觉,觉得"文化宫"应该是在县城里的,怎么村里还有条件建立?

想不到,青恋村把漫山遍野的毛竹,在国内做出了"绿色"大文章,还把村里老百姓的文化娱乐活动开展得红红火火。这不仅是村里的骄傲,也是村民的福气啊。

狄峰跟随母亲又到过凤凰山乡的七家边,一位带个"凤"字叫她阿姨的家。狄峰母亲说,她是一位很亲热、友好的小姐妹。这里是她的娘家,后来嫁到了隔壁临平。那天,这位阿姨正好回到了七家边的娘家。母亲和狄峰这次也是拉着双轮车,在那里的矮山坡上耙松毛,捡枯枝。

还有一个叫"石岭"的地方,狄峰的小姑妈瑞云就居住在那里,是一个偏僻的小山村。四五十里的山路也是靠步行,翻山越岭。那个年代,由于路途远,口袋里羞涩,走亲戚基本上是靠走山路。交通的落后,也给那里的村民带来极大的不便。

让狄峰印象深刻的是,农村里平时亲戚之间走动来往得并不多。但每年的春节,走亲访友是重要的事情,乡风乡俗,不得有一丝的怠慢。所以,一到这个时候,狄峰听了父母的话,就必须给姑妈、姑父去拜个年。

然而,狄峰从王家村步行十里地到达县城,再乘坐通往石岭的客车。通往石岭的客车班次每天只有一趟。天漆黑了才抵达石岭,这辆车也似客人一样必须歇夜在山村里了。天蒙蒙亮时,这趟客车又要回城里去了，所以狄峰也只得紧紧跟着客车的班次往家赶。

山里人家客气是出了名的，这个连城里人都会这样认为。"你来乡下，我杀鸡杀鸭；我去城里，你肩膀一搭。"这是当年乡下人对城里人的一句口头禅。

狄峰又是他小姑妈唯一的侄子，小姑妈就把他当成是自己的儿子一样。

狄峰有时和他的父亲来到小姑妈家，小姑妈让他们做的第一件事，就是先到洗澡房的大铁锅子里洗个澡，然后共进晚餐。平原地区的"田畈里"，多数农家是大铁锅子洗澡。但生火的材料与山里人家大相径庭，多数是采用稻草和麦秸秆，还特别需要一个人往火膛里填塞柴火。否则，寒冬腊月的，灶火膛里一旦熄了火，等于断了热源，赤身裸体的洗澡客会打起寒战来。

狄峰说，山里人很富足，但这个富足并不是经济上的宽裕，而是灶火膛里用的柴火，全都是树干树枝、竹竿，还有柴蔀头、竹蔀头。灶火膛里放进了这样的柴火，一时三刻不会熄火，灶火旺旺的，大铁锅子滚烫滚烫、热气腾腾的。还有一个漂在铁锅里的圆木板，可以用来垫屁股，将皮肤与铁锅隔开。如果没有，肯定不行，弄得不好还会让滚烫的铁锅烫坏了皮肤。狄峰有时也这样想，山里人家烧柴火大大咧咧，不拘小节，每天需要多少木质、竹材柴火啊，长此以往，满目青山不会被"灶火"渐渐毁掉吗？

后来，狄峰这样的担忧，却在一个村子里得到了释疑解惑。狄峰每次去小姑妈家时，都会经过当时最有名气的全国林业先进集体青恋村。

那个时候，狄峰对青恋村的印象特别深。狄峰无论到外地去，还是外地人到浙北县来，人家说起浙北县，就自然会说起青恋村，青恋村几乎是浙北县对外的"先进代表"。

沿途山峦起伏，道路两旁古树参天。山冈山坡、漫山遍野都是大毛竹，这是狄峰第一次亲眼见到"大竹海"的神奇。感觉到有竹子的地方，就是有魅力；有竹子的地方，就是有生机；有竹子的地方，那里的老百姓就会富起来。

青恋村，与余杭交界，其西近临古独松关，系浙北县的古村落。历史上的青恋村属凤亭乡沉珠里。

狄峰还没有出生时，这个村当时还叫一双社。这个社，20世纪50年代末开启科技育竹之门，奠定了毛竹丰产的"八字经验"，至60年代在全国推广。这个社，还被评为省里的林业丰产模范社，社长朱年丰被评为全国林业劳动模范，社被评为全国林业模范社。狄峰两岁时的1958年，一双生产队被评为全国林业先进集体，朱年丰还出席了全国农业社会主义建设先进单位代表会议。1963年3月，当时的省报刊登朱年丰《当家十年靠了两件"宝"》的文章，即"社员监督干部，干部之间相互监督"两件"宝"的经验。从浙北县成立的第一个林业社，再到朱年丰担任一双村的党支部书记，几十年的岁月，村里多次被国家林业局（现国家林业和草原局）、国务院嘉奖，朱年丰还受到党和国家领导人的亲切接见。让狄峰感受至深，对"一双精神"最可贵的评价是，在"文化大革命"期间，这里的干部和群众不仅没有放弃科技兴林，而且让青山更绿、泉水更清。

三

狄峰的父亲瑞麟，自从下放农村后，除了直接参加生产队的劳动之外，起初兼任了所在生产队的会计，又兼了其他几个生产队的会计，后来又被推荐担任了大队会计。

对于农村播种栽培方面的技艺，狄峰的父亲也都是从头学起。狄峰的父亲后来在农事上还成了行家里手，不仅会财务管理，还懂得四季播种、稻苗育秧、品种选优、统筹安排、病虫防治等。

那时，狄峰的父亲会经常说给狄峰听的一件事就是：70年代，狄峰的父亲统筹生产队全年的粮食种植布局与规划，又兼任生产队的会计。无论是早稻、中稻或是晚稻收割后，稻谷经过风干扬净，首先是向国家交售公粮。同时，又开始向社员们按需分配粮食。那么，对下一轮的粮食种子究竟储留多少，尤其是留出多少合适？狄峰的父亲说，全队只有他的心里有本"账"。这是什么样的一本账，这本账又会起什么作用呢？

原来，那个年代，尽管狠抓粮食生产，讲究粮食丰产，但对于口粮问题，经常会遇到青黄不接的时候。譬如，"双抢"开始了，按理说吃粮不成问题了，金灿灿的稻穗就长在满畈的田地里，根本不让人去担忧。可是，有时老天爷就是不帮忙，天天狂风暴雨，有些稻谷虽然抢回来了，但一时还不会干燥，怎么办？

对这样的境遇，狄峰也记忆犹新：社员们冒雨收割、脱粒粮食，湿漉漉的稻谷不是堆放在仓库里，而是将它堆在了露天的操场上，然后用尼龙薄膜遮盖起来。这个办法，就是在高温的天气下,尽管天空还在下雨,让潮湿的稻谷自然"热蒸"。其作用是,通过稻谷之间热量互动,会起到一定的干燥效果。同时,这样的稻谷,虽然不能留作种子,但一时不会腐烂和霉变。当时,社员们说这种稻米是"蒸谷米"。狄峰记得,这种稻谷碾轧出来的米色是微黄微黄的,煮熟后米饭是香喷喷的。有的社员不喜欢吃,狄峰说他特别爱吃。

这是逢连续雷雨时节,采取对稻谷的"抢救"措施,也是不得已,尽可能避免粮食遭受损失。

对于粮食的青黄不接,还得有"兵分两路"的一招,狄峰的父亲说:"通知社员们,马上开库分粮!"

社员们既疑惑又懵懂:稻谷还没有晒干,哪里有粮食分配啊?狄峰的父亲说,这个时候他掌握的"天机"终于被泄密了。

原来,狄峰的父亲把每茬收获的粮食经过分配后,就在留足"种子"这个环节上做了"文章"。每个粮食品种,留足、超过其下一轮实际需要的种子数量。每家每户在这个时候,都能分配到一定数量的"陈粮",此时,社员们一个个高兴得不得了,纷纷夸奖狄峰的父亲。另外,采取"多留种子"的办法,还能真正解决一些社员家庭由于人口多、劳力少,一年里常常会遇到粮食断顿的情况。

狄峰的父亲,在种子上"未雨绸缪",以此实为快乐的一件事。

狄峰家也分到了自留地。

可是狄峰的母亲婉珠不会种菜,也不知道什么季节种什么菜,怎样去种好菜,都得一一从头学起。全靠队里的社员们经常帮助指导,狄峰的母亲虚心学习,但每天下来已十分劳累。

狄峰至今还记得当年母亲对他经常说的一句："菜脚一棵草，好比毒蛇咬。"狄峰小时候对这句话有点模糊，母亲说，菜的脚跟儿，如果长了草，你把肥料施了，会让草儿吃去了，菜儿就长不大了。

这句话对狄峰影响很大。他后来在生产队里劳动时，就体会得很深。生产队在大片的旱地里，种植最多的是黄豆、番薯、芝麻、棉花、玉米等，这些植物在幼苗时，苗儿还没有长得很高，但草儿像疯长、跳跃的猴子一样，有的还会超过苗儿的高度。这个时候，除草的任务就十分繁忙。用锄头除草，还真要有一番功夫与技巧。植物跟脚边的杂草，有时像与你"作对"一样，你越是想尽快把它铲除，可锄头就越是不听使唤，弄不好还会把植物给铲除了，懊丧至极。这时，你只得蹲下身子，先把杂草拔去。

狄峰的父亲，也是从来没有参加过像队里这样的强体力劳动的，天天出勤，疲惫不堪，结果没有多少天，狄峰的母亲和父亲双双都病倒了。

但，在这样的艰难困苦面前，狄峰的父母还得要靠自己去克服，去战胜。

除了体力上的透支以外，经济上更是不堪重负。面对一家人生活上的所有开支，一切农具的全新购买，还要时常看病就医，要用到钱的地方很多，如千斤重担压得透不过气来，而且仅有的一点儿退职费也已全部用完。

狄峰的父母此时才真正遭遇到前所未有的迷茫和困惑。

想到乡亲们的热情、关心与鼓励，想到自己还算年轻，想到孩子们会快快长大，在狄峰的父亲和母亲的心里，总觉得今后的日子会慢慢地好起来。

就在这个时候,狄峰的母亲又生下了第四个孩子。

由于身边没有亲人,没有帮手,狄峰的母亲婉珠产后第三天就得到河里去洗衣服。

当时,家务繁忙,劳动紧张,再加上经济困难,狄峰母亲刚生下来的孩子患病无钱医治,吐泻不止,造成脱水,送到医生面前时,医生说来得太迟了。结果,孩子在出生后100天的日头上离开了人世!

这是狄峰父母来到农村之后遭遇的第一件悲愤与伤心的事啊。

这件事的发生和当时的情景,狄峰一直没有印象,后来狄峰怎么也回忆不起来,包括小孩有否取了名字。或许那时自己还太小,不懂事。

"小宝宝连名字也来不及取啊,就走了。"狄峰的母亲痛苦地说。

狄峰的母亲在回忆那段伤痛的日子时说,得到生产队乡亲们的特别关爱,劝导她要保重身体。

狄峰的父母当时经常生病,体质下降。乡亲们当中就有像晓财的妈妈,她经常到家里来做狄峰母亲的思想工作。

狄峰在日后也常常听到母亲亲切地叫晓财母亲为"妈妈"。晓财母亲给了狄峰母亲精神上极大的安慰。

四

日子一天天过去。

狄峰的母亲说,一家人总不能在人家那里长时间居住下去,一个家庭总要有自己家的房子，才能安居乐业。

狄峰的父母经过打听了解到，在"孙家上"，也就是王家村第八生产队的所在地，有一座百年以上的徽派老房子，可以买下一部分。

当时，狄峰的父母积攒下来的钱只有100多元，只可买下一间半的旧楼房。另外又买下当时坤跃和他的妹妹居住着的与"一间半"连接着的一个厢楼。

狄峰一家买下的这"一间半"老房子，位于这幢三间房的西侧，即靠最里边，西侧没有对外的通道。另"一间半"是一户阮姓人家，位于东侧，即朝向东南，当然就有对外的通道了。

其实，狄峰父母当初买这里的房屋时，一家人走的是"东南向"的一条出路。如果没有往外的路可走，也不可能将这"一间半"买下。

狄峰一家居住的房子，位于这里"三幢"住房的居中，是传统的老徽派建筑。在狄峰家的前面和后面，前、中、后，连在一起便形成了"大三进"。当然，狄峰家入住时就不是完全的"三进"了，前、中、后的进出通道，都是各归各的。

狄峰后来在想，当年建造这样有气派的房屋，肯定是一个大户人家。然而，狄峰没有去认真打听。尽管当时有过各种各样的传说，但由于自己的家境困难，也不必去想那么多了。

自从搬进了属于自家的房屋，狄峰一家人去参加生产队的劳动，就显得不方便了。中间隔着六队和七队，每天都要往返于此，且午间收工回家午餐同样还要往返。可见，每一天在路上的时间就大大增加了，但作为农民，每天的走动肯定要比城里人多，在田地里劳作一天不知要走多少路，也从来没有人做过这样的步行数据统计，与现在城里人每天的"步行健身"，其意义也就大不相同了。

路远不去说，居住这样的房屋应该还是幸运的，因为买下房屋所需的 100 多元钱，积攒得又是多么的不容易！不能与今天的性价比同日而语。

话说圆了"上有寸瓦"，只是拥有了"天"，而没有"地"。

"天"，有一个像四合院一样的"大天井"；"地"，就是东、西、南三侧没有一处可以向外行走的路，是全封闭的。而北侧，即后面是户主志贤一家人进出的主要通道。就是这个北侧，给了狄峰一家人"有路走"的希望！

狄峰曾经在《远去的猪粪味》一文中这样描写：虽然一家人有了自己的"一砖半瓦"，但旁边没有一寸土地可以拓展利用，也享受不到农家居住的宽敞与阳光。

一间半的老屋，楼层是松木地板的居住房间，因为干燥还要兼容堆放稻谷之类的粮食作物；一层是日常居家活动的主要场所，泥土地面，坑坑注注，常年被踩得黑不溜秋，灶台、猪棚、厕所、就餐统统都在一起。

浓浓的猪粪味，加上一家人大小便是利用简易的木质敞开式粪桶，散发出的臭气弥漫着整间屋子，这种混合气味，特别是在夏天更是可想而知了。

狄峰一家人，习惯了这种气味的"熏陶"不说，还会影响到生产队的社员们。

社员们到狄峰家挑猪栏粪时，就遇到了大问题。

狄峰家从后面走的是一扇很小的门，社员肩挑一二百斤重的担子，不能顺顺当当地从门里走出来，而是用了气力斜着挤出来。尽管如此，还是能得到社员们的理解。

狄峰一家人的心里还是暖意融融的，因为这个世界总会有好人！

在狄峰一家十分窘迫的逆境下，是邻居志贤，狄峰称他为老孙伯伯，是他们一家向狄峰一家伸出了温暖之手。

对于当时没有"路"可走，狄峰也纳闷儿过：为什么这样的事会发生在中华人民共和国成立了几十年的时候？周围的农民也有怨声："这样的事不该发生。"

狄峰一家人的日子，是在艰难中慢慢度过的。

没有北面的这条路，狄峰一家根本见不到一丝阳光。有了老孙伯伯提供了这条路，狄峰一家才有了可以晾晒衣服和柴火的地方。但是，这种占用了他人的"道场"，狄峰一家人除了从心里感激之外，总会有说不出的滋味。

狄峰更为他的母亲高兴：一位勤劳、爱家、慈祥的农家妇女，得到的不仅仅是自然界的一束阳光，更是对人生、对社会最深的感受，获得的又是人间大爱的无比温暖！

狄峰为他的母亲感到慰藉，感到舒坦。

因而，狄峰一家人没有忘记身边所有的好人，十分感恩。

至于老孙伯伯的儿子林华、林海等兄弟，狄峰与他们彼此胜似同胞手足，亲密无间。

五

狄峰一家人有了居住的房屋，从此期盼过上幸福美好的日子。但天有不测风云，遭遇的是接连不断的乌云密布和冷雨凄风，居住的这个地方，也就成了一家人"最为伤痛"之地。

1966年夏天的某日。

午餐后，狄峰的母亲把两只大圆蚕匾安放在居家堂前的地面上，让狄玲、狄峰和狄颖三兄妹一起午睡。

不久，来了两位客人，一位是本队的女性长辈，另一位是居家后面的一位姨妈，她们是姐妹俩。她们也是趁着午间的休息时间来看望狄峰的母亲，一起聊聊天，同时也来看看栏里的生猪饲养得多大了。

那个年代，家家户户饲养生猪，也是家中的一件大事，年初光投入猪崽的成本也是一个不小的数字，因而在猪圈里聊天，会引出许许多多的话题来。

狄峰的母亲是个热心肠，家中无论来了什么人，她都会热情相待，递烟泡茶，在人们的心目中，长期以来评价狄峰的母亲是一位纯朴善良、勤劳持家，又开朗直率的农家妇女。

狄峰的母亲特别讲究礼节，当客人离开时，总会把她们送到大门之外，一路走还会聊上一些话。

狄峰的母亲回到屋子里，再朝堂前地面看时，三个孩子都不见了。在狄峰的母亲还在与客人聊天时，兄妹三人可能早已溜出去玩了。

狄峰的母亲在想，孩子们会到哪里去呢？

正在狄峰的母亲纳闷儿时，狄峰急匆匆地跑回家告诉母亲："狄玲姐姐掉到水塘里了！"

其实，狄峰也忘记了当时自己在哪里玩，和哪些小朋友在一起，在外面听到了村子里的人都在说狄玲姐姐出事了。

狄峰的母亲听到儿子狄峰回来报告这样的消息，犹如五雷轰顶,她跌跌撞撞地跑出门外,向家附近的河塘边奔去。

狄峰的亲姐姐狄玲啊,早已浮在了河塘的水面上……

村子里的好心人,从河塘里把狄玲轻轻地抱上岸来。

村民们还叫来了医生,又牵来了一条水牛……无论怎样采取抢救措施,狄峰的亲姐姐狄玲已是没有了一丁点儿的反应,没有了一丝的生命迹象。

河塘里,还有一根漂浮在水面上的小竹竿,这是狄玲生前向河塘里打捞野菱角时遗下的。竹竿被风吹得转着一个个圈,无数的水滴在波动的竹竿上一阵阵滚落,仿佛也在恸哭狄玲这朵美丽鲜花的顷刻凋谢。

悲痛啊!狄峰一家人是多么的伤心欲绝!!!

突如其来的无情打击,似万劫不复,让狄峰一家人怎能承受得起呢?!

狄峰的母亲伤痛得悲天恸地,紧紧抱住狄玲的遗体哭得天昏地暗,在泥地里打滚不止。

此时的场景,人们又有什么好的办法去劝说狄峰的母亲呢?许多安慰的话语,在这里都已显得无济于事了。

生产队的社员们也在伤痛之中,挑选了一些木板,制作了狄玲的棺材,又去找了块地,把狄玲安葬好。

亲人离别的剧烈伤痛,已使狄峰的父亲、母亲的精神支柱到了崩溃的边缘!

那些年,狄峰的母亲不知道多少次来到狄玲的坟头,不知道流下了多少眼泪。

狄峰的母亲无论走到哪里,不管遇到了谁,她都是说不上几句话就眼泪汪汪，泣不成声。

寒风在呼啸，黑云在翻滚。

作为下放干部，在农村生活是多么不容易啊。

更何况，狄峰的姐姐狄玲才刚刚10岁啊！

"狄玲能活在世上该多么的好啊！"狄峰的母亲常常说起狄峰的姐姐狄玲。

"姐姐是一个很听话的女孩子，在我的印象中，她长得胖胖的，五官端正，面相很善，似乎没有一点儿脾气，从不与人吵架，对我这个弟弟更是爱护有加。这次遇难，她是以做姐姐的一颗爱心，为了我们弟妹俩，她拿着竹竿到河塘里去捞野菱，可是……"狄峰说。

狄峰还说："那时候啊，农村生活贫苦，普通人家根本没有条件吃上新鲜的水果。然而，狄玲姐姐又怎么知道呢，她处于年幼，还根本不知道河塘会潜伏着万恶凶险！稍有不慎，狄玲姐姐就滑进了难返的深渊！"

"假如狄玲姐姐还健在，我们的家境就会大不一样啊！"至今，狄峰和妻子梅梅也会时常讲到狄玲离去的事。

狄峰说："是啊，亲姐姐如同慈母，我做弟弟的一定会生活得更幸福、更温暖，我们的门庭会更大！"

屋漏偏遭连夜雨。

狄峰的姐姐狄玲的离去，一家人已经难以承受巨大的伤痛。

想不到，大祸再次降临到了狄峰的家！

狄峰的姐姐狄玲离开人世后，时隔六年——1972年的某天。

狄峰的亲弟弟狄凡，也同样在狄玲姐姐告别短暂人生的这个河塘里，永远离开了亲人！

那天，狄峰的母亲婉珠正在给狄峰的舅舅国梁写信。

之前，狄峰的母亲收到了狄峰舅舅的来信，信中说青霉素、链霉素已经通过邮局用包裹寄出。

于是，狄峰的母亲一直在家天天等候着邮递员将包裹送来。结果，没有一点儿消息传来，显得很焦急。所以，狄峰的母亲再次写信给狄峰的舅舅，让舅舅知道还没有收到药物这个情况。

因为狄峰的母亲那段时期动了手术，身体很虚弱，且还有炎症，而青霉素、链霉素这两种药物，当时在浙北县这个小地方还是十分紧缺的。再加上经济上也很困难，狄峰的母亲只得向自己的哥哥求助。

那时，狄峰的弟弟狄凡就在母亲的身边。

"小凡很乖的哦，妈妈现在在写信，你不要跑到外面去哦。"狄峰的母亲这样嘱咐着狄凡。

之前，狄凡曾经对母亲这样说过："我看到河塘里有一条黑鱼。"

因为狄峰的姐姐狄玲已经在家门口的河塘里遇难了，此后，一家人平常对狄凡的照管更是特别的细心。

"妈妈，你放心好了，我不会去河里玩的，因为大姐是在水里淹死的。"狄凡很懂事地对妈妈说。

当狄峰的母亲写信写到第三页时，突然发现身边的狄凡不见了。

"姆妈，狄凡呢？"狄峰的母亲急忙朝着里屋询问狄峰的奶奶梅贞。

狄峰的奶奶说："狄凡在与邻居小孩一起玩，还在吃着生的南瓜子。"狄峰的奶奶还问道南瓜子是谁给狄凡吃的呢！

狄峰的母亲回答："是他的爸爸给他吃的啊。"

狄峰的母亲还对狄峰的奶奶说："小孩子吃生南瓜子好的，能泻下蛔虫。"

狄峰的母亲与狄峰的奶奶聊了几句后，又放心地继续写信。

"狄凡淹在河塘里了，你们怎么还不知道啊！"

过了没有多长时间，队里的爱娣到她的娘姨家来时，在河塘边听到了不幸的消息，于是心急火燎地赶到狄峰家把不幸的消息告诉了狄峰的母亲。

狄峰的母亲怎么也没有想到，狄凡仅仅离开了这么短的一段时间，就出大事了！

狄峰的一家人，怎么叫唤小狄凡，可是已经没有了回天之力，可怜的小狄凡再也没有醒来。

伤悲啊，小狄凡从此与狄峰的一家人阴阳两隔。

狄峰的亲弟弟狄凡，还只有小小的六岁年纪啊，却永远离开了大家！

"我很喜欢我的小凡弟弟，我很爱我的小凡弟弟。"

"至今47年过去了，如果小狄凡还在，2019年应该是53岁了。53岁应该早已成家立业，应该有一个幸福的家庭。"

狄峰对狄凡弟弟的印象特别深：长得白白胖胖，成人后一定英俊潇洒。

狄凡的悄然离世，村子里也有人问狄峰的家里人：是否存在其他的意外之因？这样的疑问，当时狄峰也在脑海里快速反应、一一掠过，但这些仅仅是猜测而已。没有人提供任何的根据，就不能去责怪随风而来的"影子"。狄峰一家人，没有与任何人结下过如此"深仇大恨"，会遭到被报复一个幼小的生命啊！

"在我们的姐弟妹当中，狄凡是最听话的一个。"狄峰回忆说。

"三岁之老。"狄峰的母亲时常将这句话放在嘴边，意思是，三岁的小孩就这么懂事，长大后一定会很有出息的。

狄峰的姐姐狄玲离开人世后的第二个月，狄峰的母亲生下了第五胎，即狄凡。

狄峰弟弟狄凡的降临，对狄峰的父亲、母亲来说，是极大的安慰。

"狄凡5岁时，教他认字记住的特别多，又会听写，一些数字概念也很清楚。"狄峰的母亲说。

狄峰也有回忆："那个时候，'文化大革命'还没有结束，农村的每户人家在一日三餐之前，都要朗诵毛泽东主席的语录，而狄凡弟弟就会朗诵许多语录，每逢此时，狄凡弟弟就会代表全家人朗诵，一家人开开心心，其乐融融。"

狄峰在王家村小学读六年级时，整个村只有两名六年级学生，正因为只有两人，狄峰被插班在了五年级的班级里。

那个时期，狄峰常常把狄凡弟弟带入学校，就坐在自己的身边。一方面，狄凡很听话，从来不吵闹，在课堂里也不会发出一点儿声音；另一方面，狄峰父母也放心将狄凡放在狄峰的身边，狄峰会悉心照管他，安全上也就避免了一些担忧。

人间最伟大的是母爱！

狄峰的母亲接连失去了一个个从自己"身上"掉下的"心头肉",怎能不痛心疾首?

那时,农村还流传着这样一个与"鬼"有关的可怕的"故事":农村的水塘里,都会有"落水鬼",每隔三年"水鬼"都会"拉"一个人到水里。

刺在狄峰内心深处的这把伤心之"剑",让狄峰一直隐隐作痛,难以自拔。

狄峰后来想起来,这个"鬼故事"不对啊。狄玲姐姐离去之后的三年,村子里没有人在水塘里落难啊。是间隔了六年之后,又痛失了亲弟弟狄凡的啊!

"苍天啊,你何以这样无情地对待我们这样一个弱势的一家啊?!"

狄峰不信这个骗人的"鬼故事"。

狄峰的母亲是个越剧迷,平常会哼几句越剧唱段,如《红楼梦》《梁祝》,以及当时流行的《沙家浜》《红灯记》《智取威虎山》《海港》等京剧名段。

狄峰的母亲把自己的满腔苦水,倾注在一段自己编写的唱词中:

"过去的事情不必想,多想来多烦恼。自从到达农村来,我样样苦头更吃尽。五个孩子三个亡,一个是无钱医治病中亡,两个是无人照顾水中亡啊!如今是年老眼花,一身的病把我打磨啊……"

狄峰的父母自从下放农村后,遭遇了失去三个子女的伤痛,对他们的打击是难以承受的。每当伤痛袭来,狄峰的母亲都呼唤上天何以这样无情?!

狄峰的母亲婉珠，也有过人生绝望，有过心灰意冷。

然而，狄峰的母亲很坚强，又很无奈。与命运做一个个的抗争，天天在无限的悲痛中，艰难地度过一个个不眠之夜。

狄凡离世后，狄峰的父亲瑞麟痛不欲生，萎靡不振，几乎对生活失去了信心。

某天，父亲带着狄峰去大姑妈家。由于手头连乘坐乡村客车的车费也没有，百里之地只得靠步行跋涉。姑妈家住在一个叫永太乡的镇上，父子俩一路上走的都是砂石泥路。那时，路上汽车虽少，但遇到车子来往时，尘土飞扬，父子俩的头发、衣服都会变得一片灰白。

狄峰的父亲一见到他的姐姐瑞萱，就号啕大哭起来，所有的委屈与伤痛，顷刻间就像倾盆大雨倒了下来。狄峰的大姑妈理解弟弟丧失幼子的无比悲痛，就让他把心中的痛苦全部倾诉出来。那天，狄峰的父亲得到了他亲姐姐耐心、细致的开导。

大姑妈还以一件事情来说服他的弟弟，意思是世事难料，有时国家的财产和人民的生命安全，也会遭受意想不到的损失与伤害。

也就是在那段日子里，山区上空不知是什么原因，有一架飞机失事了，机毁人亡。狄峰的大姑妈说，牺牲的飞行员都很年轻，国家多年来精心栽培，父母们更是用心血养育啊。沧海桑田，世事难料，人间会有很多令人崩溃的事件发生，怎么办呢？但是，为了生活，为了家庭，就要从逆境中走出来，为了今后美好的日子，为了还活着的家人，就要鼓足坚定生活下去的勇气。

狄峰的父亲瑞麟经过他姐姐的一番开导与安慰，心情虽然有些安稳下来，但小儿子狄凡的痛失，总似一块巨大的心病难以一下子治愈。

狄峰和父亲离开大姑妈家时，父亲在返程的路上与狄峰的话聊得多了起来，心情比之前好了许多。还有，大姑妈还专门去永太汽车站购买了车票，让他们不要步行回家了。这些，在后来的漫长岁月中狄峰一直依稀记得。

接下去的日子，狄峰清楚地感到：母亲婉珠每次看到狄峰、狄颖兄妹俩时，眼神里总会闪耀着幸福的泪光。那就是，敬爱的母亲，她把满腔热血和殷切希望，全部寄托在了狄峰和他妹妹狄颖两个人的身上！

那次，狄峰随父亲去姑妈家时，一路上走过了许多山冈、河桥，如丰城的岗腰岭、羊角岭，还有唐舍岭、大河桥、永太桥等，这是狄峰跨出家门的第一次远行。

但不是去外面的大城市，而是深山老岭。

但最让狄峰难以忘怀的是，山道弯弯的两面山坡上，清一色都长满了密密的毛竹。狄峰油然生发出这样的感叹：我从幼年来到浙北县之后，这是第二次见到了大面积生长着竹子的地方。怎么会每一座山，长的都是竹子啊！狄峰，又一次加深了对竹子的印象。

家乡的绿，主要来自连绵不绝、望不到尽头的竹子。

这次去姑妈家，狄峰有一个很大的收获：知道了什么叫山塘和水库。

父亲告诉狄峰，他们走过的地方，不远处就有两座大型水库："坎多芬"水库和"库一第"水库。

父亲说，这两座大水库真是造福当地的老百姓啊，即使遇到了罕见的灾害天气，水库也会起到较好的调节作用，对水库下游来说，会避免和减少很大的损失。

后来，在过去了很久的日子里，狄峰特别关注父亲对他说的两大水库，还了解了一些水库建设情况。

据《浙北县志》记载，"库一第""坎多芬"两座大型水库，总集雨面积589平方公里，总库容3.33亿立方米，正常库容1.565立方米。

"库一第"位于丰城以西10公里的一第村，大坝筑在苕西溪主流西溪上。这是浙北县为治理苕西溪流域水患而建的第一座大型水库。水库以防洪为主，结合灌溉、供水、发电、养鱼和旅游。1958年经批准，嘉兴专区决定兴建库一第水库，当年9月动工，先开挖输水隧道，后因岩质差无法掘进而停工，至1959年因国民经济调整，工程停建。1970年11月，省革委会决定兴建库一第水库，途中由于一些工程技术方面的调整，后停工又开工。直至1976年3月18日，水库正式蓄水。1978年工程全面扫尾。1980年6月正式竣工验收，并交付使用。

坎多芬水库位于丰城西南11公里的坎多芬村，大坝筑在苕西溪支流南溪中游。坎多芬水库是为治理苕西溪水患而建的第二座大型水库。水库按百年一遇洪水设计（3日暴雨481毫米），可能最大洪水校核（3日暴雨1380毫米）。设计防洪标准为20年一遇洪水全拦。水库工程于1958年8月全面动工，采取"边勘测、边设计、边施工"。1960年10月，因国民经济调整，工程停建。1964年10月11日省人民委员会对坎多芬水库修正设计任务书做了批复，同意复建，确定以防洪为主，暂不结合灌溉和发电。库区移民由浙北县就地安置。1964年11月18日，水库正式复工续建。1966年7月，水库工程按批准规模建成，当年蓄水受益。

1969年9月6日,省军管委生产委员会批复,同意坎多芬水库续建加高。1975年8月5日,河南省特大洪水后,全国防汛和水库安全会议要求全国已建和在建的大中型水库都要以可能最大降雨和洪水作为保坝标准复核。1978年8月23日,省水利局批复,同意水库保坝扩建工程设计,按20年一遇洪水全拦,可能最大洪水保证水库安全。

狄峰为家乡两大水库的建设和发挥的巨大作用感到自豪。

第四章　原野有情

一

阳光普照大地。

王家村历来盛产稻谷和小麦，还有着饲养桑蚕的农业传统。

狄峰的母亲婉珠，除了家务为主的劳动以外，还学会了许多种植、养殖方面的技术。

就说饲养桑蚕吧，狄峰的母亲特地到城里购买了养蚕书籍，潜心钻研学习，这就是当代知识女性所体现的作为。

后来机会来了，生产队把饲养桑蚕的任务分解到了有能力饲养的家庭。

狄峰的母亲很高兴。因为她很自信，相信自己有这个天赋和能力。

狄峰记得很清楚，在还没有饲养蚕宝宝时，母亲早早地就把诸如蚕匾之类的所有器具清洗、消毒干净。把领回来的蚕种，采用家里祖传的木质果盘，垫上雪白的纸张后，小心翼翼地把蚕种放在上面。

狄峰自从那次跟随父亲去了大姑妈家后,不仅把毛竹种在了心里,而且对与毛竹有关的农具、器具也有了兴趣。诸如锄头、铁耙、铁锹、耥耙这样的农具,都是把这些竹子连着篰头一并掘起,大多数是采用竹子作为操持的手柄。这种饲养蚕的竹匾,还有更多的如盛放稻谷、大麦、小麦、黄豆、玉米、芝麻,以及番薯、萝卜等的箩筐器具,还有晾晒稻谷、萝卜条、番薯饼、水磨粉、各类淀粉等器具,它们都是用毛竹编织成的。

毛竹,它的用途真是广泛啊。

狄峰的母亲自从接受了生产队的养蚕任务后,一家人就更加忙碌了。

饲养春蚕遇到了低气温。

狄峰的母亲用房间里一只普通白炽灯的温度,帮助幼蚕尽快地孵化出来。

"快来看,快来看!"

幼蚕从卵壳里钻出来时,狄峰的母亲特别高兴,就会叫上狄峰和狄颖,一同来欣赏这些刚刚出生的小宝贝。

"蚕宝宝最爱清洁了,我们要轻脚轻手,小心对待,不能粗心大意弄伤了它们哦。"

母亲这样嘱咐狄峰兄妹俩。

这些"宝宝"来到世间时,它们的个子比起蚂蚁来还要小得多。天性爱"活动"的它们,每当"游散"开来时,只能用小型的毛笔,且没有使用过的白毫尖儿,轻轻地将它们聚拢在一起。

狄峰和妹妹狄颖的主要任务就是采摘桑叶,根据用量一天到晚都要去采摘几次。

有时，狄峰的母亲还与狄峰兄妹俩一同去采摘桑叶。

母亲体贴兄妹俩，尽可能减少他们的劳动量，让他们把重点放在用心读书上。

饲养蚕宝宝要有一个多月的生产周期，经历"小眠""中眠"和"大眠"，是一个既紧凑有序，又充实忙碌的过程。

蚕宝宝每到"眠"，这个时候就不需要去采摘桑叶了。

"唰唰唰，唰唰唰"，一旦到了"大眠"，蚕宝宝苏醒之后，它们"吞吃"桑叶的需求量就骤然猛增。

此时，狄峰走进饲养的房间，似乎感觉到下着哗啦哗啦的阵雨一般。刚刚添加上去的桑叶，不用多少时间，就会被吃得只剩下光秃秃的叶茎了。

"蚕食"，狄峰从这里懂得了它的含义。

每天清晨，狄峰和妹妹都要到桑地里去采桑叶，用背篓、簸箕等工具，或背扛或肩挑回家。

"带着露珠的桑叶最好。"

狄峰的母亲认为，采摘桑叶最好的时间是早晨，带上一些露珠的桑叶最上乘。

"现在想来，更是应了'自然生态'的理念。"

人们对生态环境的美好愿望，从那个年代对蚕宝宝吃桑叶的要求来看，可见一斑啊！

狄峰这样联想。

"饲养春蚕时节，雨水特别多，蚕宝宝可不能断了桑叶。所以，仍然要冒雨采叶。"

狄峰兄妹俩很留心。雨天采来的桑叶需要晾干，不能将带着雨水的桑叶直接给蚕宝宝吃。

狄峰的母亲也就更加忙碌了。

"蚕宝宝吃了沾了雨水的桑叶,就和人吃了不洁的食品一样会'腹泻'生病的。"

狄峰的母亲对此一点儿不含糊。

蚕宝宝快要"上山"做茧时,狄峰的任务就是"摇出"一条条用稻草、大麦秸秆做成的"草龙"。

此时,意味着这一季的养蚕行将结束。

收获蚕茧的时候,是一家人最开心的时刻。

结果出来了。

狄峰的母亲从生产队领来的几张蚕种,蚕茧的"单位产量"最高,茧质也是最好的。

这项任务如立下的"军令状",完成得很出色。

狄峰的母亲自然快乐到了心底。

"母亲下放到农村,从来没有饲养过蚕宝宝。"

狄峰记得,母亲从书店里买来了相关书籍,还是一边学习,一边实践的呢。

狄峰的母亲,用事实得到了社员们的尊敬和信任。

春蚕是这样,到了饲养夏、秋蚕的时节,狄峰的母亲也同样对待这项分配来的任务。

二

狄峰的母亲婉珠,还是圈养生猪的好能手。

在徽派的老房子里，猪圈里常年都有三头生猪。那个年代，养猪是家庭看得见、摸得着的经济来源：每头生猪到了毛重120市斤，就可以到收购站出售了，当然猪的分量越重越好，收入就会多一点儿。每次生猪到了可以出栏时，狄峰的母亲总会请来邻居的男劳力帮助抓猪、捆猪，猪圈里就会传出生猪惊恐、乱闯的嗷嗷声。

每次，狄峰的母亲都是和狄峰一起用双轮车拉生猪到浙北县城去。生猪出售了，能卖到较好的等级（评价生猪的出肉率），价格就会高一些，母亲就会特别高兴。当然，这个高兴一方面是当年的收益增加了，另一方面就是能支付家庭之前欠下的账款。

那个年代，狄峰家是生产队的"一号倒欠户"，因为家里劳动力少，最高的年份倒欠了300多元，这个数字在当时来说，已经是不小的数目了。一家人也常常念叨：何时能丢掉贫困的帽子呢。

当时，每年的年初，猪崽子都是借款购买的，日常的油盐酱醋烟等，也常常是在供销社的代销店赊欠的。当然，平常还靠家里饲养的几只鸡，生下的鸡蛋可到代销店换回一些日用品，如肥皂、手电筒、电池、蜡烛，以及咸菜什么的。一句话：家里一旦进了账，重点是还账！

那时，狄峰每天放学回家，总是很自觉地帮助母亲做点儿事，特别是像采猪草这样的事更为乐意，因为这个活儿可以到外面的田头里去，而且会同小朋友一起，心情可以放飞。

"当然，有的小朋友会将集体大田里的'紫云英'偷偷地采来放在竹篮里的中层或底层，上面覆盖一些野草，而我没有一次是这样的，这也是家庭父母的教养之故。"狄峰对家庭父母的教育总是牢记在心上。

紫云英是当时农村种田最好的有机肥料,还是饲养生猪的一种主要饲料,其产量很高。到了收获时节,生产队就组织社员进行集中收割,然后按照每户家庭的所得工分进行数量(斤量)的分配,家家户户还采用腌制的办法,把紫云英饲料囤积起来,可饲养一段时间的生猪。

紫云英收割结束了,也就意味着春耕、早稻种植等农活儿可以正式开始了。

除了生产队分配的紫云英之外,还有番薯藤、稻谷脱粒后的"草娘头"的分配,但这些饲料还远远不够一年中生猪饲养的"口粮",还要在自己家的自留地上解决饲料问题,如青菜叶、南瓜藤、丝瓜藤、黄豆叶、空心菜叶等,这些都是狄峰的母亲常年在地里种植产生的。除此以外,队里分配来的稻谷加工后的谷糠,就是饲养生猪的精饲料了。即便是这样,还要有另外的一些"洋饲料",就是需要用钱去买的那种复合饲料。

三

狄峰一家与乡亲们一样,也分配到了与那里家家户户、祖祖辈辈按人分配的自留地。自留地是最"自由"了,可以让村民栽种任何一种庄稼或蔬菜。

狄峰的母亲婉珠,在自留地里种植蔬菜、植物,除了满足一家人的日常食材之外,还要将一些植物采摘、整理,挑到县城的街上叫卖,诸如毛豆荚、冬瓜、南瓜,还有番薯苗等。狄峰总是陪着母亲上街出售。

在那个时候，狄峰的母亲也不讲究什么面子不面子的，她曾经在县城比较好的单位工作过，在大街上论斤买卖，遇到熟人时，也不会在过秤后再添上一些菜蔬给人家。这也是狄峰的母亲是会计出身，为人正直、无私和坦荡的本性使然。

为了提高家庭的经济收入，就得起早贪黑多吃苦。

狄峰印象最深的是，与母亲一起推着近200公斤的双轮车去另外一个镇上的酒厂拉酒糟。

当时，这还是用一种称为"金刚刺"酿酒产生的酒糟。

那年景，提倡节约粮食，"深挖洞，广积粮，不称霸"的运动在全国轰轰烈烈展开，用粮食酿酒是不允许的。

后来，国内粮食问题基本上得到了解决，逐步放开采用糯米之类的粮食酿酒。

狄峰家到那个镇上酒厂的距离是20多里，往返就是近50里了。狄峰和母亲光行走就已气喘吁吁了，而且返回时要拉上六七百斤重的酒糟，且在砂石的路面更为艰难。

当拉到"岗窑岭"这个路段时，狄峰和母亲使出全力就是拉不过岗，因为狄峰和母亲都气力小，脚下砂石打滑，站立不稳，折腾了半天还是难行一步。且上坡时车身失去平衡，糊状般的酒糟随着车子上坡时的倾斜，晃荡的酒糟就沿着箩筐口直往下流，原本出厂时箩筐里满当当的酒糟，到了岗上已剩下不多了。

这样一来，到家后的酒糟就显得特别珍贵。喂猪时，酒糟只能当作"味精"般的调料了。家猪吃到这种味道的酒糟也是胃口大开，好像它们也知道这种酒糟是来之不易啊！

俗话说：冷在风里，穷在债里。

那时，狄峰一家人尽管吃苦耐劳，勤劳持家，日子还是过得紧紧巴巴，捉襟见肘的。

　　最多的年份里，狄峰家一年到头，还倒欠了生产队里三百多元钱。这个数字，对于当时的年代来说，是个天文数字啊。这个"倒欠"，意味着一家人的口粮还是向生产队"赊欠"来的。

　　正因为家庭条件十分窘迫，狄峰的父亲瑞麟从来没有吸上一回超过2角钱一包的香烟。狄峰记得，那时，家里只饲养两三只母鸡，但每只母鸡并不是每天都会下蛋。如果哪一天有一只母鸡下蛋了，父亲就会让狄峰去"下街郎"的代销店换回一包香烟。一个鸡蛋不值一角钱，只能换回一包白封面的"经济牌"香烟，当地人又叫"赤膊香烟"。"经济牌"香烟是所有香烟中最为低廉的一种，八分钱一包，如果再想换回一盒火柴，还要再添加一分钱，火柴是两分钱一盒。后来，父亲遇到开心的日子时，就会叫狄峰去店里买一包一角一分钱的"大红鹰"，或者是略为再高一点儿的"腰鼓牌"或"旗鼓牌""雄狮牌"香烟，总之，像"利群牌"、蓝色"西湖牌"这样的香烟，只能在代销店的香烟柜台里欣赏，人家在吸这种档次的香烟时，飘飞过来香味闻一闻，也会陶醉了。

　　当然，用鸡蛋去代销店并不是只换回香烟。

　　那时，家家户户能经常吃上腌制的"杂锦菜"，还算得上不错的日子，一个鸡蛋能换回满满的一碗。还有肥皂、酱油、盐、黄酒（只能作为调料，还没有条件用于喝酒）等，由此，两三只母鸡就如银行里的储蓄，也能体现出用钱的计划性。

　　每逢夏收夏种的"双抢"开始，县里的供销社还会及时下拨支援"双抢"的日用品和平时稀缺的物资，如腌猪肉、咸鱼、带鱼、豆制品等。

虽然在这个时节，物品供应充足了，但狄峰家还是有点捉襟见肘，消费这些算是高档享受了。

"双抢"艰辛，不得不凑足钱将分配到的物品给买回来。

"逢上这样的日子，就像遇上了喜庆节日。"狄峰说。

一位叫阿平的邻居，比狄峰大几岁，经常到狄峰家来玩。

有一回，阿平看狄峰的父亲瑞麟吃饭吃得那么香，一顿晚餐就是几大碗。餐桌上，没有看到像样的菜肴，感到奇怪。

阿平开始仔细观察狄峰的父亲，是什么缘由，他能把一口口白米饭欢快而幸福地咽下去。

阿平发现，餐桌上除了一碗炒青菜，就是一碗锅蒸的毛豆荚。

可是，狄峰的父亲面前，摆放着的是一只白色蓝花边的小碟子，里面盛放着几瓣刚刚剥开的生大蒜，以及三四个弯弯小小红红的"朝天椒"。

这种朝天椒，浙北县的人都叫它"小噶辣"。

它不像其他的辣椒，都是长在叶子的下面，像茄子一样躲在暗处，一个一个往地面垂下来。而它们，都是长在辣椒叶子的上面，白天直接面对着阳光，风吹日晒雨淋；夜里静观着深邃的苍穹，吸吮着纯净的露水。它们一簇簇、一串串的生长态势，像一把把利剑直指天空，一个个显得刚毅顽强，英姿飒爽。

阿平见狄峰的父亲刚将一瓣生大蒜放在嘴里嚼得津津有味，不一会儿，又拿起一个小辣椒嚼了起来。

"狄峰爸爸，生大蒜已经很辣了吧，朝天噶辣您还吃得消啊？"

阿平觉得奇怪，就这样探问狄峰的父亲。

"其实啊，不管是生大蒜，还是朝天噶辣，只要你用心去品尝，都会吃出美妙的味道来，给你的感觉还会是甜滋滋的那种。"

狄峰的父亲看上去很轻松，若无其事地对阿平说。

"狄峰爸爸，您肯定骗我，我在家里吃那种青辣椒已是吃不消了，这种朝天噶辣更厉害了啊。"

阿平有点儿不相信狄峰父亲的话。

可是，阿平见狄峰的父亲还是接着吃了生大蒜，又吃朝天椒，就经不起诱惑，勇敢地拿起一个朝天椒塞进了嘴里。

"怎么不辣，太辣了啊！"

阿平责怪狄峰的父亲"骗人"。

"要把噶辣嚼的特别细碎，就不会有辣味了。"

狄峰的父亲又补充了一句。

阿平信以为真，又张开嘴使劲地把刚才那个辣椒再次嚼起来。

"狄峰爸爸，您说把辣椒嚼细碎了是不辣的，怎么还会是那么辣啊？"

这句话还没有说完，阿平人跳起来，眉毛打着皱结，嘴巴"嘶啦嘶啦"直呼，连一句囫囵话也说不出来了。

狄峰见状，赶紧跑向厨房，拿起一个竹筒水勺，从水缸里舀来满满的一竹筒水递给了阿平哥，并迅速拉着他到旁边的天井里，尽快用冷水洗漱沾在舌面上浓烈的辣椒汁液。

此时，狄峰的父亲哈哈大笑起来。

父亲为什么说朝天椒不辣呢？

让阿平哥辣得直跺脚，连忙喝冷水也无济于事，几乎要大哭起来。

狄峰思忖着。

第四章 原野有情

狄峰的父亲见此情景，不吭一声，只是朝着阿平和狄峰笑笑。

俗话说，初生牛犊不怕虎。

小孩子，就是要到实践中去锻炼，去尝试没有经历过的事情，去体会人间的酸甜苦辣，不能人云亦云，随波逐流，见风使舵。

父亲的用意，莫非就在这里？

狄峰后来想到了这里。

艰苦的岁月，不仅能磨砺人的意志，还会树立坚定信念与勇气。

那个时候，狄峰的舅舅国梁、娘姨瑞珠，还经常帮助狄峰一家人，常年不断地给狄峰他们寄来衣服、凉鞋、读书工具等，每个月还从经济上贴补狄峰一家。

从狄峰的幼年开始，这些就一直留在了他的记忆深处。

第五章　田畴牧歌

一

那是一个快到年底的年份,也就是公历 11 月底的时候。学校里也快要进入年终学业考试了。

"我一定要读书,我很喜欢读书……"

心底里反反复复喷薄出的这些话语,其实已显得苍白无力了。

央求自己亲爱的父母,能够按照自己的心愿去读书,去完成学业,去实现自己的愿望,去实现自己的梦想!

然而,在这个贫穷落后的年景里,狄峰那颗幼小的心灵,感到了迷茫,感到了那种无人相救的困惑。

狄峰记得,一位校长为自己的辍学之事,从大老远专程赶来说服父母。作为一校之长,特地赶到学生家来,这样的事应该是不多的,说明这件事的重要性。校长当面对狄峰的父母说,狄峰的学习成绩很好,在学校里是位于前列的,希望能让他继续升学。可是，家庭陷入极度困境，谁来解开这个深度的"结"呢。无论校长怎样苦口婆心，在狄峰的父母面前，还是显得无可奈何，无可挽回。

"我又不是大人，我还不是男劳力啊。"

"辍学，这个与自己根本没有关系的字眼，怎么会发生在自己的身上？"

狄峰真有点儿想不通。

突如其来，如同"一纸命令"一样，彻彻底底地改变了狄峰继续在学业上得到"供养"的命运。

狄峰却毫无退路、无可奈何地拿起了牛鞭，去放牛、去那片既熟悉又陌生的原野上，去做一名地地道道的农民。

每年的12月1日，是生产队新年度的起算时间。

小小的狄峰，也是第一次赶上了与生产队年度中那些与"起算""分配"等有关的事儿，也就是成为生产队里一名社员的正式开始。

生产队上、下年度的"分割线"明确了，就可以进入计算社员们一年劳作后的年终分配。

年终分配的方案出来了，队里的家家户户就可考虑过新年的打算，以及筹划来年的计划与安排。

但，这也是一个有喜有忧的时候啊。

家庭劳动力多的，这个时候迎来的是一个翘首企盼的丰盈年。

家里工分挣得少的，又将是一个不得不面临的非常痛苦的时候。

狄峰一家，全靠狄峰的父亲瑞麟一个人，长年累月挣来的劳动工分养活全家。尽管一年到头也有几百个工分，但经过方方面面的计算，还是"资不抵债"，入不敷出。

生产队每年的年度方案分配，狄峰一家总是像一个学习成绩差的学生一样，得来的是一张考了个大"鸭蛋"的试卷。

倒欠生产队里的款项，居高不下。一家人如此下去，亏空的贫穷帽子何年何月才能揭去？

狄峰的父母权衡再三，反复考虑，不得不"下狠心""下猛药"，做出让狄峰暂时放弃学业的决定。

一些劳动力多的家庭，年底分配虽然也就进账了几百元人民币，但几百元在那个年代如同天文数字，可以派上很大的用场。

队里一户叫强水的人家，用进账的钱买了一辆双轮车。狄峰记得很清楚。

这样一来，强水家就显得神气一些啦！

拥有了双轮车，强水家也就拥有了优越感。

每当上面将任务下达到队里时，强水的名字总会在分配任务的名单上。山石、水泥、木材等物资的拉运，就会变成一大串的工分。

狄峰的家门口，是一条苕溪溪的支流，从西到东纵贯王家大队境内。

春天雨水多，特别是夏天来临时，台风一个接着一个，苕溪溪像汪洋大海，危险也随之而来。

波涛汹涌的洪水漫无边际地席卷而来，溪流两岸受河脚跟持续不断的浊水冲击，已经承载不了上面覆盖着的肥沃土壤。这些土壤，就像被撕去花色的毯子一样，一层层、一条条，纷纷剥离

第五章 田畴牧歌 089

开来，又迅速滑进了湍急的漩涡之中。

每一次洪水过后，河床比之前又拓宽了几米或十几米。

粮田，也就失去了几亩、几十亩，甚至几百亩、上千亩。

据有关方面资料记载，浙北县每年到了梅雨或台风季节，境内均会遭受连续普降大到暴雨和特大暴雨，平均降雨量大，导致洪水灾情。不仅严重冲坏斗堤、桥梁、房屋，农田和仓库受淹，而且造成严重的粮食减产。

某年的6月12日至14日，浙北县普降暴雨，局部特大暴雨，三天平均降雨量261.6毫米，最大子天岗站361.9毫米，塘横村、梅灵、亩西、坑钱桥4个站超过300毫米。大暴雨造成山洪迭发，溪河水位暴涨。苕西溪上游虽有库一第、坎多芬两大水库发挥拦洪调蓄作用，梅灵站洪峰仍高达8.98米，梅灵镇街道低洼处积水深达1.5米，洪峰平水持续时间长达11小时，造成极其严重的财产损失和人身安全侵害。这次仅受害农田就达1.58万公顷，成灾1.29万公顷。（《浙北县志》）

洪水年年泛滥，年年成灾。

从县里到乡里，从乡里再到生产大队，直至到生产队，每年都要在特别危险的河道堤岸抛下大量的山石，加以防固保堤，以使沿溪两岸庄稼少受损失。

"梅灵一带严重的洪涝灾害不说，如果上游没有库一第、坎多芬两大水库，我们平原地区的损失就更惨了！"

老百姓的这些话，狄峰听得最多。

向溪岸抛山石，也要选择和利用最佳时机。

秋季和冬季，雨水量相对减少，农闲的日子也多了起来。有双轮车的家庭，就可以大显身手了。

这些参与的家庭，每个劳动力一天拉山石就可以挣到几十个工分，抵得平常干上三四天活儿的工分总量。

"拉山石的活儿，虽然苦点累点，还是划得来。"

社员如是说。

这个"划得来"，就是挣工分来的"短平快"。

仅此一项，没有参与的家庭，比之这些"大户"，工分总量的距离只能是越拉越大。

到了年底生产队分配时，工分多的家庭进账就多了。

这些家庭，对新年的祈盼也就更加现实了：可添置一台蝴蝶牌缝纫机，或者购买一辆凤凰牌或永久牌自行车。还有的，会是一台十几寸的西湖牌黑白电视机。

尽管购买这些五金家电，进供销社还得要凭票供应，但有钱才是硬道理啊！

看看人家进账时的风风光光，瞧瞧自己家一年忙到头还欠了一屁股账，还有什么面子不面子的呢。

小小的狄峰，有时会这样想：家里那么穷，读书有啥用？

二

浙北县没有建"坎多芬""库一第"两座大型水库前，一旦遭遇严重的干旱时节，苕西溪常常会出现水源断流，两岸民众为稻田灌溉缺水愁眉不展。最为严峻与揪心的是，两岸民众为在河道争夺水源发生过多起矛盾冲突事件。

嵌入狄峰记忆深处的一次，是在1967年。时值炎热的七八月份，稻田禾苗正是分蘖拔节时，不可掉以轻心，村民每天起早贪黑驻守田头，盯着稻田进水灌满后才可安心回家。可是，遇到持续较长的无雨水日子，"夏东风，燥烘烘"，百姓对此心里都急得像热锅上的蚂蚁。这个时候禾苗断了水，意味着秋收产量会大打折扣。眼下，稻田严重缺水，地床已露出开裂迹象，稻禾缺水就会萎缩，甚至枯死。

此时，狄峰家所在地河溪以北的王家大队，与河溪以南的勤赏大队，发生了一场为争抢水源导致的聚众斗殴事件，也是苕西溪两岸民众有史以来为水源发生最为激烈冲突的一次。

溪南勤赏大队的梅南生产队，位于苕西溪河流水源流经的优势地段，即常年处于相对的深水区，滞水时间长，即使遇到严重的干旱季节，紧靠溪南的河床仍有常年流经的一汪水源，依靠电力水泵日夜抽水，仍能保证所有稻田的灌溉需求。而溪北王家大队的四、五、六三个生产队，此前依靠大队粮食加工厂一座机埠抽水灌溉，关照四五百亩水田的用水。但是，一旦遭遇干旱，原本机埠地处略高于溪南河床，从上游下来本已不充沛的水源集中到了对面河床。

怎么办？

溪北的四、五、六三个生产队的村民，眼看稻田严重缺水，禾苗危在旦夕，一些村民急中生智，带着铁耙、锄头来到苕西溪仍有水源的地段，开挖沟渠把水引到溪的北面来，再由水泵将水抽到岸上流向稻田。可是，溪南勤赏村的村民，听闻王家大队的村民要到自己的地盘上来抢水，那还得了？迅速聚集了三四十个年富力强的村民赶往现场护水。然而，王家村的村民见此情状哪能退却让步,理由是苕西溪里的水人人有份,哪能由你一方独揽霸占?于是,一场你争我夺、互不相让的水源之战爆发了。

勤赏大队的村民,都有腰佩柴刀的习惯。这些柴刀,是参与生产队做竹漾时才用得上。但这些村民不管日常用与不用它,就像将士佩带勃朗宁手枪一样,将柴刀作为护身符般随身携带,有时在田间坎边也会用于清除一些荆棘野树。所以,解决什么事或者体现威严什么的,这把柴刀有时也会显摆,壮胆提神。当看到王家大队一下子围上来几十号人开沟引水,他们一个个取下腰间的柴刀,见王家大队村民只要上来一个,就用柴刀砍断对方的铁耙、锄头木柄,阻止对方引水行动。他们将原本不多的水源看成是自己碗里的肥缺,如果流失到了对方那儿,等于自己的稻田就断了水,毁了粮食植物,等于锅里盗食。

一方面要开挖沙滩引水,另一方要极力阻止水源流失,持续僵持,决不退让一步。双方都是一些身强力壮的年轻人,有的脾气急躁,火气旺盛,为了争夺水源,不仅行动上处于高度敌视,而且语言上也不肯吃亏一句,你一言,我一语,越说越火,越火越凶,双方谁也不甘处于下风。此时,王家大队一位陈姓的村民,随手从地上捡起一块石头朝对方村民抛去,结果击中了对方一村民头部,鲜血直流。勤赏大队的村民,眼见自己的伙伴遭遇不测,就蜂拥上来,一场更大的流血事件谁也预想不到会有怎样的后果。此时,王家大队村民李久眼看村里人就要吃亏,让身旁的村民快去隔壁的石家村求助,让邻村派出壮劳力前来增援。

"大家听着,都不要动怒,都不要动手,双方都往后退!"

此时,现场出现了一位大队干部,来了个缓兵之计。

他,就是狄峰的父亲瑞麟。

瑞麟，双方都比较熟识了解，尤其是他所属的王家大队村民，都知道他为人正直，办事公道，威望高。勤赏大队村民尽管听了瑞麟制止双方动武的喝令声，但仍有少数村民持质疑态度，原因是瑞麟是王家大队的人，接下去他要说的又是什么话，对我方是否有利？

双方安静下来，但内心的亢奋一时难以平静，虽然不再动武挑衅，但少数村民仍然七嘴八舌，坚持自己一方的观点。

"如果这样下去，出了人命谁出来承担？你们哪一个回答？！"

瑞麟这句话一说出口，顿时让人们的大脑清醒了许多。

对此，尽管有人会觉得咽不下这口气，但沉下心来想想，这样下去真的弄出人命，谁也逃脱不了法律的制裁。

瑞麟又说："公社领导、人武部长马上赶过来，你们双方各推选几名代表一起商量解决。"

狄峰后来知道，公社领导来了之后，与双方的代表坐下来商谈。最后，根据双方当前农田灌溉的实际情况，做出相应的解决办法。解决王家大队四、五、六三个生产队四五百亩农田用水问题，经过与多个部门协商，从另一个水源渠道来解决。

王家大队与勤赏大队因农田灌溉，导致抢夺水源的一场纠纷终于解决了。

三

生产队里的牛棚，安扎在一个叫"窑墩里"的地方。

这个"窑墩里"，在狄峰的眼里，显得有点阴森可怕。

这一座座牛棚，就搭在一个个坟墓坐落的空地上。因为是地处"高墩",四面通透,大白天还好些,可是到了晚上,这个地方离居住的人家比较远,不见一点儿星光,假若遇到什么要喊上几声,老远的人家,压根儿也听不到你的叫声。

起初,让狄峰胆战心惊的是,当走到牛棚的门口,将一扇粗糙的木门推开时的一刹那,发出的"吱呀吱呀"的声响,确实让人双脚发软,似乎心脏都会蹦出来。

后来,狄峰的胆子也渐渐大了起来,习惯成了自然。

这些牛棚,墙身都是就地取材用泥土夯筑起来的。

有的土是黄的,有的土是黑的,还有的土是黄中带黑、黑中带白的。这些泥土,被夯实成了墙面,呈现出多姿多彩的立体效果。

前些年,浙北县有一个叫吴中的人,他就是怀揣着那么一份乡愁,想方设法申请到一块上千平方米的土地。人们觉得很神秘。很长一段时间,这里就做了一件事:围了堵围墙。里面,从来没有发出一点儿动静。人们在猜测:这里会派上什么用场呢?

后来,围墙里面有了一阵阵动静了。

接着,里面用泥土建造起了很多座"生态屋"。不久,还在入口处挂了一块"生态实验基地"的牌子。再后来,每天不知从什么地方开来了一辆辆客车、一辆辆轿车,往围墙里钻的人也就越来越多。吴中的"生态屋",名气越来越大,继而搅动了华东地区的建筑界,在国内还产生了广泛的影响。

吴中还有梦想。

他一天到晚,在浙北县的角角落落里转。竟让他发现了,自己的家乡地底下的泥土,其色彩多达上百种。"我要将这些五彩缤纷的泥土,研发成老百姓都可以选择用在墙身上的涂料,让泥土的芬芳走进寻常百姓家。"吴中把另一种乡愁，化作"生态梦"的寄托，去构想，去绘就。

这样的"生态屋"，其实是乡下人自古以来就一直采用的。现在，老百姓的日子好过了，觉得泥房子有点不美观、不漂亮、不气派。吴中就是要把这种"祖传"的秘方，通过自己的努力，想法子再给传承下去，留住那么一种回味无穷的记忆。

改革开放之前，浙北县可以说农民建造的住宅都是泥土房。改革开放以来，老百姓对住房的要求也越来越高了。一段时间以来，老百姓根本不用像现在旧城改造中做工作、拆违建房一样的大动作、大声势、大作为。

回望三十年前，如果说今天还是好好的一座二层土房，明天一大早就会把它的屋盖给掀了，会出现一座漂漂亮亮、洋气十足的三层楼了，农村里还称之为别墅。

至于那时的牛棚屋，其支撑的材料，也是选用当地土生土长的"乡土树种"。这边，紧锣密鼓地在夯着泥墙，那边，就风风火火地把选择好的树木一株株砍下来。现场估算，对号入座，根本没有事先的那种图纸设计，老农就是这些建筑物的现场设计师、现场工程师、现场监理师。

狄峰对此也觉得，农民也有大智慧，真正是实践出真知。

当然，泥土房也是讲究质量的，如果经济条件许可的话，一些人家还会到大山深处，去买来一些杉木、松木什么的，用作栋梁、檩木、椽子等，这样的房屋，一旦走了进去，就会感觉不一样，显得线条优美，材料厚实，赏心悦目。

"放牛，不可能与晚上没有关系啊。"后来，随着日子一天天过去，狄峰对牛棚这个地方，既感到陌生、可怕，又觉得神秘、新鲜。

四

乡下的人们,称看牛娃子是"看牛大王",听上去倒还有点儿"地位"似的。其实,"看牛大王"是自由的。一旦到了农闲时节,放牛娃就可以牵着各自的牛到处跑。

狄峰那个时候什么也不懂,心里只想着把自己牵着的这头水牛放养好。

"我牵养的怎么会是一头母牛啊?阿根他们怎么会是一头公牛呢?"狄峰身边的放牛娃,除了阿根,还有毛豆、树波、力生等。

狄峰养的不仅是一头母牛,还是一头老母牛。生产队的钮队长告诉他:"母牛好养,它很听话,很温驯,没有脾气的。"

"因为你年龄小,个子又矮,只能放养母牛。公牛可不同了啊,脾气很暴躁的啊,你会牵拉不住它的。"狄峰看看老队长一脸的和蔼可亲,虽然听得有点似懂非懂,但觉得队长对他说的每一句话,都很有道理。

狄峰是一个听话的孩子,心里就是一百个相信。

这头母牛后来几次生下了几头牛犊子,母牛也与女人一样啊,天生善良,从这头母牛的身上,狄峰学到了许许多多怎样去做一个好人一样的道理。

狄峰说:"母牛把自己生产下来的牛犊子照顾、关怀得细致入微。每一次下雨了,母牛总会让孩子躲藏在自己的肚子下面,像母亲给小孩遮风挡雨一般。小牛一时贪玩起来,落在母牛后面好远一段路,母牛会不时地转过身子,'哞哞哞'地叫上几声。小牛听见母亲在呼唤自己，就会屁颠屁颠地跑回到母亲的身边。"

狄峰一门心思想把自己放养的这头老母牛饲养得膘肥体壮，也想让队长和社员们给他一个赞扬。

但，事实上这是一件难上加难的事情。

狄峰后来才知道，母牛老了，也如同人老了一样，怎么会焕发青春和活力呢？

狄峰有点儿想不通，就去问了生产队里的老农。狄峰问："我这头老母牛几岁啦？"老农回答他说："它已是一头五年以上的老母牛啦。"

狄峰听了他的话，有点疑惑："五年的母牛怎么会老了呢？如果是人的话，才是小小的幼年啊。"

老农还对狄峰说："你饲养的这头牛，本来队里想把它给卖了，考虑到它每年还会产下牛犊子，卖了也就可惜啦。"

当时，一个生产队里都有五头以上的耕牛，五头耕牛就需要五个人来放养，从生产成本上来说，开支不算高也不算低了。一旦到了农忙时节，五头耕牛被安排得晕头转向。这一头的活儿才刚刚歇了下来，另一头的活儿又会给安排上了。

耕牛的一天，犁田、耙田、耖田，各种活儿连轴转，等待"牛把式"将它们歇息下来，都是到了夜幕完完全全地降下来了。

这个时候，耕牛还要进晚餐。狄峰将母牛牵到水渠两边，或者田边地角，母牛会如饥似渴地啃起青草。当然，这些青草不知被啃吃了多少遍，啃了又长，长了又啃。等耕牛的肚子完全喂饱了，也就是牛肚子鼓起来了，此时，狄峰才能将耕牛牵进牛棚里，这样就算一天放牛活儿的结束。

"看牛大王"并不是整日无忧的"自由达人"。弄得不好,莫名其妙的烦心的事也会扰乱一家人的平静生活。

"阿根,阿根,你怎么还不知道?你的牛,肚子好大啊,一定有问题啦!"

那天,毛豆、树波和力生等小伙伴们,突然发现阿根放养的这头耕牛肚子特别大,而且越来越大,这种膨胀状态看起来牛儿已是难逃厄运,危在旦夕了,大家急得咋咋呼呼起来。

小伙伴们都觉得,这种"大肚子"现象,不像耕牛吃草吃得鼓鼓胀胀的那种,也不是牛儿被饲养得膘肥体壮的那般模样,而是牛肚子大得有些夸张,有些离谱,有些扭曲,牛儿的表情特别痛苦,眼泪汪汪。

牛儿也通人性,也解人心。在乡下,一头老耕牛到了它暮年的时候,就会被屠宰。这个时候,耕牛的心里也是十分清楚的。当看到人们忙忙碌碌,议论纷纷,磨刀霍霍之时,它那垂暮的双眼就会流淌出浑浊、伤心的泪水。

乡下,让牛肚子突然大起来的原因有几种。

狄峰也曾经听说过一些原因。春天的时候,田野里到处都是紫云英。如果说,让牛儿过多地吃了紫云英植物,也会使牛的肚子鼓胀起来。牛儿也如人一样,长时间的劳作,饥肠辘辘,用餐时便会狼吞虎咽了。紫云英,人也可以吃,营养丰富,口感很好,脆脆甜甜的。在生活困难时期,紫云英也和其他的植物一样,被人们充当绿色食物炒菜吃,又如"草籽炒年糕"(草籽为紫云英的别名),还是一道美食呢。牛儿在这个时候也是饥不择食,会把肚子一下子吃得滚圆滚圆的。

狄峰听老农还说,牛儿肚子鼓胀,主要是牛儿在吃紫云英时夹带进了一种昆虫，乡下人叫它"乍屁虫"，就是一种喜欢放屁的昆虫。狄峰对这些"放屁"的昆虫有印象，有的长得扁扁的、圆圆的，有的长得细细长长的、有棱有角的。它们的背壳都很坚硬，极有自身保护的能力。这些昆虫的色泽，有灰色、暗红色、蓝色和深浅不一的绿色，它们很有警觉性，飞跑起来很快。这种昆虫倒也有点儿优雅，喜欢躲藏在像紫云英这样的绿色植物丛里享受闲暇。

如果牛儿一连吃进了几只昆虫，昆虫在牛肚子里似孙悟空翻筋斗一样，折腾不休起来，接二连三地放着屁，这些气体会让牛肚子渐渐地鼓胀起来。狄峰也多次听说，这个时候有经验的老农，会取一根小竹子，把竹子里面的一道道竹节用钢筋什么的去穿通，成了一根流畅通气的管子。然后，把竹管子的一端用刀具削成锐利的尖锋，猛然扎进牛的肚子里。鼓胀起来的牛肚子，一旦被扎进了可以流通的管子，牛肚子里的浊气就会很快排放出来，牛儿也就不会有生命危险了。

狄峰想，牛儿的生命力确实顽强，一根竹子狠狠地扎进肚子里也不会有任何问题，而且根本不用消毒措施，竹子拔出之后，创口不用去缝合，很快就会愈合。如果是人的话，被一根竹子深深扎进了肚子里，那还得了，肯定是凶多吉少、奄奄一息了！牛儿，真可谓"吃的是草，挤的是奶"，造福人类啊。

"啊啊啊……不行了，不行了，你们看啊，这头牛已经四脚朝天了，它嘴里开始吐着白乎乎的泡沫啦……"

"不得了了，不得了了，这还得了啊，阿根放养的耕牛死了！"

20世纪六七十年代，生产队里的一头耕牛突然之间死了，就像一枚定时炸弹在高空爆炸,消息也似一道道电波传遍了十里八村。

"阿根这头牛,一定是吃了喷洒农药的植物死的!肯定是阿根解开了牛绳,随牛儿到处跑。田里的秧苗、农作物许多是喷洒了农药的。"

队里的社员们,一个个像水泥杆上的高音喇叭,叽里呱啦,七嘴八舌,像九、十级台风呼啸地议论开了,群情也一下子被激奋起来!

阿芳是生产队的植保员,她向大家提供了线索。说王家大队桥边的那块秧苗田,是她刚刚喷洒了甲胺磷剧毒农药,阿根的牛是否吃了那里的秧苗?

生产队长严汉一闻此言,从一把木凳子上跳了起来。他立马派出几位社员赶赴现场。

"桥塊边的秧苗没有被牛吃过!"

"那块秧苗田,已插上了小白旗!"

急匆匆跑回来的几位社员对大家说。

对施过农药的田块插上"小白旗",是生产队对喷洒农药管理上采取的警示措施。如果喷洒过农药的田块插上"小白旗"之后,牧牛者还是将牛儿在此放养,一旦牛儿中了毒,放牛娃就有责任了。

那么,为什么只提桥塊边的秧苗,而没有去猜测其他地方的秧苗或植物?

阿根的牛被毒死,这是一个严重的问题。阿根也难免像犯罪嫌疑人似的,接受生产队干部的了解与提问。根据阿根提供的信息,大家从时间上、地域上分析,阿根这头耕牛那天没有时间跑得更远，判断耕牛发生遇难的地点，应该是在附近的周围一带。

那还查得清这件案情？

桥块边的秧苗，牛儿根本未吃，牛儿又没有时间跑到更远的地方。那是在什么地方中的毒，这不成了悬案？

大家迷茫了，可谓一头雾水。社员们一个个假设，一个个疑问，在一次次分析、排查、讨论中，又因无凭无据一一被否定。这个案情，似乎更显得复杂、扑朔迷离了。

这当中，关键点还存在疑点：是否有人为的投毒？如果真是这样，案情的性质骤然变化，其性质与后果又是不堪设想了。

比大家更为提心吊胆的是阿根的父母。他们为突如其来的"噩耗"痛哭流涕，急得团团转，像是头顶上的一片天塌了下来。这件事，对于一个家庭来说，弄得不好，还真的要落了个家破人亡、倾家荡产的地步啊！

社员们说，死亡的这头耕牛，还是只有两三年的小公牛啊，正处于"壮劳力"时期，耕起地来，牛把式还要气喘吁吁地跟着它跑。生产队购入这头牛崽子时，还花去了一千多元。一千多元，在那个年景里，价值已是不可估算了。

"阿芳，你过来。我问你，你在喷洒农药时，喷雾器是在哪个地方加水的？"正在此时，狄峰的父亲瑞麟突然这样问阿芳。

瑞麟问阿芳"喷雾器是在哪个地方加水的"，原因是，喷雾器放在哪里，农药的瓶子一般就会放在它的附近。当农药瓶打开，向喷雾器里倒农药时，少量的农药会从瓶口里滴漏下来，然后沾染到地上的杂草。

阿芳是个姑娘，正在为阿根放养的耕牛突然死了感到难过时，听到长辈瑞麟这样问自己，好像大家把视线转移到了她那里，紧张得一时语塞，结结巴巴，眼泪也就哗啦啦地流了出来。

"阿芳，你不要着急，不是在责怪你，是在向你了解一些当时的情况。"阿芳听了瑞麟的安慰话，情绪有了好转。"我是在秧苗田的渠道边往喷雾器里盛上水的。"

阿芳这句话一说出口，严汉队长又迅速地让几位社员赶快去渠道边的现场查看。

"渠道边的草是被牛儿吃过了！"

大家焦急等待之时，很快，出去"侦探"的社员心急火燎地跑回来了。大家一听到渠道边的青草是被牛儿吃了，像一块堵在心口的石头落了地：这个"案情"，终于有了真相大白的前提。即使这样，这件事仅仅还是其表象上的推测。渠道边的青草，是否真正沾染了农药，还得经过技术部门的鉴定。

经过技术专家的现场鉴定，渠道边这些青草沾染上的就是甲胺磷农药；而死亡的这头耕牛，从其肚子里的食物取样鉴定，也是甲胺磷农药的残余成分。阿根放养的这头耕牛死亡的原因，终于彻底查清了。全生产队的干部、社员，一个个心服口服，再也没有了任何的责怪和怨气。

生产队的干部、社员们，个个赞扬狄峰的父亲瑞麟，说他有沉着冷静的头脑，遇事不慌的心态，查明事实的机智，设身处地为他人着想，真心实意爱护社员，把事件一定要查个水落石出才让大家放心，才能人人安心、大胆地去做事。

这件事，让阿根一家人更为感激涕零，像得到了上帝的开恩一样。生产队做出决定：耕牛中毒事件，与阿根没有直接关系，阿根就没有了经济赔偿的责任。

耕牛中毒事件之后，生产队还修订完善了《农药使用管理守则》。比如，此前对喷洒过农药的田块，虽然明确规定要插上"小白旗"，但忽视了喷洒农药时，摆放农药瓶子的地块也应该插上相应的"警示标志"。这次阿根的牛儿中毒事件，由于此前对摆放农药瓶子没有做出明确规定，所以不能由放牛人负责，因此阿根是没有责任的。通过这一血的教训，给大家也上了一堂深刻的警示教育课。对此，生产队对所有植保员进行了培训指导，尤其对河道水质、草地净化和环境保护等方面提出了细化的要求，建立健全了相关的岗位职责。

五

　　浙北的原野上，无论是春天，还是夏天和秋天，目光所及之处，都会充满勃勃生机，绿意盎然的景致不时向你涌来。

　　从大都市上海，或是苏锡常，或者是从北方来的客人们，不管他们从浙北县的南大门、东大门，还是从北大门、西大门驱车进入境内，都会情不自禁地发出这样的感慨：别有洞天啊，这里的绿色海洋就是不一般，外面是看不到的啊，浙北县真是太美了，连空气里飘溢的都是甜滋滋的味道！

　　外来客人对浙北县一直是这样的评价。

　　狄峰自从随父母来到这里后，他对第二故乡的赞美与爱，也一直深深地藏在了心里。

　　"狄峰，我们明天把大家都叫上，一起去'蚌河塘'放牛，好不好？"毛豆向狄峰建议。

　　狄峰说："那你先告诉一下其他的人，我们约定好明天一块儿去。"

狄峰在这支"牛娃子"队伍里，年龄要比他们长上几岁。毛豆他们，很自然地称狄峰为兄长。于是，狄峰说的话或是某个建议要求什么的，都会得到小伙伴们的一致响应与支持。

春天里，耕牛会显得忙碌些，但耕牛的劳作也有空下来的时候。

阿根、力生、树波他们，这些放牛娃也都会像大人们一样见缝插针。大人们休息的时候到了，就会直接往泥土地上一躺，舒舒服服。看牛娃呢？也会抓紧时间，想着办法让自己的牛儿能多吃上嫩一些的、好一些的青草，使自己的这头牛长膘一些，好看一些。

小伙伴们呢？有时当然还少不了玩性的使然，大家聚在一起，可以在大自然的环境里寻找快乐，嘻嘻哈哈，轻松一番。

这个叫"蚌河塘"的地方，其实不是河塘，而是苕西溪支流经过村里的那段最东面的、与另外一个村庄交界的一段水流和宽阔的沙滩。

沙滩上，长着各种各样参差不齐、老态龙钟、歪歪斜斜的树木，有的叫枫杨，有的称杨柳。它们的腰身上，都会缠绕着层层叠叠的杂草、藤蔓。这些杂草和藤蔓，大多是上游的大水下来时，经过一次次的缠绕累积起来的，像一个个缠绵在树枝上的草堆儿。

沙滩上，让小伙伴们最喜欢的，还有光怪陆离的、形状大小不一的鹅卵石，有白色的、黑色的、米黄色的、粉红色的，还有各种颜色相间的，形成各种各样图案的；形状有扁圆形的、三角形的、长方形的、正方形的、椭圆形的、宝剑形的，等等，林林总总，蔚为大观。小伙伴们会将喜欢的鹅卵石捡回家来。有时还

第五章 田畴牧歌

会藏在口袋里,随时拿出来,敲敲打打,敲打时会冒出一些火星。说从前的类人猿进化到人类时,也是用石头打击出火花来。有了火,就可以把食物烧成熟的吃。

这些树木、杂草,或者是鹅卵石,如果遇上了大水的来临,有时还会被水淹没。整条溪流,变成了"黄河""长江"那种模样,水域宽阔起来,水面汪汪,水花阵阵激荡。

每当河水退去时,这里的地形地貌,又会变得和以往有所不同。比如,这头的沙泥又聚集多了,形成了一个个大大小小的沙泥包包;那头,被河水一遍遍猛烈冲刷后,发现鹅卵石又少了许多。

这里,与村子离得比较远,平常到那里去的人也很少,放牛娃也是一样。

狄峰他们这些放牛娃到"蚌河塘"去,要经过一段长长的斗堤。其实,这些斗堤,在浙北县,尤其是在苕西溪两岸,都是用泥土夯实垒筑,斗堤一般高达五六米,宽度也四五米不等。

那天,牛娃子队伍出发了。

"大家听好了,我们现在可以站立在牛背上开展比赛了,看看谁的牛跑得最快,谁最先到达'蚌河塘'!"

在经过了一段长长的斗堤之后,阿根、力生他们两个人不知什么时候统一起来的,突然想出了这样一个馊主意。

跟在后面的毛豆和树波,也风风火火"好啊好啊"地应和着。

狄峰见小伙伴们都想在牛背上露点儿真功夫,少数服从多数,不同意也是不行了,只好强打起精神,展开笑颜,附和着说:"好好好,那好啊!"

狄峰平常放牛，由于胆子小，加上内向，牛在平地上行走的时候，也很少在牛背上站立，如要站立，也是瞬息之间，生怕从牛背上掉下来，让大人们见笑，或者把这样的事传进父母的耳朵里会受训斥。更何况，是在险象环生的斗堨上"站立牛背"了。

阿根、力生已站在了牛背上，风风火火地往前跑了；毛豆和树波也不甘示弱，强打起精神也出发了。

狄峰看着小伙伴们一个个生龙活虎地在牛背上施展"才能"，自己也感觉到"不合群"，于是就强充"好汉"站到了牛背上。要想站在牛背上，比起幼儿园玩的跷跷板，难度要大得多了。狄峰左手紧紧拉住牛绳，右手提着竹鞭，但不能用竹鞭去打牛。自己在牛背上站也站不稳，怎么可以鞭打快牛呢？

其实，牛的性格，有点儿像小孩，有时也会"人来疯"。在大人面前，在大众面前，小孩天真烂漫，会展示一下自己的"本领"。

狄峰的这头母牛，看着前面的一头头公牛发疯似的疾驰，它终于也抵挡不了内心的冲动，霍的一声，呼啸地奔跑起来。也就是说，狄峰根本用不着拿鞭子去催打它，牛的四条腿就快速地发颠起来。狄峰在这样的阵势面前，本就两腿发软，再加上牛的前腿跨出时，牛头像在水里扎猛子般的使力，整个牛身像不断起伏的山峦，摇摆不停，还没有经它几下子的猛颠，狄峰就从牛背上翻落下来。先翻落在斗堨上，随着惯性，继而又翻滚到了斗堨下的泥水沟里。

待狄峰清醒过来，已感觉到浑身疼痛，一时也站立不起来。这个时候，狄峰想到了自己这头牛不知道会跑到了什么地方。狄峰睁开眼睛寻觅时，发现这头母牛就在自己的附近。狄峰放心地笑了,因为自己浑身的伤痛,还能换得牛儿的同情。于是,狄峰艰难地从水沟里爬起,忍痛去牵拉母牛,慢慢地寻找前方已是老远老远的放牛娃队伍。

在牛背上摔伤这件事,狄峰未对父母提起过,因为这毕竟不是"乖孩子"做的事。后来,随着年龄的增长,身上这疼那疼的原因,狄峰会很自然地与"站牛背"的事联系起来。

六

隆冬时节,北风呼啸,寒意阵阵。

"骑在牛背上是一种享受,是一种温馨啊!"狄峰放养的这头母牛,宽厚的牛背尽管毛量不多,但牛的体温给了他似火炉般的温暖,尽管牛臊气浓重,比起刺骨的冷风钻进身来,还是幸福的味道。

冬令时节,坡岸路边满目枯草,耕牛也只得啃些残草,偶然间几棵嫩草裹在其间,牛儿会脸露欣喜,从摇摆着的尾巴可以看出它的欢乐。

人们都知道熊猫喜欢吃竹笋、竹叶,而牛儿也同样喜欢。冬天牛儿很少能吃到绿色的草儿,那时浙北县有许多散生的碧绿小竹叶,自然就是个宝了。

牛儿也通人性,它身体给了人取暖,而它自己呢,渴了就在破了冰的水潭里找水喝。

狄峰每当看到自己的这头母牛,在冰冷的水沟里找水喝,咕咚咕咚鼓起了喉结,一口一口喝得有滋有味时,心间就会生发爱悯。

牛儿的忠诚憨厚,吃的是草挤的是奶,像一首《懂你》的歌曲中那句:"把爱全给了我,把世界给了我。"狄峰总是这样想着。

晚上或雨雪天,狄峰和其他小伙伴总是将准备好的干净稻草放在牛栏里。

前面说到过,狄峰放牛时生产队里的那个牛棚,是建在高高的窑墩上。这个窑墩,还长着几棵苍老的乌桕树。队里把脱粒后的稻草晒干,利用乌桕的树干,将稻草围着树干整整齐齐垛成腾空的草垛。这些草垛,就是牛儿越冬的主要粮草。

一个个草垛儿像一座座草屋,雨雪天都不会被淋湿。

那个时候,狄峰每次都会爬上竹梯,从草垛里用手拔出干草。这些色泽金黄,散发出清香的稻草很讨牛儿喜欢,它们嚼得津津有味。

其实,稻草也有甜味的。狄峰小时候曾把一根稻草含在嘴里,体验过这种清香与甜味。

然而,有时也有个别小伙伴会偷懒,自己不从草堆里拔草,而是趁着他人离开牛棚后,把人家的牛草拿给了自己的牛吃。

狄峰后来发现,自己的牛儿在第二天的早晨还是饥肠辘辘,萎靡不振,便用心捕捉,结果这样的事也能当场露了馅儿,便有了尴尬的场面。

狄峰讲起这些小事情,后来是这样解释:那个时候,可能与孩子们天生的调皮淘气有关,小孩子也不可能知道社会上还有那种"牛无夜草不肥"之说。不过,小孩让自己的牛儿变得膘肥体壮起来,就是想得到生产队里大人们的夸奖倒是真的呢。

春暖花开，草长莺飞，气象万千。

人勤春来早，牛儿又进入新一年的忙碌了。

狄峰也随着春天的到来，快乐地迈向诗意的季节。

首当其冲的是，早稻秧苗的播种下田。此前，在冬天里，生产队已对留着作为来年秧田的田块进行了翻耕。

狄峰对此经常说："乡下流传的习俗是'地要冬耕，儿要亲生'。"

现在，牛儿把留着的空田进行了重新翻耕、耙耖。社员们用铁耙、锄头等工具整理出一畦畦苗床，把孵出的谷芽儿撒在秧畦上。如赶上时间早的，为了防霜冻伤害及影响出苗率，便会遮盖上尼龙薄膜增温，这种早播早种的秧苗时称"早翻早"。

牛儿进入新一年的劳作，队里还很讲究给耕牛滋补身子，这是传统的习俗。就是把糯米煮熟后摊开晾凉，拌上酿酒药进行发酵，用上一个月左右的时间就有了浓浓的酒香味，就可连同酒汤和糟儿一并灌给牛儿吃。这个办法很管用，牛儿的劲头很足，耕作起来很听牛把式的使唤。

"这个'酒汤'也称'甜酒酿'，还会引来'酒鬼'。"

狄峰说，队里有一些好闲者，还会乘机偷偷喝上几口甜酒酿呢。

"清明还未到，小鬼哇哇叫"，意思是，清明祭祖的时候还没有到来，"鬼神"已经出没了。

这里说小鬼的哇哇叫，不是小孩的喊叫声，而是村子上河岸溪边的溪柳树，生机勃发，已全部长出新芽，抽出了新枝条。

狄峰与小伙伴们一样，会将一些柳树枝条剪下来，用削刀将树皮剥下卷成由小到大的喇叭形哨子。

这种用柳树皮吹出"嘟嘟嘟嘟"的声音很响亮。

小孩子参与的人多了,各吹各的调,就会形成"哇啦哇啦"的一片声响,这个时候也预示着春天的正式到来。

牛儿也有七情六欲,开春的日子,也是牛儿动情的季节。

狄峰和小伙伴牧的牛群,有公的也有母的。有时大家约定好把牛全部赶往几里外的河滩上,牛儿乐、人儿玩。

这样的日子,也给了公牛母牛们亲近的机会。平常不在一起的公牛母牛们有了亲密的零距离接触,很有亲切感、新鲜感。动情的公牛常常会拿出随身的秘密武器向母牛展示,抬起两条前腿疯狂地扑向母牛。

此时,似懂非懂的小伙伴们,脸蛋一个个都会起了红晕。牛儿们这样的接触机会多了,母牛的受孕概率就会上升,产出的牛犊就会让小伙伴们引出话题:"你这个牛犊很像我的公牛生的,连眼睛鼻子骨骼毛发都很像呢。"

如此评头论足一番是常事,狄峰也会参与其中。

但随着日子的逝去就会渐渐淡忘。毕竟是牲口,牛的血缘关系谁也没有必要去把它弄清楚的。

烈日当空,狂风暴雨,夏收夏种。

夏天,是农村最繁忙、最辛苦的季节。

夏收夏种的"双抢",不仅要在有限的时间内结束战斗,而且还要经历烈日烘烤、台风暴雨和雷电轰鸣的侵扰,这个时候的牛儿也到了发挥突击作用的关键时刻。

清晨,这块田里的稻穗还是金灿灿一片,到了下午,收割后的田地已让牛儿翻耕平整得如镜面一般,到了傍晚时分又变成了绿油油的一片秧苗,像工厂里的流水线一样,井然有序,环环紧扣,分秒必争。

夏天的牛儿,与社员们一样,不仅增添了超负荷的劳动强度,而且晚上入睡的时间迟,早上"起床"的时间早,可谓披星戴月,一天干上两天的活儿。

这个时候,狄峰与放牛的伙伴们一样和牛儿一起吃苦。

不仅被蚊子叮咬,苍蝇嗡嗡乱飞,而且牛儿用尾巴驱赶蚊蝇,肮脏的尾巴不时甩到孩子们的身上或脸上。

有时牛儿被蚊子、牛虻叮得奇痒难受,急躁得倒在烂糊田里直打滚,此时如把牛儿牵上岸,牛尾巴摇摆出的泥浆会搞得孩子们一身脏,白脸变灰脸,白衬衫变黑衬衫。

夏天,天气变脸频繁,放牛时经常会遭到暴风雷雨的袭击。

狄峰和他的小伙伴,也懂得电闪雷鸣时不能在大树下避雨,于是情急之下只得往苕西溪里跳。尽管担惊受怕,但也只好在湍急的水里,度过水中屏气、狂雨淋头这样艰难的时刻。等雷雨停了上了岸,浑身冷得直打哆嗦,觉得还是躲在溪水里温暖。上岸之后,还要靠太阳出来晒干身上的短裤。

有一回烈日下,狄峰牵着牛儿,在一条长满青草的水沟边放牛,牛儿由于一个上午的犁田,此时总算歇息下来轻松吃草,狄峰也乘机在沟渠旁的绿荫下休息会儿。静谧中,忽然听到有什么东西在水渠里发出"沙沙"的声响,循声望去,这一看真是不得了了,大热天也让人吓出了一身冷汗,惊慌失措。

狄峰回过神来时便喊道:"水里怎么会有那么多蛇啊!"

喊声过后,仅仅几秒钟,随着"哗啦哗啦"短暂的几下喧哗声,整条水沟来往游动的各种各样的蛇,一下子逃遁得无影无踪了。

附近邻队在晒谷场上翻晒稻谷的社员,听到狄峰的呼叫声也迅速奔来。狄峰上气不接下气地描述了刚才发现的奇怪一幕。

老社员神秘兮兮地说:"刚才蛇在开会呢,不能叫喊的,你这时只要往水里抛石块,石头都会变成黄金的。"

狄峰当时也不去考虑此话能否当真,在当时的情境下,只有狄峰一个人在场,绝对不会如此镇静啊。

事后,狄峰每当想起此事,总会感到心有余悸:"不知道这是自然界中的什么现象,也真觉得大千世界无奇不有啊!"

这件事,在狄峰的心里一直是个"谜团"。

艳阳高照,秋风送爽,丰收在望。

秋天,是牛儿最轻松、快乐的季节,相对来说,耕作量要少得多。这个时候,当然也是牧牛的孩子们最舒服、开心的时候,比起前面的季节要显得清闲一些。

云淡风轻。狄峰骑在牛背上乐得优哉游哉,牛儿的身上好像也干净一些似的,在光灿灿的暖阳下,牛儿的毛发也特别的柔软耀眼。

田野上五彩缤纷,到处呈现出丰收的景象。

这个时候,狄峰和牧牛的孩子们有更多的机会相聚在一起,可以开心地做着各种游戏。

这个季节,又是田间地头的番薯、花生、甘蔗等作物成熟的时候。聚在一起的小伙伴,有的准会出些歪点子,冷不丁地把番薯掏来了,把花生拔来了,在坡边或田坎上迅速挖个坑,将拾捡来的柴草点上火,把番薯、花生之类的农作物现烤现吃,刚刚香味溢出,有的番薯还是"皮焦里生",伙伴们就猴急地抢来吃。

狄峰和伙伴们,烤来吃的还有稻草上剩余的谷粒。随着稻草一起点燃,谷粒就会像爆米花一样绽放出洁白的花朵,散发出微焦的米香,让人口馋。还有,将残留在黄豆秆上的少量豆子,放在火堆里烘烤,它们同样会"激动"得"噗噗"跳跃出来。狄峰与小伙伴们抢着滚烫的"花朵"往嘴里塞,心里也像豆子一样乐开了花。

印在狄峰脑海里很深的一件事,还有一场开心的"幽默剧"。

狄峰说,在一个叫"黄土桥"的溪滩上,大家把牛儿解开绳索让它们自由吃草。

阿根、力生,以及毛豆他们事先商量好,利用场地上原有的一个松软的泥土坑,悄悄地在坑上搁上一些枝条,铺上一些稻草,伪装成平整的假象。让小伙伴树波扮演被抓的"日本鬼子",大家"恭敬"地请他入席。然后,大家用手上的一根根竹竿,作为步枪一齐朝"鬼子"发出"哒哒哒"的枪声,以示消灭敌人。

树波根本不知道涉足的地方会有一个隐蔽的坑,还没有反应过来,就掉进坑里了。树波发出了"哎哟哎哟"的惊呼声,嘴里嘀嘀咕咕责怪大家:"为什么要开这样的玩笑,真的把我吓死了啊。"狄峰和伙伴们,乐得笑弯了腰,毛豆和阿根他们还在地上打起了滚。

秋高气爽,狄峰与牛儿牵手共舞。

骑在牛背上一路行进对歌,一起蹚过水塘深沟,一路领略无限风光。

白天，狄峰他们观赏头顶上万千蜻蜓飞舞，晚上数着苍穹上璀璨的星星。

有时，狄峰和伙伴们还会一路鞭打快牛来一场"策牛"比赛，还会站立于宽厚的牛背上奔跑。

狄峰尽管有过站立牛背、失控而滚落在几米下的坎沟里，摔得遍体鳞伤的经历，但后来磨砺的时间与次数多了，经验与技巧也丰富了。当时那种天生活泼的欢乐，在狄峰心里一直作为甜蜜的回忆。

"现在，离牧牛的往年早已远去，成为一段心中的故事。"

狄峰后来再往乡下跑时，田间地头、村庄河边，也很少看到当年孩提时的那一幕幕"牧歌"景象。对流逝岁月的回味与感叹，总会让狄峰由衷地感慨："现在的孩子们缺少了什么？又会多了什么？那种从自然界的环境中营造出的欢乐，从牛背上感受的这种暖流还会回来吗？"

第六章　动荡年景

那天，家门口的一条村路上，忽然传来敲锣声。

这个锣声，还仅仅是独有的一面铜锣，没有鼓声、没有钹声、没有镲声的配合，显得清汤寡水，零零落落，凄凄凉凉。

狄峰与村子里的小伙伴一样，听到了锣声，都从自己的家里奔向屋外，像发现新大陆一样，去看看外面的"西洋镜"。

在乡村，每当村子里的锣声响起时，不是每年度的敲锣打鼓欢送新兵入伍，就是快过年了，爆竹声噼里啪啦，到村里来的戏班子也多了起来。

然而，让狄峰想不到的是，这位敲锣的，就是自己家隔壁的老孙伯伯。他怎么会一个人敲锣呢？他的头上还戴着一顶用纸张糊起来的白白的高帽子，胸口上还挂了一块"打倒投机倒把分子×××"的纸板牌子。后面跟着几位村子里的人，狄峰对他们不是很熟悉。

狄峰见此场景，有点蒙，觉得这样的事怪怪的。

一

1966年,狄峰在王家大队完小念小学三年级。

有一天,学校老师在教室里,给每一个学生发上了一块"红小兵"的胸牌。

这是一块用红色的塑料片制成的,"红小兵"三个字是黄色的烫金体,特别鲜艳,后面还有固定的别针。狄峰和其他小学生,将这块胸牌别在了自己的身上时,觉得挺好看的,人也显得神气起来。

当然,狄峰还只有十岁的年龄,胸牌虽然挂在了胸前,要做什么、起什么作用,一概不知。

"胸牌上有一个'兵'字,就觉得像当兵一样。"狄峰后来回想时说。

狄峰说:"但是,自从有了'红小兵'的胸牌,学校里读书课本也简单得多了,重点就是读'毛主席语录',作业也布置得少了。"

狄峰在学校戴上了"红小兵"胸牌,回到家里时,母亲婉珠见了特别的开心。

"峰儿,你现在是一名小兵了啊!"

狄峰不知道母亲的这般开心,是因为见到了活泼可爱的儿子从学校里回来,还是因为儿子狄峰胸口突然挂着的这块醒目的胸牌呢。

对于这些,狄峰当时也不可能会想到其他的事。

再后来,狄峰才慢慢知道,当时成了"红小兵"一事,其实是对母亲的极大安慰。

狄峰的母亲婉珠,因为当年从桐君县来到夫家的浙北县时,她的家庭成分是"地主",个人是学生身份。这是因为婉珠的父亲与母亲,在中华人民共和国成立前夕离婚时,婉珠的母亲用这些离婚的钱,买下了12亩良田,结果婉珠的母亲就被定为"地主"成分。

在当时的乡下,每一个人的出身成分都是搞得清清楚楚、一清二白的。所以,那时候,每一个社员敬领"毛主席像章",是造表列册的,谁可领,谁不可以领,经办人是明明白白的。

狄峰母亲婉珠的高兴,是因为她自己没有资格成为"正面人物",而爱子狄峰是一个"理直气壮"、出身干净的"红小兵"。

至于领袖像章,狄峰母亲婉珠的妹妹那时又正在北京工作(当时她在北京的处境怎么样,狄峰还是不知道),那个时候经常将毛主席的像章从北京寄来给狄峰的母亲。

寄来的像章,用各种各样的材料制成,有金属的,有塑料的,大部分的形状是圆圆的,大小不一。其中还有"夜光"的,在漆黑的夜晚,也能看清楚毛主席神采奕奕的光辉形象。

那个时候,狄峰经常看到母亲将像章拿出来欣赏。狄峰发现时,母亲就会悄悄地对他说:"我家有这些像章,不能告诉别人的啊。"狄峰连连应声,但也不失时机地将毛主席的像章一个个地欣赏一遍。每次欣赏毛主席的像章,心里都会扑通扑通地跳,有一种神神秘秘的快乐。

这些像章的保管,狄峰的母亲是用一块崭新的毛巾小心翼翼地包裹起来,放在一个精美别致的铁盒罐里。如今,狄峰的母亲已经离开了人世,但狄峰还是原封不动地将像章一直保存下来。

后来"文化大革命"结束了，上面又动员下面把毛主席像章收缴上去。狄峰一家看看这些心爱的领袖像章，没有舍得这样糊里糊涂地拿出来。因为，这些像章当时也没有在外人面前炫耀过，所以人家也不知道狄峰的家里还有那么珍贵的像章。

狄峰母亲婉珠的"高兴"，还一直延续着。

那时，按上面的规定和任务布置，要扎扎实实开展"三忠于、四热爱"活动。家家户户都要以各种方法和实际行动，来表达具体的忠心、爱心。

最具代表性的，就是每一户农家的大堂正中央，都敬挂着一幅"毛泽东主席画像"。

狄峰经常看见他的母亲婉珠，在毛主席画像前恭恭敬敬的虔诚鞠躬，以表达对伟大领袖毛主席的无限爱戴和无限拥护。

"没有共产党，就没有新中国！""没有毛主席，就没有我们现在的幸福生活！"

这是狄峰的母亲婉珠经常挂在嘴上的几句话。

狄峰每次听母亲这样说，都会高高兴兴地点着头，还说些"是的，是的"这样的话。

狄峰认为，母亲说这样的话，是事出有因的。

母亲每当想起她的父亲、母亲和爷爷时，就会咬牙切齿地痛恨日本鬼子在中国，在浙江，在她的老家桐君县，犯下的滔天罪行！是日本鬼子害死了爷爷，是日本鬼子烧毁了自己家的房屋，是日本鬼子让一家人妻离子散、家破人亡！

二

前面狄峰提到的隔壁老孙伯伯，自己敲打一面单独的铜锣，在村道上"示众"。那么，老孙伯伯是犯了哪种罪呢？又有那么严重吗？

原来，老孙伯伯养了六个儿子、一个女儿。那时，尽管在生产队里属于具备"全劳力"最多的大户人家，但要改善一家人的生活，尤其是能让一个个儿子都能顺顺当当娶上媳妇，成家立业，是一件相当犯难的事。那时，农村里娶不上媳妇的大有人在，"光棍村""光棍队"也很多。

狄峰说，老孙伯伯在王家大队和其务农的生产队当中，是一个比较聪明的人，他的脑子特别灵活，也很会说话。他听说一种叫"芍药"的中草药在市场上受欢迎，就在自己家的自留地上开始批量种植。

狄峰家和老孙伯伯家居住的是一座徽派古建筑，分前、中、后"三进"。狄峰一家住在这座老房子的"中进"的靠西边一侧，而老孙伯伯一家住在"后进"的靠东边的一侧。

到了芍药开采的季节，老孙伯伯一家人显得特别忙碌。芍药开采的时候，需要一定的场地，在阳光下进行摊晒芍药，晒干之后，符合质量条件的品质要求，才能向需要药材的地方出售。

这座古建筑"中进"和"后进"之间，有一个露天的晒场。老孙伯伯一家在一些空地上临时搭建了翻晒芍药的竹木架子，上面可以平放晾晒的蚕匾。

从地里将芍药挖起来之后，担挑回家时，老孙伯伯一家人先把芍药一个个从生长着的枝蔓上摘下，然后放在几个大大的木盆里进行清洗。清洗干净后，还要把芍药表面那薄薄的像红薯皮一样的表皮，用破碎的碗片或刀片，反反复复地进行刮除。被刮除表皮后的芍药，一支支雪白雪白、胖胖嫩嫩的。

整个场子晒满了芍药，经过连续不断的日晒，芍药干燥后显得很坚硬，也不像之前的那种白白胖胖了，呈现微紫的颜色，敲打起来还能发出"当当当"的声音。当芍药的色泽变得暗红时，其散发出的药香味也特别浓郁。

狄峰说，那个时候，正在轰轰烈烈地开展"割资本主义尾巴"运动，这场飓风越刮越猛。后来对每家每户饲养多少鸡、多少鸭，也要管起"闲事"来了，不能随心所欲地大批量饲养。弄得左邻右舍人人自危，提心吊胆，生怕被无辜地戴上一顶所谓"帽子"。

那么，对于老孙伯伯把整个自留地都用来种植中药材——芍药的"顶风作案"事件，那还得了？可触犯了"老天爷"了啊！那个时候，为了找销路，老孙伯伯独自一人三天两头往外跑，参加生产队里劳动的次数也就越来越少了，惹得一些社员"情绪高涨"，向上面反映或举报。

狄峰说："那个年代，走'资本主义'道路，在广大群众中是深恶痛绝的。劳动人民的身边出现了'复辟'的典型，那就毫无疑义地要接受批判。"老孙伯伯就在这样的声势和压力下，无话可说地成了"投机倒把"分子，批斗、游街就成了家常便饭。

当地有着智慧型的农民，靠勤劳的双手，想走上一条使家庭的日子过得好起来的路，就有那么多的艰难困苦。而连有知识、有文化的人，弄得不好同样会遭受"另眼"。

当然，在农民的眼里，还会存在复杂的矛盾性。

老孙伯伯被无辜戴上一顶"投机倒把"的帽子，狄峰也觉得很奇怪。后来，他把一件十分有趣的事与之联系起来。当年农村，每当早稻、中稻和晚稻的秧谷子下田时，人们在秧田上已经覆盖上了薄薄的一层稀泥，但麻雀们就是喜欢从烂泥糊里将谷子啄出来吃，人们急得晕头转向，采用一切可以防御和驱逐麻雀的方法。有的用一根二三米长的毛竹，一头必须留住竹节，从另一头的居中位置将其破开。在一个适当的位置，将毛竹破开的两侧凿去空缺，这样可以用双手牵拉破开的竹子，以拉开、合上的声响来驱逐麻雀。这个办法，起先时管点用，但时间长了，麻雀们似乎识破了玄机，就再也不怕了。人们只得采用其他的办法，诸如"稻草人""红彩带"等来吓唬。再后来，麻雀们被"平反昭雪"了，被国家列入被保护的鸟类了。

狄峰想，动物类也会被划错"成分"，在漫长的岁月里，麻雀被列入"四害"之一。现在，人类也会被冠上各种"莫须有"的罪名，真是无可奈何、不可思议啊。

狄峰的村子里，有一户人家，原先祖辈们一直就生活在这里，后来晚辈去了外面寻求发展。再后来，晚辈们的年龄也大了，就渴望落叶归根，回到自己的故乡。

在外面闯荡后回到了家乡，他们的日常生活就会不同于当下农民的生活。比如文明素质、文明素养、卫生习惯、谈吐风格、餐饮习惯、日常起居、待人接客等，都会有很大的区别。

但仅仅是这样的区别，有时也会遭遇一些人的非议：他们的生活条件为什么会这样好？与我们为啥不同？

在一些人的眼里，看着人家的生活过得好一点儿，就会产生这也不顺眼、那也不习惯的想法。

一听说这个人，还有历史上的什么问题，那更是不得了了，就一下子会产生心理上的距离。

这当中，村子里也会有知书达理的人。他们在这个时候，也会用批评和反击的语言说他们："人家有文化有知识，回到村里来是好事，会带来好的风气和好的影响。其实我们当中，有很多的坏习惯，有不少需要向人家学习和改进的地方。大家在一起，就要好好相处，互相帮助，共同提高嘛。"

村民们听了这些发自肺腑的话语，觉得在理，便会笑逐颜开，连称"是、是……"

之后，大家对外面回来的人，不管是做手艺的，还是知识分子，都会和睦相处，以尊敬、友好的态度相待，邻里之间的关系也逐渐好了起来。

狄峰有一件让自己一生难忘的事，就是那位从外地回到故乡的知识分子，在缺钱少医的紧要关头，救了自己的命。

有一天，狄峰在家，不知是什么原因，发生了晕厥，倒下后而不停地抽搐。这个时候，正好被母亲婉珠发现了，母亲急得团团转。她急中生智，就想到了村子里这位有丰富经验的陈老先生。

狄峰的母亲婉珠，不知什么时候了解到陈老先生还有一手高超的医术，不管三七二十一，就往老先生的家里跑。

陈老先生很快来到了狄峰的身边。不知陈老先生动了什么技巧功夫，狄峰就停止了抽搐，脑子很快就清醒过来。

其实，抽搐这个病，如果不及时得到医治，就会留下后遗症，后果不堪设想。

第六章　动荡年景　　123

生命，有的时候是十分脆弱的。如果一个人遇到了危难的时候，身边又没有抢救的条件，很可能会是另外的一种局面。

　　对此，狄峰的感慨和感受会比人家多一些。那就是要像陈老先生一样，做一个有良知的人，做一个知恩图报的人，做一个胸怀坦荡的人，做一个助人为乐的人，做一个有责任担当的人。

　　就说老孙伯伯吧，他就是把眼光放得远远的。他去外面学做生意时，结交广泛，不耻下问，虚心好学，就学到许许多多做人方面的学问。

　　对此，狄峰又回想到当年，自己一家人居住的房屋，本当有进出的通道，后来被无情地堵封了。这个时候，就是老孙伯伯伸出援助之手，从后墙开门与他们共用一个院子，给予了自己一家人极大的方便。这是何等的心地善良、无私帮助和高风亮节啊！

第七章　山乡飘红

狄峰放弃学业之时,全国各地又一次劲风刮起,那就是声势浩大的"农业学大寨"运动。

一

狄峰在乡村,有一个"继房亲戚"。是他的母亲婉珠、父亲瑞麟下放农村时结下的深厚情谊。

因为狄峰的父母来到农村,身边没有近亲,那时家里又贫困,总是能得到周围许多乡亲的关心与照顾。

其中有一位杨大妈,常常走进狄峰的家,与狄峰一家人亲切交流,嘘寒问暖,关怀备至,很受狄峰一家人的敬重与爱戴。

尤其是狄峰父母遭受几次儿女的意外身亡,杨大妈如痛失自己的晚辈一样,来到狄峰的母亲身边,抚慰创伤。

这样的逆境,如此的绝望,杨大妈给了狄峰一家人精神上多大的慰藉啊!

"显得多么珍贵与伟大！"狄峰说。

这样的交往多了，狄峰的母亲把这位杨大妈看成了自己的母亲一样，而杨大妈呢，也把狄峰的母亲当作是自己的亲生女儿。于是，狄峰的母亲婉珠，形式上就"过房"给了这位杨大妈，改口叫"妈妈"了。

杨大妈有一个儿子，叫金喜。

狄峰说，从此就叫他为"舅舅"了，而且像自己的亲舅舅一样。

金喜舅舅和杨大妈一样，也很亲热，也有着一副热心肠。他常常来到狄峰的家，帮助做些狄峰的家人一时还不会做的事，包括重体力活儿。得知狄峰辍学了，要开始参加生产队里的劳动了。而这个时候，生产队的活种，最重要的一项是"农田改造"。

农田改造的最大特点，就是集约和充分利用土地资源，把一块块闲置、分散的土地整合起来。劳动者的劳动，就是挖土、填坑、挑泥。

金喜舅舅看狄峰那么小的年纪，又是那么小的个子，还很瘦弱，怎么能适合挖土，尤其是挑土呢？

金喜舅舅就动了脑筋，把全劳力使用的挑土的大型号簸箕改成小型号的簸箕。

这种小型号的簸箕，在乡下一直是存在的。比如，在农家建造泥土房时，夯筑泥墙，从地面上取土采用的就是这种簸箕。其小巧玲珑，往墙身上面提土很方便，因为分量适当。当然，有的体力好、有技巧的，还会将装满泥土的簸箕双手直接往上面抛去。在墙身上夯筑的人，接过小簸箕将泥土倒入泥墙板内时，也可直接将小簸箕抛向地面，让地面上的人再盛土。这样循环往复，也似"流水线"土法中的省工省力。

这种簸箕，同样是用竹子编织的，坚固耐用。

狄峰参加生产队劳动时的簸箕，就是金喜舅舅亲自为其"量身定做"的。

编织簸箕的竹材，就是家乡当地的乡土竹，有淡竹、黄苦竹、篌竹等。

比如，簸箕主框架上沿口的那根"竹骨架"，在盛放泥土分量"吃紧"时，就要起到"纲举目张"的作用。这根骨架，用的又是毛竹，除了它竹壁的厚实，还有韧性度的强劲。簸箕的底层、周身，以及编织的"经络"，都可以采用淡竹或黄苦竹。这些竹子，破篾顺畅，有韧性，尺度长，把竹篾任意扭曲时也不容易折断。

金喜舅舅把狄峰的一对小簸箕编织得十分精致，看上去很美观。除了把大型号的簸箕改成了小型号的簸箕外，还要对簸箕的"提环"，即连接簸箕下身的这部分也要降低。究竟降低多少，就要根据狄峰的身材高度了。狄峰的身材显得矮小，"提环"就要往下面降。

狄峰印象很深。当时第一天挑着这副簸箕时，感觉是一个"另类"，因为型号小，与全劳力的大人们一起，有点儿不合群的意味。

狄峰的适应性很强，"提前"的劳动生活，就是一心想改变自己家的贫穷面貌。自己又是家里的"男小子"，理所当然就要在这个时候出来为全家分忧。

往这里想了，狄峰的心里就没有了畏惧，也没有了尴尬，也没有觉得是一件见不得人的事了。因而，很快与社员们融洽在了一起。

生产队里的社员们，很清楚狄峰家的处境。对狄峰在劳动上都是处处给予照顾，也没有像对待大人们劳动时的那种高标准、严要求。包括一些劳动者，在某些工种的质量环节上会"偷工减料"，还有"磨洋工"什么的。当时就流行一句："上班磨洋工，下班打冲锋。"

那个时候，尽管有这样的说法，虽然还没有实行"家庭联产承包责任制"，但要说真正"磨洋工"的人，还是极少数。

狄峰第一天参加生产队劳动的现场，是一条常年流淌的小溪。小溪的周围是一片湿地。队里的领导们把"农田改造"突破口选在这里，还是很讲科学的，还是实事求是的。

因为这里长年荒芜，遇到多雨季节，整片成了汪洋；遇到干旱季节，只剩溪沟里浅浅的水。把这里改造成农田，可以大大增加生产队的粮食种植面积。多种粮食，多产粮食，就会缴足公粮，多交余粮。

同时，闲置的公共湿地，除了改造成良田，还可以把原先并不规则的溪流进行规整，土地得到了集约利用。农田改造的最大好处，就是实现"沟变渠，田成方，路成行"。即使到了 21 世纪，当年对农田进行全面改造的"痕迹"依稀可见，它仍然在农业战线上发挥着积极的作用。狄峰仍然为自己当年能参与到这场战天斗地的火热场景，给自己增加了履历的同时，也锻炼、锤炼了自己，感到无上荣光。

狄峰第一天的劳动，让他直接感受到农村劳动生活的火热场面。一面"农业学大寨"的鲜艳红旗，就插在现场的最醒目处，也就是最高处，随风招展。

工地上，还放有一台半导体收音机。收音机里，一直播放着当年流行的"革命歌曲"。嘹亮的歌声会增添劳动者的精神动力，狄峰说："那个时候，还提倡'一不怕苦，二不怕死'的革命精神。劳动虽然艰苦，但和战争年代的老前辈们比，就算不上什么了。"

当一遍遍听到"下定决心，不怕牺牲，排除万难，去争取胜利"的歌声时，狄峰和大家一样，有着高涨的劳动情绪，激昂的士气，兴奋的脸庞，在连续不停地挖土，连续不停地挑泥，连续不停地歌唱劳动号子中，体现出了他那股万丈豪情与冲天干劲。

二

一个叫"高墩朗"的地方。

所谓"高"，就是地形地势高。不会因水的问题而受到淹没。所以，这里长着浓密、连片的竹子，其中最多的竹子品种，还是粗粗壮壮、高过几丈的淡竹。

每年冬天，狄峰与社员们一起参与"做竹洋"的活计。

"竹漾"，也可称"竹洋"，是竹子长大后连成一片，势如汪洋，便称其为竹海。后来，浙北县在外的形象也叫"中国大竹海"。

"这里的'做'，是通过人们间伐、疏剪、清除杂草、敲掉竹子下摆的枝丫，使竹洋通气、透风，以利于竹子的健康生长。"狄峰说，这当中的大部分活儿，他都参与过的。

"当当，当当，当当当当……"

听其声，好像是在敲打某种物体，节奏鲜明、响亮。

狄峰说，这种声音是社员们用刀具除去竹子枝丫时的削竹之声。金属刀具碰到坚硬的竹子，就会发出这样的声音。

削竹，并不是一件简单的事。

这种声音显示出连贯优美，是由一些削竹"老手"在除去竹子枝丫时，较为熟练的动作而形成，且节奏利落，声音清脆。

任何农活儿都要掌握技巧。狄峰对竹子的情有独钟。

"这与一个人手势的力度有关，当时我就不能做这样高难度的活儿。没有技巧，就会把一根好竹子给削坏了，就像工厂里的生产环节出了废品。"狄峰说。

浙北县是国内著名的毛竹之乡。毛竹，又称南竹，在中国300多种禾木竹类植物引属中，它是生长最快、材质最好、用途最多、经济价值和种植面积最大的竹种。毛竹生长快，适应性强，恢复一株约18米高的树木需要一年的时间，而同高度的南竹只需要59天。

浙北县的人，懂得毛竹的潜在价值。毛竹的大面积种植，能防止水土流失，调节局部小气候，净化空气，美化环境，并且成林时间较木材而言短。毛竹可用作建筑材料，如梁柱、棚架、脚手架等，篾性优良，也可编织各种粗细的用具及工艺品，枝梢做扫帚，嫩竹及竿箨做造纸原料，其笋味美，可以鲜食或加工制成玉兰片、笋干、笋衣等。

狄峰与很多人一样，知道这种竹既枝干粗壮又直冲云霄。

但是，在浙北县还有众多的乡土竹种，属于枝干纤细，婀娜多姿的品种，可谓风情万种。县内的原坤山乡又最具代表性，还被农业部门授予"百竹之乡"，其乡土竹的品种多达百余种，林林总总，蔚为壮观。

这些众多的乡土竹种中，狄峰最熟悉的品种有淡竹、篌竹、黄苦竹、紫竹、刚竹、红竹、石竹、斑竹、黄秆乌哺鸡竹等。这些竹子，多数竹的竹笋特别鲜美，且夏日的鞭笋多数出自这些竹类。浙北人很骄傲地说："一年四季有笋吃！"

就说石竹吧，还是烘制特产笋干的上等原料。这些如同"野性"的小竹，其生命力很强，砍了生，生了砍，不可穷尽，遍地修篁，满目滴翠。浙北县的天篁阁镇上的溪大村、福生、枣村、川海等乡镇的大部分村，还将此笋精心加工成笋干、休闲食品。

而前面说的"做竹洋"，其最常见的竹子是淡竹、篌竹、黄苦竹与红竹。狄峰对这些竹子印象很深，有着特别的感情。

狄峰在乡村时，所在的生产队就有数十亩的小竹，把周围邻村邻队的竹子面积加在一起就更多了。这些村庄，就像是藏在竹林中一样，影影绰绰。

说到的这些竹子，它的繁殖能力特别强，竹鞭伸展态势尤其灵敏，无论是长在沟坎，还是长在土墩疙瘩上，它们都会畅通无阻，不受障碍之阻。假如触及石块，竹笋也会从缝隙里钻出地面。稍不留意，就会"占地为林"，人们对于竹子这样的"生命活力"，也不忍心砍去。反正竹子又有多种用处，就任其发展了。

长在原野上的这种小竹子，为了有利于管理，不遭到人为的损坏和偷砍，狄峰所在的生产队，对每年长出的新一轮竹子，都要统一采取"记号"的办法。

有了"记号"，即使竹子被人偷砍了，运走了，还会从竹子标注的"记号"上找到蛛丝马迹，便于识别破获。

这种往竹子上做的"记号"，就是在竹子的竹节上捏上黑色的釉。这种黑色的釉，带有油性。在光滑的竹子上捏上釉后，经过一段时间就干燥了。无论风刮雾袭、日晒雨淋、长年累月，竹子上的釉再也不会褪色了。

在队里，狄峰的父亲瑞麟对于竹子上的捏釉，还想出了一个既好操作又便于与其他生产队的竹子能够明显区分的做法。

这种在竹子上捏釉，体现的是三层意思。一是"记号"的首字，首推一个"丰"字。竹子与稻谷一样，农民对此寄托愿景。粮食丰收时，一个个用竹篾编织的谷圈子上，农民喜欢张贴用大红纸书写的一个"丰"字。对于新长的竹子也是一样，祈盼每年的新竹子长得越多越好，就能确保丰收。二是要体现所在生产队的"个性"，便于区别。狄峰一家所在的是第五生产队，记号上就要凸显一个"五"字。五字怎么体现？在"丰"字的下面，捏上"三点"，然后再添加"两点"，三点加上两点就是五点，"五点"就代表"五"字，这就是第五生产队的竹子了。三是往竹子上捏釉，还要讲究操作上的灵活性。怎么个灵活？捏釉完全靠手工，关键还在于右手五个手指的交差"点击"，灵活"运用"。

整个捏釉的动作基本是靠右手进行，一气呵成，即右手握布袋，右手指挨在黑釉布袋直接往竹子上涂捏。釉袋采用的是一个白色纱布袋，把调制好的黑色釉料灌装进去。布袋的大小规格，以手掌捏釉可控为宜。捏釉，像在竹子上书写文字，也要有书法艺术。第一个字的"丰"，首先用三个手指并列"点击"代表"三"，"丰"字的一竖，用拇指从上到下"画"出一笔粗细和长短不等的线条，像拖出一条尾巴似的。再在其"尾巴"下面捏上三点和两点就可以了。一个"丰"字，加上一个"五"字，既有了生产队竹子的"名字"，又彰显了竹子上的书法艺术，可谓两全其美了。

竹林里的竹子被捏上了釉,显得有"精气神"了。

年长的竹子,竹竿的色泽已是白乎乎的,但前几年捏上去的釉不失清晰,倒有点儿"古意",仿佛包浆犹存;刚刚被捏上釉的新竹子,竹竿是绿油油的,捏上去的釉像印在纸上加粗的黑体字,油墨飘香,有点儿"油光贼亮"的味道。整片竹林,看上去像在同一水平上画出的线条,整整齐齐,似一个个刚毅挺拔的士兵,英姿飒爽。

狄峰参与过"做竹漾",也熟悉这些各具形态的竹子。竹漾每年可"做",即被砍的竹子其年龄至少有三年,"年长"的不超过五年。因为年久的竹子会影响材质,即韧性度变得差些,竹子的用处或用途就会受到影响。

"做竹漾"时,在竹林里挑选一块可以堆放竹子的空地。人们劳作时,可任意挑选工种,有的担负砍竹,有的就是用刀具削去被砍的竹子上的枝丫。砍竹的又称为间伐,被间伐的竹子是前几年在竹竿上捏上黑釉记号的,以标明这些竹子的年龄。狄峰最佩服一些老农,有经验的竹农,只要观察竹竿的色泽,就会断定其多少竹龄。

堆放竹子也很有讲究。

被削去枝丫的竹竿,根据其长短、粗细,在地面上从左至右排列、叠加,整整齐齐,很有规律。这主要是有利区分竹子规格的大小,把不同规格的竹子分别打件成捆,在出售时其价格也是高低不等的。竹农将竹子打件成捆自有一套土的办法,将家中的普通木条长凳也用上了,即两条凳子,一条自然放置地面,另一条就倒置过来放在那条凳子的上面,四脚朝天。这样,竹子放在凳腿里面就可以打件了,操作简便省力。

狄峰还懂得竹子与季节的关系。

竹子间伐的月份一般是在每年的白露节气之后，直至整个冬季，它与大山里的毛竹一样，讲究砍伐的最佳时间。因而，"做竹漾"常常遇到霜冻时日，大清早就特别寒冷。人们到劳作场地时为了暖暖身子投入作业，又常常将竹叶点燃，那些鲜活的枝丫也会"吱吱吱"蹿起火苗猛烈燃烧。一会儿，竹农们全身就会暖和起来，手触竹子上的霜花也不觉得冷了。

那时，被打件成捆的竹子，是靠水路运输出售到周边城市的。当时的场景狄峰还历历在目。

人们从竹漾里靠肩膀扛起成捆的竹子到苕西溪。

全劳力肩扛一般是两件，最多的甚至达到三件，每件重量达五六十斤。肩扛时，把两根竹子的一端削成尖利状，将成捆的竹子插销起来，然后靠技巧与体力慢慢地将一头竖起放于肩上。肩扛竹子步行是很有讲究的，为了减少体耗，步行时还得掌握步子的节奏，随着步行，把握好竹子在肩膀上起伏的弹性，即一上一下的惯性行走。这样，就可减轻肩负的压力，蓄积力量。同时，肩扛的竹子又可互换于肩膀，路上就不用歇足，一口气步行三五里到达终点。

狄峰回忆说："我那时个子小，体力弱，只能肩扛一件竹子。"

大批成捆的竹子被竹农肩扛到苕西溪岸边后，在岸上，有经验的"撑排佬"（撑排的竹农）忙着把不同规格的竹件归类、排列，串并成一个个小竹排。

这些小竹排被推送到水面后，又将它们一个接一个地用竹篾串联起来，成为一条在水上游动的"竹龙"。

一条"竹龙"长达几十米,有三五个撑排者,有站于"龙头"把握方向的,有顾及"龙尾"不致搁浅脱节的,顺着溪流直下,当然沿途也会遇到有绕弯的逆流。遇到逆流时,就要使上很大的劲,时间花费更多。

撑排者最担心的是"竹龙"遭遇险滩急流时也会倾覆,整条竹排在水流湍急、处于漩涡之下时会失去控制而解体。如遇此气候那就糟透了。解体的竹件有的会被急流冲失,撑排者也会掉入溪里成了"落汤鸡",寒冬时日叫苦不迭。被解体的"竹龙"又得重新"组装",人在异乡花费更多的时日、精力和物力,损失就难以估计了。那时,竹农收入的取得,其途径也是十分艰难的。

家乡的毛竹林似万顷竹海,但各类的小竹品种犹如绿色明珠点缀其间。现在,小竹林比起以往面积虽然减少了,水上运输"竹龙"也很少见了,但当年"做竹漾"的生动场景特别值得回味,它将永远留在狄峰美好的记忆里。

三

那个时候,竹子还比不上稻子的价值。

狄峰曾经有一段时间,在生产队的仓库里做翻晒稻谷的事。翻晒稻谷,虽然比直接在日晒的田头里要显得好受一些。但中午的烈日更火爆,翻晒稻谷就需要在这样的时刻,最厉害的就是"双抢"季节。社员们把一担担稻谷挑到了晒场上,狄峰与其他的仓库人员就忙开了。

那个时候,生产队的晒谷场大部分还是泥土地,不是平整光洁的水泥地，需要在地面上铺开一张张晒谷垫子。这种晒谷垫子，又是浙北县的毛竹编织的。

一张晒谷垫子的规格尺寸，长有四五米，宽有二三米。这种大规格的晒谷垫子，每天都要卷起来，便于置放。这种晒谷垫子在收卷时，人要完全蹲下来。先把垫子的一端卷入收紧，然后用双手控制垫子两侧的平衡。这种平衡，首先是把垫子扣得较紧，如果出现哪一头斜了，就要在另一头敲敲打打，适度掌握松与紧。狄峰起先还不会收卷晒谷垫子，所以常常会把一张晒谷垫子卷得像个大喇叭，一头大，一头小，难看极了。狄峰在反复的学习中，熟能生巧，晒谷垫子也卷得像老农一样，规范标准，服服帖帖。

趁着日头，把新鲜、湿漉漉的稻谷在晒谷垫子上均匀地摊开。然后，用耙谷器把稻谷一遍遍地进行翻身。这种耙谷器是一块木板，一尺多长，在它的上沿和下沿处，都有木质突出的齿头，两头可以灵活翻身使用。连接木板的是一根细细长长、均均匀匀的竹竿。双手握住竹竿，就可以在稻谷上往前推或向后拉，来去自如。这样让稻谷反复翻身，就像在铁锅里翻炒瓜子、豆子一样，让湿漉漉的稻谷得到阳光的全面照射，就干燥得快一些。

烈日当空，但经常又会遇到雷暴雨天气。有时，一上午经过一遍遍翻晒的稻谷，快要到了"毛谷"入仓的时候，即这样的稻谷可以在室内堆放数天，之后再进行翻晒是不会影响稻谷质量的，可是，一声响雷，有时只来了几道闪电，暴雨就稀里哗啦下起来了。这个时候，仓库里的人员措手不及，只好把一张张晒谷垫的两头往中间卷盖，不使已经有点干燥的稻谷淋湿。这个时候，刚刚从稻田里回家午休的社员们，也会一个个从自己的家中赶来，把晒谷场上的稻谷抢收到仓库里。

狄峰对社员们放弃午休时刻，冒着疾风暴雨来抢收稻谷的举动感慨至深。这样的"见义勇为"一直影响着他，他认为这样的行为，要胜过做一般的"好人好事"，是难能可贵的。勤劳善良的农民朋友，永远值得我们去学习与尊重！

农民朋友会这样说：种粮人，就是要在种足种好粮食上下功夫，已经收获的每一粒粮食，不能遭受无辜的损失。

当然，在"以粮为纲，全面发展"的年代里，不知从哪里一下子来了个决定，先把竹子砍了，开垦造田，种植水稻。另外，队里还安排将砍去竹子、整理后的土地，计划种上连片的桑树。种植桑树后，要不了两三年的时间，就可以采摘桑叶，开展蚕桑饲养了。狄峰对生产队里在那个年代，把竹子砍了，改造成田地或栽种桑树，仍然记忆犹新。

"就在那个叫'高墩朗'的地方，与社员们一起参与砍竹子，竹子砍了接着就是开垦林地。"

狄峰对开垦林地印象特别深。

开垦竹子林地，需要花很大的气力，这不同于在山坡上开垦。开垦山坡，是因为山坡，它是有坡度的。人站在坡的下方，只要把地表的底脚用锄头渐渐掏空了，长在上方的竹蔀头（蔀头为浙江杭州地区、绍兴地区的方言。指树根、竹根、菜根，如树蔀头、菜蔀头、竹蔀头。）根脚就会裸露出来。此时，只要将那些还扎在土壤里的根系一一掘断，竹蔀头就像滚动的石头纷纷翻落下来。

生产队的男社员当中，气力大的有不少。他们拿出来的开荒锄头，一把把都精光锃亮，也像他们的身材一样，不仅是长长的，而且又是宽宽的，这样的劳动工具其分量也增重了不少。他们身大力不亏，加上锄头的分量重，挖掘竹蔸头时，锄头起起落落间，就像魔术师变戏法一样，一把锄头在他们的手掌心里翻转自如。因而，锄落篓头起，干净又利落。

狄峰就不同了。开荒锄头与他的身材一样，细细瘦瘦的，矮矮小小的。锄头分量轻，加上人的气力小，锄头着落地面时，会发出"嘭嘭"的声响，其实是落在了地表不深之处。气力大的人，锄头着落时，定位精准，下力重狠，发出的只是"嗖嗖"声，其作用反而大。狄峰在挖掘时，发出的这种"嘭嘭"声响，是锄头落在了竹蔸头的"头顶"上，有时还会把锄头弹跳出来，原因在于手势气力虚无，定位模糊。有时锄头正好落在了竹蔸头的"心脏"里，锄头像被对方死死咬住一样，还不能随意轻松地提起。这个时候，狄峰知道不能用蛮力，而是要巧干，要多次把锄头进行左右摇动，感觉摇动的效果出来了，才能将锄头轻松地离开地面。如此这般，花去的气力就显得更多。

在平地上开垦竹漾，不同于在山坡上挖掘，难度就显得大一些，不仅效率低，而且花费的时间与气力还不少。

对此，狄峰用"事倍功半"来形容当时的自己。

砍竹子，开垦整出地来是要讲季节性的。砍伐竹子一般都在每年的白露节气之后，据长辈说这个时候砍下来的竹子，是不容易虫蛀和霉变的，它们的材质会更好。

砍伐竹子既然要过了白露时节才动刀，甚至是整个冬季的时段，那么，竹鞭上早就萌发了小小的笋芽儿。笋芽儿一旦到了春天，就会钻出泥土茁壮成长，变成竹子。在乡村，许多地方的散生竹子，如果随时被砍去了，长在地底下的竹鞭仍然会延伸，待到来年的春天就会长出竹子来。

就像白露后整片竹子被砍了，可是还来不及把林地开垦出来，"长"在地底下的竹鞭就已"怀"上了笋芽儿，生命的延续比起任何植物显得更为旺盛。

野火烧不尽，春风吹又生。狄峰想，人的生命有时怎么会显得那么的脆弱呢？真可谓不堪一击。自己假如能像竹鞭上的笋芽儿那么顽强与顽固，该是多么的令人羡慕啊。

狄峰在开垦竹漾时，也会产生一些失落抑或是"犯罪"的心情。

一个粗壮的竹蔀头，就好像竹子的父母，长在下面的竹鞭，犹如他们一个个心爱的子女。狄峰每当把竹蔀头挖起来时，就像做错了事似的。连在"母体"身上的竹鞭，随着锄头的猛然开掘，会震落一些星星点点的笋芽儿。这些笋芽儿，白白净净的，胖胖圆圆的，灵灵巧巧的，就像活蹦乱跳、十分可爱的一个个小孩。

这样的幼小生命，就在自己的锄头下一瞬间逝去了。

那又是一件无可奈何的事。

狄峰将竹鞭上的一个个小生命，小心翼翼地、如同产妇临盆时助产士剪断连接婴儿的脐带一样，轻轻地、再轻轻地摘下来。

狄峰把心爱的"小宝贝"带回了家，母亲看见了很高兴，但母亲又会怜惜地说："太可惜了，这么小的笋芽儿就被挖去了。不然，日后它们都可以成材的啊。"

第八章 曙光初照

一

刮进田野里的风,有时也会让人暖和的。

1978年,狄峰一家也和我国千千万万的家庭一样,迎来了新的曙光:党和国家落实了下放干部新政策,当时双职工下放的家庭可以抽调一名重新回到原单位工作。

喜从天降!狄峰一家人感到无比的温暖与幸福。

这个时候,狄峰的父亲瑞麟提出让狄峰的母亲婉珠去参加工作,如果母亲出去工作,原工作单位就在附近的县城,离家不远,也能照顾到家庭。

狄峰的母亲呢,又很想让狄峰的父亲去参加工作。狄峰的母亲认为,丈夫是家庭的顶梁柱,虽然重返桐君县工作后会照顾不到家庭,但她认为丈夫出去工作更有作为。

狄峰父母双方都让对方出去工作,给狄峰的感觉是:父母下放农村后,他们确确实实都经历了坎坎坷坷、风风雨雨,也吃尽了苦头，遭受了贫穷，一旦有了转机，双方都能以体贴的心态关爱对方，照顾对方，让对方的心情更好，精神更佳。

后来，由于种种原因，还是狄峰的父亲重新走上了工作岗位，离开家乡，到了桐君县粮食局工作。

狄峰的父亲重返工作岗位后，生产大队经过商量研究，原来狄峰父亲担任的大队会计工作，由狄峰的母亲接任，同时狄峰的母亲又接任了所在生产队的会计工作。

那个时候，狄峰的母亲几乎天天是这头忙好了大队，那头又要去忙小队，而且小队最忙的是对家家户户的分配需要制定许多的方案。因而，家里的许多事情就落在了狄峰和妹妹狄颖的身上。

狄峰在想：会计工作并不是每个人都能胜任的，母亲接任了父亲的工作，是一件了不起的事情啊！当然，狄峰的母亲是粮食系统会计出身，是先天优势。但对于狄峰来说，一个家庭的父母都是会计能手，这毕竟是不多的啊！狄峰也为母亲感到骄傲。

狄峰的母亲担任了大队和生产队的会计后，并不轻松。要参与大队的许多工作，当时就遇到了第一次全国人口普查工作，还担任了指导员。正因为是第一次的新工作，其工作的要求高，开展的难度大、任务重。狄峰的母亲对每一项工作都是很认真、很细致的。在开展普查工作前，狄峰的母亲还要向广大社员做报告，宣传人口普查的重要性。那时，狄峰自己也担任了生产队的普查员。

大集体那个时期的"双抢"，抓质量、抢进度。为了鼓舞士气，力争上游，大队要出一个"双抢快报"，要把每个生产队每天的生产进度数据统计上来，并在当天迅速地把"快报"印发下去。

　　各种情况的了解和数字的统计，狄峰的母亲都要亲自往每个生产队里跑，把一件件需要掌握的真实情况了解清楚，核实到位。如每个生产队出现的好人好事、好经验、好办法，都要及时宣传。还有当前农事中需要注意的问题，如田间管理、病虫害防治等，也要收集内容及时发稿。

　　狄峰在那个时候，也帮助他的母亲办"快报"，如组织文字，承担蜡纸上刻字、手工油印等工作，有些字体需要套红、套绿就要分几次油印。怎样在蜡纸上刻好字，狄峰对这方面的学习还得到他父亲的细心指导。如，顺着钢板的纹路与蜡纸的隐格"对齐"等，使字体显得美观漂亮。狄峰的母亲对狄峰在蜡纸上刻写的字很满意，还常常在人家面前夸奖狄峰。前几年，狄峰对此写了一篇怀旧散文《双抢快报》。

二

　　狄峰的父亲瑞麟重返工作三年后的1982年，对于狄峰和妹妹狄颖来说，也迎来了新的转机与希望。

　　当时的政策是，国家看到了当年一大批下放干部到农村后，由于家庭困难，其子女有的失去求学机会，有的不能更好地为社会发挥作用和施展才能，就出台了"精减收回"的政策，但是有一个条件，这些子女目前能有一份自食其力的基础工作。意思是，国家当时还不能全部分配和安排精减收回人员的工作，如果户口收上来了，子女本身就有一定的基础工作，那么，就不会导致由此"收回"而"返贫"。

所以在申报填表时，狄峰的母亲十分焦急。

狄峰和妹妹狄颖以什么理由填报"基础工作"这项内容呢？

狄峰的母亲那段时间里，天天为狄峰兄妹俩的事奔走操劳。

在好心人的关心帮助下，狄峰选择从事的项目是"饲养家兔"。就此，狄峰的母亲还买来了毛竹，请来了竹匠，制作了一些圈养白兔的竹架子，并凑了些钱委托人家购买了几对兔子。这样，狄峰就去田坎路边采割青草等，开始饲养家兔。

而狄峰的妹妹狄颖从事的又是什么项目呢？

狄峰记得，当时县里的外贸公司为了出口业务的需要，专门从上海请来了一批女性师傅，安排她们到县城附近的生产大队，辅导一批年轻姑娘学习"手工钩花"。

这种"钩"出来的产品，材料采用的是纯棉白线，钩出各种各样图案的装饰品，有的是服装，有的是用在家具、沙发靠背上，或生活日用品作为铺设的垫子，既可增加美观，又可起到防尘作用。

王家人队来了两名从上海来的女师傅，大队领导觉得她们是从大上海来的，是知识女性，安排到哪户农家合适呢？很快便想到了狄峰的母亲，认为安排在狄峰的母亲家里会更放心。当然，狄峰母亲的热情为人也是一个很重要的原因。

师傅被安排到了狄峰家安顿下来后，狄峰的母亲也叫狄峰的妹妹与其他姑娘一起学习"钩花"。这样，狄峰的妹妹也有了一份"钩花"的工作。

后来，经过上报，狄峰和妹妹狄颖都符合了"精简收回"的条件，就变成了非农业户口。

同时，狄峰的父亲从桐君县探亲回家时，也带来了外面一些新的信息，国家进一步放开政策，鼓励从事个体经商。

狄峰记得，当时去县工商部门办理营业执照，狄峰开设的"南杂货店"的营业执照号还是195号。说明在当时，农村里个体开小店的还少见。狄峰的小店店名叫"益群商店"，开在了自己的家里，就在村道的路边。当时狄峰负责去县城批发部进货，妹妹狄颖在店里售货，狄峰的母亲做着大队和生产队的会计工作。

三

1983年，县城一家大集体企业来当时的公社招两名工人，公社领导直接向企业领导推荐，说王家大队有一位男青年狄峰，他在村里表现积极，群众中口碑好。于是，其中的一个名额就给了狄峰。很快，国家更加放开了一系列政策，不仅非农业户口可以开店，农业户口也可以申请开小店了。于是，一个村子里一下子开了多家小店。

那个时候，狄峰认为母亲的思维不同常人，很有远见。

"现在开小店的人多了，峰儿还年轻，总不能一直这样下去，等今后遇到生意真正不好时，再寻找工作可能就有难度了。"狄峰的母亲这样说。

所以，狄峰的母亲在狄峰还在开小店的时候，就向公社领导提出过要求："如有招工的机会，就让我的儿子报名参加。"

公社领导很了解狄峰家的情况，也从落实政策、关心照顾的角度给予了重视和照顾。

1983年7月，狄峰到工厂上班时已经26岁了。

狄峰的妹妹狄颖，后来也在镇上粮食系统招工时被顺利地录用了。狄峰的妹妹当时被安排在了乡下一个粮食仓库工作。

可以想象,狄峰和妹妹狄颖都正式参加了工作,对他们的母亲来说是多么的高兴啊!

那个时候,是狄峰的母亲一生中最为开心和快乐的时光。因为开心,因为快乐,狄峰开的这个小店,一时还没有关闭,狄峰的母亲接着开了一段时间。狄峰呢,早出晚归上下班,下班后,还抓紧时间到批发部购进一些商品回来。当时,商品流通活跃了,从事各行各业的人也多了,有的商品是批发商直接送货上门的。也就在开店的那个时候,狄峰家才真正积累了并不多的一些钱。

第九章　垒筑温巢

一

　　风调雨顺，同舟共济，各尽所能，丰衣足食。

　　狄峰和妹妹狄颖渐渐长大，婚姻和成家立业也就成了大事，一家人居住在一个没有光照的老房子里，总不是长久之计。

　　狄峰当时的"益群商店"是开在了自己的家里，其实就是第一次建造在王家大队桥塊的新屋，还只是在建的一层楼里，因为没有资金的保证，中途停建了一年多时间，建了一层就先住了进去。由于屋面是临时的，还要建造第二层，所以只是浇筑了一层薄薄的水泥，容易开裂，遇到下雨天，许多处用脸盆和水桶来盛接雨水。后来，对裂缝处做了沥青处理，过了一些时日还是无济于事。

　　狄峰的母亲婉珠，期盼有一个属于自己亲自建造的新屋。

　　对此，狄峰的母亲处心积虑，呕心沥血。

　　那时，狄峰的父亲瑞麟还在桐君县工作，家里的大事小事，狄峰的母亲件件操心。

看到狄峰家的居住环境,当时就有好多热心人建议狄峰的母亲选择一块地皮,把新房子建起来。

那时,农家造房子选择的地方还是比较方便的,因为村队的远景规划还没有实施。

"当时队里的永年妻子凤英对我说,你们住在这个地方,条件差,与生产队又路远,还不如到外面去建造三间平房。"对建造自己的房子,狄峰的母亲这样回忆。

狄峰的母亲不无担忧地对情同姐妹的凤英说:"我在银行里存得要命,也只有170元钱啊!这些钱当中,许多还是我的哥哥国梁、妹妹瑞珠寄给我们的,想帮助我买一台缝纫机呢。"

当年,哪个农家如果有一台缝纫机,也是一件了不起的大事啊。

狄峰叫凤英为阿姆,在乡下,与母亲年龄相仿的人,子女都会这样称呼。凤英阿姆为了做通母亲的工作,又劝说:"我看,买缝纫机还不如造房子重要,着手准备起来,一步一步地讲行,可以先买些山石块,请人拉回来。"

狄峰的母亲听了凤英阿姆的话,觉得蛮有道理。

于是狄峰母亲与狄峰、妹妹狄颖一起商量建造房子这件大事。狄峰和妹妹狄颖听了也很有激情,心里热乎乎的,也早盼着自己家也像许许多多的农家一样,有一幢像模像样的新房子。

"新地址、新房子,应该有天地、有阳光啊!"母亲的一番话语,也激发了狄峰兄妹俩对未来生活的美好向往。

狄峰的母亲同时还把这个想法和愿望告诉了狄峰的奶奶梅贞,奶奶听了也和狄峰兄妹一样高兴。

紧接着，狄峰的母亲又找到了三队的妙坤叔叔（当时他是大队小学的教师）的爸爸，狄峰叫他为老叶公公。

"我们家想造房子，地皮选择在大队部的渡口那里，想先把墙脚基础弄好，慢慢地去建造，我身上只有170元钱，能把砌墙脚的石头买回来吗？"狄峰的母亲问老叶公公。

老叶公公是一个和蔼可亲的长者，又是大队的老干部，有着丰富的农村经验，尤其是人缘好，在村子里德高望重，村子里的人遇到什么大事小事情都喜欢听听他的想法。老叶公公估算了一下回答母亲说："这些钱足够把石头买回来了。"

石头虽然拉到了准备建造房子的大路边，但由于资金的原因，一放就放了很长的一段时间。村里队里的好心人，看到狄峰一家没有建房的动静，在见到狄峰的母亲时就说："石头长时间放在路边不好，这些石头人家不知道是谁的，会挪作他用的。"

狄峰的母亲听了大家的话觉得很有道理，又和狄峰兄妹一起商量，还是想想办法先把房子的墙脚修起来。

当时，农村建房的用工基本上是请亲朋好友来帮忙的。于是，请人帮忙的事就由狄峰出面，包括请人用双轮车拉沙石料等。

那天，要起墙沟，拌沙石料，基础是用石灰、沙石、黄泥混合在一起的"三合土"打底。狄峰叫来了七位关系比较好的朋友，有自己生产队的，也有其他生产队的，有的岁数比狄峰还要大些。当时狄峰的母亲在家里，因为请人帮忙造房子，要准备做菜做饭招待帮工，狄峰的妹妹狄颖主要是买菜，后来很快也学会了烧菜，再后来狄颖的一手好菜还赢得了许多人的夸奖呢。

那时，农村风气特别好，村民之间互相帮忙，不收工钱的。

对于这件事，狄峰一直觉得有一种缺憾，有一种愧对，有一种不安。狄峰后来出去工作了，对曾经为自己一家出过大力的好朋友，虽然没有更多的地方来回报他们，但感恩之心在他的心里是永远不能忘怀的。

农村里请人帮忙，一般都是当晚临时决定的。因为，乡下人每一天都在田头忙碌，临时去帮忙，就可以根据农事的忙闲程度做出应答。所以，每一次请人帮忙，狄峰都要在接待好今天的帮忙人吃过晚饭离开后，才算是今天的事放下了。这个时候，就可以安心地去请其他人明天来帮忙。

那个年代，农家还没有安装住宅电话，更没有手机使用。叫人来家里帮忙，都是徒步去告诉。

让狄峰提心吊胆的，印象特别深的，是一个伸手不见五指的夜晚，去请人帮忙的路上，有一片乱坟岗。

沿路弯弯曲曲，路的两边基本上没有居住的农家，看不见一丝灯光。

漆黑的天，加上呼呼的风声，狄峰被惊吓得连脚步也走不好了。不得已，还是硬着头皮往前行。

狄峰只得大声唱着当时的流行歌曲，边唱着壮胆，边加快脚步，而且眼睛不敢朝坟头看。慌慌张张来到要请的这户帮忙的人家时，才把心放下来。可是，当对人家讲了些客气的话，离开那户人家时，返回的路上还要经受同样的惊吓。当脚真正跨进自己家的大门后，狄峰的心跳才平静下来。

那时，乡下人离开人世了，就会在村子里闲散的地块上建造坟墓。这个地方只要是方位朝向好的，土壤干燥一点儿的，阳光充足的地方，就可以正式确定下来。

因此，农家人也很讲究风水，有时还会请来有名气的风水先生。风水先生会很负责地朝着东南西北四个方向，认认真真、仔仔细细地看，说是"坟要对包，屋要对凹"，很有讲究。如此一番，十分郑重。也如人们造房子一样，看准了方位，就敲下了第一个木桩。这样做，说是祖坟安葬得妥帖了，晚辈们日后的日子会平平安安、幸幸福福。

也就是建房的第一天，狄峰在建房的工地上忙，在家里的母亲突然叫人来到了工地，告诉说狄峰的奶奶病倒了，叫狄峰马上回家。

狄峰的母亲同时也让人叫狄峰的妹妹狄颖也赶快回家。

狄峰的母亲对狄峰兄妹俩说："奶奶吃过早饭坐在堂前，我吃好早饭后先喂猪，然后打扫卫生。不知什么原因，一直身体好好的奶奶，突然之间起病了，当时的症状是眼睛翻白，双手捏紧。"

狄峰的母亲连喊："姆妈、姆妈……"

"你怎么了，怎么了……"狄峰的母亲把狄峰的奶奶抱在了怀里，奶奶一句话也说不出来。

狄峰的妹妹狄颖回到家后，母亲叫她赶快把高墩上的老谢伯叫到家里来。狄峰的母亲叫老谢伯，狄峰和妹妹称呼老谢公公，是队里森华的父亲。狄峰的母亲把老谢公公看成自己的父亲。

狄峰一家人自从下放到这里，谢氏一家人像亲人一样关心他们，帮助他们，让他们度过了一个个困难的日子。

狄峰的母亲叫狄峰赶快到县城向桐君的父亲发电报，同时还要想办法告诉狄峰的大娘瑞萱、小娘瑞云，说奶奶突然发病的情况。

老谢公公来到狄峰家时，狄峰的母亲就让他帮助拿定主意。

老谢公公懂得一些急救知识，他对狄峰的母亲说："你不要难过，"又说，"现在不能把狄峰的奶奶送医院，路上很有可能发生危险的。"

于是，老谢公公马上把医生叫来了，医生看了狄峰奶奶的症状后，指着随身带来的药说，这种药是黑龙江一位下放知青拿来的，说人死了也会还魂的。

这边，狄峰的母亲马上煎药；另一边，医生很快给狄峰的奶奶输上了盐水。

那天晚上，狄峰的母亲一直坐在狄峰奶奶的床前，通宵没有合眼，接连不断地问奶奶好些了没有。后来，狄峰的奶奶终于能开口回答说"好些了"，狄峰的母亲才终于放下了搁在心头的这块"大石头"。

对于建新屋的第一天，狄峰的奶奶突然起病的问题，狄峰当时也有过一个念头，但在心头一闪而过：难道在动土建房前，没有做好该做的一些准备"工作"吗？

狄峰后来也细细回想："我们也按农村建房时的一些风俗习惯做了，比如，在选择屋基的方位时，也请了老先生专门到现场确定房屋的朝向。当时，这里还是一块生产队的老桑树地，老先生还爬上爬下几棵桑树，'高高地'看了看认为是不错的好位置呢。"

如今想起，当时选了个什么日子开工动土建新房，狄峰也淡忘了。

二

新建房屋虽然启动了，但进展的速度十分缓慢，这当中资金短缺是第一因素。

狄峰曾记得隔壁队的松涛路过这里，说了一句："冰冻三尺非一日之寒。"

松涛对狄峰说这句话的意思是建房的进度慢，其中可能还褒奖着："慢慢来会质量好。"

狄峰家在建的房屋基础砌好了，由于资金问题，还是不得不暂时搁了下来。但问题又来了，如果不在上面砌上一定高度的墙身，还会由于荒芜被人为地移动石块。

新房屋建造之处，距离狄峰家老房子较远，平常一点儿也照看不到。

好心人又对狄峰的母亲说："起好了墙脚，不把墙身造上去，还是不好的。"对此，狄峰的母亲又只得多途径逼着自己去想办法。

狄峰的父亲瑞麟在桐君工作省吃俭用，经常把钱寄回来，除此之外，狄峰母亲的哥哥国梁、妹妹瑞珠几乎每月都寄来日常的零用钱。还有，狄峰母亲的叔叔，是狄峰外公的弟弟，狄峰叫他小外公，从南宁回来后专程来看望狄峰的母亲。看到狄峰家在建房子，条件又那么差，就摸出了一百元。后来，狄峰的小外公回到富春县其女儿丽珠那里后，又寄来了二百元，狄峰一家人深深感动，因为狄峰的小外公年岁大了，并没有什么经济来源。此外，狄峰向他的大阿娘也借来了钱。

为了把新房子建起来，狄峰一家觉得能够开口的地方都去借了。

此时，狄峰的母亲为这个家更辛苦劳累了。

狄峰的母亲，这边要借款造房子，那边又要照顾狄峰的奶奶。狄峰的奶奶，自从那天突然起病后，身体时好时坏，病情也是每况愈下。

那时，狄峰的母亲兼任的大队会计工作，就不能像正常时那样到大队上班了。

后来，狄峰的母亲只得将生产大队的账簿拿回家，在狄峰奶奶的病床前，边照看服侍奶奶，边核算做好账目。

接着，狄峰的奶奶已不能自己起身下床了，都是狄峰的母亲一人给奶奶处理大小便、喂药、递茶，给奶奶洗脚、擦身等，都要把奶奶从床上艰难地扶起来，累得腰酸背痛，每天如此要忙到半夜之后才能歇息下来。

"有的时候，晚上已是鸡叫两遍了才能入睡。婆婆总是心疼我，说婉珠啊，你还不睡？我说我等你小便解了后我再去睡。婆婆说我真可怜。"狄峰的母亲回忆时说。不仅如此，狄峰的母亲还在饮食和营养上细心照料狄峰的奶奶，尽管经济条件差，狄峰的母亲还经常买来橘子、枇杷等糖水罐头，以及当时比较上等的双宝素、青春宝等保健品。那时，居住的还是老房子，夏天到了，狄峰的母亲就把狄峰奶奶的床铺搬移到屋的外间，这样空气会好一点儿；冬天时，又将床铺搬回到里间，狄峰奶奶的心里特别高兴。

那个时候，狄峰的母亲基本上不能去大队上班，也给大队上的工作带来了不便。

大队的主要领导委派了一名姓马的干部经常到狄峰家，了解真实情况，当他看到狄峰的母亲如此忙碌劳累，也不无同情地对母亲说："那怎么办呢?"他的意思是，狄峰的母亲在这样的家境情况下，实事求是地说，是不适宜继续担任大队会计了啊。

不过，当时大队还没有合适的人选接替狄峰母亲担任的大队会计工作。就这样，狄峰的母亲还是认认真真、兢兢业业地做了一段时间的大队会计工作。

狄峰母亲即使精心照料狄峰的奶奶，也尽到了儿媳在孝道上应该做的一切，但由于狄峰的奶奶年岁大，身体弱，病情重，在经历了十个多月卧床不起之后的1980年，就永远离开了狄峰一家人。

狄峰为失去亲爱的奶奶很悲痛！

狄峰一家人最为难过的是，奶奶没能看到有一天建造好了新房子，没有过上搬进新房子时的那份幸福、那份开心和享受温暖温馨的好日子。

这样的遗憾，这样的难过，狄峰的母亲在那个时候是常常提起的，她说："婆婆要是能多活上几年该多好啊！"

狄峰对奶奶的印象特别深，奶奶是从旧社会走过来的人，还裹着一双小脚，个子不高，步履轻盈，很聪慧，很贤惠，很能干。

狄峰的奶奶很关怀晚辈，对狄峰和妹妹狄颖说话时，总是很亲切。如果狄峰兄妹俩做错了什么事，或者没有做好哪件事，奶奶从不高声呵斥，总能和蔼可亲，循循善诱。

在饮食上，狄峰记得有一个小细节：狄峰的奶奶，把烧熟的糯米饭先盛在一个小碗里，然后又倒扣在另一个碗里，上面就呈现出圆圆光光的模样，奶奶又在它的上面撒上一些白糖，就亲切地叫着狄峰好趁热吃了。

狄峰说，每逢这个时候，他就特别的开心。因为那时条件不好，能吃上甜甜香香的糯米饭，是何等的幸福啊！

以前，奶奶有时也很幽默，会经常提一些话题让狄峰来猜测："峰儿，我让你来猜一样东西，你是否知道，'日里悉悉嗖，夜里立壁角'，这是一件什么东西？"狄峰一时也搞不清这是什么，奶奶就指指靠在墙身上的一把扫帚说出来了，"这是竹扫帚呀！"

"高高山，低低山，高高山上一蓬葱，一天拔三通。"这就是我们一天三餐饭都要用到的竹筷呀！

奶奶还告诉狄峰："我们家里许多的日常用具都是用竹子做的，就连家家户户的扫帚、洗帚、蒸架，还有蒸馒头、青团子、糯米软糕的蒸笼，全部都是毛竹做的。这些材料，都是我们浙北县出产的，因为家乡的每座山都长满了竹子啊！"

奶奶很少出门，只要听到什么新鲜的事，都会对狄峰说。还有，狄峰到现在还经常想起奶奶说的："峰儿，我再问你，一个是马铃薯，我们这里叫什么？还有一个是西红柿，我们这里又叫什么？"

狄峰不用猜测，就哈哈大笑起来："奶奶啊，这些我都知道的啊，因为课本上都有的。我们这里，一个叫土豆，一个叫番茄。"奶奶只好"哦哦哦"地笑着离开了话题。

现在狄峰居住在城里的地方，单家独户，有一个小院子，院子里一年四季都会种植一些蔬菜。每当他种植番茄、土豆等农作物时，会常常想起当年奶奶向他提问的这些事。也就在这个时候，心头更多地产生对敬爱的奶奶深切的怀念。

三

新房子建到了一层时，狄峰的母亲婉珠又听了好心人的建议：如果资金跟不上的话，建好的一层只要在面上抹上一层薄薄的水泥，就可以先搬进去入住了。

前面说到的上海女师傅们，来乡下教当地的姑娘们学"钩花"的场所，就是开设在了狄峰家建好的一层楼里。狄峰家建造这座新房子的过程是断断续续的，结果是用了三四年的时间才将它完成：第一年（1979年）是起基础，第二年（1980年）完成一层后先入住，第三年（1981年）把二层加上去才结顶，第四年（1982年）才真正竣了工。

狄峰家这座土洋结合的房子，当时在乡下大家也称作别墅。这座房子，一楼的墙身采取的是"三合土"，二楼采取的是把原来老房子拆卸下来的砖块合理地利用上。这种砖头是那种徽派建筑"空斗墙"的大尺寸型号，砖片薄薄的，烧制得很精致，敲起来会有"当当当"很清脆的声响。请来的泥水匠，把这种砖块用在新建的墙体上，只能选择窄的那头采取平放实砌，但也结实，可说是物尽其用了。

狄峰家的新房子虽然搁的是五孔水泥板，但在墙身加固上没用上足够的钢筋。所以，若干年后发现有许多的地方墙身开裂，还成了危房。

当时，建造房子的配套材料也是因陋就简，没有足够的木材、毛竹，如把五孔水泥板抬上楼，采取的是用两根毛竹靠在墙体上，地面置放两条长木凳，先把水泥板抬到凳上用麻绳固定好两头，墙身上面和地面分别安排人员，上面几个人拉、下面几个人推，水泥板靠在光滑的毛竹上就比较容易拉上去了。用这个办法把水泥板拉上楼，还是时任一家煤矿大电厂的一位汤姓书记在现场指挥，也是狄峰的母亲让他人帮忙请来的。

用两根毛竹靠在沙石墙上，就能将一块笨重的五孔水泥板拖上二层，当时狄峰有点儿担忧。但浙北县的这种毛竹，有着十分耐力的坚韧度，再加上毛竹表面光滑，是不用担心的。难怪有人说毛竹的功效还可以替代钢筋呢。狄峰也从中悟出，浙北人勤奋善良，也像毛竹一样，没有弯弯绕绕的心思，就如他们说自己一样：俺们是竹管筒里倒黄豆，干净利落，痛痛快快。

采用的这种五孔板，也是出自大电厂下面的预制场，狄峰在购买前也去过预制场，这些五孔板浇筑时采用的砂砾，还是西苕溪里的鹅卵石经过大型机器磨碎的，这种材料被清洗得干干净净，水泥和砂石的黏合性也特别强。

当然，水泥预制场是经过工商部门批准的，在苕西溪卜采用的鹅卵石、砂石，当然也是符合矿产资源的合法开采。

狄峰家第一座新房子终于建好了，建在了王家村的村首。这里不仅交通方便，而且一天到晚阳光充足，一家人的心情也随之好起来了，村子里的人也为狄峰一家有了新屋而道贺。

几十年过去了，但有一件事一直萦绕在狄峰的脑海里：当年，在建造自己家的房屋时，"三合土"中就地取材的主要原材料就是砂石和卵石。而这些材料，就在家门口的溪流里，可谓"俯拾皆是"。

当时，溪流里的砂石，都是黄灿灿、亮晶晶的，干净得就像一粒粒被精心清洗过一样。这些不可再生的矿产资源，虽然有县里的主管部门负责管理，但穿越全县从西到东，近百里长的这条母亲河，由于未纳入当地乡、村、队的具体责任管理，仍然存在粗放型的"放任自流"。

狄峰家造房子，与众多的农民家庭一样，只要自己需要，就可以到溪流里取料，没有限制，更没有节制，随心所欲。于是，你也挖，我也采，溪流的堤岸、河床，常常被"开采"得千疮百孔，面目全非。

狄峰想到此，摇头叹息，自己总有一种愧对生态环境的良心谴责。

四

狄峰家新屋的场地比较大，生产队里还把狄峰一家的自留地都集中安排在了这里。

那个时候，狄峰的母亲婉珠天天在房前屋后忙碌。

狄峰的母亲和狄峰兄妹一起，先后种植了各种花草，如鸡冠花、一串红、蝴蝶兰、芙蓉花、夜来香、牡丹、杜鹃等；还有药材类的芍药、黄芪、麦冬、三七、无花果等；菜园里栽种了各种各样的时鲜果蔬，家里一年四季的蔬菜全部来自这里；路边、溪边还栽种了水杉、泡桐、桂花、杨梅、银杏、棕榈、芭蕉、红枫、苦楝、含笑、板栗、玉兰、香樟、杏梅等，还有原先已有的乌桕、檫树等乡土树种也得以完整地保存；东边地里种植了连片红竹，屋后还有早竹、黄苦竹、佛肚竹。居家一年四季与这些绿色相伴，鲜花映衬，环境也变得更美了，当时就有人称赞他们生活在了花园里。

在这座新屋里，1986年，狄峰与梅梅结婚的新房就安排在了宽敞的二楼，狄峰的妹妹狄颖也在这里高高兴兴地出嫁了。1985年，狄峰的父亲瑞麟也从桐君县调回到了浙北县粮食系统工作，直至1992年，狄峰的父亲离休。

到了2005年，狄峰一家人在第一座新房子里已经整整住了24年。

也就是那年的春节，狄峰觉得这座房子也成了老房子，就对妻子梅梅说，是否把房子修缮一下，并把这个想法告诉了自己的父亲。父亲听了，也认为这样的房子已属危房，靠修已经不行了。狄峰与妻子觉得有道理，于是，大家商量重新建造新的房子。

狄峰的母亲听了大家的打算，当然是很支持、很高兴，但她觉得建房又是一件很累、很辛苦的大事。

2005年春节后的3月，天气转暖了，狄峰家的新房子也就正式进入了开工建设。经过短短的6个月时间，新房子建设顺顺利利，如期竣工。也就是当年的国庆节长假前，一家人又住进了"原拆原建"、变得更漂亮、更宽敞的第二座新房子了！

在这座新房子里，狄峰的父亲和母亲分别有自己的房间，还有狄峰和梅梅的房间，以及狄峰妹妹狄颖和妹夫的房间，而且还有狄峰女儿玮的房间、外甥女婷的房间。虽然大家日常很少住在这里，但一家人团聚时其乐融融，就显得很方便、很舒畅了。

本以为，狄峰一家人建造的第二座新房子，从此就可以在这里长长久久、安安稳稳地居住下去，可是新房子只住了五六年的时间，又要面临搬迁了。

因为，王家大桥被一场特大的洪水冲垮了！政府很快拿出了建造方案，重新建造的大桥要比老桥开阔几倍，这样狄家新建不久的房子在很短的时间内就要拆迁。当时，王家村和其他两个村合并了，村名是"河西村"。狄峰的母亲由于还是农村户口，能享受到建房的土地安置，村里安排了狄峰母亲的房屋建造地点，是一个在建的新小区。2010年至2012年，狄峰在新址上又开始筹建新房。听说，河西村村委会的办公楼也将要建在那里。

狄峰一家在王家村大桥那里已经居住了三十多年，一家人对那里已有了难以割舍的深厚感情。在即将拆迁的那段日子里，狄峰的母亲深深叹息和无限眷恋，舍不得离开。即使是明天就要搬迁了，母亲还要在房前屋后继续种着花草。后来，为了一家人的深情寄托，尤其是母亲对居家这块土地的乡愁，狄峰写了《乌桕"七姐妹"》和《"桂花"也有情》等文章以示留念。

第十章 东方风来

东方风来满园春。

1978年,改革开放的浩荡春风,更是一场席卷中国大地的飓风,又似一枚炸弹燃爆后的惊天动地,它的巨大声响形成了一股股旋风,迅猛钻进了城乡的每一个角落。从当年的12月起,中国开始实行对内改革、对外开放的政策。

一

狄峰觉得这个时候,村口上、田野里的高音喇叭似乎也特别响亮了。

"十一届三中全会"这七个字更是如雷贯耳,频率甚高。这七个字里面包含着什么?标志着什么?又要让我们去做什么?这些新鲜字眼,就像新中国成立初期"扫盲班"时的人人识字学文化,人们在心里默默地念叨着,村头遇见时相互间交谈着,在走亲访友中更是一件不得不说的兴趣事。

生产队里一个叫彩凤的阿姆，口口声声说不相信土地会真的到户。"我就不相信，如果土地到了户，就是人家'倒了灶'！"她口无遮拦、毫不忌讳地说。

她的意思是，土地到了户，还不是像一个人的身子散了架。生产大队、生产队是否放松了粮食生产？是否没有人来管农村发展规划和种植了？土地是否荒芜了？粮食种不好了，还不饿死人？

像彩凤阿姆有这样担忧的人，在生产队里，在其他的地方，还是很多的。

不少村民，尤其是家庭主妇，压根儿不知道什么是"改革开放"，疑惑的是一场怎样的改革，会给农民带来什么希望。

然而，一些有知识、有远见、特别机灵的农民，像发现新大陆一样，想方设法透露着各种既开放又神秘的"故事"。

"你们知道吗？就在我们隔壁的安徽省凤阳县小岗村开始实行'分田到户，自负盈亏'的家庭联产承包责任制啦！"

水发、肖才、印根、好德、阿林、更生、得包等社员，从那个时候起，收听起广播、电视来也特别细心，生怕漏掉了播音员播报时的一些"关键词"。大伙儿在田间地头劳作交流时，担心自己的说法会不会不正确、有出入，让周围的人抓住了对政策不甚理解的"盲点"。

"那是绝对不可能的！土地单干到户还不是天都要塌下了？"

"这不是让我们向前走，而是拉我们走倒退路啊！"

不少村民犹豫着，彷徨着。

"小岗村那里的土地到户，就是带头的村民在一张纸上签字画了押。他们画的押有效，说话算数，一锤定音！"

"中央完全同意他们的做法，才向中国农村全面推广这场改革的啊。"

一些对上面政策吃透的村民，充满信心，执着坚定。

狄峰经常听到村民们对农村实行分田到户的各种议论。

他对当时农村开始这场改革也不知所以然，后来也有过这样的回想：

当时，王家大队与周边的许多生产大队一样，起先并不是把土地一下子分到了农户家，而是采取了一个过渡的办法。也就是，仍然以生产队为单位，在生产队的基础上再划分为若干个小组。这些小组，其实是一个个划小了的核算单位，除了按以往上缴分配的公粮任务和按需分配给社员的口粮外，多余出来的粮食就按小组的人数按需分配。

这样一来，是一个很大的进步，社员的既得利益看得见、摸得着。

但是，这样的一个过渡，并不是真正意义上的"家庭联产承包责任制"，而是不彻底的农村改革。一个生产队，将划分出若干个小组，也就是把原来的大组改成了一个个小组，矛盾也随之产生。每个小组，虽然是由生产队里的村民自愿组成，但家与家、户与户的劳动力结构、社员的身体状况都是不一样的。

"从明天开始，生产队下面要迅速建立起各个小组，每个小组就由大家自愿报名组合了！"生产队严队长在一次会议上斩钉截铁地说。

严队长说的话很有分量，很有底气。

但这个底气，还是让狄峰看出来了：里面夹裹着另一种微妙的情绪。

第十章 东方风来

狄峰猜出严队长肯定是这样想的：我担任了多年的生产队长，可是当得比生产大队长还要艰难。生产队长是个最小的芝麻绿豆官儿，每个社员每天的派工都要由自己去分配，活儿的轻重啦，脏臭啦，太阳晒得多啦，等等。有的社员有时虽然不言语，但肚子里还会藏着些怨气，说队长天天派我的都是些不顺心的苦差事。现在好了，我可以解脱了，这些事可以让划分的若干个生产小组自己去做了，我也可以显得轻松了，更不要再去做为难人的事了。

在生产队下面划分若干个小组，小组人员全部自愿组合的事，很快便见分晓了。

狄峰也看出了一些问题。

有的家庭强强联手，即劳动力强的与劳动力强的农户组合，可谓双方乐意，皆大欢喜。

有的家庭优势互补，相得益彰。

什么叫优势互补？就是原来在大集体的生产队时，有的社员常年的工种是"犁耙耖"，这样的工种不仅累，而且还没有被人看成真正意义上的技术活儿。当时人们叫唤他们时有些随心所欲，叫"耕田佬"，好像他们是低人一等似的，其实是一种不正确的看待。就像工厂里的技工，是否能得到真正的尊重。

这时的"优势互补""耕田佬"就成了香饽饽，也被强劳动力人家争抢起来。这些劳动力强的人家，虽然劳动力多，但缺少"犁耙耖"这样的好把式，会遇到许多困难，"优势互补"也就迎刃而解了。

但是，这样一来，也存在着老弱病残的家庭无人问津的问题。

这些薄弱家庭在没有被他人愿意组合面前，显得有些被冷落。可是，每个家庭总归都有他们的长处，劳动力薄弱的家庭恰恰有抱团取暖的凝聚力，笨鸟先飞，各显神通。当然付出的就要更多一些。

但把生产队下面划成了若干个小组，还不是真正意义上的"土地到户"，所以是一件"换汤不换药"的事。

在这样的情形面前，生产队长还是要出来协调解决的，尽可能地帮助他们渡过一个个难关，诸如耕牛问题、运输问题、资金问题等。

狄峰觉得，这可能也是上面让下面先尝试一下的过程，是否"摸着石头过河"？担心老百姓一下子接受不了一夜之间变成了"土地到户"，以达到稳定社员情绪，推动农村改革的循序渐进。

后来，狄峰也清楚地认识到了农村这场改革，是一场雷厉风行的运动，是真正意义上的大进步。

正在这个时候，全国各地农村有了许许多多改革上的成功经验。"分田到户，包产到户"，也就水到渠成了。

狄峰也从中看到了农村终于迎来了新的气象、新的希望、新的前程。土地到户后，全部解开了农民的"紧箍咒"，这不仅是一场土地改革，更是生产力真正的大解放。

二

浙北县城关镇的东南面，有一家企业生产日用五金产品，在一个高高的山头上，距狄峰居住的王家大队有十几里路。

1983年的上半年，这家厂的淼厂长来到了狄峰的所在公社，找到了公社的领导。淼厂长说:"我这次来,想请公社帮忙,挑选一批思想素质好、又能吃苦耐劳的青年。"

公社沈书记对公社下面各个生产大队的情况了如指掌,他还认识大队里的许多社员。那个时候,大队干部天天往生产队里跑,了解和指导粮食种植生产。而公社的领导呢,更是把"下乡"作为日常工作,每个公社领导或是公社干部,不仅联系几个大队,把政策带下来,精心指导当前工作,而且到下面来时,看到社员们在田头劳作,能帮得上的都会下田干活儿、拉家常。

"您要招收这样的青年,我们这里有,王家大队就有一个回乡青年,他叫狄峰,很不错。"公社沈书记听了淼厂长要在公社下面招些优秀青年,便脱口而出。

沈书记认识狄峰是一次偶然的机会。那天,沈书记骑着一辆28寸的永久牌自行车到乡下来。自行车骑在弯弯曲曲的村路上,遇到路面坑坑洼洼、凹凸不平的地方时,他会下来推着车走路。那天,见路边有一位男青年正低着头撬麦沟,就把自行车停放好。此时,沈书记还没有问狄峰叫什么名字,而是说:"好啊,小青年!趁着好天气,抓紧把小麦种下去,就会获得明年的春粮丰收。"

狄峰不知道与自己说话的就是公社的沈书记,还是只顾自己在麦地里一边用手分摊着猪粪肥(此前,小麦种子已播撒在了田畦上),一边接着撬麦沟(撬麦沟前,狄峰已经用秧绳拉好了一条直线),沿着绷紧的线条用很窄的沟撬,撬出一条既规整又深浅一致的沟渠来。麦田撬出一条条小沟渠来,遇到冬天雪水滞留和春天多雨水就不会田间积水,有利于小麦根系发达,生长旺盛。

沈书记连称:"小青年干起活儿来像模像样!"便问:"你叫什么名字啊?"

狄峰如实回答。

沈书记听了狄峰的回答,似乎有点儿惊喜:"你就是狄峰啊,我知道的,你还刚刚接任村里的团支书,是吗?"

"是的啊。"狄峰回答道。

那个时候,生产队已经开始进入农村改革的第一步,队里的种植生产都是承包制,责任到人,就像企业里实行的"计件工资制"。

沈书记第一眼看见狄峰时,甚至与他打招呼时,狄峰连头也不抬,只是回应了几声。这样的表现,按理说,对公社下来的书记不理不睬,会留下不好的印象。可是,就是这个印象,让沈书记记住了狄峰:"这个小青年务实、勤劳、能干。"

沈书记除了把狄峰重点推荐给了淼厂长,还推荐了其他村的一些青年。很快,企业招收普工通过了县劳动部门的考核,狄峰被录取了!

狄峰被通知到企业报到上班的那天,也是骑着一辆自行车去的。那个时候,有一辆自行车还是不错了。购买这辆自行车的钱,还是狄峰的母亲婉珠靠平时的点滴节约、省吃俭用,东拼西凑攒来的。

自行车与"大三件"中的缝纫机一样,是家庭中的贵重物品,狄峰当然特别爱惜。

骑着自行车上班,又是一件很开心快乐的事,因为不用徒步了,很轻松。狄峰骑车上班的这条路,还是一条尘土飞扬的砂石路面,车轮子轧在上面会发出稀里哗啦的声响。

面前的这家厂，让狄峰有点儿惊讶。不是这家厂的气派，而是仅有的几幢简易平房，其房屋结构所采用的材料都是竹子，就连墙壁有的也是用竹子隔拦。狄峰想：家乡的竹子，在什么地方都会派上用场。

更让狄峰奇怪的是，他来企业报到，没有工厂人事部门的接待，而是直接向淼厂长报到。

在淼厂长的办公室，淼厂长问狄峰的第一句话是："你会种田吗？"

"我会的！"狄峰虽然这样回答，但心里有种说不出的滋味：自己是从田里爬到城里的岸上来，难道这里还需要种田？"厂长，这里还要种田吗？"

淼厂长答："这里不需要种田的。"狄峰心头的一块石头好像落了地。

狄峰常常想起淼厂长问"你会种田吗？"这句话，后来才知道，淼厂长不仅仅是问你会种田，而是企业每一次招收的都是能真正吃苦的工人。这句话，在不久之后让狄峰有了更深刻的认识。淼厂长还拿出一张纸和一支笔，狄峰觉得很奇怪，他让狄峰在纸上随意写一些文字给他看。狄峰思考中，写上一些什么呢？淼厂长说："你也可以写一下你家庭成员的名字，还有社会关系。"

那个时候，狄峰还不知道"政审"是什么。后来想想，这个淼厂长还很有趣的呢。

至于淼厂长的这些提问，狄峰在后来的日子里均有了回答：先被安排去了化验室，不久又被安排在了电镀车间，直接参加"三班倒"生产，还担任了电镀车间第一任主任。又过了半年，狄峰被安排到企业办公室,担任第一任办公室主任。再接下去,狄峰被列为党员发展对象。那时,厂里只有两名党员,淼厂长兼任书记,还有一位孙姓的老党员据说是副书记。一个党组织不足三人,其实不能算是一个标准的党支部。企业破天荒招收了一批新工人,后继有人,生机勃勃,狄峰成了企业里正式发展的第一名新党员。

再接下去,狄峰所在的企业党组织,终于有了新鲜血液的加入。当然,这是城关镇的党委重视抓党建的结果。当时,不少不同性质的企业,抓经营生产,但其党组织又归属不同,狄峰所在的党支部就归属镇党委领导了。

镇党委帮助狄峰所在的企业建立健全了党组织,但后备力量的团组织呢?镇团委俭书记就下到企业来开展调研了。经过走访了解,听取意见,狄峰又被作为团支书的候选对象。经过选举,狄峰成为该企业的第一任团支部书记。

前文说到,狄峰刚到厂里报到上班时,惊讶的是这里的厂房都是毛竹结构。后来才知道,这里的职工宿舍全部是用毛竹搭建的。毛竹是最为实用的建筑材料,在浙北地区可随地取材,且坚固耐用。尽管毛竹有它的许多优势,但也会在自然灾害面前遭受挫折。

1984年,浙北地区下了一场历史上罕见的大雪。

狄峰每天来回上班的路上堆积了尺余深的厚雪,而且公路上的高大白杨树,有的也被压倒了。浙北的冬天,尽管遇到低气温,但白杨树还长得像夏秋天一样,浓浓密密,郁郁葱葱。这些被压倒的白杨树,因为根脚浅,没有扎得很深的直线底根。当北风呼啸,浓密的树枝上堆积了厚厚的白雪,加上雨雪天气持续,树根下的土壤水分充足，树木又处于单侧的沟渠边，就很容易被压倒了。公路上出现了不少被压倒的白杨树，就会忙坏了公路养护和管理部门。他们开来了大型工具车，甚至大吊车。这些被压倒的树木又特别高大，先把树梢锯了，再把整棵树分段锯断，就可用车拉走了。即使这样加快速度来处理清障，但还是中断了两三天的道路正常通行。这两三天的时间里，狄峰每天上下班往返的几十里路，也只得靠步行了。

公路上的大树，在大雪面前不堪一击，那么用毛竹搭起来的职工宿舍，又会遭受怎样的考验？

就在这场大雪持续下着的时候，狄峰也想到了职工宿舍是否受到影响。正在这个时候，狄峰听到有一位职工家属说的一句话："老天爷还要这样不停地下雪，我们的房子就真的要被压倒了啊！"

就是这句话，触动了狄峰的神经。

狄峰想，自己是企业里第一批招收的青年工人，又是团支部书记，在申请加入团组织时的志愿书上，就有鲜明的誓言，如"发挥青年突击队的作用……"

于是，狄峰马上召集团支部委员家富、惠珠和各团小组长，带领他们挨家挨户来到职工家里。当狄峰一班人来到职工宿舍时，真正看到了严峻的问题：宿舍的顶面都一个个垂了下来，宿舍的高度本身不高，屋顶上压上了五六十厘米的雪。尽管毛竹具有很强的坚韧度，但到了难以承受的负荷，屋顶随时都会坍塌下来。

怎么办？狄峰让各团小组长通知在厂的每一位团员，立即到职工宿舍集合。

一场清除职工宿舍屋顶的积雪开始了。狄峰虽然来自农村，但是在夜里爬上屋顶把厚厚的雪铲下来还是第一次。这些屋顶不同于砖木结构，更不同于钢混结构。屋面上根本不能行走，而是弯着腰慢慢爬行。用毛竹搭建的房屋，人站上去像走在钢丝绳上，起起伏伏，胆战心惊。要注意的是，既不能踩破瓦片，又不能踩断竹条，否则屋面就会千疮百孔，不仅没有把好事做好，还会带来"屋漏偏逢连夜雨"。

经过团员们的艰苦努力，六十多间职工宿舍屋顶上的所有积雪都被彻底清除了。"这次没有厂里年轻人的帮助，我们的宿舍肯定被压塌了。"

所有职工和家属纷纷集结起来了，向厂部领导汇报，建议企业要好好表彰这批年轻人。淼厂长马上召开了全体班子成员会议，讨论通过了一项表彰决定，对这次团员青年连夜为职工宿舍屋顶清除残雪，及时进行"红榜"通报，并给予一定的物质奖励。这件事，在厂里引起了巨大反响，淼厂长在职工大会上多次将它作为鼓励干部职工团结拼搏、奋发向上的例子。

青年们在团支部的带领下，积极主动地发挥突击队的作用，其先进事迹很快报送到镇党委。经过淼厂长的提名，镇党委研究决定，任命狄峰为企业党支部的副书记。

狄峰终于明白了，淼厂长对自己进厂后的关心，其实是对年轻人的重视培养与锻炼，以及依靠企业后备力量，着眼于企业深谋远虑和壮大发展。

三

"小狄啊,你说党的十一届三中全会给农村带来的是不是一股前所未有的春风?"淼厂长突然这样提问。

"嗯,更是一场诱人的春风,也鼓舞了广大农民,尤其是对土地承包责任制的落实有了信心和责任。"狄峰略有所思地回答。

淼厂长之所以这样问狄峰,是狄峰有来自农村的感受。他从狄峰的口里正面回答对这场农村改革的赞同,说明这场全国性的城乡改革是正确的。

国家彻底抛弃了"阶级斗争为纲"这个不适用于当下社会主义社会的口号,鲜明地提出了新时期的历史任务的重点是以经济建设为中心。淼厂长对以经济建设为中心这个重大转折,体会得特别深刻。"如果企业不好好把厂子搞好,不突出经济效益,而是天天搞斗争,谁还会把全部的精力用在发展企业上啊!"淼厂长说的是心里话,但给狄峰的感受是一种启发与教育,因为狄峰毕竟是从农村刚刚来到一个小城里的啊!

狄峰进入企业工作之后的这些年,正是企业进入深化改革的重要时期。怎样进行深化改革?在探讨与交谈中,淼厂长说没有一个固定的模式可以照搬照套,只能去敢闯敢试。那个时候,淼厂长特别关注国内的各大报纸,《人民日报》《光明日报》《解放日报》《求是》《中国工商报》《乡镇企业报》《市场导报》等几十种。淼厂长不会骑自行车,除了公务用车,也经常步行上下班。早年,他患上了肺气肿的毛病,身体拖累时,还常常咳血。有时,只得停止工作,接受治疗或在家养病。

淼厂长在医院或在家休养时，每天的一沓沓报纸，都是狄峰经过整理后专程送到他的手上。

许多时候，狄峰用自行车载着淼厂长上下班。淼厂长个子不高，一米五几，体重还不到八十市斤。他坐在狄峰的自行车后架上，狄峰感觉不出有分量上的加重。但狄峰常常担心，骑在高低不平的泥路上，会不会把淼厂长从自行车上震落下来呢。当然，这样的事一直也没有发生过。

淼厂长从各大报纸上获得了全国各地不少企业在深化改革上取得的先进做法和成功经验。于是淼厂长与企业其他班子成员经常召开研讨会，对企业要进行大刀阔斧的改革。

1992年5月26日，狄峰向市里的《菰城日报》投了第一篇由自己采写所在企业的新闻消息稿：《抓企业内部改革，以产品开拓市场》，在社会上引起了较大反响。无论是它的做法，还是产生的效果，都让狄峰感到惊奇，大开眼界。

惊奇在哪里？

给狄峰开了眼界的，又在哪里？

你说，淼厂长是采取了怎样的一套"手段"？

工资、奖金分配上完全打破了"大锅饭"，采取了计件工资制、承包责任制、定额超产奖励制，分配上彻底拉开了档次，体现的又是奖勤罚懒。

不仅这样，还要对管理人员实行新定岗位级别工资制，工资、奖金随着企业的经济效益的升降而升降。而对非计件工和承包的合同工、临时工也根据岗位责任大小采取岗位等级工资制，根据产值、销售、利润进行浮动。

对原料供应人员实行岗位效益工资，销售人员从销售、货款回笼、利润这几方面进行考核。

一系列经济责任制层层推开，使企业内部运行机制适应市场需要。

这样一来，这个时期的产值与利润直线上升，同比增长了65%，全员的劳动生产积极性空前高涨。

淼厂长迈出企业改革的第一步走对了。

"狄峰，我们一起到南方走走！"淼厂长说。

南方，南方是个什么地方？我们这里就是南方啊！狄峰一筹莫展。

淼厂长说的南方，就是深圳、广州、珠海一带。淼厂长这次南方之行是做了功课的，是打一个有备之仗的。

厂子的第一步改革成功了，淼厂长除了跑上海、走杭州、去无锡，这次就是要到一个伟人在南方"画了圈"的地方，他给中国带来了希望，看看能否再给企业带来新的生机与活力。

淼厂长特意让企业里的缝纫工缝制了一个布袋，里面放两把折叠钢椅。淼厂长前面引路，跟在后面屁颠屁颠的是狄峰，他像刘姥姥进大观园一样。

就在那个时候，淼厂长还认识到，企业要想持续健康发展，就要依靠科技进步。科技进步，就是要向先进地区学习。科技进步了，就能开发出更适应市场的产品。在"南方讲话"的这位老人，还说了一句："科学技术是第一生产力。"

这个时候，淼厂长心里还打着另一个"算盘"，就是"吃着碗里看着锅里"：除了原有的日用钢丝小商品、以钢丝网架为主体的金属丝网组合架之外，还要以高档转椅为重点，开发办公用具。

四

前一阵子，狄峰遇到了当年浙北地区企业第一家生产转椅的楣厂长。

那次，他们都是参加县总工会组织劳模疗休养。狄峰与楣厂长同乘一辆客车，多年未见，喜出望外。

楣厂长说狄峰还是老样子，狄峰回过去一句："楣厂长，这么多年了，你一点儿也没有变老啊！"

两人算是友好的"吹捧"吧。

楣厂长说的"老样子"，狄峰懂得他想说的还有另一层意思：人生有几个四十年啊？一路走来，我们身边有多位为创造"椅乡"的人离开了我们。对此，狄峰与楣厂长的眼睛瞬间就湿润起来。

浙北县，满眼都是翠竹。

一把与竹子没有关联的椅子，却从竹海里"转"了出来，世界上的三把椅子，这里占了一把。

这种"智造"，是一篇"无中生有""节外生枝"的开拓、发展奇迹。

浙北椅业一路走来，正与改革开放四十年同步。

"中国椅业之乡"花落浙北，一眨眼也过去了 17 年。

"椅乡"的崛起，得益于一大批默默推动改革创新的"健将"。

改革开放初期，老楣早已是一家科教设备厂的厂长。而狄峰呢，后来成为金属制品厂的副厂长。狄峰称自己厂子里的淼厂长,还是一个典型的企业改革"促进派"呢。

"我们在凤凰山脚,你们在龙山岗上,我们两个厂子遥遥相对,但我们那时都在暗暗地竞争啊!"几十年过去了,楣厂长把那时的"旧账"翻了出来,多少有点儿耐人寻味。

"适者生存,企业如果没有竞争机制,哪会有今天的奇迹出现啊。"狄峰对楣厂长如是说。

狄峰对"相互竞争"记忆深刻:

三十多年前的一个晚上,狄峰与老楣在回家的路上巧遇了。你看看我,我看看你,他们都寒暄着"那么迟才回家"的话。

"我们厂班子开会,准备上静电喷塑流水线、年产6万把转椅两个新项目。"狄峰比老楣要小几岁,当时狄峰没有考虑就直说了。

狄峰后来回忆时,有点儿记不清了。狄峰说,当时自己可能还有其他的话一并掏出来,不知道这样的话,在当时来说是不是"机密"?

后来,狄峰遇到了老楣企业的一位生产副厂长,他说:"我们楣厂长那天在会上说了,你们厂班子日夜研究发展战略。楣厂长还有一句,看看人家是怎样在拼命的啊!"

狄峰当时回答这位副厂长:"开发转椅产品,你们是老大哥,我们应该好好学习啊!"

狄峰所在的厂,起先是生产衣帽挂钩、锅垫、衣架、鞋架等日用五金产品。这些产品,全在杭州"小百货"批发公司统一包销。随着计划经济被打破,改革开放的深入,"包销"的格局被彻底地改变。

当然,狄峰这家厂还兼容生产折叠式钢折椅。

20多岁的狄峰,跟着淼厂长跑市场时,将两把不同款式的折叠椅装入一个布袋里。椅子的靠背也可以翻转:一面是红红的"植绒革",另一面是竹乡特色的竹篾"压胶板"。狄峰将它们扛在肩上,完全是"陈奂生上城"的那种。狄峰觉得,虽然很辛苦,但看到外面世界的精彩心里很快活。

"你知道吗?仅仅是国内市场就大得不得了啊!我们也可以生产转椅,全国每户人家只要有一把转椅,你生产得过来吗?"市场跑得多了,淼厂长的脑子就更活络了。

"淼厂长,那我们就立马生产转椅啊!"狄峰恳切地对淼厂长说。

"科教厂"是浙北县生产转椅的"大哥",狄峰说的也是真心话。

前些年,在浙北县"康家"椅业股份企业,建好的"浙北椅业博物馆",里面有一把转椅"老祖宗",即1981年诞生的第一把Y2型工作椅,就是当时"科教厂"生产的。那时,"科教厂"所有的转椅、课桌产品,几乎都走进了上海的同济大学、北京大学等全国各地高校,声名鹊起,国内市场最为"吃香"。

狄峰记得,90年代初,当浙北县科教设备厂摇身一变成了"民众转椅集团",金属制品厂迅速提升为"印月转椅公司"之时,狄峰在企业还充当了"宣传角色",特意写了一篇《浙北"龙凤舞",市场"比翼飞"》的报道,在《经济报》刊登了出来。把浙北凤凰山脚下的"民众"、龙山岗上的"印月",比喻为"龙凤双舞",一东一西、遥相呼应,你追我赶、激烈竞争。也就是在那个时候,两家企业的公开较量也到了"白热化":"款款民众,万家追求""印月转椅,转遍世界"等广告语,似乎一夜间铺天盖地，迅速占领了上海、南京、江苏等大中城市。浙北县的广播电视里，听的、看的，更让老百姓家喻户晓。那时，"民众"转椅以出其不意的手段在"满眼春"的深圳、广州、珠海、海南等地筑巢建市场，和唱着"春天的故事"；"印月"转椅伴随着热播电视剧《上海滩》的主题曲，占领"长三角"、稳坐上海"桥头堡"，继而漂洋过海销往国外市场。美国百花地家庭用品公司的霍尔茨先生，就是在那个时候走进"印月"看样订货。从此，浙北县的转椅"百花齐放"，在国际市场上开始"崭露头角"。

"印月"淼厂长，把一生都"交给"了转椅事业。80年代末、90年代初，他亲自带头研制和开发的转椅系列产品，就有20多个获得了国家专利权，如围椅、哈哈、娃娃、休闲、健身、观察、舒乐等，五花八门，他被评为省里首届优秀专利厂长。为了产品维权，淼厂长特别精明，一旦新产品试制出来了，第一步就是申请国家专利。这一招，既是防止市场仿制，又是转椅行业实力竞争的"撒手锏"。

"淼厂长啊，个子很小，体弱多病。但他思想解放，改革创新的劲头又特别足，令我们敬佩！"楣厂长回忆起当年的淼厂长如是说。

"我们椅业发展的春天真正来了！"这是当时淼厂长说得最多的一句话。

狄峰还想起淼厂长说的另一句话："市场竞争，不进则退。"

那个年代，国内城市企业都在学习浙江海盐衬衫总厂步鑫生解放思想、改革创业的精神。80年代的"步鑫生神话"，也轰动了全国。

狄峰所在的企业,每一次干部、职工大会,淼厂长都会讲起步鑫生。其实,淼厂长的长相和精神,与步鑫生还挺像呢。淼厂长让狄峰在会上全篇通读当时国内大报上许多感人事迹的报道,如《人民日报》登载新华社发表的《一个有独创精神的厂长——步鑫生》等。改革开放四十年100名杰出贡献人员中,步鑫生还成为"中国城市集体企业改革的先行者"。

狄峰现在想,淼厂长当时的岁数已经不小了,真可谓高瞻远瞩、决胜千里啊。

浙北县转椅做了一篇"无中生有"的文章。

楣厂长一语中的:"改革开放之前,整个中国内地市场几乎见不到有转椅卖,我们就紧紧抓住了蕴藏着的巨大商机啊!"老楣也直言不讳:"但市场与体制也有过矛盾冲突,当然也难免'动荡',可喜的是在脱胎换骨中得到了迅猛扩张,良好的转型使资本市场迈向了高质量发展。"

浙北县转椅从当时民众、印月、陵风的三足鼎立,到康家、艺荣、林光、超胜等一大批转椅企业的创立,形成了产业集聚和强大的规模优势。

浙北"椅乡"名副其实,尤其是赢得国际地位,产品出口全球近百个国家和地区,从中国"三年三次"主场外交会上充分显示:2016年G20杭州峰会、2017年厦门金砖五国会议、2018年青岛上合组织成员国元首理事会会议,浙北"智造"转椅,实现了主要活动场所全覆盖。如今,浙北转椅全年销售收入350亿元,2018年制造业完成税收30.6亿元,利税贡献值在浙北县所有行业中排名第一。作为当年参与转椅创业的狄峰,更是感慨万分。

五

浙北县城涌春潮,南来北往人沸腾。

狄峰的脑海里,也被灌入了一些新鲜字眼:亿元乡镇、个体私营经济、万元户……

给狄峰的直觉是:这个天,也像"解放区的天是明朗的天"一样,又来了一次大变样。

它,就是一次浩荡的东风,一阵紧一阵地吹向了大地。

"1992年,又是一个春天,有一位老人在中国的南海边写下诗篇。天地间荡起滚滚春潮,征途上扬起浩浩风帆……"

1993年,狄峰因城关镇"引进"所谓"人才",到了镇上工业办公室抓乡镇企业和个体私营经济的发展。

狄峰的加盟,是镇上的"机关老将"们推荐的。狄峰在原先的企业担任党支部副书记,镇上的党务会议,淼厂长尽可能地让狄峰"出场"。这些"老将",有世忠、坤海等,也是镇上为发展经济出谋划策的"元老",他们了解狄峰的情况。狄峰与他们几次相逢,"老将们"就试探性地问狄峰愿不愿意到城关镇上来工作。"小狄啊,你一直在企业工作,有工作能力,有思路,也有管理经验,我们一致向'一把手'请示,想把你要过来,你意下如何?"

"老将们"的话,狄峰觉得很实际,就是苦口婆心的那种,是诚恳的邀请。

"哦哦,我向企业提提看哦。"狄峰被他们的诚恳邀请深深打动。

乡镇企业可以与国营企业，后来又叫国有企业"叫板了"，与市场可以开展竞争，更形象地说，是叫"比翼齐飞"。

个体私营经济，更是一枝独秀出墙来。它们就是向阳花，一朵朵绽放得热情奔放，艳丽多姿。

城关镇抓住了经济发展的"牛鼻子"，乘势而上。在原来只有锁厂、压铸厂几家镇办企业的基础上，把突破口放在了个体私营企业的大发展上。

然而，无论怎么说、怎么干，一些干部、一些群众，对发展经济的重心放在了"个私"上，仍然有思想情绪，包袱很重。扶持"个私"，比扶持集体经济的力度还要大，那不是要走下坡路了吗？

狄峰知道，整个形势和局面都在围绕三个字："三有利"。"三个有利于"是邓小平同志1992年视察南方发表讲话时提出的：是否有利于发展社会主义社会的生产力，是否有利于增强社会主义国家的综合国力，是否有利于提高人民的生活水平。

狄峰来到城关镇，正是老人家讲话后的第二年，也就是说正在火势正旺的"日头上"。议论归议论，想法归想法，意见归意见，但这里有一个"聚焦点"，就是把老人家讲得明明白白的"三个有利于"作为衡量一切工作是非得失的判断标准。

这样一来，大家的气慢慢平和了，心情也慢慢平顺了，脸色也是和颜悦色了。大家统一到了一点：都要为这三个字打开"绿灯"，保驾护航。

第十一章　借梯登高

镇上有个郎儿村，人口只有五六百人，村子就在城关镇的最中心。

不要小看这个小村子，当年还是浙北县上的首富村。

富在哪里？是村集体富？还是老百姓富？

如果一定要这样来提问，那么，这个小村子还真的富上了"两头"：既壮大了集体经济，又鼓了村民的腰包。

一

郎儿村的书记姓邹，叫邹龙，年龄大一点儿。村主任姓茅，叫茅涛，是个小伙子。村子里的事，只要他们搭档起来，真可谓如虎添翼，雷厉风行。

说起这个小村的发展，还真是应了百姓口头上那句"天时地利人和"。

郎儿村对天时地利人和的理解，又多了一份信心，就是要抓住机遇。

郎儿村的地盘上,原本没有"浙北汽车站"。那么,后来的这座县级汽车站,又是从何处"飞来"的呢?

这里就不得不说到另一个村:地大村。

地大村,要比郎儿村大得多,不仅占地面积大,而且人口多达三千人。这样的村,在整个浙北县也是为数不多的。

那么,早已建在地大村上的县级汽车站,怎会不翼而飞?

这就与"三个有利于"联系上了。

1983年的浙北汽车站,从它的"地盘"来说,已经不能与当地的经济发展相适应了。

怎么个不适应?就是要加快建设适应现代经济发展的新要求。

车站要扩建,就要征用土地。

而地大村的土地,又好比是繁华香港的寸土寸金。

地大村,村子的中央,有个"新坡桥",方圆百里,声名在外。

在人们的眼里,镇上其他的名称可以忽略,但到了这里一定要去新坡桥走走看看。

这里是县城最热闹的地方,不仅车水马龙,人头攒动,而且每一条街、每一巷子都聚集了南来北往做着各种生意和经营谋生的人。修锁的,订秤的,刻章的,算命的,磨豆腐的,炸油条的,做裁缝的,做棕棚的,弹棉花的,补碗的,碗底号字的,箍桶的。当然,还有传说中的"城关新坡桥,美女摊头多……"

所以,村子里的每家每户都有房屋出租。农家的每个月,犹如公务员拿工资一样,都有旱涝保收的固定收入。

当县里有关部门组织人马入驻村子，对车站扩建展开土地征用工作时，在百姓群众中就像是扔进了一枚炸弹，四面开了花。

不同意拆迁的呼声，此起彼伏，群情激昂。

"我们自从中华人民共和国成立前就移民过来了，当时这里根本没有什么人，冷冷清清的。我们一辈子全家老小就住在了这里，垦土地，造房子，住习惯了，是有感情的。现在好了，你们一句话说搬就搬，说拆就拆，那怎么行？我们坚决不搬迁！"

"我们死也要死在这里，看你们怎么办？"

"'三个有利于'，其中一个就是'是否有利于提高人民的生活水平'，如果我们被拆迁了，那么我们的生活水平又由谁来保障？"

进驻村里的干部，无论怎样深入百姓家中做思想工作，讲形势，讲发展，讲道理，百姓还是坚持不让步。

在地大村上实施"车站改造"的规划，由于不能统一思想，就这样偃旗息鼓了。

小小郎儿村的群众，一听说地大村的人不同意搬迁让地、扩建车站，村干部和群众就纷纷到县里主动请缨："只要新车站建在了我们村里，涉及的任何土地，我们都会做好群众的思想工作，需要多少土地，我们都会同意征用。"

很快，"浙北新车站"的选址，毫无疑问，又一锤定音地选在了郎儿村！

此时，地大村的人，想不到隔壁的小村子会做出"惊天地泣鬼神"的事来，当时阻挠搬迁征地、"冲锋陷阵"的人，见大事不妙，也就闷声不响、自认倒霉了，也悔青了肠子。

浙北新车站建在了郎儿村后，这个浙北地区"小不点儿"的村庄,一下子成了县内县外的"明星村"。

可是,地大村的地盘没有少去一只角,还是"大"啊。

这个大,又大在哪里呢?

那就是反差大:村民每年的收入水平不仅没有提升,反而出现了下滑。自从车站南移隔壁村之后,这里也就成了相对的"冷角地"。当初热热闹闹的新坡桥,渐渐地被人们淡忘了。

二

郎儿村,取而代之的又是什么?

郎儿村紧紧抓住新车站入驻的天赐良机,人流量的加剧上升,发展的新格局,似做梦般的焕然一新。

郎儿村的邹书记、茅主任带领的村班子,就有不少大事可以做了。其中,最有社会影响力的一件事是:在车站的隔壁,迅速建设"农民一条街"!

邹书记在郎儿村,这是他第二次复出担任村支书。

邹书记回来了!

村民们奔走相告,像盼来了久别重逢的亲人一般。

1992年年底,邹龙是乘着改革开放的春风,再次回到了村里。郎儿村,在他的心里总是挥之不去,牵肠挂肚。

前些年,邹书记何以辞去了村书记职务?他说,我有一件"丢人"的事,没有面子了啊!

邹书记此前何以辞去职务?说是与村里创办的五家企业有关。

创办村办企业,是一件开天辟地的事。

由于村里当时缺乏人才，市场信息滞后，生产管理粗放，营销无对策措施，再加上资金运转脱节，五家村办企业已力不从心、难以为继，只得宣告破产了！

这样的事，村民们很清楚，不能把全部的责任都推给邹书记一个人啊！

尽管大家挽留邹书记，但邹书记还是主动辞去了书记一职。他说自己有一种负"罪"感，自己不能原谅自己。

此时的老邹，开始只身闯市场了。他的脑海里，已经牢固地输入和树立了"摸着石头过河"的思想观念。

老邹在外承包了四个预制场，一年下来收入挺可观。他要走出心情的低谷，走出前些年的阴影，要到更大的市场去闯一闯。他的兜里只有3200元，去广州、到重庆、奔武汉、走贵州，细心了解市场经济的状况。

1992年，老邹到桂林时，适逢老人家的南方谈话发表，他的心一下子亮堂了起来。

话说郎儿村这头，村民们始终忘不了老邹，说他有一番为村民们做事的热心肠，有充满激情的敢闯精神。村里的干部、群众，都希望老邹回到村里来，城关镇的领导们也是这样想的。

此时的老邹，完全可以不回来。之所以"好马要吃回头草"，是因为他忘不了哺育他长大的殷殷乡情，忘不了深深爱他的父老乡亲。

老邹终于回到了村里，回到了让他日夜牵肠挂肚的郎儿村。不久，党员们又一致选举他为郎儿村的书记。

老邹恢复了村支书后的第一件大事，就是筹集了120万元，规划建设郎儿村的"农民街"。

此前，邹书记听说"浙北汽车站"要移址的消息，他马上率领班子成员一同跑县里找有关部门，机不可失地把新车站的最后定址争取了过来。

也许这是一个历史的转折点，为郎儿村今后的发展打下了坚实的基础。

"农民一条街"建成了，原先在地大村新坡桥一带的不少商户，也被纷纷吸引到这里来了。

邹书记凭着在外地闯荡的经验，大胆的魄力，紧紧地与本地发展的实际结合起来。他与茅主任和其他村干部、党员一起，反反复复研究酝酿出了"一村一品"的发展方案，利用城乡接合部的有利优势，发展第三产业和个体私营经济。

当发展经济的"风"再次吹来时，在郎儿村的干部、群众中即刻产生了共鸣。跑运输的，开旅馆的，搞纺织的，做转椅的……一个个"八仙过海"、各唱戏文。

此时，邹书记和茅主任来找狄峰了，说："狄主任，我们为您在郎儿村安排了一个办公室，您可以经常到我们村里来，在经济发展上优先帮助我们一把！"

狄峰明白了邹书记、茅主任的意图：郎儿村要充分利用现有的个体私营经济发展基础，在村里成立两个集团公司，即"转椅"和"纺织"集团公司，以此为龙头，带动全村的经济大发展。村里给狄峰安排办公室，是想让狄峰在建立两大公司上，拟定出两个可行性研究报告。

狄峰原先在转椅企业待过，这个可行性研究报告不难。对纺织，狄峰一窍不通，只有全面、深入地了解纺织行业与市场的方方面面，才能制订出切合实际的可行性方案。

那个时候，无论工业系统、二轻系统，还是乡镇、村一级，发展工业经济的可行性方案，都要得到县计划经济委员会对"可行性研究报告"的论证和批准。

尽管这个时候，开始探索市场经济的发展，但市场经济在一定程度上，还是要有一定的计划性的。

郎儿村的"转椅"和"纺织"两个方案，得到了顺利通过。

为让村民们把"戏"唱得更出色，邹书记又带领一班人积极创造条件：1993年开辟了105亩的工业小区，采取的是统一规划、统一审批、统一设计，实施三年以内不收取土地征用费的优惠政策。工业小区建筑面积两万多平方米，首期个体经营户有62户。

资金，是个体户发展的最大难题。

邹书记等一班人给予了大力支持，让经营者在郎儿村这块土地上大显身手，发奋创业。

郎儿村，没有被村子地盘小的客观条件制约，而是从小处着手，一步一个脚印，挥洒出大手笔，彰显出村级经济蓬勃发展的强劲势头。

郎儿村只有212户人家，让人想不到的是，改革开放刚刚起步的这个小村，村民手中就拥有了170多本各种经济成分的营业执照。村子里拥有纺织机200多台，轿车、卡车、面包车70多辆。为了个体私营经济的发展，邹书记他们不仅跑银行，还跑交通、电力、邮电等部门。

1993年7月，郎儿村工业小区的两条路通了。1995年6月，工业小区的电通了、电话通了，形成了纺织和转椅"两大龙头"，吸引了北京、广州、吴江、东阳、义乌等地的客商。

个体经济红红火火发展起来的同时,邹书记和一班人又在实施他们的第二步计划,千方百计发展村级集体经济。

村级集体经济的着眼点又会在哪儿?

郎儿村看准了城乡接合部最有利的条件,把发展的眼光投射到了服务性行业上:1993年,扩建了村办招待所,1994年扩建了停车场,又建起了郎儿村农贸市场,还建造了村综合大楼。

三

"唧嚓、唧嚓……"

有节奏的织机声,驱走了郎儿村往日的静谧。它给这个小村寨带来了一片生机和繁荣,也带给了村民全新的思想观念。村民们开始走向了富裕之路,也迈出了实质性的前进步伐。

邹书记的脑海里最清楚,当年在他手上创办的五家村办企业,尽管没有从逆境中走出来,但今天已是截然不同了。他说的不同,就是自己离开村子之前,对市场非常陌生。而到了现在,通过在国内市场的摸爬滚打,无论从行业、项目的选择上,还是从生产、管理和销售的各个环节上,都能说出一套套的管理方法与点子来,可谓是胸有成竹。

个体私营企业虽然是新生事物,但在汪洋大海里毕竟是初次涉水,并不是一帆风顺的。它又好比是一把"双刃剑",有利有弊,有一定的市场风险。

鼓励归鼓励,但要真正甩开膀子干,作为村领导也心存胆怯。

"个体丝织业的发展,这条路其实也是很难走呢。"邹书记对狄峰这样说。

这个"难走",更多的是将来村子里形成了一定规模的纺织业,销售市场还要进行全新开拓,否则,产品大量积压,销不出去,也会把刚刚提起的创业精神压垮的。

邹书记这样的犹豫与担心,是有根据的。

在郎儿村最早创办纺织厂的,是一个叫茅心甜的小伙子,他刚刚成家。1984年,心甜靠两台织机起家,那时资金、技术、人才的筹措和引进以及销路无不困难重重。

心甜说,自己就像是瞎子点灯,走起路来都没有底气。

但心甜凭借自己年轻、有闯劲,狠下心来去开拓探索这条荆棘丛生的路。他下决心要搏一搏,第二年就把织机增加到了十台,当年创利税达到了十多万元。

这样一来,村民们坐不住了,纷纷来到心甜家,向他讨教办厂经验。

这里,不得不提到一个人——一位在个体私营经济发展路上敢于勇往直前的创业者,他叫谷达文。

谷达文是1962年随父母下放到的郎儿村。在他刚念完小学学业时,恰遇"文化大革命"开始。

达文的父亲曾经当过国民党的兵,这一"污点"却成了子女前程中的"拦路虎"。从此,达文再也没有了升学的机会。那年15岁的他,就开始拜师学艺,选择了在当时尚能"吃香"的木工活儿。

在农业生产还是大集体时,达文没有整日下田干过"面朝黄土背朝天"的活儿,他不愿两脚天天在烂糊田里跋涉。

那时,生产队的社员,如果不安心劳动,向外面跑起"副业"，总会被视作"另类"。

达文懂得世俗的偏见，但他能够抛开一切杂念到外面去闯荡。

17岁那年，达文开始在天皇阁一带独立操持"锯斧刨"，一展身手了。

达文勤奋、刻苦、好学，木工技艺进步很快。

"达文木匠，你帮我家拷一个碗架子，拷一个脸盆架。"

达文走到哪里，哪里的人们都会这样叫他。

谷达文还会做木质眠床。这些床，有的是用杉木，有的是用杂木精心制作而成，木材就来自浙北县的深山区。谷达文虚心好学，他只要从外面看到一个家具新款式，就会照着样子模仿下来。因而，不少人家能请到他来打理家什，是最放心的，款待他也是特别客气的。

到了22岁时，谷达文终于回到了浙北县的城关镇，继而进入建筑工程队，承揽木工活儿。做木匠的那些年，谷达文在浙北县里到处跑，没有一个村子的人是叫不出他名字来的。

突然之间，谷达文把木匠活儿放在了一边。

不可思议。

谷达文的脑子里，有了这样一个大胆的想法：办一家运输车队。

可是办运输车队，当时的政策是不允许个体户来办的。于是，他等待着机会的到来。他先拿出自己几千元的积蓄，报名学驾驶。考取了大型货车驾驶执照后，还得让郎儿村出个面，自己掏钱购置货车。这些钱，是他靠做木匠活儿一分分挣来的。

正当此时，国家的政策越来越宽松了，个体户可以自己购置汽车了。

"现在，运输业很发达，需求量特别大，赚的又都是现钱，我还是跑运输好。"

谷达文信心满怀，摇身一变，又成了浙北县第一批货车驾驶员。可是，他的木工手艺舍不得放弃，但一双手又抓不住两条鱼，木工活儿开始委托他人经营了。

浙北县第一批货车驾驶员，一共只有10名。谷达文是其中之一。

谷达文起先跑运输业很顺当，钱也来得快，但这毕竟赚的是辛苦钱。

运输货车的需求，主要是把浙北县的毛竹、黄沙等物资运往大城市去，再把外面的钢材等物资运回来，去也满车，回也满车。

可是，谷达文的货车只有自己驾驶，没有可顶替的人员，常常是来来回回一个人。有时，给对方公司或厂家拉货，时间上赶脚得很，随叫随到，去广州、深圳等地要来回四五天连轴转，路途中只能以方便面充饥。特别是春夏之交的午后时分，还有每次到了后半夜的时刻，眼睛就会睁不开来。这种疲劳驾驶现象，就成了一大无形的"杀手"。

"只过了六七年的时间，我们10名货车驾驶员，有八名离开了人世。我有时开车，由于疲劳与打盹，经常会脑子瞬间像出现了短路，猛然间觉得自己是在梦游开车。"

谷达文对狄峰说此番话时，仍然心有余悸。

这些离世的驾驶员，多数是发生了交通事故，而最大的因素就是疲劳驾驶。

"条条毒蛇都会咬人的啊!"谷达文对此感慨良多。

随着改革开放的不断深入,浙北县也和外地城市一样,出租车的生意也开始红火起来,谷达文设想办个"运输车队"的计划就迎来了机会。

城关镇上,像谷达文这样有远见的年轻人也渐渐多了起来,如静平、良友等,愿意和谷达文一起创办运输车队。他们加盟的前提条件是,每个人都要购置一辆轿车,这样一来,运输车队很快就成立了,成了浙北县城首批出租车车队。

谷达文与他人想的又会不同。

这时,他看到了山区乘车难的现实问题。

为了把这件实事做好,他又带头购置了一辆 50 个座位的大客车,选择一条浙北县最为路远和偏僻的线路。

那个时候,填补了这条线路无客车通行的空白。

谷达文的这一举动,不仅大大方便了村民,而且对学生不收费。其中有一条小山路,使学生无论在风霜雪雨,还是电闪雷鸣时,再也不用行走 4 公里的山道了,得到了村民的高度赞扬。

1988 年,谷达文又购置了 3 辆客车,行车线路延伸到了杭州、菰城等城市。较高的客座量,获得了较理想的经济效益。谷达文接着又购置了一批中巴替代了大客车……

达文的创业之路,就是在这些曲曲折折且又平平凡凡的轨迹中,用点点滴滴的付出奠定了扎实的基础。

1992 年,一个偶然的机会,谷达文听说郎儿村有家绸厂濒临倒闭,而在此时,南湖那边有人前来收购。他想:人家路远迢迢来这里买织机设备,还不是买回去又继续办厂?

"村里如果要把这些设备卖掉,这些设备我就全部买下!"

达文向郎儿村提出了自己大胆的设想。

"设备不卖到外地去可以，你也可以买，但厂房你要承租。"

达文想，村子里实在也是没有其他好的办法，他就下了狠心答应了。

郎儿村领导班子，见村子里有这样愿意"吃螃蟹"的人冒了出来，真是神仙下凡，天降救兵，求之不得啊！

村里与谷达文达成协议："20台织机折价7万元，每年承包款11万元。合计18万元，必须在3天之内付清。"

方圆百里，听说谁谁谁是一个万元户，真是一件令人刮目相看的事了。如果眼皮子底下的村子里也出了个万元户，那还了得！

"那我现在不就成了18个'万元户'了啊？"

这些天文数字，款项从何而来？谷达文虽然觉得村里有点儿"无情"，但站在村子里的角度去想想，也是一个没有办法的办法。

谷达文咬咬牙，把家里的所有积蓄都找了出来，当天就向村里上交了6万元。第二天，谷达文不知来了个什么"戏法"，又将12万元余款交清了！

这样一个惊人之举，弄得满村子舆论哗然。

"咳，真傻，人家关厂停机，他却花大钱买进了'背时货'！"

"放弃方向盘去办什么厂、公司的，瞧着吧，要不了三个月还得把厂子关了。"

面对群众沸沸扬扬的议论，谷达文心中当然也有过犹豫，但他还是冷静下来，沉着应战。

谷达文坚信自己走的路是对的。

"外地轻纺业并不是在衰退,而正值红火,我就是要去闯荡一下!"在无技术、无产品、无销路的"三无"面前,谷达文开始了艰难的跋涉。

天有不测风云。

正当达文信心满怀,头三个月生产的五万米"春光缎"推向市场时,却遇到了一米布也卖不出去的尴尬,产品全部"睡"在了库房里,资金还占用了30万元。

此时的谷达文真正感到了创业、办厂之艰难。

可是,他很快就从迷茫中清醒过来。

他认为开拓产品市场,首先要有市场信息,产品还得要从过硬的技术和质量上来保证。

谷达文认识到:此前的市场形势,不等于现在还是一成不变。不走出去,是根本掌握不了真正的市场信息的。

谷达文带领一班人赴绍兴、杭州、江苏盛泽等轻纺市场考察,又专程拜访了一些小有名气的几家纺织厂,眼界大开,收获不小。

回厂后,谷达文从生产原料渠道上严格把关,选择优质丝,高薪聘请一批技术人才,狠抓产品质量,各个环节做到一丝不苟,调整产品结构,由原来生产普通的里子布,转产高档面料的产品。

谷达文的路走对了。

经过两个月的努力,全厂面貌焕然一新。产品质量上去了,销路也打开了,新产品在市场上终于占据了一席之地。

可喜的是,到了1993年春季,产品开始进入广州市场,客户评价产品质量不低于进口产品。温州一家印染厂得知浙北有这么一家厂，就专程赶来要求合作，配合生产服装面料。

又有了转机。

达文又追加投资30万元，增加了捻丝和五整套织布设备。

广州客户杨梅，特地过来要见一见谷达文，她的意思是不与谷达文见面，还担心拿不到面料呢。

他们见了面之后，谷达文没有失信，每月给杨梅供应面料1万米，而谷达文每个月的生产能力还只有3万米。

真诚的合作，打动和感染了杨梅。

杨梅答应谷达文，她拿出10万元支持扩大生产线。就这样，当年生产面料的能力，每月达到了6万米。

到了年底，谷达文的这家企业已拥有了40台纺织机、34台捻丝机，以及一整套前道加工设备，固定资产超过了百万元，职工增加到了100多人，产品也增加了各类真丝和化纤高档面料。

四

就在那个时候，浙北县已经进入了"飞鸟型"发展战略的实施。

何谓战略？就是以天篁阁为龙头，以浙北城关镇为中心，以孝乡、梅灵为两翼。这是浙北县建设和发展经验的科学总结，是浙北县改革开放成果的高度概括。

处于"飞鸟型"发展战略中心地位的城关镇，深感责任重大。尽管这些年来经济建设和各项社会事业有了长足发展，但总体上与"中心地位"的要求还不相称。

城关镇响应县委直接倡导的再次创业解放思想大讨论。讨论的核心问题是，城关镇能否名副其实地成为政治、经济、文化的中心？浙北县这只飞鸟，肌体何日丰满起来，何时又能展翅高飞？

城关镇，解放思想的突破点要从根本上解决"三大制约"。

一部分人存在"当然中心"的思想，认为城关镇不论经济总量大小，发展步子快慢，其中心地位是不会被动摇的，其结果是淡化了自奋、自立、自强的精神；存在盲目乐观，自我感觉良好的心理，其追求的目标，仅仅停留在迈小步、不停步、吃稳当饭上；风险意识薄弱，一些人固执地认为：现在搞二产风险大，搞大的投入风险更大，在城关镇靠拉黄包车、卖水果也能成个万元户，何必再冒那么大的风险。

找准了"三大制约"，城关镇响亮地提出了"三破三立"。

一破"当然中心论"，立自奋、自强、团结拼搏，再创中心的责任感；二破小富即安的传统观念，立干大事、创大业、大提高、大发展观念；二破"风险论"，立敢闯、敢冒、敢试、敢干的拼搏精神，为发展打下坚实的思想基础。

郎儿村正赶上了这样的机遇与发展节奏，实施的"转椅""轻纺"两大阵营，也可以再上规模，得到更大的发展。

"一门产业孕育一个市场，一个市场带动一方经济。"

浙北县一下子冒出了数百家个体私营企业。除了利用家乡自产自销的毛竹，大批量生产、加工竹子产品外，还别出心裁地跳出竹海，开创了国内主要生产转椅的大基地。

这里，又不得不提到一个人。

群星闪耀的转椅企业中，有一颗特别明亮的星星叫"银燕"，它正展开了翅膀,在郎儿村的土地上开始飞翔起来。

这只"银燕",就是公司的名称。企业主叫孙亮,他是从浙北县的南北边过来的,开始创办私营钢质家具厂,把"银燕"申请注册为商标,意在浙北县实施的"飞鸟型"发展战略中,希望成为插上银色翅膀的"美丽燕子"。

创业之路布满荆棘,步履艰辛。

孙亮,原先是一名中学代课教师。在南北边的一所学校一直担任班主任,教语文、体育、英语和政治等课程。

在那个穷乡僻壤里,孙亮也曾有过欣慰。

在他的执教生涯中,80年代也曾为自己在山沟里洒下过辛勤汗水而自豪,因为有两名孩子考取了国家警校。

孙亮明白,自己是菰城师专函授毕业生,工作上刻苦努力,代课老师转为公办的希望也不是遥远的事。

可是,孙亮总感觉到,更能发挥自己才能的可不在这里啊,而是应该在大社会,应该到大市场中去闯荡,为社会做出更大的贡献。

孙亮在1988年获得学校领导的批准,离开学校来到了浙北县城的一家大集体企业。这是一家专业生产转椅的企业,也就是前面提到过的淼厂长执掌的这家厂。

孙亮早就听说,淼厂长在县内外到处"挖人才"。只要能帮助企业发展的各方面人才,他都会想方设法去努力争取。

教育系统有个叫孙亮的人,也是淼厂长通过各方面的渠道了解来的。于是,淼厂长托人找到了孙亮,让孙亮最好来一下厂里。

狄峰,就是在那个时候认识孙亮的。

"小狄，我向你介绍一下，他叫孙亮，孙老师，我们企业很需要像孙老师这样的人才啊。"孙亮第一次来厂里时，淼厂长对狄峰这样说。

狄峰很热情，满怀崇拜的心情与孙亮老师热情握手。

当然，孙老师虽然到了厂里，但是否真正愿意来厂里，还得看这次淼厂长与孙老师的谈话效果。

淼厂长有个特点，他每次招工，都要当面听取被招人员的一些想法。

比如，通过谈话，淼厂长可以从对方的眼睛里捕捉到一些细节，发现这个人今后是否留得住、靠得住，还包括是否有真正的独当一面的工作能力。

狄峰当年进厂时，淼厂长也是这样对待他的。

淼厂长通过这次谈话，觉得孙亮这位青年不同于一般人，是一位很有志向的热血青年。

淼厂长对孙亮今后的发展充满信心。

企业在这个当口，急需开发转椅系列产品，孙亮加盟了，淼厂长对他寄予了很大的希望。

让狄峰想不到的是，孙亮在学校从教的是"文英体"，淼厂长怎么会安排孙亮做起了产品设计与研发工作呢？

设计与研发，这是"专家型"的工作啊！

"我与淼厂长在谈话时，讲到了新产品的开发，老淼就问我：'你会绘图吗？'我说：'对图纸方面也很喜欢。'"

孙亮后来与狄峰交心时，透露了当时与淼厂长谈话时的一些情况。

被安排在"新产品开发部"的孙亮,负责产品的设计与机械制图工作。

此时的孙亮,十分珍惜这个机会。他把这一时期作为人生的最大转折点,决心以自己的智慧和勤奋为转椅行业开发具有鲜明时代特色的产品,让寻常百姓家也能买得起、坐得上质优、价廉的"五轮转椅"。

搞产品设计和开发,不能光待在厂里或家里。

孙亮认为,只有到外面去多看看世界的精彩,才能获得更新和更多的创意。否则,就不能生产出迎合市场大众消费的产品。

孙亮清醒地认识到,必须在突破市场产品占有率上下苦功。

孙亮知道,自己刚进厂,要坚持要外出,去捕捉设计新产品的灵感。

有一回,在上海的国际产品博览会上,孙亮被一批新潮的民用坐具所吸引,对他的启发很大。

孙亮不管在场人的目光,迅速从口袋里掏出了笔记本,将这些产品的造型、结构及款式,以速写的方式勾勒出来。

回到厂里后,孙亮迅速开始了产品设计,第二天就拿出了产品图纸让大家来会审,这些新产品就这样诞生了。

有时,孙亮与淼厂长一起去大都市逛市场,当看到一些来自国外的"洋椅",他们就会以消费者的身份把这些椅子买下来。采取"拿来主义",到了企业之后进行剖析,吸取和消化国外产品的先进技术,革故鼎新,为我所用,继而把新产品迅速推向大市场。

这样的事会经常发生。

有一次,淼厂长又带上孙亮,来到了杭州。

大白天，他们一门心思跑家具市场，跑业务单位，多了解信息，建立厂商关系。

他们下榻于杭州最繁华的商业街、延安路上的延安饭店，他们合住在一个房间。到了晚上，他们就相互探讨产品与市场的许多问题。这样做，并不是为了节约消费，而是两个人在一起，可以交心，对产品与市场的设想会随时产生一些灵感。

孙亮后来对狄峰说，淼厂长的艰苦创业精神，对他的影响很大。他们一老一少特别谈得来，有时许多想法都融合在了一起。

有一个晚上，他俩聊着聊着就没有了睡意，索性穿上了衣服继续交谈，一直谈到凌晨四点多钟。

孙亮对此的印象，后来也一直会回想起来，他觉得老淼的大胆构想和决策很客观、很现实。

也就是从那时起，孙亮被淼厂长的创业和敬业精神折服。孙亮又会联想到老淼体弱多病，还在为企业的命运不顾个人的辛苦而奔波操劳。

与老淼相比，孙亮觉得自己虽然还是个合同工，但毕竟年轻，更要为企业尽心尽力，贡献自己的一切。

那么，孙亮后来怎么会从这家大集体企业出来，走上了自己的创业之路，来到了郎儿村呢？

这样的事，在当时来说，已不算新鲜了。

狄峰也认为，改革开放的结果，就是让更多的人走上自己热爱的事业。也就是，让更多的人尽快富裕起来。

那个时候，浙北县的转椅行业就像是"星星之火，可以燎原"。更何况，淼厂长也在那个时候，另辟蹊径、另起炉灶，自己家里也办起了一家转椅小厂，让自己的一对儿女学起了涉水市场，做起了转椅产品，让子女们也走上了自谋职业之路。

孙亮是这样想的：改革开放的逐渐深入，浙北县原先的几家转椅龙头企业，已为当地众多的个体私营企业培养了一大批会生产、懂技术、善经营的人才，尤其是营造了良好的发展环境与氛围。

就在此时，不少个体老板具有敏锐的眼光，以及具备了搏击市场风浪的勇气，善于抓住契机，纷纷充当转椅"大哥大"的配角，为浙北县转椅业的发展添砖加瓦。

就像"小打小闹"的一些个体五金加工厂、机械配件厂，也纷纷转了向，掉了头，成了转椅的专业配件和零部件协作厂家。

这一千载难逢的大好机遇，也强烈地震撼着年轻的孙亮。

"浙北的转椅业已在国内有了一定的基础，要形成产业优势和品牌优势，不光是局限于几家企业，应该形成规模生产经营，才能确立地方支柱产业，获得规模效益。"

孙亮对未来家具行业的发展，有着自己独特的眼光。

孙亮还看到，改革开放使我国的个体私营经济以其特有的运行机制和生存方式得到了长足发展，给国民经济带来了新的活力，对加快发展社会主义市场经济起着不可估量的作用。孙亮就是在这样的形势背景下，萌发走上这条创业之路的大胆构想，并勇敢地去实践。

当然，孙亮把自己的想法与淼厂长做一次好好的交谈。

淼厂长可不是"老顽固"，思想比有些年轻人还要开放。

"个体私营经济，能克服集体经济统得过死、不灵活的弊端。"当孙亮还没有说出几句心里话，淼厂长就滔滔不绝起来。

"现在改革开放允许大力发展个体私营经济，就要放手大胆地去尝试,只要经营守法,一定能闯出一条寻求发展的特色之路。小孙啊,你如果要走这条路,我老淼会大力支持的!"

"我就算是从您这家大厂里飞出来的一只银燕吧,让我们一起为浙北县转椅业的崛起贡献力量!"

此时的孙亮,就像站在党旗下一样,宣誓了自己的铿锵决心。

五

话说那头的纺织业,谷达文在郎儿村的发迹,也到了风生水起的时候。

但谷达文没有陶醉,他在考虑这样一个深层次问题:作为一家私营企业,要生存发展,要适应市场经济,同样要有健全的竞争机制。

面对员工增多,厂房狭小,管理矛盾日益突出的现状,谷达文觉得靠白己一人来担当企业的生产管理者与经营者,已是难以做到兼顾了。

谷达文是一个有远见、有谋略的人。他走南闯北,见多识广,耳听八方,他想到了一件别人一时想不到的事:郎儿村有一位在前几年退下来的老书记,他叫孙有志。谷达文找上门,与老孙说出自己的设想,请他来厂里负责内部管理,帮助做好企业员工的思想政治工作。

老孙见谷达文如此有诚意,又是同一个村子里的人,就不好推辞,满口答应了。

把老孙请到了厂里,谷达文像盼来了救星一样。

接着谷达文还跑到县总工会，听听工会领导的意见，是不是可以在私营企业成立工会组织。

这一建议，得到了县总工会的高度重视，认为在浙北县，还没有一家私营企业建立工会组织，企业主上门有这样的需求，更是一件值得支持的事。很快，县总工会帮助企业组建，谷达文的纺织厂还成为省里第一家私营企业工会组织。

当时一些企事业单位，还没有建立健全的工会组织，私营企业有了工会组织，这在浙北县更是一件新鲜事，也极大地激发了职工劳动生产的积极性。纺织厂的员工中，提出申请要加入工会组织的就有90多人。

工会会员产生之后，将他们分配到了厂里刚划分的五个车间，以车间为单位理顺体系，强化管理。

工会代表每月还可以与企业厂长对话一次，厂长认真听取职工对工资、福利、医疗和劳动保障等方面的建议。

在私营企业，职工也能当家做主，员工们的心中没有了"老板与雇工"这种紧张的关系。

这样一来，职工们的诉求渠道更畅通了。

很快，整个企业形成了员工每月收入"上不封顶，下不保底"的竞争机制，甚至出现了个人每月工资高的可达1200元，而最少的只有300多元，真正体现了奖勤罚懒，多劳多得的激励机制。既然这样做了，职工们对企业的考核也实施了更严的监督。

有一次，厂里的纺织定额由原来的每织一米布0.45元调整到0.50元，而到了发工资时，财务部门忽视了，还是老办法没有改过来，工会及时反映和督促，使职工们补足了劳动报酬。

谷达文觉得这样很好，以前大小事情一人包揽，现在"千斤重担大家挑"，职工的向心力、凝聚力也真正地形成了。

对谷达文来说，搁在他心里还有一件更为重大的事情，怎么来解决？

企业里，有几个骨干都是中共党员。

这些党员的组织关系，都在他们原来所在的村或者其他部门。有时厂里生产任务紧，正赶在加班加点的时刻，而遇到了一些党员要去原支部所在地参加活动，出现了工作上的矛盾。而且这样的情况，会时常发生。

私营企业能否成立党支部？如果可以，不仅能解决这部分党员的后顾之忧，不需要"居无定所"，就可以在企业参加所有的党组织活动，而且党员的先锋模范作用更能进一步得到发挥。

谷达文又跑到了城关镇党委，他把私营企业能否建立党支部的想法向领导做了汇报。

城关镇的各项工作都走在前列，尤其是抓个体私营经济的力度更是前所未有的。

党委听取了谷达文的思想汇报，认为这个建议十分符合当今现实，对于全镇的个体私营经济发展将会起到不可估量的推动作用。

城关镇党委及时召开了专题会议，对私营企业建立党支部达成了统一意见。接着，专程向县委组织部进行了汇报。

城关镇党委向县委组织部汇报建立私营企业党支部，这种事在浙北县也是第一次碰到。

为什么呢？

大力发展个体私营经济，也是伴随着改革开放的推进才逐渐深入的，在企业中建立党组织，更是进一步解放思想的充分体现。

当时，发展个体私营经济，许多人很有思想情绪：现在倒好了，还要在私营企业里建立党支部，这不是要求我们党员去为资本家服务吗？

对这件事，县里当时还不能直接答复。

这样一来，达文更急了，他又来找城关镇党委，他还是坚定信心，再次向党委呈上报告。

到了1993年9月，"达文纺织党支部"终于批准成立了，孙有志还担任了企业首任党支部书记。

紧接着，企业团支部的成立也是水到渠成了！

个体私营企业不仅有了工会组织，还有了党组织、团组织，这在当时的全省来说，还是不多的。

谷达文对发展私营企业的信心更足了。

市场经济如滚滚洪流，不进则退，经受得住磨砺，适者才能生存。面对挑战性的丝织行业，谷达文也不断练就了胆魄。

"要办好企业，眼光要远，不能仅仅盯在目前能赚多少钱上，更要具备大发展的眼光与策略。"

谷达文的这些观点，讲的就是企业要加大投入，夯实发展基础。

他的"投入观"是：不求一次赚足，但一定要有丰厚的回报；投入就是要以市场为导向、效益为目的，并且要投向、投量、投速、投效一起抓。投入还需要有勇气，投入还需要有胆识。善于投入，就是要善于抓住机遇。

1993年，谷达文酝酿已久的另一个方案成熟了：加大力度投入扩建，冲刺生产规模总量，迅速占领市场份额。

谷达文把自己的设想与郎儿村领导进行了交换与切磋。村里正在考虑纺织业怎样迎来更大的规模集聚，于是做出了"以达文纺织为龙头"的"郎儿村轻纺工业区"建设的决定。

浙北县经济开发区，同意郎儿村建立轻纺工业区。

谷达文，又是第一个出来办理6亩土地征用手续的。

1994年上半年，谷达文又筹建了二分厂，可行性分析报告及时得到了县计经委的立项批复：总投资340万元，建筑面积2600平方米。

可是，项目正在启动中，遇到了意想不到的难题。

当时，县城建筑市场秩序混乱，出现了建筑施工和车辆运输"画地为牢、欺行霸市、敲诈勒索"等现象，尤其是涉及生产队车辆运输上的矛盾。

新的扩建项目，在不良行为的干扰和阻止下，被迫暂停了。

达文仍然坚定信心，相信自己会在政府的支持下，排除一切障碍，决不让非法的行为占据上风。

经过多方面的共同努力，建筑市场的歪风被打下去了。

到了1994年年底，谷达文的二分厂建设工程终于竣工了。

到了1995年4月，年生产织布能力达100万米，产值500万元，利税达到了80万元。

这一过程，从调研、决策，到上马、投产、生产，突出了一个"快"字，抢时间，抢市场，抢效益。

"根据市场规律和社会化大生产的要求，高水平的投入，就要有高起点的优化结构。"

面对企业规模的不断扩大，生产能力的增强，谷达文对今后的发展有了更清晰的思路。

谷达文认为，纺织行业里面有许多的门道，就要按这些路子去摸索出顺应形势发展的规律，也就是新原料、新工艺、新结构、新规格、新花色、新性能、新途径、新标准、新款式，等等。

谷达文满脑子都在思考着一个"新"字。

在生产和加工工艺方面，达文还掌握了"五大变化"。

一是原料应用多样化。纯天然的纤维、纯化纤、化纤与天然纤维的混纺混织交织产品，除了使用的纤维要不断提高，还必须扩大新纤维，使花样不断翻新，让特殊型号的化纤大量涌现。

二是结构组织多变化。由一般织物向梭织、针织、无纺黏合、簇绒、提花等织物多样化发展。

三是印、染后整理加工深度化。采取防起毛、起球，防勾丝、防缩、防皱、防静电整理工艺，树脂硬挺或柔软工艺及电光保塑拷花，照相感光印花和静电彩色植绒等新工艺。

四是产品途径扩大化。纺织品不仅用于服装面料，而且扩大到装饰品、旅游品、工艺建筑品、农业用品以及医疗用品等领域。

五是成衣时装化。广泛采用镶边、嵌条、飘带、补花、植绒等技术，讲究合理搭配，款式古今结合、中外结合，使之更加绚丽多彩。

狄峰觉得谷达文不仅是一位企业家，还是名副其实的多面手。

谷达文认为，尽管自己的企业还未发展到这一步，尚未达到如此的科技水平，但既然与纺织行业结了缘，就要掌握它在市场上的瞬息万变，了解了这些，至少能跟上时代发展的步伐和节拍，不至于盲目投入，造成浪费。

"加大技改投入，就是要尽量采用国内外先进技术，运用好先进技术，就是发展生产力。"

谷达文每走一步路，都是这样去思考、去努力。

六

孙亮，当然也不甘心落后。

筹建"银燕"转椅厂，可还是白手起家的啊。

在无厂房、无资金、无人员的"三无"面前，孙亮依靠刚刚招聘的十多名工人，以及筹集的 3000 多元，先在郎儿村原幼儿园租用 150 平方米的房子，作为生产用房和办公用房。

先从加工转椅配件入手。

孙亮采取的生产经营方式，有他得天独厚的优势来源。他与转椅大厂挂了钩，组织生产的零部件就有了销售渠道。除此之外，部分还跨地区开始销往江苏常州等地。

产品有了销售渠道，并不能保证销售货款的安全到账。

经营过程中，对产品需求单位，如果对它们不明底细，有的规模小、底子差，货款有可能难以收回。

办厂的第一年，厂子回不了笼的应收款就达 13 万元。

孙亮也知道，自己对产品设计、开发方面是能手，但对生产经营管理上还是一位新手。

不仅仅是货款没有全部到账，而且对聘请的销售人员，也没有真实了解他们的品行与素质。

再则，缺乏经济合同的签订经验，只要需方要货，就草草发货，甚至以情面关系担保，结果落了个"肉包子打狗有去无回"，使企业刚刚在起步阶段就蒙受了重大损失。

新生企业，将要被扼杀在"摇篮"里吗？

孙亮没有消极，更没有气馁。

他没有怨天尤人，而是从自己的身上寻找出原因，认真总结和深刻分析经验教训。

于是，孙亮采取了应对现实与回力生命的一些有效措施。

当时的市场销售点，是"到处撒胡椒"，存在零零落落的"一盘散沙"的现象。要把它彻底扭转过来，形成"十指紧扣"，集中"攻其一点奏效"上来。

主攻目标：瞄准诚实守信且资金雄厚的企业，依靠大厂的品牌效应来快速发展自己。

这个时候，孙亮还认识到应该用法律来保护企业。

聘请了常年法律顾问，着手补齐收付手续，对已签订的不合理的合同重新争取"合同纠纷管辖权"，以获得债权方的主动权。

经过一个星期的紧张准备，孙亮与法律顾问一同外出处理债务纠纷，对五六家单位采取同时起诉。

可是，在起诉过程中，有的被诉方东藏西躲，给工作带来了一定的难度。

法律顾问依靠法律采取了全方位应变措施：在送达起诉书的同时，与对方开户银行积极取得联系，争取银行的大力支持与配合，及时冻结被起诉方账户，有效制止了对方资金的转移。对账户无款者，直接找上门。在对方避之不见的情况下，就驻留在对方家，同时取得当地司法机关的支持。通过多方面的协调工作，督促对方自觉自愿支付应付款。

孙亮终于用法律武器挽回了经济损失,也捍卫了企业的尊严。

应收款的回笼,使企业重新注入了血液,获得了新生。

"企业如果还是专门生产转椅配件产品,没有成品进入市场,就没有主动权,企业发展以及前景也还是渺茫的。"

此时的孙亮又想到了这个问题。

他认为,配件产品的生产毕竟规模有限,不能将产品打入大中城市,形不成自己独特的产品优势就打不响品牌。

要想得到跳跃式发展,必然和必须走成品生产的道路。

孙亮熟悉转椅的构造,对转椅成品生产来说,不是一件难事。难就难在销路上各个环节的把握。

国内转椅厂家众多,仅仅是浙北县的转椅企业也已达到了几百家,后来发展到了几千家,因而还面临着激烈的自相竞争。

孙亮也想到,自己又是新办厂,企业要建立新型的合作关系,仍然需要有一个发展过程。

人家一时还不了解我们,没有知名度,主动找上门来的不多。

还有一个就是,要在建立稳固的销售网络上寻求出路,尤其是在将产品直接进入大市场上还要突破难点。

孙亮为了解决这些发展中的瓶颈,首先是舍得投资购入专业的技术设备,快速形成产品生产配套能力。

企业要有懂生产技术和管理的人才。

孙亮物色了一名骨干,全面负责企业内部的总管理,并建立健全和完善各项制度。各车间、班组、成员分工明确,职责到人,还采取了一系列的考核奖评措施,鼓励职工积极生产和提高产品质量意识,实行产量、质量和效益的双挂钩。

企业有了稳住内部的基础条件,孙亮开始往外面跑了。

孙亮对西安市特别有感情,他说他从小对那里的历史与文化印象很深,很有感情。现在有了时间和机会,就要在那里多跑多看多学习。

孙亮在西安市,一连住了四十余天。

四十多天里,孙亮着手开展全面的市场调查,与不少大中型家具商家有了广泛联系,手里也有了较为翔实的家具市场信息与资料。

深入市场调查的过程中,孙亮发现西安家具市场销售点比较分散。仅仅这一点,就给孙亮带来了一个能长期驻足的契机。他暗暗下定决心,就要在这些薄弱环节上,找到属于自己的生存领域。

在西安市,孙亮考虑把家具市场尽可能开在市民集聚的地方,这样既方便消费者了解家具市场信息,领略时尚新潮,又能为自己建立较为稳固的产品销售点。

孙亮还想到更为有利的妙招,别开生面地在这些地方设立集消费者与企业服务于一体的办事机构。

这些办事机构,就像企业安在那里的一双双犀利的眼睛,成为驾驭市场的"活地图"。

以西安市为中心的西北大市场,成了浙北"银燕"转椅大显身手的天地。

孙亮的信心与劲头更足了。

他像一台开足马力的发动机,上紧了高效发条,轰轰隆隆地快速运转起来。

他又把企业的内部管理，提升到更高的目标要求，狠抓企业内部改革。建立与大市场相匹配的运行机制，尤其是把提高产品质量与不断更新产品，放到了企业最为重要的议事日程。

这样的效果也就明显地显现出来了。

以中高档系列转椅为主的产品，迅速在西安市场站稳了脚跟，并先后与那里的"西北家具市场""万国家具市场""朱雀家具市场"攀上了亲，"银燕"成了市场上的紧俏品，受到了广大消费者的欢迎。

对于"西安办事处"，"银燕"企业每隔八九天时间，就会有一大卡车产品运抵那里，仅西安市场每年的销售额就达几百万元。

当"银燕"纷纷飞进了大中城市之时，浙北县的不少个私转椅企业也学起了孙亮的做法，也纷纷找上门来探究起孙亮的经营诀窍。

而孙亮呢，又会毫无保留地为找上门来的同行敞开心扉：要使自己的产品占领更大的市场，并赢得消费者的赞赏与"买账"，企业必须用好四个字——质量、服务。

"我们在西安市站稳脚跟的体会是，那里既是销售商场，又是服务站。"

产品运到了对方商场，对方在消费中如果发现了问题，这些问题还都是以消费者的眼光来审视的，一旦不满意就会产生连锁反应。此时，商场只要一个电话，在西安的办事处就会在第一时间赶到，现场回答，现场直接解决问题。这样，商场和消费者就放心了。

孙亮把这些经验全部告诉了一些求门道的上门者。

真正做到了这些，企业的信誉就会像"银燕"长上了飞翔的翅膀，知名度就会越来越好，美誉度也会越来越高，还愁产品没有销路？而此时，厂里则可安心地大力组织生产适销对路产品，确保和满足了市场的供应。

孙亮在西安尝到了市场开发的甜头，就有了更多的时间去捕捉市场信息了。

紧接着，孙亮用同样的方式，又在国际大都市的上海设立了办事机构。

孙亮是一个很会钻市场"空子"的人。对此他说："一个企业家，如果驾驭不了市场，就不是一个成功的企业家。而成功的企业家，驾驭市场的能力就是会钻市场的空子，这个空子你钻对了，就会获得一片蓝天。"

孙亮后来告诉狄峰：就是要把上海作为国内市场的制高点和桥头堡，意味着企业在迈向国际市场上走对了步子。孙亮认识到，上海毕竟是个不一般的地方，称为"海"的地方，就是水深得很，否则"上海滩"，又是怎么叫出来的？

对上海这个特别的大市场，孙亮采取的应对手段是：在销售上，一定要有让利的胸怀，哪怕是只剩下了一点儿微利，也要看成赚了大利。

上海人是华夏大地最为精明的人，从来不会做明摆着的吃亏事，就像在菜市场上买些小菜，一些精明的婶婶嫂嫂，会啰里啰唆地讨价还价。哪怕是只有几分铜钿的相差，也要计算得清清楚楚，明明白白。

孙亮就是在与上海人的接触中，发现了与其他地方完全不一样的地方，才会有更大信心去做，并毫不含糊地把它做好，做到位。

为什么？

孙亮说出了所有企业经营者的心愿。

上海人最讲诚信，他们一旦与你谈价格、谈数量、谈要求，答应的任何事就不会反悔，也就是一锤定音，买卖成交，不折不扣。

孙亮还发现，与上海人打交道，还会让你开阔眼界，在产品的一个"特"字上，又会让你佩服得五体投地。

上海人看准的产品，一时间不会被淘汰。

只要你跟着上海人的脚步走，还真会让你像坐上了直升机一样，天天太空漫游，领略世界新潮流。

上海驻足稳了，孙亮就不担心国内其他市场的开拓。

沈阳市、重庆市、武汉市等，也成了孙亮下一步瞄准的一个个新目标。

七

再来看一下谷达文，他是怎样看待市场的。

"一主多副，多业并举，四面出击，抢占市场。"

达文熟谙这十六字的内涵与诀窍，应对市场也是从这每个字中下手，寻找对策，找到答案。

1994年，谷达文又开始筹建一幢"综合楼"。

选址在浙北县通往杭州的省道路边。这幢大楼，底层作为经营，二层、三层用作办公，四层、五层作为服装生产用房。

"这样,企业可以在整体上形成丝绸纺织、服装加工、工艺竹产品经营一条龙的发展态势。"

谷达文从这些思路中得到启发,深思熟虑和权衡利弊,彻底打破自己多年来形成的固有观念。

浙北县是中国著名的竹乡,当下的山里人已不满足"卖原竹"过日子的现状,这样下去也不会真正地富裕起来。村民们开始走出山门,去看看外面的世界。

村民们想让一根竹子换来更有价值的经济效益,那是真真切切的希望。

仅仅靠卖原竹,农民的收入也不会有大的增长。

利用茫茫竹海的资源优势,去努力开发生产和精加工竹制产品,这才是竹乡山民的出路。

正在此时,浙北县委、县政府也适时提出了建设"竹产品之乡",出台了许多有利于竹产业发展的优惠政策。

作为竹乡人,谷达文想,我应该凭借自己的聪明才智,去贡献自己的微薄力量。

竹制品市场发展的前景,究竟会是怎样?

谷达文开始把眼睛盯在了浙北县最早发迹竹产品的海港乡。

这个地方有它的特点。

乡村集体企业也看好竹制品这个行业,更大的行动就是能把台商企业也吸引进来,乡村集体还参与了合股,互惠互利。

集体企业是这样,那么个体私营企业呢?

也是出了奇了,就像是"酒店门前摆粥摊",满目都是个体私营竹制品企业,遍地开花。

当时还有一句挺时髦的话:村村冒烟,家家开机。

冒烟，就是竹制品生产企业需要有配套的锅炉设备，竹产品在生产加工过程中，竹子需要进行高温处理，以起到竹子产品的防霉、防蛀作用。

开机，就是每一个农户家庭都会有几台织机，编织竹凉席，有的家庭还会有多台织机，整个村子机器轰鸣，热热闹闹。

谷达文认为，山区就近办竹制品厂很红火，城里未必不能办好。

县城其实还有着山区不能比的地理优势，即对外窗口优势，进入市场快，可谓是"近水楼台先得月"。

谷达文下了决心，采取股份制的形式，合力创办一家一定规模的竹制品厂。

谷达文把"综合楼"周围原先考虑用作建设花园和私宅别墅的空地让了出来，抓紧规划设计建造厂房。厂房落成后，谷达文想到的是，以最快的速度把优质竹制品生产出来，立即投放市场。

怎么个快呢？

谷达文采取大量收购竹席半成品，而且以这种收购方式为主，形成压布、成品生产线。

时间到了1996年，竹制品产值达到了500万元，加上半成品收购、压布加工，销售额突破了1000万元。通过直接收购竹席半成品，经压布为成品，可直接进入市场，大幅度降低了应收款项，企业经济效益明显上升。

谷达文对此还不满足，要把存量资产盘活起来，他采取了"借鸡生蛋"的办法，将半成品委托外加工，用好有限资金，降低生产成本，减少资金占用时间，提高资金利用率。

"企业重在抓'两头'，即严把外加工用材质量关和成品合格检验关。"谷达文说。

那么，谷达文在企业经营上，还会存在其他什么问题呢？

"过去这方面也吃了不少亏，现在也该好好吸取教训了。"

谷达文又是怎样吸取这些经验与教训的呢？

靠的就是"三条原则"！

谷达文说，这三条原则，我是用"痛苦"买来的。

一是讲守信原则。为了按时交货，不管遇到多大困难，企业一定要千方百计来"自己消化"，不能有任何理由和说辞，更不能拖了用户的后腿，要真心实意树立企业形象。

二是求诚实原则。你要做生意，就要老老实实做到对待新老客户一个样，路程远近一个样，需要量的大小一个样。绝对不能短少尺寸，也就是不能缺斤少两。如出现了短米缺匹的现象，做到缺一罚十。

三是对客户负责原则。产品一旦出售，合同保修期内，只要是质量上的问题，就要负责。

做到了这三条，谷达文认为还需要一些必要的补充：要认真、冷静处理一些与自己企业"不搭界"的，甚至是琐碎的事，也就是延伸服务线。

1996年的上半年，就发生了一件特别怪的事情。

有五位四川客户，他们之前相互串通好，故意向谷达文提出："你们厂的布料缩水率太高，我们的损失你怎么来解决？"

五位客商就是想以此来压低价格。

那么，他们的依据又是什么？

对方知道谷达文会这样提问，早就跟对方印染厂打通了"关节"。在印染时，刻意提高温度和增加用碱量，导致缩布率不正常提高。

这样的歪脑筋，就是要谷达文对此承担1.6万元的经济赔偿。

"你们与印染厂串通勾结，利用这种无耻的欺骗手段来诈骗，你们真是小看我了。你们信不信，接下去是否来试一试？贪心不足蛇吞象，让你们吃不了兜着走！"

谷达文理直气壮。

对方这种既耍无赖又不聪明的手法，怎么难得倒谷达文呢？

谷达文凭着多年来在市场经营上的各种经验，毫不留情，并一针见血地告诫他们！

对方当时还认为，他们使用的伎俩不会被谷达文识破。想不到，被火眼金睛的谷达文一下子戳穿了。

他们五个人，你看看我，我看看你，一句话也说不出来。

对方做贼心虚，当不良的行径被揭穿，只能是理屈词穷，像泄气的皮球，只好服服帖帖了。

当然，企业在日常的经营过程中，也会出现一些真正让顾客不满意的地方。

"当然，我们的所有工作，不可能都做到了万无一失。有时，可能会出现，如布匹漏发或少发的情况。"

那么，谷达文对此又是怎样来处理和解决的呢？

"这就要用严格和完善的管理手段来'回答'。"

谷达文是这样解决的：出现这样的问题，就要从企业的仓库入手进行核查，将发出的数量与实际的库存一笔笔弄清楚，然后还要从各个运输、中转环节来分析情况。

有一回，一客户说少了一匹布。

后来又是怎么厘清的呢？

经过细查，结果是对方在货物搬运过程中漏装了一匹。

把这些问题的来龙去脉搞清楚了，做到了对企业、对用户认真负责，就会让对方心服口服。

谷达文的经营理念也与孙亮想的一样。

为了占领更大的产品市场，谷达文先在江苏盛泽开设了经营部，还在绍兴市委托他人开办了特约经营部，后又在云南河口，通过边境外贸将产品打入了越南市场。

"还要抓住和利用地区市场的'淡旺季'，做足做透产品文章。"

谷达文也有自己的经营诀窍。那就是，上半年的经营重心放在绍兴、盛泽等地，下半年则转向了云南河口，以获取更大的销售量，达到"增产增收"的目标。

谷达文说，仅河口一处，年销售额就超1000万元。

另一个是谷达文多业并举的经营决策也成熟了。

该经营决策以多种经营为突破口，大大提高了市场占有率，其发挥的经济效益也显现出来了。

就在1996年，谷达文的轻纺、竹制品两大类，销售额就达到了2000余万元，利税也得到了同步增长。

八

企业要壮大，投入是强项。这一点，孙亮的想法与谷达文又是一致的。

当他走上了个体私营企业的创业之路,所有的困惑都实实地压在了自己身上,甚至有时会喘不过气来。

孙亮经常觉得自己很孤单,有时还会产生一些消极悲观的情绪。

他虽然知道"办法总比困难多"这样的道理,但在现实面前就不是一件轻而易举的事了。

"进入了成品生产阶段,从原材料的组织,再到产品的市场销售,要有一个过程。这个漫长的过程,资金占用额度大,造成资金周转期拉长,流动资金就显得力不从心了。"

尽管眼前的市场形势一直走好,但有时也会瞬息万变,稍纵即逝。孙亮总感到自己如履薄冰,忧心忡忡。

企业铺开了摊子,箭在弦上不得不发。

怎么能轻易地败下阵来呢?

孙亮日思夜想着"找米下锅"的事。

企业发展离不开各级组织的关心和支持。郎儿村的领导似乎看出了孙亮的心思。当然,也不是只发现孙亮一个人在困难线上的苦苦挣扎。

"正在这个时候,我们前进的道路上出现了曙光!"孙亮兴奋起来。这个兴奋的来源,是郎儿村的邹书记、茅主任找上了门,给孙亮送来了解决企业资金困难的好消息。

"只要企业发展方向明,产品市场形势好,企业主有坚定的发展信心,我们都要大力鼓励与支持!"邹书记还告诉孙亮,村里已经与相关银行和信用社达成了合作协议,优先向优强企业倾斜放贷,村里来担保,尽管放心好了。

银行,何以那么"器重"郎儿村?郎儿村,是县城中心的

"夹心肉"啊。这样说，真是一点儿不假。

郎儿村这些年来的发展成就大家有目共睹。上至省市，下至县镇，甚至在老百姓的心里，也是这样认为的。

政府虽然给了企业"输血"的条件，但企业发展的根本动力还在于要有强大的"造血"功能。那么，孙亮把企业"造血"功能的着力点又放到了哪里？

人是关键。这一点，孙亮又很像谷达文。但也不全是。哪一家企业，会不重视和发挥"人"的作用呢？

企业发展中的每一个环节，其实都是靠人的主观能动性与创造性的发挥。企业要健康运转，只有向管理要效益。1992年，孙亮将几个月来默默思索与运筹的改革方案，开始在企业内部展开了。

生产环节，要认真走好"三着棋"。

对思想素质差，专业技术不过硬，且责任心又不强的人，怎么办？淘汰！在这个"显微镜"下，六名工人就只得"告老还乡"了。采取向全社会公开招聘。择优录用各方面的人才，尽快弥补企业人才的不足。

优质产品的源头怎么把控？这个优质产品，不仅仅是产品本身的概念，而是在高素质的"人品"管理下诞生了优质产品。孙亮想到了企业生产管理的班子适应企业需要，是否有了过硬的条件。他认为，企业管理者必须具备良好的政治素质、思想素质、管理素质和技术业务素质。在市场经济条件下，个体私营企业同样也离不开这样的必备条件。孙亮多次去找有关组织部门，请求得到帮助。组织上给孙亮推荐了刚从乡镇企业厂长位置上退下来的管理人才。"乡镇企业退下来的人，我怎么吃得消来管理他们啊?"

孙亮有些畏难。

"那,就要看你的用人智慧与管理水平了啊!"组织上对孙亮说,在乡镇企业工作过的同志,退下来的原因是多方面的。但他们都经历过多年的培养,具备各方面的素质条件。现在,他们能到个体私营企业中来,就是一笔宝贵的财富,而且立马可以上岗。

孙亮听了,觉得很有道理。对自己的私营企业来说,更是一件何乐而不为的事啊。

包小方与楼伟,他俩还是共产党员。这两位,就毫无疑问地被孙亮选中了,被充实到了企业生产管理班子成员中。为了尽快熟悉企业情况,孙亮还为他们配备了专业技术比较强的人员,协助他们在有关方面的直接管理。生产管理环节得到了强化,生产工序也严格了规范要求,并修订和完善与之相适应的一套工作制度。

第三着棋呢?"提高产品质量,严格劳动纪律。"孙亮想到了要在企业上下,开展一场以此为主题的思想教育活动,充分调动生产工人的积极性,让工人都能关心企业的前途与命运。对生产工人和销售人员,也要采取一系列的量化考核指标。"生产长一寸,福利长一分。"话是这么说,但做起来难。如何让职工既能入耳,又会入心呢?孙亮自有一些让职工心领神会,又能循序渐进的做法。

他说:"我们每一个职工都是企业的主人,我们的每一项工作都会让大家知道。比如,企业接到了一批订单,抓紧赶出来的新产品,又都是按需方的特殊要求设计的。这些产品还在试制过程中，只有少数职工参与制作，不少员工还不知道有这样的产品。每当对这些产品发货时，就要让员工们都在场。"

孙亮是这样做的。

"这是让员工及时了解市场需求信息，什么产品是适销对路的，什么已是不那么受欢迎的了。也就是产品的热销与滞销的问题。"孙亮说。

怎么来理解这个问题呢？这些产品是新近开发的，为了赶时间，又因仓促上马，难免会存在一些缺陷。假如对方这时提出一些需要改进的地方，企业技术人员就可以当场与员工们说清楚，对产品生产过程中暴露出来的一些问题，就在现场指出，以便于认真加以改进。这样做，最大的好处就是让职工感到企业与职工的利益绑在了一起。产品的款式创新了，质量上去了，档次提升了，信誉度提高了，企业的经济效益就会有显著增长，职工的收入与福利就会"水涨船高"。

企业产品在生产过程中，其实会出现各种各样的问题。孙亮不隐瞒所有问题，而是让这些问题都能在职工面前一一曝光。这样做，就是为了更有效地改进问题，真正去落实和解决问题。

企业产品的销售过程也会出现问题。

企业刚刚启动时，产品的销售环节也有许多漏洞。在驻西安产品销售办事处，有个别销售人员在收到货款后，没有及时上交款项，而是滞留款项，甚至将款项移作他用。出现了这些问题，原因是销售人员的品德与素质问题。更重要的是，销售环节没有严格的管理约束制度，甚至是放任。如果这些环节仅凭靠感情和良心做事，缺乏有效的监督机制，那么，最好的效益也会似"竹篮打水一场空"。

孙亮在销售环节上同样采取了大刀阔斧的做法。对西安办事处出现的问题，采取了立即撤换，重新招聘人员，经过培训后及时顶上。上海办事处一位聘用人员，不体谅企业办厂的艰辛，缺乏对企业的感情，自作主张提高产品的零售价，使消费者产生很大不满情绪，从而导致和影响了"银燕"产品在大上海的不良声誉。孙亮又在浙北县聘请了一名大学生，调整了上海办事处的成员。

企业产品销售的好与坏，是直接体现经济效益的"晴雨表"。"银燕"还在委托商家销售产品的形式上，采取了一些相应的措施，改变代销环节上存在的"卖多少，算多少"、产品铺底过多、货款回笼滞缓、商家要价偏高、售后服务差、消费者利益直接受到影响的不良状况。

孙亮又"改间接销售为直接销售"，相信自己过硬的产品一定会赢得市场的欢迎。于是，他果断地在大中城市办商场，使企业面对用户，千方百计让利于消费者。

通过这一大胆的尝试，大大减少了销售环节，使消费者容易接受，企业也能面对面地听到消费者的声音。

这样一来，销售额直线上升，销售面也扩大了，资金回笼也快了。企业充满了活力与生机。

九

谷达文的纺织企业得到了长足发展，在当地，甚至在县外都有较好的影响力。

正是这样，谷达文才不会忘记跟着他为振兴企业发展做出贡献的全体员工。

"生活上要关心,思想上要引导。"

厂里的职工,多数不是当地的,有的是外村、外乡的,还有的是从县外来的。近300名职工中,来自安徽省宁国、广德等地的就有100多人。

谷达文认为,职工来自四面八方,需要在许多方面更加细心地去关爱他们。除了生活上的关心,思想上更要有春风化雨般的积极引导。

职工们在企业能安心工作,劳动生产积极性就会高,心与企业就会贴得很紧。

职工们称达文纺织厂就是他们的"第二故乡"。

原来企业职工的宿舍十分简陋,不仅光线昏暗,而且地面潮湿。1995年,谷达文做了一件更让员工满意的事:尽管资金困难,还是通过增效挖潜,投入了50余万元,建造了一幢900余平方米的外来工人住宿楼。还建立与之配套的文化娱乐等基本设施,使工人安居乐业,视厂如家。

25岁的女青年朱梅雪,月月超额完成生产任务,成为企业生产能手和产品质量标兵,思想上也积极要求进步。企业党支部给予关心和引导,积极对她培养和考察,在外来工人中将她第一个列入了入党发展对象。

谷达文依靠企业党支部、工会和团支部的力量,十分关心外来工人政治上的进步,从时时处处、点点滴滴入手,引导工人奋发向上、健康成长。

朱梅雪入党后,紧接着13名职工写了入党申请书,又有六名工人被列入重点发展对象。有20余名青年加入了团组织。

1997年1月5日，外来妹苏静丽、苏静芬姐妹俩接到了企业的"准假通知书"，姐姐苏静丽陪同母亲去杭州治病，妹妹苏静芬回家乡看家。企业还筹款为姐妹俩的母亲治病，又安排车辆护送病人去医院。

"真的太感谢企业对我们的关心，我们会尽快回到企业这个温暖的'家'。"姐妹俩见到谷达文时，满含热泪，激动地说。

这样的事情，企业会经常遇到。

企业十分关心和爱护外来工人，工人们遇到困难时也会乐意找企业。职工有难，企业又会伸出援助的手。

女职工杭秋菊，家住浙北县的南山岭，下班后骑自行车在回家的路上，曾有两次被摩托车撞伤。企业获悉后，马上派人带去慰问品看望她，并给她解决医药费，杭秋菊感动不已。

此前，老职工李庭凤身患绝症，回到浙北县魁山乡的孝悌村。谷达文还亲自与其他企业领导一起，前往老职工家中，动员他及时去医院动手术，还给予了经济上的资助。

另外，一名家住梅灵的女工，因女儿不幸溺水，万分悲痛。企业领导上门安慰做工作，还把这位女工接到厂里，由众女工开导她、照料她，使她真切地感受到了大家庭的温暖。

这些事，如果发生在国有企业，可以说不足为奇。但在私营企业，谷达文认为，不论是谁，只要是企业的一员，就该有其应有的地位——劳动者至高无上。

谷达文这样想：创业的道路上，每一个企业都会有员工，没有员工就形不成企业，有员工的地方，就必定要有他的坚强靠山，这个靠山就是党组织、工会和团组织。无论企业遇到了多少风雨和困难，总会坚定地从逆境和困苦中突围出来。

职工们在企业里，从"想要一个'家'"的梦想中，谷达文为他们真正做到了，实现了——拥有了一个完整的"家"。这个"家"很大，沐浴着阳光，也很温暖。

纺织行业女职工多，谷达文这个企业也一样。企业里有不少职工是外来妹，女人多了，女人的事就会多起来。企业关心她们的落脚点，就是要为她们考虑做好更多的事。

外来妹遇到了婚假、产假，达文纺织厂总是安排女职工代表逐家走访。除了带上一份贺喜礼品外，还规定对每位外来妹给予经济补助。

张菊美、程霞文、李秋芬等因生育在家休养时，女职工代表走了几十公里路去看望，并表达一片心意。婚假、产假期间的工资还给予补发。

有了这个"家"，职工们若是丢失了什么，也总会得到一些补助。有一次，职工杨迪不知怎么丢失了一条棉被，"家"就伸出手来，给她添置了一条加被套的棉被。

"家"的关心，激发了职工们的积极性。一个个向党、团、工会组织靠拢，递交申请书。

团支部还成立了"青年之家"，业余文化生活丰富多彩。诸如每年的元旦，厂里都要开展联欢活动，让全体职工自娱自乐。厂里还积极引导职工为社会、为职工做好事。在创建文明城市活动中，达文纺织厂有一千多人次参加义务劳动，还向希望工程捐款。

私营企业开展运动会的不多，达文纺织厂每年举行一次，全体职工踊跃参加，既锻炼了身体，又活跃了生活。每年到了运动会的时候，谷达文总是带头参加，不少运动项目还是他亲自策划。自行车慢骑，倒跑接力，车越障碍，拔河，等等。企业还拨出专款作为活动项目的经费和奖励。

"要成为一个优秀企业家，必须具备良好的素质。"

谷达文在艰苦创业的路上不断探索，还总结出了一套提高企业经营者素质的经验：以身作则，要重信誉，别轻许诺言，德威并济。

一个企业主管，除了企业之外，还必须是一个引导职工工作顺利与成功的良师益友，而不是单纯地下达命令。

要有高度的工作热忱，不能去做作，求虚荣，而是能够真正为大家的利益而努力，员工因此都能产生向心力。

一个成功的企业领导，要使得班子成员能够遵循你的意志勇往直前，群策群力，向稳定的目标迈进。

做生意要讲究信用，没有信用寸步难行。

一个企业领导若失去了部属的信任，也就失去了一切。

对大事情，必须深思熟虑，不可轻易承诺，一旦承诺就要尽全力做到。

谷达文对企业摸索出了这样四条管理上的认识。

"只有如此，才能维持部属对你的信任，安抚是可行的，但空言的安抚，等于一张空头支票，戳穿了就再也行不通了。"

谷达文觉得，企业管理也要像部队一样，要有军事化管理的实践艺术。部队里的长官讲究的是威严，政治家讲究的是品德，这样，他们才能完成本身担负的责任。一个企业的领导，讲究的是德威并济，不仅要有能使部属服从的威严，更要有爱护部属的德行。

这样去思考了，也就会这样去做。

达文纺织厂还开展"文明职工"和"先进工作者"的评选活动。办厂以来，没有发生过一起治安案件，也无一人违法乱纪。

即使做到了这些，谷达文认为还是不够，还需要有持续的文化知识更新来巩固。而这个巩固也必须从自身做起。让自己的素质得到不断提高，在熟谙经营的同时，进行文化的补充和知识的更新很重要。

1994年，谷达文与妻子兰芳一同报名参加农函大乡企班学习，还资助办农函大。并列出计划，让厂里的职工也能分期分批上"函大"。

"只有文化素质提高的企业家，才能主动利用社会上的新发明、新技术、新工艺，开发新产品，挖掘潜在的市场，推动经济发展。"

谷达文不仅重视自己的素质提升，还为员工积极创造提升的机会，组织人马来对职工进行系统的培训，特别是重视青工人才的培养。在菰城一次举办的全市个体私营企业"一制五法"知识竞赛中，以达文纺织厂为主的浙北县代表队夺得了第一名。

正当此时，浙北县有一件事在企业界成了爆炸性的新闻：1994年，浙北县委、县政府出台了鼓励个体私营经济发展的政策。其中有一条是这样规定的：企业年销售收入超1000万元，纳税超50万元，出口交货值超400万元，只要符合其中一项的可给予业主本人、配偶或子女一个"农转非"的指标奖励。

达文纺织厂，也就是在那一年，销售收入突破了1000万元，利税100多万元。谷达文，毫无疑问获得了一个"农转非"指标的奖励。按理说，谷达文应该将这个"农转非"的奖励指标留给自己，或者是家人。但是，他没有这样去做。为什么呢？让人想不到的是，谷达文觉得这件事对企业来说很重要。何以重要呢？谷达文认为，这个奖励指标，不仅仅是奖励一个人，而是会影响一大批人。从这样一件事上，一方面要感恩党和政府对个体私营企业的殷切关怀，另一方面更能体现员工对企业的热爱，是一种向心力和凝聚力的最好体现。

谷达文表态：交给企业党支部和工会组织来讨论决定。后来，这个"农转非"指标谷达文一家没有享受到，而是给了企业里的一名普通工人。那么，这名工人，以什么样的条件，获得如此高的特殊待遇与荣誉呢？

原来，这名叫胡良生的男性工人，经过全厂自上而下的发动，自下而上的推荐，又经过反反复复的考核与测评，终于脱颖而出。胡良生特别优秀，他是企业里成绩突出、贡献最大的一线工人！

原本，谷达文完全可以将这个奖励指标给自己或家人，企业里不会有任何的想法和意见。谷达文一家四口，两个农村户籍的儿子都在读中学，这个"农转非"指标，可以名正言顺地留给自己的儿子。当年，谷达文这个举动，还在全省成了一大新闻，迅速影响到了全国各地。

1995年，省城《工人日报》显著的标题是"谷老板奖励面前高风格，'农转非'不给儿子给民工"。

浙北县城群众传诵着一件新鲜事：私营企业老板谷达文，把县里奖给他家属子女的一个"农转非"指标让给了厂里的一位工人。人们对这位私营老板爱才如宝、关心和爱护工人之举动赞叹不已。谷老板认为，企业的成绩是所有职工努力拼搏的结果，应该先给出力最多、贡献最大的职工。谷老板按"重大事项递交集体定夺"的规定，实施了这一奖励决定。

除此之外，达文纺织厂又在全省产生了另一件新闻，标题是"一条建议引出一幢新楼，'达文'外来妹喜迁新居"。

文章中说道，浙北县达文纺织厂百余名打工妹，开开心心地搬进了企业特意建造的员工宿舍楼。达文企业是省"百家私营企业"，一半职工来自邻省邻县和当地边远山区。为了确保职工利益，企业工会每月定期举行"劳资对话会"，认真听取员工对工资、福利、劳保等方面的建议和要求。这是在一次的对话中，职工提出现有宿舍简陋、潮湿、光线差，希望能改善条件。

这条新闻，还被评为1996年省级党报"优秀短新闻"，收进了报社总编辑办公室《短新闻四味》一书。其中的"四味"就是"说新""说短""谈重""言活"。

谷达文这个人，不仅办厂有方，而且为媒体也"制造"了当时可谓轰动效应的"热新闻"。而这些"热新闻"，又是城关镇上从事工业工作的狄峰采写报道的。可以说，狄峰与谷达文朝夕相处，知根知底，更有"发言权"。

十

说了谷达文，再来看看孙亮在这方面又是怎么做的。

1994年，孙亮的"银燕"转椅业红红火火之时，遇到了企业所在地的拆迁，厂房均在红线之内，必须全部拆迁。那个时候，孙亮听到了这样的消息，整个人一下子蒙了。怎样从现实的严峻考验中，走出困境？重新租房，还是另辟蹊径，建造厂房？两则权衡，孙亮选择了后者。

"办企业必须要有自己发展的生产基地。这个基地，并非面上的一片土地和几座房子，它是企业内在的精神动力和企业职工形象树立的关键与契机，也是职工的凝聚力，象征着企业的生命。"

长痛不如短痛。孙亮咬紧牙关，把眼光聚焦在了郎儿村刚刚被纳入规划的这片土地上。

就在当年的7月，孙亮向银行求援，也得到了银行的大力支持。这个时候，浙北县委、县政府为进一步鼓励个体私营经济上规模、上档次、上水平，又颁发了《十八条新政策》和《城关镇发展个体私营经济若干规定》，极大地鼓舞了所有个体私营企业。孙亮对此更加充满了信心与希望。

不知道孙亮从哪里来的这么大的胆魄，他跑到郎儿村，找到了书记邹龙和村主任茅涛，说要为村里出谋划策。

"邹书记啊，茅主任啊，你们可以在已经规划好的工业发展小区内，由村里牵头成立'办公用具发展总公司'，村里也要形成转椅生产的龙头优势，为浙北县转椅业的真正崛起添把火，而且要把它燃烧得旺旺的。"

郎儿村，毕竟是县城心脏最"贴心"的那块"夹心肉"，邹书记、茅主任又是很开明的村领导，有着很广泛的人脉关系，可谓是"路路通"。有了这样天时地利人和的"路路通"，村里的财路也通了，村民们也开始冒了富。

孙亮主动向村里提出这样的建议，作为村里来说是求之不得的。对于像孙亮这样的人才来说，也是求贤若渴。村党支部和村委会很快召开了会议，专题研究孙亮提出的建议。

郎儿村工业小区，有了"轻纺"和"转椅"两大村级基地，发展经济的步伐开始加快，并渐渐迈入了快车道。

对于一个来自他乡的人来说，孙亮有了可以在郎儿村落地生根、开花结果的好盼头。在郎儿村的工业小区地盘上，孙亮终于有了自己可以规划建厂的土地。

可是他又会疑惑。他是外地人，进了工业小区建造厂房时，担心会不会遇到一些麻烦的事啊。孙亮有这个担心也是正常的。就像达文纺织厂，当时入驻工业小区时，建筑市场管理比较混乱，一些不法分子"画地为牢""强买强卖""欺行霸市""敲诈勒索"，后来被政府严厉地打压下去了。孙亮早有耳闻，由于当时还存在这样的情况，一些个体私营企业听到了一些风声，便不敢贸然入驻工业小区，就出现了坐视观望，等待气候。

党和政府十分重视个体私营经济的发展，邓小平南方谈话精神和党的十四大文件，以及十四届三中全会决定已作出明确论述，发展个体私营经济不是权宜之计，要彻底消除"怕露富""怕变"的顾虑，我们有各级组织的支持，就要理直气壮地发展个体私营经济。

孙亮就是看到了个体私营经济发展的新机遇和新希望，这条路他会毫不动摇地、坚定地走下去。

郎儿村对发展工业小区也迅速推出了整体的实施方案，实行统一规划、征地，统一设计和自行建造的工作方针，着力解决"三通一平"，让想入驻的个体私营企业尽快放下包袱，轻装上阵，开辟一片天地。

孙亮看到了郎儿村为发展个体私营经济大开"绿灯"，真心实意为广大个体私营企业撑腰,也为自己壮了胆,吃了"定心丸"。那些日子,孙亮特别开心,像遇上了喜事一样。他喜滋滋地在工业小区征用了三亩土地,设计着自己的梦想。

在厂房建造过程中,孙亮遇到了这样一个矛盾:如果建造简陋厂房,就可以尽快投产。但这并非长远之计。孙亮请来了建筑专家进行图纸设计,决心把厂房规划布局设计得更合理,基础打得更坚实。尽管资金紧张,孙亮还是筹措了100多万元资金,启动了厂房建设。为了后续建筑资金能够确保跟上,孙亮又把注意力集中在了企业内部的挖潜上。

私营企业也会用上挖潜?一头,采取紧缩资金,压缩非正常性开支,采取措施加快资金回笼率的提升,千方百计不使工期误期。另一头,对新建厂房实行一次性规划设计,分期分批营造,资金安排也同时做到分期分批到位。

1995年7月,新厂房终于全部完工,建筑面积达一千八百平方米。"达到了边建设、边生产的目的,企业始终保持与市场的有效衔接。"孙亮说。

不少客户被孙亮的创业精神感动。"我们当初选择'银燕'没有错,过去我们协作得很好,今后将会合作得更好。"

孙亮听了客户对企业这样的由衷评价,也流下了感激的热泪。

创业之路可谓坎坎坷坷。孙亮把遇到的所有困难,看成磨炼自己顽强意志的途径。建厂房期间,既要抓生产,抓销售,又要关注施工质量,孙亮已是极度的疲劳,但他总是咬咬牙一步步地挺了过来。

孙亮长得像个"白面书生",可是现在被烈日晒得黝黑,看上去像一个"黑面包公"。他的体重从原先的60公斤下降到了50公斤,每天回到家里便一头栽倒在床上。但他的精神支柱始终没有垮。孙亮的脑海里只有一个信念:生产不能停,销售不能断,设备不能不添置!

"银燕"开始展翅飞翔了。转椅产品覆盖了国内十多个省市,有的还远销到了内蒙古、哈尔滨等地。那年,各类坐具销售额突破了五百万元,产品也形成了办公、电脑、酒吧、会议、民用等十多个系列近百个品种,1996年上缴国家税款就有十多万元。

而此时的企业,连续三年被浙北县政府授予"重合同守信用"单位,城关镇"优秀先进企业","银燕"牌坐具系列产品还荣获菰城第二届个体私营企业"名特优新产品"称号。

"县委、县政府把转椅发展作为'四乡建设'中的一项战略任务来抓,这也是对我们个体私营转椅企业一个很大的鼓舞与鞭策。"

孙亮在浙北县的转椅行业领域,通过自己的拼搏与努力,也真正尝到了甜头。

孙亮对下一步的发展,也明晰了方向与思路。必须抓住这一机遇更好地发展自己,共同创造转椅名牌,不断提高产品质量,加强投入,加强开发高档次、高品位的新产品,开发木质、塑料等与家具行业有着紧密联系的新产品。

还有一点,孙亮也有了与谷达文一样的"紧迫感"。当企业发展到了一定程度,孙亮觉得自己的文化知识,已经不能跟上时代的步伐与发展要求,于是把提升自己的文化素质放到了极其重要的位置。

"我要寻找和把握好机遇,争取再到高等学府学点儿知识,不断充实自己，为浙北县的'转椅之乡'建设更好地发挥自己的聪明才智。"

孙亮在振兴浙北转椅事业的发展路上，已经获得能够驾驭市场的能力与水平，以及拥有了真才实学与操作本领。

孙亮每当与周围的人们畅谈发展远景时，总会有一句感人的话语：人是要有一种精神的！而这种精神，又是受一代代创业者的影响，继承过来，发扬下去。

"我在转椅行业学会了游泳，得到了成长，始终没有忘记一位领路人！"孙亮忘不了当年影响他走上创业者之路的企业家——淼厂长。

第十二章　前山有路

一

再说那个地大村。

自从浙北汽车站行将扩建改造时,政府需要征用土地,尤其是涉及不少村民的房屋需要拆迁,遭到了地大村村民的强烈阻止与反对之后,被一个小小的郎儿村给"揽"去了。

地大村人为车站的扩大改造仍然处于徘徊不前、举棋不定之时,郎儿村人却主动向政府请缨:强烈要求和全力支持把新车站建到村里来!

这么一个不需争议又很简单的问题,在开明开放的郎儿村村民面前就迎刃而解了。

新的浙北汽车站,迅速"长"在了郎儿村的地盘上了。

谁能想得到会出现这样的事。

原本坐落在地大村上的汽车站,一下子"飞了","飞"得无影无踪,没有留下一点儿"车站"与村民有着直接利益的"份儿"。

村民们可谓是做了一件并不"光彩"的事。

早知这样,何必当初呢?

当然,这也是后话了。

地大村与郎儿村紧密相连,也是位于浙北县城关镇的腹地。

1994年,地大村,1000余米长的彭北、鹿唐公路似一条长龙贯穿其村,沿路两侧有农户1000余户,土地1900亩。

那些年,村领导班子存在着"安安耽耽守摊子,四平八稳保位子"的思想,处于浙北经济开发区的地理优势,却未能得到充分的发挥。

人们都说地大村是一条卧在浙北县城腹地沉沉酣睡的"龙"。

然而,这条酣睡之龙再也不会高枕无忧,更不能这样昏睡下去了。

市场经济似汹涌大潮,无情地冲击着这片土地。

"过去有了发展好机遇,我们没有抓住,落后他人一步,难道还要就此下去?"

目睹和经历了1986年那阵子的伤痛,村民们还是有点儿忧心忡忡。

那时,部分村民目光短浅,利己主义作祟,造成车站改造不成被迫移址,"黄金之地变冷角"。

吸取了这种"泪往肚里淌"的教训之后,地大村的广大干部群众终于发出了经济发展的强声。

"看人家比自己,要重振村威,发展才是硬道理!"

当年一大批离开乡土走市场,领略"外面世界真精彩"的富裕村民,回到村里后向村领导发出了慷慨激昂之词。

"横下一条心,打一场九四保五争六攻坚战!"

地大村向城关镇党委政府立下了军令状：1994年，确保实现工业产值5000万元，力争6000万元。

当然，这些指标对于现在来说，早已是"小儿科"了。但那时不同，这个数字已是蛮不错了。村干部还是够拼的，当然也是没有"水分"的，实打实的。那时，城关镇的一年经济产值目标也在"实现一个亿"上，听上去也是有点儿高了。

这样的行动与目标，对地大村的村民来说，是一个极大的鼓舞。

说明这条"龙"已到该醒、村威该振的时候了。

季凯旋等村干部，再也坐不住了。

地大村在外地拼搏的各类人才有三十多人。

那些回到地大村里的"富裕村民"，其实都是村主任季凯旋通过电话、致函，欢迎他们回到村里来的。有时，听到这些人回到老家来过节日或操办家事，凯旋主任总能抓住这些机会，找上门去，苦口婆心地做起了说服他们的工作。

以诚和情，终于请回了一批立志为发展村级经济做出贡献和勇于开拓、有一技之长的人才。

地大村这条"龙"醒了之后，也与郎儿村一样，有了发展经济的势头，也开始抬起了振兴的"龙头"。

季凯旋与回到村里来的人才们，一起抓紧谋划着未来与希望。

根据村级经济发展实际，提出以浙北县已拉开的总体道路框架为结合点，利用地大村丰富的土地资源和优美的地理环境，大力发展第二、第三产业和房地产的开发。

"称心经济发展总公司"和"荣贵实业总公司"，这两大公司，在春风徐来的时刻成立了。作为村主任的季凯旋，兼任了两大公司的董事长和总经理。

人才，就是要用在"刀刃"上。

应和生，前些年从事经营个体建筑业、水泥预制、小车出租，还兼营南杂百货与五金玻璃，是一位擅长"赚钱"的多面能手。

他出任"荣贵实业总公司"副总经理，是最合适的人选。应和生走南闯北，见过世面。回到村里后，他看到了村里的实际情况，从心底里觉得家乡的现实面貌，也确实是显得落后了。他认为的落后，也就是还不如外面发展的形势快，而且又落后于与自己比邻的兄弟村，甚感惭愧。

章好胜，与应和生一样，是一位很有才干的青年，也与应和生一起担任副总经理。

他与应和生不一样的地方，就是章好胜有着二十多年的建筑领域工作经验。此前，好胜常年奔波于菰城以及与浙北县比邻的地区，吃"建筑饭"，让他很快地富裕起来。

当村主任季凯旋诚恳邀请他回村里来时，他也左右为难，思考了很多。在外从事建筑业，铺开了一些摊子，不是说走就可以立马走的。

但为了使家乡能够早日摆脱贫困，迈向富裕之路，走上经济发展的快车道，他还是毅然地放弃了"私活儿"，回到了村里，他挑起了负责"地大村综合大楼"施工建设的重担。

像应和生、章好胜一样，回到村里来的能人还有很多。

这些能人回到了故乡，地大村的经济发展氛围一下子浓厚了起来。

村主任季凯旋此时也好像变了个人,如同他"凯旋"的名字一样,满面春风。

能人返了村,是村里的大喜事。

村里一下子热闹了起来。

这种热闹,如同猛烈敲响了村头响亮的锣鼓,铿锵有力。也如同以往安装在电线杆上的高音喇叭,声震八方。

犹如吹响了迅速拿下某某"战略高地"一样的气贯如虹,兵马云集,威风凛凛,浩浩荡荡,象征着一声令下,旗开得胜。

所以,季凯旋主任走起路来腰杆子笔挺,说起话来比起以往的声音也洪亮了许多。

计划用地250亩,开发地大村个体私营工业小区,进一步引进资金、人才、技术、信息。

增强村集体经济实力,创办两家集体企业,巩固原有村办企业,促进上规模、上档次、上水平。

用活和发挥地理资源优势,牢牢抓住房地产开发这个"牛鼻子",夯实集体经济基础。

筹建大型预制场、建材门市部和建筑服务部。

动工兴建水果批发市场。

开辟烟草卷烟零售市场。

协助开通"经纬路"邮电通信电缆370米。

投入80万元,拟建130米临街建筑群,大力发展第三产业。

地大村这条睡醒之"龙",也像当年郎儿村先行一步的虎跃雄风,正开始搏击长空,大显身手。

地大村,扬眉吐气了。

当年,车站"飞"了,人流量也"溜"了,曾经冷落的新坡桥,也开始逐步"回春""回暖",迎来了新的生机与繁荣。

二

地大村虽占地不大,但浙北县城的一些交通要道纵横于此。

比如,天篁阁路,是一条纵贯南北,又是"战线"最长的省级大道。

再如,浦西大道,连接"千年古城"——孝子乡。

还有,一条条纵横交错的新辟街道,都会从地大村的村口延伸出去,像一道道光束照射出去,又像激越的车流,从四面八方汇拢过来,聚焦这里,与地大村同呼吸、共命运,丝丝缕缕缠绕在了一起。

地大村,以往前面好像有一座座大山被挡着似的,现在已经全部开通了,一条条充满活力与朝气的金光大道,再也阻挡不了勇往直前的步伐了。

可是,地大村的干部群众压根儿没有想到,心底里再一次起了疑惑。人们对那年车站"飞"了的痛苦事,还没有完全淡忘之时,"长在"郎儿村上的车站,仅仅只有几年的时间,又一次不耐烦地"飞"走了。

当然,这个已不是过去的"不耐烦",而是一件开心快乐的事。

车站又要"飞"了,就像长大的闺女要出嫁一样,能不欢天喜地、笑逐颜开?

这次车站,又会"飞"到哪里去呢?

"飞"到了地大村连接浦西大道不足一千米的西端处。当然,不是重新"飞回"到了地大村,而是"飞"去了另外一个村子。

随着浙北城市框架的逐渐拉开,当时建在郎儿村的浙北汽车站,仍然不能满足实际的需要,还成了制约经济发展的"瓶颈"。

车站,再次从郎儿村迁到了城乡接合部的西溪乡三豆村所在地。

前些年,人们早在议论和猜想,浙北县的发展现在已是"三年一小变,十年一大变",原有的车站又会显得拥挤,肯定还会要动迁!

车站建在了县城规划中心,城市功能的优势明显地发挥出来,呈现出一片繁荣景象。

几十年的光景,车站几次搬迁,好像是一座移动的"军营",紧随着经济发展的主战场,向城外不断延伸,向乡村欣然挺进!

有人说,车站是要跟着政府"走"的啊。

那年,"飞"到郎儿村的浙北汽车站,就在它的西侧,仅仅隔了一条"辉煌"路,县政府的大院子距车站的直径只有两百米。

也有人说,车站还是要跟着老百姓"跑"的啊。

这次,车站是跟着政府"走"呢,还是跟着老百姓"跑"呢?

浙北县的广大干部群众,对这一点的认识清醒了,话也说到了点子上:车站的"走"与"跑",还是紧紧跟随着经济发展的步子"走",是跟着县城不断长高、不断长大的时代要求"走"与"跑"。

那么,"长"在浙北县的第三次坐落的"车站",再不会"飞"走了吧?

俗话说:好话可言,过头话难说。

还有一句：只怕想不到，哪有办不到？

老话说得一点儿不假。

人们正在这样议论与思虑之时，又一则令人振奋的消息传来：这次浙北新车站，是"长"在了乡下！

新车站要"长"在了乡下，当然有它的合理性啊。

合理性，是必然的。

有疑问，也是正常的。

城里人说，城里的车站"去"了乡下，去乘车还要打个"的"，烦死人了。

乡下人说，新车站"搬"到了家门口，做梦也没有想到，太好了啊，去车站只要走几步路就到。

现在是，城里人变成了乡下人，乡下人成为城里人了啊！

众说纷纭中，有一个明摆着的事实：城乡一体化是浙北某某某与某某某同城发展的迫切需要。

地大村，此时的人们会笑看郎儿村吗？

如果真有这种笑看的想法，那么就有点儿愚昧可笑了。

郎儿村与地大村，当时就存在着发展意识上的差别。

当年，郎儿村抓住了发展时机，也是抢住了发展先机。让村级经济在第一个浪头中，赢得了主动权，也夯实与奠定了良好的发展基础。

即使，这次车站又"飞"了，他们愿意让它"飞"。

这样的"飞"，会更加对浙北县有利，也是惠及浙北县广大民众的切身利益。

郎儿村土地上的车站虽然"飞"了，但新时代的商业格局已经初具规模。

后来建成的"神州广场",成了浙北县最繁荣的集市贸易中心。

这样的中心,是其他任何方式求之不到的,这就是抢抓机遇让"鸿运"走进了门。

神州大酒店、汇源大酒店、美佳大酒店、物海大超市、万家世界、音海歌舞总汇、商农银行,以及辐射到郎儿村整个地盘上的鸿愿写字楼、浙北购物中心、浙北大酒店、小龙虾夜市等,遍布了郎儿村区域内的大街小巷、各个角落。

当年的"郎儿农民歌舞厅",可谓新鲜得光怪陆离。

——1993年11月13日,"菰城新闻"情景再现:

轻歌曼舞潇洒走一回,郎儿村建成农民自己的高档舞厅

以往,村民见舞场浑身不自在,视作城里人特有享受之境,不敢轻易沾边。如今歌厅舞场成了"红脚梗"劳作之余的向往去处,且十分闹猛。浙北县郎儿村投资50万元,在县城繁华地段建成了目前堪称浙北一流的歌舞厅。开张几日来,农民进"厅"如进家门,潇洒自如,点歌、载舞尽兴作乐,其乐融融。一位老农看了高兴地说:"翻泥巴的有今天,连做梦也想不到。我虽然老不逢时,来这坐坐看看也觉得精神多了。"一位来自毗邻乡村姓沈的男青年告诉笔者,他闻讯农家舞厅开张,邀集几位男女好友骑车五公里连日光顾,玩得挺痛快。

郎儿村党支部书记邹龙、村主任茅涛对笔者说,农民自己建造歌舞厅还是第一回,从设计造型、灯光装潢和音响效果都别具匠心。我们自筹划、开工以来,还利用早晚一些时间经常练习舞步，润润粗喉唱上几段，免得歌舞厅一开张我们自己出洋相。我们既要带领村民奔小康，又要做业余文化生活的带头人。

在郎儿村的隔壁，有浙北县工人文化宫。

在那里学交谊舞的，全都是机关里的人。

那里的舞蹈老师还会教大家跳各种各样的舞，有的还自己加上了一些花样与元素，约定俗成在当地流行起来的，如"浙北六步""浙北快三""浙北慢四"等。

改革开放，领导干部不仅要学会抓经济，懂经济，普通职工还要学会怎样发展经济，学会怎么来做生意。

有一段时间，县城的主要街道出现了夜间临时拉起电线，组织各种各样的货源，如衣服、鞋帽等日用百货，摆出了地摊，开了夜市。机关里的人，都是积极带头参与，不甘于思想与行动上的落后。

让狄峰感受至深，郎儿村不仅有发展经济的胆魄与魅力，而且还破天荒地重视抓文化建设了，果真是"两个文明一起抓"了！

"郎儿村农民歌舞厅"，在当时来说，就是一个文化建设的典范。

这样的事，在浙北这片土地上还有很多很多。

然而，机遇也是稍纵即逝的。

就像郎儿村土地上，当年的一些创业拓荒者，在错综复杂的市场风云中，也会被旋转得晕头转向，转得不那么顺畅，转得又不知所措,被淘汰出了局。一条条活蹦乱跳的鱼,被无情的浪头冲到了沙滩上,以致沉沦,以致销声匿迹了。

当然,这些拓荒者,转顺了的,也是多了去了。

他们在深不可测的大海中,学会了搏击风浪的真实本领,丰满了肌体,锤炼了意志,仍然是春风得意马蹄疾,驾驭市场看我行。

再说第四次的汽车站搬迁,说明浙北县的每一天都在变,变得让城市越来越美。

投资 3.8 亿元的浙北交通客运枢纽中心,于 2013 年 8 月 20 日在浙北经济开发区鸿达西路北侧、浦西南路东侧开工建设了!

2015 年年底,建成的浙北交通客运枢纽中心,是按一级汽车客运站和一级城市公交汽车车场设计,可日均发送旅客 6.5 万人次,成为浙北规模最大、设施最齐全、功能最完善的汽车客运中心。

可喜的是,建设中的浙北交通客运枢纽中心,落户在了浙北县城与孝子乡之间的"乡下"。这次,把千年古城与美丽县城紧紧地连在了一起,实现城乡一体化的同城发展,形成大格局,推动城乡建设新的提升、新的发展。

狄峰也在想,浙北汽车站在一定的时段内,可以稳稳当当安营扎寨了吧。

三

经过四次的大搬迁,浙北县从原先的"汽车站",变成了

"浙北交通客运枢纽中心"。

从"站"到"中心",这不仅仅是浙北交通史上的惊天变化,而且是改革开放不断深化实践中,一次交通成果的大展示,也标志着进入新时代的一个里程碑。

"交通枢纽中心"的确立,浙北城乡一体化建设也达到了一个崭新的高度。

"若要致富,先修路。"浙北县的老百姓,一旦说到家乡道路的日益变迁,都会脱口而出这句话。

狄峰也一样。他把浙北县的每条道路,暂且称它们为"路哥"。他认为,它们像一位位"兄长",会带领着弟妹们一路向前。

因而,狄峰和他的"车弟们",要与"路哥"来一次特别的交流:

路哥04,与狄峰等"车弟们"每次相遇,哥儿俩总有唠不完的"家常",每一次交流"谈心",总有一番对浙北公路发展的深切感受。

"浙北境内的县道、乡道平整宽敞了,进村的道路也都是黑色化了。"

"到省城太方便了,杭长高速的浙北接口就在我家的门口。"

有一位"车弟"每当接送客人,这样的话会常常挂在嘴边。

这位"车弟"名叫阿五,五十六岁,家住县城浙北大道旁的七友社区。

他从事出租车司机工作已有三十多年了,对浙北境内的国道、省道、县道和各乡村的道路了如指掌,由他迎来送往的客人更是不计其数。

他与路哥04成了好兄弟，几乎是天天打交道，所以哥儿俩交流起来的话题就多了。

汶川特大地震，世人震惊。阿五迅速伸出援助之手，第一个驾车赶往灾区。

与阿五的心情一样，浙北县的"车弟们"当时也坐不住了，时刻牵挂着灾区，当然也多亏"路哥们"的鼎力相助：曲岭隧道直通省道、国道和高速，使浙北县送往灾区的救援物资，及时快速地抵达北川、绵阳、都江堰、青州等地。

像阿五一样，浙北不少"车弟"，从四川回来时对路哥们说：那边的城市大道裂开了一个个大口子，乡村的柏油路也都塌陷了。

哎，那里的乡亲们受苦了啊！

路哥们虽然身在浙北，但深感灾区的伤痛，便安慰"车弟"：这是一场空前的灾难！我们要以实际行动，全力投入支援灾区、重建家园的队伍中去吧。

路哥04和"车弟"阿五相互鼓励，互帮互助，递增信心。

路哥们见证着如自己一样的一条条道路在开拓、在延伸，尤其是让"车弟"一样的阿五们，在路上欢快地奔跑，心里觉得十分开心。

"车弟们"更是珍惜来之不易的公路变化成果，胸怀爱路之心，在行驶的路上自觉维护公路不受损坏，遵守交通规则，保持车辆畅通。

这次相遇，他们还话起了各自的成长史，盛赞改革开放多年来山区浙北公路翻天覆地的变化。

路哥说:"阿五小弟出行在外的机会特别多,见多识广,还是先听听你的新感受。"

"要富,修路。"

"要发展,路先行。"

阿五对路哥说:"没有你大哥的先行与引领,哪有我今天四个轮子的潇洒啊!"

路哥认同阿五"先有路,后有车"之理,也不推辞先说了:"改革开放之前,家乡浙北通往各乡镇与村寨的道路几乎都是砂石、黄泥路,真是'晴天一身灰,雨天一身泥,雪天靠两腿',连外地来浙北县的人都说'车子跳,浙北到'。"

"是啊!"阿五抢过话题,"那个时候我和凰岭山、北南边、枣村、东野、浮玉、女姚、红舍、福生一带的人们还是手推'独轮车'呢。在山岙里运物或到集镇上采购,只得步行推着它,有时为了推车平稳还在一侧放些石块呢。因为通往乡村外的道路只有一条小径啊!"

路哥说:"我印象很深的是,那时浒湾、浦华、足食、朱将、城门一带的农民,到粮站投售公余粮、为兴修水利拉运石块等,还都是靠木质'双轮车',真是费时又费力呢。"

"记得有一次去孝子酒厂与母亲一同去拉'金刚刺'酒糟喂猪,上坡塔山的'窑岭'时,双轮车在砂石路面上原地打滑,使出全身气力也挪不动一步,后来还是靠路人助推了一把。"

狄峰至今难忘当时那种"行路难"的一幕幕情景。

"哎,小弟,那个时候行路确实难啊!县城附近有一家生产日用五金制品的厂家位于'龙岗'上,一遇雨天或霜冻日,自行车两轮沾满黄泥不能动弹,还出现了'人背车'的一幕。"

路哥的记忆，历历在目。

行路难，车也少啊！

车弟说："那个年代，俺还在大集体时的生产队里劳动，整个队三十多户一百多人口，没有一辆自行车。偶然间在羊肠小道上骑来一辆闪着光亮的'凤凰牌'自行车，在田间劳作的人们，目光就会齐刷刷地聚焦在那个'亮点'，羡慕极了！"

一些幽默顽皮的小伙子嚷开了："两只轮子背条狗，狗脚弹弹它会走。"

这样的戏言，从中也透出了当时年轻人对拥有一辆自行车的热望。

讲到这里，路哥欣喜地说："改革开放初期，村庄建设带来了田地成方，有了机耕路，乡村一下子冒出的'东风'拖拉机到处跑得欢，大大减轻了农民的体力。人们对未来的'四个现代化'充满了憧憬，充满了希望。"

"就说我们'车族'的变迁，从手拖车到拖拉机再到运输货车、乡村中巴和轿车，真如从五彩缤纷的梦里走来。"

靠发展民营经济壮大的城关镇士义村，靠开发种植白茶致富的龙港乡凤羽村，几乎家家拥有小轿车，让城里人羡慕，也让诗人发出由衷赞叹：

采凤茶海日当中，迎面轿车串似龙。
请问嘉宾来甚处，茶姑笑答午收工。

阿五不仅开过各种车辆，对车辆每个时期的更新换代也是记忆犹新。

他这么一说，大哥就更乐了："自从浙北县实施'大交通'战略和农村公路的'惠民工程''生命工程'，城乡一体化建设的框架已经形成！纵横交错的201、202、203、205、206、11等省道，递筏、王孔、黄麻、九七、塘饭、晓于、刘彭、梅晓等县道，以及乡村道路的全部柏油化，地孝同城，接沪融杭，杭长高速公路的一期建成通车，等等，对于促进浙北加快融入'长三角'经济圈有着重大作用。浙北县，从此改写了无高速公路的历史。"

"世界变近了，浙北走远了，家乡更美了。"

"山门洞开，思想解放与文明素质的大提升，吸引了世人的目光，就有了省级经济开发区及北城新区、北西城的工业大平台建设，还有湖天峡省际现代工业园，招商引资就有了先机。"

"港临、光阳、康健、范深、康辉、浦华等众多的工业园生机勃勃，气象万千。"

"穿梭不息的集装箱大行其道，竹城国际一年一度还成了'广交会'。"

"又开通了上海、杭州进浙北农家乐的直通车，真正让农家更乐了！城市里的有车一族，接二连三组成'自驾车队'，来竹乡领略生态风光。"路哥说。

城市距离远了，交通来补。

公交换线多了，环城来绕，地孝同城的交通资源进一步得到了共享。

朝夕"赛车"马拉松，年年校远熬暑冬。

一声喇叭情无限，遍地鲜花相映红。

各地到处可见"学生接送车",真让诗人感慨万千。

一切的一切,美好的回忆与展望,总让路哥、"车弟们"叙说不完,愉悦其间……

四

"美丽公路",嵌入了浙北人的足印。

凤在和鸣,凰在和弦,美丽由此而生。

浙北人与绿水青山中的"美丽公路",无不谱写着丝丝缕缕的美好情缘。

朱瑞和谷达文关注"美丽公路",是浙北人的典型代表。

他俩憧憬美好心愿,时刻情系家乡的变化与发展。浙北公路建设的日益变迁,更让他们信心满怀,为描绘"美丽公路"增光添彩。

20世纪90年代初期,私营经济在改革开放的浪潮中得到了蓬勃发展。当时,浙北达文纺织厂是城关镇的龙头骨干企业,被树立为私营企业"十面红旗"之首。

那时,狄峰在城关镇的工业办公室。作为总经理的谷达文,纺织企业凭借市场经济的浩浩东风,如鱼得水,风生水起。

因而,作为身处企业生产、经营一线,1995年3月,政协委员谷达文向浙北县提交了一份提案:《拓宽递杭路,改变县城面貌》。

提案针对的是:浙北县城城南路至清水塘路段,宽仅六米,与县城的主干道极不相称。

谷达文提出了存在三方面的问题。

"形象不美,该路段处于浙北开发区主轴心,路的'瓶颈'不利于经济区的开发与对外吸引投资。"

"整体性差,路段两侧按城建规划虽已退后建设厂房,但道路却未成型,影响市容。"

"安全隐患,该路段岔口多、车辆多,大小事故频繁发生。"

仅仅在1994年里,就发生严重交通事故三起,死亡四人,怎不让人揪心!

谷达文把问题找出来的同时,经过调研、踏勘,还提出了建议,采取了应对的办法。

"利用当时县城大众路正在建设中,将挖掘起来的废土用于'瓶颈'路段拓宽时的回填,可以节约资金,对开征动用的地段,采取先修路,后开发补偿的办法。"

"面对资金困难,采取先道路成型,后分段浇筑的方法,或先修筑主干道,后修建非机动车道。"

心声一出,引起了多方重视。谷达文这份提案很快被采纳。

浙北县交通部门以"提案的答复",书面告知了谷达文。

"这段公路由于人多,路窄,车流量大,作为浙北经济发展的主干道,已越来越不相适应,拓宽改造该段公路对于改善市容、市貌和投资环境、扩大对外开放、发展浙北经济、实施'飞鸟型'战略必将起到积极的推动作用……"

私营企业主谷达文,对自己提出的提案能引起县里方方面面的高度重视,感到由衷的欣慰,对企业进一步的发展也增添了信心与动力。

"我这份提案起到的作用,在所有浙北出城的路段中,是最早的一次道路拓宽。当然，这样的事例，在后来的实践中也就越来越多了。"谷达文不无欣慰地说。

朱瑞是浙北交通部门的一名工程师，当时还担任工程管理科的科长。这次，他代表交通部门，还是浙北政协一名公交组的成员，与道路的关联度更为密切，更为直接，责任更重。

谷达文的提案之前，朱瑞已经向浙北县提交了一份书面报告。他们怀揣的都是关注家乡公路的建设与管理。

作为交通战线的一名工程专家，朱瑞从浙北公路的大格局，提出了积极的建设性建议。

朱瑞在提交的报告里面认真梳理了两大问题。

"省道穿越拂晓、城关镇、孝子乡部分路段，尤其是岔口处，不同程度地存在因营业车辆揽客乱停放、侵占公路行车道，人为造成交通阻塞现象。以城关镇新、老车站为例，该路段原为三级公路，路基宽度不足八米，不适应行车要求。"

"因侵占行车道，任意堆放及拦路装卸农副产品、建材、砂石料等，影响行车安全的情况比较普遍，尤其是在毛竹砍伐季节更为严重。"

朱瑞对这些问题，积极提出有效解决的办法。关于省道穿越拂晓、城关镇、孝子乡等较大路段，将最大限度地确保畅通与行人安全。

"设置交通管理岗亭，确实加强管理。"

"选择适当场地停放各种营业车辆，严禁车辆侵占行车道。"

"对公路沿线乡、村应积极配合交通管理部门做好对沿线群众的宣传、教育工作，自觉做到将各种农副产品、建材、砂石料等堆放在路外堆场内。"

"交通管理部门组织一定的力量,对行车密度较大的省、县道主要路段实行定期定时巡逻检查,发现路障,及时处理解决。"

"禁止任何车辆占用行车道长时间地装卸作业。"

"为使交通管理部门便于进行路容、路障管理工作,并有法可依,有章可循,建议县政府通过文件或通告的形式向全县人民广泛宣传,并就适当必要的处罚条款作出明确规定。"

春风化雨,滋润大地。

浙北人情系家乡公路建设的殷切希望,在美丽乡村这块充满阳光、充满爱心的土地上,得以更加美好地去一步步实现。

那天,狄峰给朱瑞去了电话。

电话那头,朱瑞特别高兴。

"您家住'山西坞小区'哪个位置啊?"狄峰问他。

朱瑞回答:"您是从哪条路过来啊?"

"你可以从浙北大道进绿城路穿过隧道再往前行。"

"从园芜路、芝灵路方向过来都行的啊!你只要过了'山西坞大桥',直接右转弯进来就很好找啦。"

朱瑞提供这些线路时,狄峰就觉他对家乡的每一条公路、每一个街道都掌握得清清楚楚。

见到朱瑞时,给狄峰的第一印象:他哪里像个工程师啊?就是一个地地道道的农民形象啊!

狄峰转念一想,不对!哪个工程师不是身临一线、身先士卒的?脸庞,就应该是黑不溜秋,乃至皱纹纵横!

朱瑞精神矍铄,头脑清晰,侃侃而谈。

狄峰与朱瑞的言谈中,对"专业"一词有了很深的感悟。

朱瑞是嘉兴人,1962 年毕业于浙江交通学校。与他同校的就有浙北的同学彭德丰。在分配工作时,朱瑞收到彭德丰的来信邀请,邀请他到浙北交通系统来工作。

当时,朱瑞觉得有同学推荐介绍很高兴,南湖和浙北又属同一个专区,就下决心选择到浙北来。

于是,1963年朱瑞高兴地来到了浙北县。

"当初您来浙北时,给您印象最深的是什么?"狄峰试探性地问起朱老。

"南湖到浙北,从早上六七点钟动身,经菰城转车,将近晚餐的时候才到达浙北县城。"他说,"迟一点儿又不要紧啊,但浙北的路况确实是太差了!道路又弯、又陡,路面破损很严重,尘土飞扬。"

朱瑞可谓是口无遮拦啊。

朱瑞滔滔不绝地聊及他在浙北县"交通线上"所有的经历,以及遇到的一些事例。

狄峰知道朱瑞是一名真正的实干家。可以说,在漫长的50年时间里,浙北的公路、桥梁、码头,乃至隧道等工程建设,各个建设施工现场,都有朱瑞留下的身影与难以忘却的记忆。

就在那天,朱瑞的夫人去了浙北县城关镇。

"您来浙北后,是从哪里娶来的媳妇啊?"狄峰乘机问朱瑞。

"她是北南边人,我们同岁,结婚时27岁。"狄峰明白了,他们的婚姻,其实还与浙北道路建设有着美好的缘分呢。

朱瑞告诉狄峰,他21岁那年,浙北县交通局已成立了"长(龙口)赤(赤渔,又称尺五)"公路建设指挥部。

朱瑞初来乍到,首先给他的任务是原丰华公社(北南边)芝村到赤渔道路的路基建设工程,也就是让他负责道路的铺筑与桥涵的施工。

"那时还是很落后的啊。虽然经过一年的时间把这条路建设好了，但当时这条道路是Ⅰ—Ⅴ级中的Ⅴ级标准，是一条泥结碎石路面。这就是浙北县当时道路的状况。"朱瑞回忆说。

接着，朱瑞又负责拂晓至钱坑桥道路中的桥涵施工。

五

狄峰问朱瑞："您在浙北道路建设方面，遇到过哪些难题？"

朱瑞直言不讳："浙北山区许多地方要通公路，艰苦的测量工作是第一位啊。"

山高势必路陡，一般人看来汽车是不容易上山的。

"我到现场认认真真、反反复复地进行踏勘、测量、设计。"

朱瑞说，这里有两个例子可以见证。

董峰至西坞段，路弯、山陡，怎么来解决山区"通车"？

朱瑞工程师采用的是"六个回头弯道"来解决，也就是解决了标高与高差的问题。

"同样是溪大至龙长山路段，一些地段如采用填方，费用就会很大，且没有资金来满足。"

"但不采用填方，就会破坏山体，带来生态环境的影响。怎么办？还是采用了'回头弯路'给予解决。"

"您这是实践出真知啊！"狄峰说。

狄峰又问："您长期在浙北交通线上工作，面临过一些'技术抉择'上的挑战吗？"

朱瑞又给狄峰说了令人兴奋的两件事：

"关于马家口码头的设计，目的就是解决水运问题。"

"陆运与水运相比，其费用差价很大。"

朱瑞是最早提出在马家口建立货运码头的。

"省航运局的设计方案，是分高低两个档次的。"

朱瑞认为这个设计有缺陷：在常水位的情况下可以正常使用，一旦到了发大水的时候就会无法使用。

朱瑞呢，他提出必须要采用"三个档次"来解决。

"既能保证正常水位时的使用，又能保证一般洪水情况下的使用。"朱瑞说。

省航运局领导后来专程来浙北县，经实地勘测后，同意了朱瑞工程师的正确意见。

"建设浙北县第一个隧道工程——曲岭隧道。"

这又是朱瑞提出来的。

没有隧道之前，浙北与杭州等地的人来车往，都要翻山越岭，且安全隐患大，经常发生事故。

正因为是第一个隧道建设，在建设时更显得尤为慎重。

起初，朱瑞去找省公路管理局的一位同学。同学的意见是，暂时不要建设曲岭隧道，还是先考虑在原来路段的基础上改善拓宽。

"废弃山路，用隧道来解决。"

然而，朱瑞还是坚持自己的观点。

建设隧道，又遇到了一个严峻事实：这里的山体地质比较差，属于三类围岩（石质），隧道施工时很容易坍塌。

对此，县里也给朱瑞明确了任务：对原有设计隧道的走向，你要提出自己的想法。

这样一来，正好给朱瑞提振了信心。

朱瑞又是怎样来解决这一问题的呢？

他不畏艰难，多次攀爬曲岭，对两侧的地形地貌与选择隧道的线路，进行严格的实地勘察与分析。

"从余杭过来至浙北方向的位置，要靠左偏移20米左右。"

"另外，对设计中的隧道纵坡减少2%左右的坡度。这样，既保证了隧道的施工，又确保今后通车的安全。"

朱瑞终于一锤定音。

这一决定的实施，朱瑞还有过与权威专家的一次次"冲突"呢。

原先的方案，是省里设计的，经历过多次反复的交涉，朱瑞一定要坚持自己的观点。

当然，他也有过与高管们的激烈"争论"。

"我的观点有两大好处：一是隧道的坡度减小了，二是征用的土地还减少了近二十亩。"朱瑞说。

"您是浙北交通战线的英雄啊，您有了用武之地！"狄峰说。

狄峰由衷地感受到：浙北县的政协委员，不仅能参政议政，而且在自己的工作岗位上兢兢业业，任劳任怨，敢作敢为和无私奉献。

今日浙北，一条条"美丽公路"已展示在了世人面前。

"天翻地覆！"朱瑞用四个字来概括和形容。

他还说，不仅山区角落里、偏远地区都通了乡村公路，而且质量标准都能适应当地的实际需要。

"道路的标准，不仅行车舒畅、平稳，而且公路两旁的绿化看了心情也特别舒服。"

朱瑞说自己到了晚年能看到这样的情景,作为一名交通人,心里有一种特殊的情结与自豪感。

是啊!

谷达文、朱瑞的这些愿望,也道出了浙北县四十七万人民对家乡"美丽公路"的无比赞叹。

六

关于浙北县的"美丽公路"建设,还要说到另一个人。

他叫秦勤,是继朱瑞那个年代后又一名交通战线的高级工程师。

秦勤把狄峰要来见他的事给忘了,当电话"追来"时,他方才想起。

那天清晨,秦勤临时接到了县里有关部门的通知,他急匆匆赶去商议与"美丽公路"有关的事。

说起浙北县公路建设,秦勤和大家一样,心情激动。

"现在,把交通建设提升到了'强国'的战略高度,意味着交通也要强县啊,真是说到了我们山区老百姓的心坎里。"

秦勤是个既年轻又"辈分老"的交通人,他在公路建设的岗位上始终永恒坚守。

"我既然选择了这份事业,就把美丽县域里的条条公路看成一个个鲜活生命的人,用心、用情、用爱,千方百计地去维护它的健康,只有像我们人一样身体健康了,才会是一条条通'罗马'的康庄大道。"

说到交通人的"工匠精神",秦勤一双明亮的眼睛,似乎特别"来电"。

秦勤说:"身处浙北交通建设技术岗位的排头兵,我对'工匠'的认知,就是在专业领域要高超、出众,对行业的热爱,体现的就是要精益求精,勇于领先。"

交通人,心里装着的应该是为了百姓群众的出行便捷与人身、财产的安全。

秦勤把自己对公路的工作责任,归纳为一个"方阵组":养护、标准、节能、检测。

这八个字看上去,简洁明了,可要一一做起来,而且做得让心里觉得踏实,可谓困难重重。

秦勤的脑海间,印着的就是一张纵横交错、时时展现的浙北交通"活地图"。

浙北的美丽乡村建设,"美丽公路"就要先行。

秦勤牵头,率先开展了"美丽公路"建设标准的探索与研究,做了大量的基础资料采集工作,并成功在省交通厅立项,开始进行课题研究,在前期工作的基础上,又在省内各地进行课题调研。

2017年4月,课题成功通过了省交通厅科技成果鉴定,鉴定课题研究成果达到国内领先水平。

到了10月,全国首个《美丽公路建设规范》地方标准规范在菰城发布。

"要让乡村美,首先公路美。"

浙北交通人在乡村建设中,突出一个"美"字,四条"精品观光带""四好农村路"和201省道"畅安舒美路"创建等项目的卓越战绩,可见功夫深厚。

为探索公路绿化养护和保洁市场化,尤其是保洁环节,避免了以前行业的大包大揽、效率不高、标准低、激励机制不活等问题。

通过两年试点,已在浙北公路保洁市场化全面铺开。

"取得了真正意义上的内部资源整合,显著成果有三。"

绿化管护水平提高。

公路保洁标准提高。

专业化养护加强。

秦勤对推出市场化运作的模式有着自己的感受。

交通使命,情系"人车路"。

检验标准,重在"幸福感"。

2009年的莫拉克台风,给苕西溪上的两座石拱桥带来了前所未有的"天灾地祸"。

风大雨急,波涛汹涌。

秦勤想到的就是石拱桥的安危。

河道长期采沙,导致河床下降,基础淘空导致石拱桥在洪水期间极易出现险情。秦勤就是担心这些。

他冒雨赶到花梅桥时,细细观察了桥身桥体的微妙变化,预感到将会是凶多吉少。

"'花梅桥'必须立即封闭!"

秦勤当机立断,马上向有关部门和领导汇报。

就在采取果断措施后的不久,花梅桥摧枯拉朽般倒下了。

溪流两岸的群众惊恐不已。

"党和政府,就是我们的坚强靠山!"群众掏出了心窝话。

同样,大象坝桥采取的封闭,以及后来的倒下,是秦勤等交通人事先预测到桥梁可能在洪水的冲击下垮塌,及时进行预警,并迅即采取强制性措施的。

"人民群众需要你的时候,你就要出现在他们的身边啊。"

"把人民群众的温暖装在了心里,你就会设身处地地为他们解忧排难,释疑解惑。"

说这些话时,秦勤的双眼闪动着泪花。

2012年海葵台风期间,山洪暴发,福生费家罗大桥也毁了,还有冬野董峰一带公路严重塌陷。秦勤积极向上级部门汇报,并组织了抢通的各项准备工作,整日整夜身处危险前沿,科学实施抢险方案,群策群力、全力以赴,让围困在浙北大峡谷里的七百余名和董峰深山处的三千多名外来游客解危脱险,平安回家。

秦勤心里着急的,就是快速抢险保畅通。

"我们现在的'战备仓库'从何而来?"

"浙北县钢桥架桥队,何以被省厅授予'先锋队'?"

"真正体现:你是站在了为群众谋福祉的坚定立场上!"

"全县的所有公路、桥梁,抵御自然灾害的能力大幅度提高,像人的身体一样有了扎实的健康基础,作为一名交通人尤感光荣。"

秦勤对十年来的交通建设,感慨良多,欣慰不已。

改革开放的四十年,"要想富,先筑路"和"品质交通""生态公路"的理念,已深深地根植于浙北人民的心中。

浙北人民同心同德,开拓创新,大力创建"全国绿色交通试点县""全国四好农村路示范县""全省美丽公路示范县"。

从1979年枣村至高山公路的通车,到1981年马家口至康辉公路的建成通车。

1986年11月,城门至月月良公路的建成通车——浙北农村公路的网络一直在延伸与拓宽，就像一条条彩虹在"竹海"里穿越飞翔，蔚为壮观。

1992年曲岭隧道的正式建设，至1993年10月隧道的通车，标志着浙北与杭州、与外界的距离拉近了。

曲岭隧道的洞开，浙北的竹产品、转椅、白茶等特色产品，源源不断地走向了国内国际大市场。

困扰在人们心头的"曲岭到，汽车跳"的现象，已是一去不复返了。

1997年10月，04省道曲岭至城关镇乐安段通车。

1999年10月，04省道浙北思长岭至月月良段通车。

2001年7月，04省道四期浙北段曲岭隧道及接线工程竣工通车。

还有，205省道、204省道和306省道，进入了大规模的改造，浙北的公路建设与经济、社会发展一样，已经安上了腾飞的翅膀！

2014年，浙江省在全国率先提出建设"美丽公路"，浙北县就是突出的代表。

浙北境内的205省道，2016年被评为浙江省"十大美丽公路"之一。

"'建管养'，各个环节环环相扣使道路非常美。"

"'路景融合、路生美景'，道路周边景色美。"

"美丽公路拉动了美丽经济，不断挖掘公路文化产生内涵美。"

专家们这样评价浙北的"美丽公路"。

"四好农村路"通往了寻常百姓家。

2017年、2018年，浙北连续两年，均获得"四好农村路"

全国示范县称号。

2017年，浙北县又提出建设全域标准化美丽公路的目标任务，计划用三年时间，严格按照《浙北美丽公路建设指南》，提升路况、优化环境、完善绿化、整顿标识。

似凤凰涅槃，实现公路整体的美丽蝶变！

山区浙北的发展，已进入了拥有公路、机场、高铁的交通大跨越时代。

2017年6月，全国首个A1类通用机场落地浙北。

商合杭高铁建设如火如荼，2020年开始通车。

长湖申航抓紧拓宽，上港集装箱码头已经成为全省内河集装箱吞吐量的第一名。

家乡美，还在于公路美。

截至2017年，浙北县共有通车里程2186.135公里，其中，国道1条49.178公里，高速公路1条35.394公里，省道4条118.905公里，县道56条479.537公里，乡道145条590.216公里，村道606条912.905公里。

浙北"美丽公路"的每一寸土地，都有浙北人开创的智慧与流下的汗水。

狄峰每次去省城，除了自驾车前往外，许多时候，都是从城关镇上"打的"去浙北交通客运枢纽中心乘坐快客。

尽管去浙北交通客运枢纽中心乘车比起以往车站的距离会远了很多，但狄峰心里觉得，这就是长大了的城市，在这里生活，一颗心与美丽家乡会贴得更近。

走进交通客运枢纽中心，现代新型城市的气息扑面而来。每一处，每一时，每个人，都会感觉到与时代的真正同步。

坐上快客，从交通客运枢纽中心缓缓驶出，沿途都可以领略大好河山馈赠你的那种激越、兴奋，以及坦然与舒适。

同样，狄峰从省城回浙北，一旦踏上家乡这片土地，它的每一寸绿色与美丽，都会让他发出生活在这方世外桃源是何等的福分与安宁的感慨。

第十三章　严峻考问

一

东方露出了鱼肚白。

那是初秋的一个日子。

家住苕西溪岸边的郭来生，与往日一样，清晨四点多钟就起床了。

老郭，已快六十岁的年纪了。

老郭祖辈三代都以捕鱼为业。

新中国成立初期，老郭随父亲从仙居县迁移到了浙北县。

就在家门口的这条苕西溪，老郭以鸬鹚捕了一大辈子的鱼。

鸬鹚，又叫鱼鹰。它善于潜水，能在水中以长而钩的嘴捕鱼。

它栖息于沿海海滨、岛屿、河流、湖泊、池塘、水库、河口及沼泽地带。

在捕猎的时候，鸬鹚的脑袋扎在水里追踪猎物，翅膀已经进化到可以帮助划水。

鸬鹚像鹰一样厉害，它生有一双犀利的眼睛，还有一对凶猛的爪。

它潜在清澈的溪水里，一个猛子往前扎，就会把鱼儿叼到了嘴里。

在能见度低的水里，鸬鹚往往偷偷靠近猎物，突然伸长脖子用嘴发出致命一击。

在昏暗的水下，鸬鹚一般看不清猎物。此时，它只有借助敏锐的听觉才能"百发百中"。

在那个年代，全民重视粮食生产，大白天他也不放弃参加生产队的劳动。

当然，也不会无缘无故不去参加生产队的劳动。

孩子们还没有长大，家里有一帮子人跟着吃饭，为了分配到足额的口粮，就要努力去挣得相应的工分。

但一旦有了空闲的时候，或者是下雨天，甚至是晚上，老郭对下溪捕鱼的活儿，始终不会自动放弃。

狄峰家就住在老郭家的下游，只有五六百米的距离，家门口也是紧紧靠着这条苕西溪。

"小狄啊，你快过来，我给你几条蛮好的鱼，中午就可以弄来吃了。"

日在头顶，老郭在竹筏上喊叫着狄峰。

狄峰家靠溪边，有一块一千多平方米的自留地。自留地的南侧，有一条通往苕西溪的小路。

长在溪边的各类乡土树，浓密的枝叶会把太阳遮住，是夏日里最为清凉的地方。

溪里的水，常年丰盈，总是蓝得让人倾心。

平日里洗菜、淘米什么的，都会引来群群小鱼儿争着抢食。

在乡下，农户家只要居住在溪边，每家每户都会从家门口开出一条通往溪边的小路。

狄峰家还在溪岸边，专门请了人精心修了一个多级台阶和很宽敞的"桥埠头"。家里只要有什么东西可洗的，都会到溪流里来清洗。在这里，你可以直接坐在台阶上，或是拿一个木凳什么的，就可以放置好竹竿，静下心来垂钓。

狄峰知道，苕西溪里有各种各样的鱼。

这些鱼的书面语，狄峰不是叫得很准。在当地老百姓的方言里，这些鱼叫翘嘴拔、撑八条、木鲈拖、红皮拉刺……

"春江水暖鸭先知。"老郭对鸬鹚下溪捕鱼，还摸索出了这样一句："溪里有鱼鸬鹚知。"

"今天怎么啦，真是出了鬼了，你们这些东西怎么一个个偷起懒来了？"

老郭有点儿纳闷儿：一只只鸬鹚无精打采，没有以往下溪捕鱼之前那种欢快"热身"的感觉。

老郭捕鱼的方法，是以鸬鹚抓捕为主。当然也有其他的方法捕鱼，但也是很难得。

八九只鸬鹚，也跟了老郭几十年。

鸬鹚对老郭有了感情，老郭对鸬鹚同样有感情。

哪个溪水湾里鱼多，哪个深潭里会有各种各样的鱼，如茧桥头、虹赤水、土黄桥、蚌虹滩、华万渡、塘横坝、城门槛等地方，老郭都摸得清清楚楚。

每当撑着竹筏，载上这些鸬鹚往溪里"走"，老郭总是信心满满。

"家乡的苕溪溪很漂亮，我不喜欢城里，人多，熙熙攘攘，吵都吵煞。"

老郭说自己不喜欢去城里，总觉得乡下好。

每当下溪来捕鱼，老郭只要将手中的竹竿轻轻地在空中舞动几下，双脚在竹筏上用力地震颤，加上嘴里连连喊着"鸬鸬鸬……鸬鸬鸬……"竹筏随之发出"哗哗哗……哗哗哗"的触水声，这些听话的鸬鹚，都会一个个往溪水里面钻。不用几秒钟的工夫，每只鸬鹚都会捕捉到一条活蹦乱跳的鱼。

此时的老郭，同样用竹竿在空中舞动，分别把一个个鸬鹚从老远处腾空地撩了过来，迅速从它们的嘴里取下一个个"战利品"。

鸬鹚捕鱼时，是饥饿着肚子下溪的。

此前，老郭都会在每只鸬鹚的脖子上，用一根带子把它们恰到好处地系上。

鸬鹚越饥饿，越会猛扎身子下水捕捉鱼来。

但鸬鹚的脖子上被一根带子束缚了，无论大鱼小鱼，它想吞食怎样都到不了它们的肚子里。

鸬鹚很聪明，被捕捉到的鱼，都被它们的利嘴咬在鱼头的重点部位。所以，被牢牢钳住的鱼头，鸬鹚会先把鱼头送入嘴里，鱼儿再也挣脱不了，鱼尾巴恰露在了鸬鹚嘴巴外面。鲜活的鱼，在鸬鹚的嘴边甩着尾巴。老郭想要知道鸬鹚捕的鱼是大是小，只看鸬鹚嘴里露出的鱼尾巴的大小就知道了。

好生奇怪。

这些鸬鹚捕鱼机智勇敢，但被捕获的鱼儿吞食不了且让老郭给取走了，它们还当成自己吞食下去了。鸬鹚这样反复地扎水，又饿着肚子拼命捕鱼，图的又是什么呢？

老郭从鸬鹚嘴里取下鱼的时候，还会精挑细选的，只有二三寸长的小鱼不能要，要及时放生它们。老郭的意思是，这些鱼还是幼鱼，不能食它们，让它们再在溪里生长。

鸬鹚每天捕鱼，收获也会有多有少的。尽管有时捕到的鱼很少，老郭还是不会让那些小鱼来"充数"。

当然，鸬鹚每次捕鱼结束了，老郭都会挑一些鱼给鸬鹚吃。这个时候，饥肠辘辘的鸬鹚，像得到主人重大的奖赏一样，快乐地狼吞虎咽起来。

可是，今天有点儿不对劲啊！

这些下水的鸬鹚，在水里猛扎了几下后，又一只只跳回到了竹筏上。

老郭一遍遍地再赶它们下水，它们很有礼貌地往后退几步，就是不愿意再下水了。

"今天的水怎么啦？怎么会变得那么浑浊啦！"

老郭仔细看了看水，发现了苕西溪已经不是清澈的溪了，而是成了一条"浑水港"。

"怪不得鸬鹚不肯下水，这个水都发臭了啊！"

竹筏上的老郭蹲下身子，双手捧起一捧水送到鼻子下边闻闻。

这一闻，让老郭惊讶不已。

"那还得了啊，好了好了，一塌糊涂，一塌糊涂了，苕西溪再也不会有鱼捕了。即使捕到了鱼,这些臭水港的鱼,还怎么能让人吃啊?!"

苕西溪变成了浑浊的污水港,鸬鹚的眼睛就成了被蒙上面具的瞎眼,漆黑一团,再也没有往日大显身手的风采了。

老郭只好将竹筏掉转了头,逆流而上,载着鸬鹚闷声不响、闷闷不乐地往回家的路上赶。

"老太婆啊,不好了,真是不好了呀!"

"什么不好不好的,老头子,你快说啊!"

老郭一回到家,捕鱼时穿的一身衣服还没来得及脱下,就咋咋呼呼起来。

"你说啊,整条苕西溪,今天怎么会那么浑浊?鸬鹚跳下去也没用了,它们的眼睛都睁不开,一条鱼也没有抓到。"

"你说,水不光浑了,而且臭烘烘的,是哪些作孽的人,干了这样缺德的事啊!"

老郭懊恼地叹着气。

"怎么会是这样的?你也不用着急。多少年来,苕西溪的水总是清清爽爽的,我们天天喝溪里的水,还是甜津津的。今天的水不好,总不会明天、后天都不好啊?难不成,苕西溪的水将来都不会好起来?"

来生阿姆还是对苕西溪充满热望,信心不减。

"我哪晓得啊,如果一直这样下去的话,我要把竹筏砸了,鸬鹚也只好去卖掉了!"

"怪不得,我前段时间也发现了苕西溪有许多漂浮的白泡沫,当时没有去多想。看来我们的上游,肯定是工厂把废水排放下来了。"

老郭有直觉，苕西溪怕一时三刻也不会好起来了。

这个问题，老郭始终想不通。

来生阿姆对老郭说："你啊，年纪也越来越大了，溪里没有鱼捕了，你就不要再去捕了呗。反正小孩也渐渐长大了，一家人又不是愁吃穿过不下日子了！"

乡下孩子们，叫男长辈为伯伯的话，伯伯的妻子就该叫她阿姆了。有的还会带上长辈的名字。

狄峰称老郭伯伯的妻子为"来生阿姆"。

乡下人都这样称呼，阿姆长、阿姆短，反正"阿姆们"听了都喜欢。

狄峰的母亲婉珠，下放来农村时，很快认识了来生阿姆，她们以姐妹相称，经常你来我往，亲亲热热。

老郭家的东面，紧贴着的是王家生产大队粮食加工厂，还有农田灌溉的抽水机埠。狄峰一家生产队分配下来的粮食，都是到这里来碾米或加工的，包括过年之前的打午糕、磨水磨粉等。狄峰母亲在等待加工排队时的空隙，都会去隔壁的来生阿姆家串一会儿门。

"你如果要做鞋子了，鞋木栓尽管到我这里来拿就是了。"

来生阿姆经常对狄峰母亲这样说。

狄峰小时候，母亲经常叫他去来生阿姆家，借一些杂七杂八的东西。借来用完了，还是由狄峰再还回去。

狄峰与来生阿姆家的人都很熟识，关系也相处得不错。

给狄峰影响最深的，是经常去来生阿姆家借上几副做布鞋的鞋木栓。

来生阿姆家有五个孩子,加上大人,一年中要做许多双布鞋,大大小小的鞋木栓也就很多。

鞋木栓,一般是女孩子接触得多,对于男孩子来说,接触它就有点儿羞羞的。来生阿姆还有两个女孩子,男孩子上门借这些东西总有点儿别扭。

做鞋用上鞋木栓,是为了把刚做好的布鞋定好型,让鞋不走样,显得美观。

农家妇女,都会做布鞋。

此时,来生阿姆还在做老伴儿来生的工作。让他心平气和起来,不要为捕不到鱼的事再去生闷气。

又过了一段时间,苕西溪的水质还是老样子。到了夏天,溪里的水还变成了"酱油汤",气味也越来越难闻了。

无奈之下,郭来生与老伴儿和家人们商量,还是先把鸬鹚卖了,可以省心省力,减少麻烦。等苕西溪的水质好起来了,再把卖出去的鸬鹚买回来。

后来,老郭的九只鸬鹚卖到了广东,捕鱼的竹筏也没有地方搁置,只得把它拆散了当柴火烧了。

二

让苕西溪变得浑浊不堪、臭气熏天的罪魁祸首,是当时当地的一家大型国有企业,叫"坎多芬造纸厂"。

"坎多芬"的制浆车间,则是产生废水造成污染的主要源头。

企业规模大,收购原料量也特别大。

开足马力,大干快上,设备日夜连轴转,产生的车间废水就像一条凶猛不羁的怪物,东突西撞,随心所欲,也就成了日夜不息的"暗流涌动"。

"坎多芬",又恰恰处于浙北山区的上游,大量涌动的废水,企业没有"花"去治理成本,而是直接让它排放到了苕西溪。

百里苕西溪,污水遍地淌。

美丽外衣下的污水,流进了秀丽村庄,流进了万顷竹海,流进了阡陌田野。它又像缠绕在人们身腰处的"蛇毒疮",刮不掉,好不了,痛苦万分,日夜煎熬。

溪里的水,从原本的清澈到浑浊,再到紫黑,又变成了各种颜色。

对让浙北县几十万老百姓怨声载道、骂天骂娘的污水排放事件,管理部门置若罔闻,任其放任自流。

人们说,什么是"多芬"啊、"芬芳"啊、"芳香"啊,明明是在美丽的大地上放毒水、放毒气、放毒害,成了十恶不赦的"多毒鬼""多臭鬼""害人鬼"。

怨声也好,骂娘也罢。"先发展,后治理。"

正因为当时的经济发展,就是这样一句"后治理",让生态环境彻底致命的"歪理邪说",成了大行其道的"立身之本"。

什么是先发展?什么又是后治理呢?

"它,给直接排放严重污染的废水穿上了一件似乎合法的外衣!"

苕西溪一带的群众,对这件严重的污染事件,不用多想,就是这样的认为。

"留下的,则是一个血的教训和沉重的生态环境代价!"

后来，浙北人也知道了：坎多芬造纸厂"生产"源源不断的污水的是一个庞大的制浆车间，而造纸制浆环节中的主要原料又是麦秸秆。

狄峰对造纸原料的麦秸秆，印象很深。

这种原料，还没有走出村庄，还在充满生机的原野上时，会长出一粒粒饱满、圆润的麦粒。它是狂风刮不倒、折不断的"粮汉子"的"脊梁"。这些"脊梁"，就长在家乡的大田里，长在每家每户的家门口，长在人们充满希望的心坎里。

那个年代，每年的大田提倡种植两茬或三茬。

所有的乡村，种植春季作物的小麦、大麦，会与种植早稻、晚稻一样，确保一定的种植面积。确保了种植面积，才能达到预期的粮食产量。

对于长在身边的麦秸秆，人们已经不是以往那种的"初相识"或"表象看"。它不仅是工业造纸最优质的原材料，而且是为人类奉献毕生的农作物。

生产队保证了大麦、小麦的种植面积，也保证了可以向国家造纸厂投售更多的优质麦秸秆。

当然，这也是生产队增加集体经济收入的一个好渠道。

每年的芒种，是大麦、小麦的收割季节。

昨天的麦田，还是绿黄相间，一转眼，今天已是金灿灿的一片了。

"芒种"，当地人也叫"忙种"，人们都在大田里"忙着种"。

麦类等有"芒"的植物，已经到了可以收获的时机了。芒种的"种",也就是有"芒"的稻子,就可以不失时机地播种下田了。

此时,金色麦芒向人们发出了收割的请柬,沉甸甸的麦穗,喜出望外,开怀笑迎着闪闪的镰刀。

"春争日,夏争时。"

夏天的每时每刻、每分每秒,都会与丰收紧密相连。

此时的农民朋友,一边收获着幸福,一边种下秋日的希望。

狄峰参加过生产队的劳动,对所有粮食的种植、收割都比较了解。

"大麦、小麦的秸秆,要抢住时下的好天气,把它们好好晒干,不能让它淋雨,坎多芬造纸厂会大量收购。"

狄峰经常听到生产队长对社员们这样说。

麦秸秆,虽然是工业造纸的优质原料,但对于农村来说,它直接转化运用的途径还是会受到局限。

与稻草一样,麦秸秆除了可作农家辅助用房的屋面防雨铺盖外,适宜其他领域的用途要逊色一些,它不如稻秸秆用途那样具有广泛性。

稻秸秆还可作为牛、猪等牲畜的冬季食物,它们既喜爱,也很有营养价值。稻秸秆还可放入猪栏、牛栏、羊栏里,经过牲畜反复踩踏,与它们的粪便混合在一起,即可腐烂变为肥料。这种肥料,还是一种优质的农杂肥。

麦秸秆就不同了,由于它质地坚硬,不易腐烂,在用作肥料上也是略逊一筹。

生产队将大量的麦秸秆售给造纸厂,这是一件最划算的事,它的经济利用价值，也就会明显地发挥出来。

有时生产队也会分配给农户一定数量的麦秸秆，但真正将它合理利用还是用途不多的。

狄峰的母亲会利用洁白干燥的麦秸秆，变着法子让它成为夏日里驱热、赶蚊蝇的扇子。

麦秸秆干燥、洁白，狄峰母亲将麦秸秆做成扇子时，还特别讲究。

先把麦秸秆放在淘米水里浸泡一段时间，然后将它们晾干。

淘米水里浸泡过的麦秸秆更加白净，而且还增加了柔韧度。

手工编织扇子时，需要任意将麦秸秆扭曲转折。尽管如此，也不容易使秸秆断裂，或者是扇面显得毛糙，拿在手上还增加了柔软度、滑爽度。

编织麦秸秆扇子，狄峰的母亲还会让扇子体现艺术性和文化味。让扇子变得生动与美观，还会在扇面上编织一些花花草草等各类图案。编织前，根据扇面图案的要求，挑选好各种颜料，分别将麦秸秆染上色彩。扇柄，就选用当地的毛竹材料。

狄峰的母亲会在一个夏天里编织许多把麦秸秆的扇子，赠送给左邻右舍。

对于向造纸厂售卖麦秸秆，狄峰还耳闻了这样一件事。

有些生产队将干燥的麦秸秆卖给了前来上门收购的外地人。这些外地人将收购来的麦秸秆运到造纸厂前，在已打件成捆的麦秸秆"身上"泼上大量的冷水。干燥的麦秸秆遇到了水"如饥似渴"。让麦秸秆"喝"了水，麦秸秆一下子加重了分量。即使麦秸秆"喝"了许多水，由于是大晴天，气温高，成捆成件的麦秸秆表面看不出潮湿的痕迹，裹在其里层的水渍也发现不了。

这些为钱而贪心的人，知道造纸厂在收购麦秸秆时，只是履行职责般地粗略往车上看一眼，货物就经过地磅过秤了。

狄峰想，有阳光的天底下，还会有这种缺德的人干这些卑鄙的事。

当然，狄峰还会这样去想，造纸厂家大业大，财大气粗，还有可能是利润高，不在乎利益得失，反正只有"溢"，不会"损"，管理上就有了放任松懈，显得大手大脚，也就不去精打细算罢了。

这些经营管理上的漏洞，正迎合了那些损公肥私贪便宜的人，有了往钱眼儿里钻空子的机会。

可是，生产队将大量的优质麦秸秆卖给了坎多芬造纸厂后，怎么也没有料想到，造纸厂又会反过来害苦了农民。

为什么？

农民提供大量的优质麦秸秆给了造纸厂，造纸厂却向清澈的苕西溪排放大量的污水。

这样一来，反倒成了一件可悲可叹的伤心事。

"早知这样，宁可让麦秸秆全部烂在地头，也不要卖给造纸厂！"

"宁可希望造纸厂倒闭，也不能把苕西溪变成污水港！"

老百姓直言不讳。

三

让苕西溪变成"污水港"的罪魁祸首,非坎多芬造纸厂莫属。

但在苕西溪的两岸,还有不少企业,同样会产生或多或少的工业废水,让苕西溪成了各种染色体的"大杂港"。

20世纪80年代,苕西溪两岸还布满了化工、印染等高能耗、高污染企业。

苕西溪,从浙北县西南王龙山起源,缓缓延伸至西东方向的梅灵镇流域,它似镶嵌在浙北大地上的一条"翡翠绶带"和"蓝宝石巾"。两岸绵延的翠竹,把整条苕西溪映衬得青翠欲滴,也让溪水映照得似蓝海般的生动与纯净。

这是以往人们对苕西溪的印象。

各种经济成分兴办企业,浙北大地到处开花。

在苕西溪两岸择地办厂,是不少创业人士的最佳选择。

可是,一些极少的企业主会不顾一切一味追求经济效益,而严重损害生态环境。

企业规模和经济效益逐年提升之时,一些人根本不把生态环境的改善和维护放在重要的位置。而是趁着连续雨水天气,苕西溪水面不断抬高之时,趁着黑夜或无人监督,把企业内的所有污水全部排放到了苕西溪里。

排污管道不停地向苕西溪涌进大量的黑水,溪水成了泛着各色泡沫的酱油汤。整条苕西溪的水质,一下子下降到了劣V类。

什么?

苕西溪出现了"阴阳水"？

什么是"阴阳水"啊？

群众的眼睛是雪亮的，老百姓在苕西溪发现了一种怪现象。

狄峰听到人们在这样议论，对出现的这个问题，他也在琢磨思考。后来，他在苕西溪的现场，终于弄明白了是怎么一回事。

那么，什么是"阴阳水"呢？

也就是说，一条原本清澈见底的河流，忽然出现了"一边清澈一边浑浊"的现象。

如果说，溪流的左边是清水的话，溪流右边的水就是浑浊的。

是什么原因导致这种现象的呢？

这完全是企业偷排污水所造成的。

一些企业，厂房虽然不是直接坐落在苕西溪岸边，但厂里的污水是通过埋在地下的暗管通往了苕西溪。

假如排污的厂子建在苕西溪的左侧，污水入溪时，溪流左边的水质会先变得浑浊了；而溪流的右边，由于上游溪水冲流，会有一段距离挡住了污水融入。

"阴阳水"的出现，会让人觉得莫名其妙，一头雾水。

这样浑浊的污水，究竟从何处流入的呢？

这些企业为了偷排污水，不可能将排污管道置于阳光下，而是选择其"合理"的地形地貌来找准切入点。这样，既能让污水得以顺畅偷排，又不会让人发现十分隐蔽的排污出口。

狡猾的兔子，玩起了"狡兔三窟"的把戏。

这种狡猾的手法，只能让局外人起疑心，而一时难以发现其费尽心机的暗藏"机关"。

苕西溪岸边的厂房，有的建筑像模像样。企业内部的污水处理设施，看上去也是一应俱全，但日常很少会让它启动。遇到检查的"风"来了，这些治污设备又会运转得十分正常。

实际上，不少治污设备形同虚设，装摆门面，做个样子，是专门应付上面来人或有关部门督查的。

即使群众举报反映，企业也会有各种讨巧的应对办法，让举报人拿不出真凭实据。最后，举报者还会落个上告无门。

有的企业主并不是不想去保护环境，昂贵的治污设备虽然有了，但考虑企业产生的废水量大，如果真正达到污水排放标准，会大大增加生产成本，减少利润。而产生的利润，大部分还会消耗在治污成本上。有些歪点子，就在这样的困惑下"诞生"了。

既然没有真正把废水彻彻底底处理好，那么这些废水又会去了哪里？

产生污水的企业，一般都建有一定规模的废水池。

这些污水池，也是形同虚设。

产生的废水，就是让它在这里过过渡，说白了，就是一个蓄水池。实际上，废水池早备有一脉管道，污水出口端就设置在了苕西溪边。

污水管道虽然是明置的，但排放的废水是经过处理的还是没有经过处理的，只有企业自己知道。

如果是明地里排放，有些时候排放的废水是基本得到处理的。但这是偶然的现象，更多的是假装给人们看的。

"你们看啊，我们排放的废水是达标的，没有处理过的废水，我们是绝对不会去任意排放的。"

企业主可以这样说，还说得振振有词。

这种假象的背后,偷排污水的时机一到,更是变本加厉,不顾一切。

趁着大雨天、雷雨天、台风暴雨天,把没有处理过的大量污水一股脑儿地全部排放到了苕西溪。

此时的苕西溪,由于上游山区雨量大,浑浊的泥水流入了溪里,与企业偷排的污水在此"巧妙"地汇合了,再也分不清谁是污水,谁是溪水了。

人在衙门好"办事",厂在溪边会"做事"。

狄峰的脑海里,突然之间产生了这样的联想。

"人在衙门好'办事'?"

如果一个人在政府工作,他没有全身心地投入到更好地为人民服务的工作上面,而是一门心思想着为自己办私事、谋好处,甚至假装努力为求得一官半职,那就是"人在曹营心在汉了"。

"厂在溪边会'做事'?"

如果厂子建在溪边,根本不去考虑要为生态环境保护做出自己的努力,而是唯利是图,损公利己,那么立足的根本,不是为人类为社会做贡献、谋福祉,而是损害了良好的生态环境,换取了蝇头小利。

某年初夏的某天,狄峰接到一位多年未联系的朋友电话,说要他想办法帮一个忙。

"狄兄啊,今天环保部门找到了我这里,说苕西溪里大批鱼的死亡,是我厂里排出的污水造成的。电视台也来了记者,你有办法让这件事不要播出来吗?"

"黄总啊,你说的这件事,责任是否在你这里?如果不是,他们怎么会找到你啊?"

"所以嘛,我找你,狄兄一定要帮我这个忙。"

"黄总,如果责任在你厂,这个忙是帮不上了……"

电话那头的朋友,听狄峰说了这些话,就马上挂断了电话。

狄峰觉得,这件事已经非常严重了,朋友这家厂也是难逃其责了。

这位叫黄某的朋友,其实在当地很有影响力和知名度。他是从做临时工起步的,能取得今天这样的成就,完全是靠自己勤奋努力、刻苦钻研、积极向上获得的。

狄峰与黄某在电话里说的这些话,会让黄某觉得"人家在水里,你在岸上",有点儿让人那种漫不经心的感觉。

可是,狄峰的心里总有一些难以言表的痛楚。

黄某在狄峰的心里,应该说是一位了不起的朋友,他怎么会那么不负责,做出了这种危害社会的事呢?

晚上,狄峰在电视上关注了这件事。

"不看不知道,一看心惊跳。"

电视上,呈现的是一幕幕触目惊心的污染画面。

从画面里清晰可见,苕西溪已死亡了大批的鱼。无论是漂浮在水面上,还是鱼儿痛苦挣扎时被卷到了岸边,满目都是成批成批死亡的鱼,白乎乎的一片。

当然,电视上只说是某企业排放的污水,造成了苕西溪大批鱼的死亡。

这件事虽然被曝光了,没有直接点名道姓,可能是考虑到这位朋友在当地的影响,但是严厉的追责已是难以避免了。

狄峰从记者那里经过了解,得到了如实的一些情况。

黄某这家厂，其实距离苕西溪很远。

那么，怎么会与黄某有了因果关系呢？

群众在苕西溪发现了大批鱼的死亡，马上向环保部门报告。

环保部门执法人员在苕西溪现场认为，就是附近企业排放的污水造成的。

可是，寻根溯源，一时还难以找到谁是排污企业，突破口究竟在哪？

那么，后来环保部门是凭什么证据，认定黄某这家企业排放污水，使苕西溪大批鱼儿造成死亡的呢？

也应了这句："再狡猾的狐狸也逃不过猎人的眼睛。"

很快，从苕西溪现场，环保人员发现了一些泛黄的水渍，像是一种化工原料所致。经过实地水质取样后检测分析，让鱼儿死亡的原因，是一种有毒害的某化工原料所致。

这样一来，要找到哪一家企业与化工方面有关，其锁定的范围就一下子缩小了许多。

黄某这家厂，就成了环保部门第一个找上门的对象。

"黄厂长，你办厂怎么会让苕西溪里的鱼死亡啊？"

"我说环保同志啊，你这个话是什么意思啊？你们有什么证据说苕西溪里的鱼死亡，就是我这家厂的原因？"

环保人员一边与黄某谈话询问，想听听他的认识态度，一边在厂内实地污水取样，派人马上回单位进行了化验分析。这些情况已电话告知在黄某这里的环保人员。导致苕西溪鱼儿死亡的真正原因，就是黄某这家厂。

黄某毕竟是在商海滚爬了几十年，也懂得这件事的轻重。再加上环保人员电话联系和互递眼色的动向，他觉得与环保部门硬来也是不行的。

"黄厂长,我们到你厂里来,不是来学习参观的,没有事,我们也不会对你这样说的,你说是吗?"

"那是那是,不过,现在办厂也真的是难啊!"

黄某此时的语气就变化了许多。

环保人员也看出了黄某的心思。

"黄厂长,你告诉我们,厂里的污水是从哪个缺口流到了苕西溪?"

"我们在建厂房时,污水管接在了地下排水管道上了。"

黄某这家厂距离苕西溪较远,人们一时不会想到毒害苕西溪里鱼的污水会从他这个厂子流出来。黄厂长当初就有这样的"打算",可万万没有想到,环保人员还是找上了门,让他尴尬不已。

造成苕西溪这样严重的污染事件,而且这种特殊的化工行业,污染治理也不能做到彻底,所以黄某这家厂子也就不能生存,只好转产了。

对黄厂长本人是否追责,追责到什么程度,狄峰就一概不知了。

但有一点可以证明,黄厂长自从出了这么严重的污染事件,对他这一辈子来说,是一块难以揭去的疮疤。

再从后来的种种迹象表明,黄厂长所从事的其他行业也出现了"日落西山"的窘迫局面。

对此,狄峰也在想,一个人不能违背自己的良心去做任何事。"一朝被蛇咬,十年怕井绳",本应奋发向上发展的事业,就随着自己情绪的低落,以至于颓废与消沉,再也不能抬起头了。

四

苕西溪被人为地加以"毒害",围绕在它身边的,如星罗棋布的山塘、水库,此时又会处于怎样的境地呢?

20世纪80年代一个仲夏的一天,一股浓重的死鱼臭味飘进了狄峰的办公室。

厂里哪来的死鱼臭味?

"你们看,你们厂的污水把我老爸鱼塘里的鱼都毒死了!"

突然,狄峰办公室闯进了一位气喘吁吁的中年男子,额头上满是汗滴,背脊处也被汗水粘住了湖蓝色的衬衣。

狄峰认识这位村民,他就是附近村的,名叫夏复强。

飘进狄峰办公室的死鱼臭味,是从夏复强装满死鱼的蛇皮袋里散发出来的。

炎热的天气,蛇皮袋里散出的阵阵恶臭,引来了嗡嗡乱飞的苍蝇叮逐。

到厂里办事或路经这里的人,闻到了这种臭味都纷纷逃离了。

那么,夏复强有什么理由和凭据证明鱼塘里的鱼就是厂子的责任呢?

这是一家电镀产品生产的厂家。

夏复强带上一袋死鱼到厂里来,目的是想要厂子赔偿鱼死亡的经济损失。

夏复强何以有这样的底气,觉得自己这样做是对的呢?

这些年来,这家电镀厂在当地群众的眼里,一直认为是产生污水的一个源头。

那么，既然产生了污水，就没有解决治理污水的措施吗？

措施还是有的。

有了措施，污水怎么会不处理而任意排放，又让它造成环境危害的呢？

电镀就是利用电解原理在某些金属表面上镀上一薄层其他金属或合金，目的是增强金属的抗腐蚀性，增加硬度，防止磨耗，提高导电性、光滑性、耐热性和表面美观。

狄峰在电镀厂参加过半年的一线生产劳动。

当时刚进厂，狄峰作为学徒工，还是三班倒作业，只得夜宿厂里。宿舍就在电镀车间区域内。当时有了工作岗位，狄峰不会考虑工作与生活环境的恶劣。

电镀车间有一种气味，直往鼻子里钻，就是这种浓浓的盐酸味。

狄峰与严明同一个宿舍，他们就是在盐酸与各种混杂的浓烈气味中度过的。

宿舍是用简易的砖块搭建的，屋身也只有二三米高，没有严密的墙体，屋面瓦缝亮赤赤的，四面通风，气味就从墙体与屋面的空隙往里钻。一个宿舍，只有八九平方米，两个人各一张"竹榻板"床，睡在上面会发出嘎吱嘎吱的声响。除此之外，厂子就没有配备任何一物。

严明很有眼光，进厂八年后，乘着改革开放的春风，离开厂子只身去市场闯荡了。后来，他还干起了建筑行业，在哈尔滨、苏州等地开发房地产，赚了不少钱。

电镀是一种利用电解池原理，在机械制品上沉积出附着良好的，但性能和基体材料不同的金属覆层的技术。金属产品表面在电镀前，必须经过除油、除锈环节，而用盐酸做前期处理又是首要的。需要电镀的产品，如果其基体没有做好表体的除油除锈处理，即使按标准的电镀要求去做，其电镀后的成品仍然经不起"考验"，会导致表体起泡、起皮，直至脱皮、生锈，也就失去了电镀工艺效果。

对电镀生产过程，狄峰只记住了除油、去锈、镀铜、镀锌、镀铬等环节。除油去锈后的产品镀件，无论进入镀铜、镀锌、镀铬等程序，都是在一只只挂钩上挂满涉镀产品。进入每一个电镀环节，都是靠手臂之力拎起放下，放下拎起。所有电镀池槽，都是砖混浇筑，每个池槽内衬厚厚的塑胶材料，并在对接处精密黏合，不致池槽内的电镀液体渗漏。

电镀池槽里的液体做到了不渗漏，但每隔数天，池槽内的液体就成了不可再用的废水。这些三天两头产生的废水，量十分大，厂子里即使有大型的污水滞留池，也根本解决不了日夜产生废水的囤积需求。再者，厂子里虽然也有昂贵的治污系统处理设备，但要做到治理达标排放完全不可能。即使治污设备每分每秒不停运转，从理论上而言也是无济于事。处于这样的尴尬局面，污水外流也就既成事实了。

夏复明老爸的鱼塘，如果说是被厂子里的电镀污水毒害，也成了事实上的可能。

电镀废水，从它的危害程度可见：

电镀生产中产生的废水成分非常复杂，除含氰（CN^-）和酸碱外，重金属是电镀业潜在危险性极大的污水类别，这些物质严重危害环境和人类身体健康。电镀废水的主要来源有：镀件清洗水中除含重金属离子外，还含有少量的有机物，其含量较低，但数量较大。镀液过滤冲洗水和废镀液的排放，数量不大，但含量高、污染大。工艺操作和设备、工艺流程中等造成的"跑、冒、滴、漏"排放的废液，还有冲洗设备、地坪等产生的废水。

电镀厂产生的废水污染，在当地老百姓心中一直是个疑问。

夏复明找到厂里，自有他的道理。

老百姓对电镀厂造成的废水污染，一直举报不断。

有的群众到田头的污染现场取土，装入瓶子，直接送到省里或有关部门检测，但明确的检测书面报告始终没有出现。

狄峰对此也有过疑问，电镀废水既然有污染，怎么会出不来检测报告呢？

夏复明能理直气壮地赶到电镀厂，要获得他老爸鱼塘鱼儿死亡的赔偿，也是有理论依据的。

据有关资料提供，电镀废水中含有大量的盐酸和锌、铜等重金属离子及光亮剂等，毒性较大，有些还含致癌、致畸、致突变的剧毒物质，对人类危害较大。

电镀废水中的氰化物，在水中对鱼类的毒性还与水 pH 值、溶解氧及其他金属离子的存在有关。含氰化物的废水还会造成农业减产、牲畜死亡等。

夏复明盯着这些理论依据，向电镀厂索赔是有道理的。

附近只有你一家电镀厂啊，且水塘里鱼儿的死亡，其原因恰恰有对号入座的依据。

夏复明得到了 500 元的鱼儿赔偿款，二话没说就走了。

夏复明的问题总算过去了，可是问题接踵而至。

过了几天，电镀厂又来了一位小伙子，他把一担黄乎乎的水杉幼苗直接挑进了狄峰办公室，放下担子呼呼两下，把两个簸箕里的水杉苗连泥带土一股脑儿地倒在了办公室的地上。

"你说，我辛辛苦苦种了一亩多田的水杉苗，原打算把这些苗卖了，用这些款准备动工造房子的，结果被你们厂的污水害了。"

这位叫邬土根的小伙子，家也在电镀厂的附近。水杉苗的田块，就在电镀厂的东侧，距厂子400多米。

邬土根找到电镀厂，此前获知同村的夏复明已为他老爸鱼塘的损失得到了赔偿，自己乘机也前来试探一下。如果电镀厂这次照常赔偿了，他接下去还会有找碴儿的其他理由。

"小邬，你先把这些水杉苗清理出去，我们再坐下来商议。"

"狄主任，你说商议可以，但要有解决的办法，我们农民是靠田头里做做吃的，你说话得算数！"

"说话算数不算数，还得先把这个问题搞清楚了。你的水杉苗枯死如果是厂里的原因，厂里就会担起责任。"

"复明老爸的鱼塘损失你们赔偿了，我的水杉苗死了，难道赔偿不成？"

狄峰接着又做了邬土根的一番工作。

"我过几天还是要来的，你们要抓紧处理！"

邬土根撂下这句话离开了。

邬土根这次到厂的目的是"探路"，如果厂里把水杉苗赔偿了，接下去还有稻田和其他方面的损失也要索赔。

也就在那年，杂交水稻刚刚进入扬花后的灌浆期，厂附近的某生产队，七八个社员凑在一起赶到了厂里，说有不少稻田遭到电镀污水的损害，要求厂里统一考虑做出赔偿。

狄峰见事态越来越严重，先把他们请到了会议室，做好接待后，让他们安下心来，自己去找厂主要领导汇报。

"这样吧，你们先带我去稻田现场看看，然后我再汇报，再把处理的情况告诉大家。"狄峰回到会议室与社员们说。

"我们希望厂里重视解决我们的问题，你们只要有态度了就好。"

知了声声，天气炎热。

狄峰与社员们头顶烈日，走出厂子，穿过了一条机耕路，这些吵吵闹闹的知了声，就是从路边的枫杨树上传出的。

机耕路的南侧，一条近两米宽的沟渠也跟着延伸，两岸芳草萋萋。

这个叫杨家庄的自然村，有28户人家，他们的稻田全部紧靠在电镀厂的周围。

满畈稻田，夏风吹拂，摇曳多姿，但还是让狄峰有点儿揪心。

狄峰的揪心，不是这些稻田的景象如何，而是认为不完全是电镀厂的责任。

"狄主任，你看，你们电镀厂污水毒得厉害，把稻子的芯子也毒死了。"

说这句话的村民叫杨阿彩，看上去的年龄六十挂零，面容黝黑。嘴里叼着香烟，说话声音有点儿瓮声瓮气，还不时一阵阵咳嗽。他在田埂上手舞足蹈，左手指指那丘田，好像在说这些稻子很可怜，右手点点面前几株已泛黄的水稻，直摇头，显得有些无可奈何。

狄峰想起来了，觉得这位杨阿彩似乎面熟："杨伯伯，你是不是在厂里的抛光车间做过？"

"是啊，抛光这个活儿哪是人干的啊？粉尘那么严重，整个车间灰蒙蒙的，抛光的气味也很难闻。我原来抽烟从不咳嗽的，你看看，我现在成这个样子了！"

"哎，杨伯伯，那您还得多多保重身体啊。"

"是的是的。"

"狄主任，你看看这几株枯萎的稻子，你说是什么原因？"

杨阿彩说这句话时很得意，他等着狄峰回复肯定会是："我们厂的污水造成的啊。"

"杨伯伯，我现在就下田，把枯萎的稻子拔起来给你看。"

"我明确地告诉大家，这块稻田根本没有好好管理，这几株稻的虫害大家知道吗？这是蛀心虫造成的。"

狄峰把一株枯萎的稻子从田间拔了出来，又把稻秆的下端禾衣剥开，一条还蹦跳的已接近老龄的蛀心虫出现在了大家眼前。

此时，杨阿彩把脸朝向了与他一同来的社员，有点儿不好意思抬头再看狄峰了。

"狄主任，这里是蛀心虫造成的，那么，我们再到另外的田块看看。"

随行的其他社员这样建议。

"我可以这样告诉大家，我们双方都要本着实事求是的态度，是电镀污水造成稻子损害的，厂里会估产赔偿。但是，是社员自身放松田间管理造成减产的，社员们也要自负一定的责任。"

"好的好的，是污水造成损失的，就应该损失多少厂里赔偿多少。"

第十三章　严峻考问

一块一块稻田踏看过来,有的明显是污水造成的。

大家在田头现场估量着亩产。

如一亩杂交稻,未遭到污水和任何影响,就不需要做出赔偿。

如出现不同程度的损害,现场评估时要除去可获得的实际产量,不足部分按亩产打折计算赔偿产量,并按国家粮食收购价格赔偿金额。

"狄主任,这片稻子损失严重了,可能要绝产了。你看,电镀污水太厉害了,稻子枯死得像火烧一样啊!"

"你们是真的不懂,还是假装不懂?"

在场的社员,你看看我,我看看你。

狄峰已从他们的眼神中看出了他们对这片稻子造成的原因还是清楚的,但就是不说,他们想看看狄峰是怎样的态度。

如果狄峰说是污水造成的,他们会笑在心里,是求之不得的事。

"你们都不说,那只好由我来说了啊。"

大家只得应声:"好的好的。"

"造成这片稻子似火烧的原因,就是同样没有采取虫害防治。"

"这片受卷叶虫危害的稻子,前期的稻叶被卷叶虫侵害时,虫子把稻叶汁水吸干了,叶子在强烈的日光下,不用几天会呈现白花花的一片。随着日子一天天过去,原来稻叶白花花一片又变成了黄乎乎,像火烧一样的了。"

在另一块田头,整片稻子形成了一片倒伏状态。

"这片稻子倒伏,也是同样没有进行过虫害防治。"

"倒伏的原因，是一种稻褐飞虱造成的。"

"这种昆虫喜欢叮咬在稻禾根部，连续多日猛吸稻秆汁液，致使稻禾失去稻秆的受力支撑点，就会从稻禾根部折弯而倒伏。"

在场的社员，一个个像什么也没有听见似的，继续往其他田块走去。

狄峰见社员们不好意思说话，就与大家透露了自己怎么会懂得一些农事的经过：

自己在农村当过植保员，又担任过大队农科队长。

那个时候，还进行杂交水稻的制种，什么父本、母本，每天两次人工帮助授粉。

这种授粉的方法很简单，就是由两个人在田头的两端拉紧麻绳人工帮助"赶"。

晴日天气的上午9点后和下午3点前，是稻禾扬花的最佳时间。

这个时间段，至少在上午和下午两次时间，利用麻绳在稻禾的颈部轻轻掠过。因为父本禾秆高，母本禾秆矮，就可以把父本的花粉授落（受精）到母本的谷口上了。

杂交水稻制种讲究科学管理，农科队在浙北县所有杂交水稻制种的队伍中，获得了制种产量第二名的成绩。

狄峰还获得了全县先进生产工作者的荣誉称号。

这些社员，如听着狄峰在讲一番故事似的，觉得很有道理。

后来，厂子附近的农田，凡涉及电镀污水损害的，都由狄峰与大伙儿一起现场评估。

每次做出的赔偿决定，也没有引起任何风波。

五

苕西溪两座石拱桥被洪水冲垮了！

"石拱桥？"

"洪水能冲垮它们？"

"几十年的石拱桥就这样没了？！"

"在哪里啊，是哪两座桥？"

"花梅桥、大象坝桥！"

2009年夏月，太平洋台风季的一个热带气旋形成了八号莫拉克台风，也肆虐了中国大地。

浙北县境内狂风乱作，上苍似荡开了一个个大缺口，雨量如泼，天地间水雾迷茫，一片汪洋。

连续多日强降雨不断，水流到处漫溢，山区旋即暴发了一场特大洪水，汹涌浑浊的苕西溪像一匹狂啸的野马，从西部山区滚滚而来，一直向东方平原猛扑过去。

不到一个小时，两座屹立于苕西溪两岸的石拱桥……花梅桥、大象坝桥，似乎它俩有话在先，静默无言，没有一声呐喊，也没有一个招呼，就在一刹那间，分别消失在了滚滚洪流中。

忙于生计的两岸群众惊呆了！

他们刚刚还从这两座桥上走过，也正为溪里翻腾的洪水惊扰担忧，转眼间，再也见不到两座大桥巍峨雄壮的身影了。

"大桥没有了，我们怎么来往啊！"

"大桥没有了，不是打断了我们的双腿？去城里打工的路不是被堵了吗?!"

"大桥没有了,我们的孩子们怎么去上学?"

"大桥没有了,我们地头上的植物蔬果怎么送到城里交易啊?!"

"大桥没有了,家人生病,还来得及送往城里医院救治吗?"

花梅桥、大象坝桥坍塌之时,苕西溪两岸群众似痛失自己的亲人一样,悲切万分。

群众的议论声,一浪高过一浪,迅速像炸开了翻江倒海的铁锅一样,群情难耐。

痛苦也好,悲切也罢,群众最后获悉了两座大桥坍塌的真正原因,也就是"杀害"两座桥的幕后凶手……无序滥采黄沙导致!

那么,"杀害"大桥的"凶手",是一人、几人、还是几十人、几百人呢?

"苕西溪开采黄沙,受矿产资源法保护,需要政府部门审批,国家允许发证开采,怎么又会造成破坏生态,毁坏大桥的严重后果呢?"

"既然亮证开采,就没有严格有效的监督管理机制吗?!"

"啊呀,我虽然不是'杀害'大桥的'凶手',但我还是苕西溪开采黄沙,毁坏生态环境的一名'帮凶'啊!"

说这话的,是当年在苕西溪开采黄沙的一位沙场主,名叫何海。

何海与狄峰,都是在苕西溪边长大的,对苕西溪有着深厚的感情。从小在苕西溪里游泳玩耍,还特别喜欢在河滩上拾捡色彩各异的鹅卵石。

浙北县百里苕西溪，当年溪流沿线布满了大大小小、近百个黄沙开采场点。

这些开采点，各占地盘，占山为王，垄断开采，无可撼动，就似埋伏在苕西溪的一个个心狠手辣的隐形杀手。

"峰兄啊，我那些年开采黄沙，还是个'小儿科'啊！"

"海弟，我不信，那你靠什么一下子富起来的？"

何海的脑子特别好使唤，机灵得超乎常人。

他开办的第一个黄沙开采场，就在苕西溪一个叫竹林湾的地方。

这里的溪流虽然弯弯绕绕，但紧贴着一条县道，运输车辆进场方便。

这个黄沙场，开张于1995年的秋季。

"你怎么会想到，不种稻子，玩起了沙子？"

"我经常往县城里跑，赚钱的信息也听得多了。"

县城里的朋友告诉何海，浙北县新的政府大院就要规划兴建了，黄沙等建筑材料用量特别大，如果有这个想法，这里就会有赚钱的好机会。

何海脑子一个激灵，想法出来了：我的家门口就是一片尚未开采的黄沙处女地，要多少就有多少，丰富得很啊！

"海弟，你说你不是'凶手'而是'帮凶'，那你的黄沙开采莫非是非法行为？"

"峰哥，你说错了，我具备证照，还是县矿管办颁发的许可证。"

"黄沙开采，仅仅是矿管办发个证就行了？你不是通过什么关系弄到手的？"

"那不是的，上面主管部门是县计经委，还要与水利局、土管局一道实地勘察，最后由矿管办发证。"

何海觉得狄峰有些疑问，还对狄峰说了这样一件事。

起初，在申请办理黄沙开采有关手续时，并非一切顺利。

相关部门有的是同意了，但被矿管办的六画主任卡住了。

虽然"被卡"了三个月，黄沙场一点儿动静也没有，建筑施工方催着要黄沙，搞得真是心急火燎的。但后来他认为，六画主任还是做得对的，他担心开采上会出现"滥污"，也就是怕发生越界滥采。一旦许可证下发，会出现无序开采，其责任还在矿管办，六画主任也就麻烦了。

"峰哥，当时我的一个念头至今还没有忘记，那就是：'想法还是跟不上建设发展的速度。'"

"海弟的意思是，当时尽管黄沙开采审批许可很严，但在经济发展面前也会有让步的地方？"

何海猛然停顿了一下，又豁然有了领悟。

"哎呀，峰哥你说得真对啊！不瞒你说，我当时就赶上了这趟快奔急跑的列车啊。"

"你的黄沙场供应县城在建的许多工地，是怎么来确保和满足供应的呢？"

当问到何海有几台采沙机，何海告诉狄峰："只有一台采沙机。"

"这不可能吧，如今事过境迁，你尽管说实话，难道哥还会给你打小报告不成？"

何海的话一点儿没错。

不过，这台机器可不是一般的采沙机。

"你听说过没有?"

一台大型机器,不是在工厂里生产,而是到采沙场的现场加工组装。

"这样生产的机器设备,还不是成了'地下工厂'?"

"这种机械设备到现场组装,实用性会更强。"

何海说,他去台州临海把师傅请来,此前根据师傅提供的原材料项目采办,就将槽钢、铁板、柴油机、发电机、变速箱等材料与设备购置进来,师傅就在现场加工组装。

"那么,海弟,这台采沙机需要多少成本?"

"全部材料、设备,再加上制作工资,是30万元。"

何海说,没有这种设备,根本满足不了建筑市场对黄沙的需求。

何海这台采沙机,可以在河道垂直开挖五至十米深。把河床底下的沙石挖上来后进行分离。分离的这些沙石材料中,有正料和废料。正料,就是黄沙,废料就是石子。黄沙,常常会供不应求,而石子呢,就不同了,除供应各处工地一些所需之外,余下的就用作黄沙开采后的护堤保堤之用。

"海弟,你这样做就对了。你对河道开采并不是杀鸡取卵,而且有良心地去保护生态环境。"

"峰哥,你是了解我的,我阿弟赚钱,也不该损公肥私的。更何况,这个沙场是我开办的,与其今后有什么话让人议论起来,我还不如现在就负起这样的责任。"

何海说到的责任问题,就是自己开采的地方,就要做好护岸,不再发生溃堤现象,防止水土流失。

狄峰对何海的这一举动,还真是刮目相看。他对他的习性很了解，他还是年轻时的性格，做人坦荡，待人诚恳，从来没有听说他会做什么缺德的事。

何海这台采沙机，一天能开挖出黄沙三四百吨，如果一个月一天不停产，产量满打满算就达一万两千吨，真是个惊人数字！

当然，如人一样，不可能一天不休息。一台设备，一天到晚连轴转，总会有机器转不动的时候，每个月也就不会干得满满的。遇到设备坏了，有时还会修理好几天。遇上台风暴雨，河床被漫，就会有更长的时间不能开采了。

"海弟，你说实话，在黄沙开采中，有否做过违心的事？"

"峰哥，矿管办有严格的规定，根据挖沙机设备的大小，像我这台设备，每年只允许在河道开采二三十亩，如果超面积开采，就要罚款。"

何海这样一说，狄峰就来了兴趣，肯定会"逮住"何海一些不足之处。

"海弟，听你这么说，黄沙都供不应求，你不会做出格的事？"

"峰哥，不瞒你说，有些事是可以原谅的。"

"做了出格的事，还可以原谅？"

何海告诉狄峰，人都是有私欲的。面对黄沙市场那么景气，谁不想借机多挣点儿钱呢。

"那你是否接受过矿管办的处罚？"

"这还用说，我说有私欲，这个私欲就会冲破了一些禁区与禁令。"

"每年规定，在画好红线，敲下界桩的地方，不能再去越界开采。"

"海弟，看样子，你这个肯定是做不到的，罚过多少款？"

"不过，我每年最多越界开采 2~4 亩，罚款总是在 5000~10000 元之间。"

"你一个场子，虽然每年越界开采面积不多，但全县近百个开采点，数字不是惊人了？"

"是的啊，正因为这样，开采的乱象也是层出不穷。这里面，还是存在一些问题，比如对一些开采业主，关系好点儿的，就会睁一只眼闭一只眼过去了。关系差的，毫无疑问就罚点儿款。"

狄峰问何海："你从事黄沙开采，自己觉得会有什么心理上的压力与担忧？"

"担忧还是会有的，自己经常想，虽然有了开采许可证，但许多方面不该让政府经常来监督你，而是应该自己自觉遵守作业规章，不能让生态环境在自己的手中留下不可弥补的后遗症。"

"你说的这个后遗症是怎样的？是否与后来苕西溪两座石拱桥的坍塌有关？"

何海回答是肯定的。

随着建筑市场对黄沙需求量的猛增，不少黄沙开采场主在开采设备上动起了脑筋。

一些在城门那边的开采场点，后来出现了把挖沙机的开掘深度，从原来河床往下开掘的 20 米，提升到了 50 米，甚至 70 米深度。

何海对这种发挥巨大威力的挖掘机，说得眉飞色舞，但又会在瞬间阴下脸来。

这种可开掘深至 50~70 米的"巨无霸"，犹如破坏河床的"南霸天"，让河床经历了前所未有的伤筋动骨，乃至惨无人道的剧烈撕痛！

这种"巨无霸"横行苕西溪,就是采取将挖沙机的"龙架"无节制地加长。

"龙架?"

就是很霸道,如一条庞大的恐龙霸占着河道,它的魔爪锋芒直露,锐利无比,以不可阻挡之势,向河床的心脏猛烈穿刺!

"海弟,开采的'巨无霸',就是导致大桥坍塌的罪魁祸首与隐形杀手?"

"峰哥,我认为原因就在这里。原来好好的河床,被敲碎了'床铺'和折断了'床架',以至挖空了'床脚',你说这张床还能继续睡吗?!"

哦,狄峰觉得何海这样来形容还很有说服力。

这样的"巨无霸"在苕西溪里疯狂肆虐,还不给整条溪流床底带来千疮百孔,浑身散了架子?

狄峰想起,刚才何海说是苕西溪过度开采黄沙,导致几座大桥的坍塌,有点儿不可思议,其"致命"的因果关系怎么能说得清呢?

"矿管办有要求,对大桥附近开采黄沙有明确的规定:在大桥上游开采,不得少于距离50米;在大桥的下游开采,不得少于距离200米。"何海告诉狄峰,这就是画了一道红线。

狄峰说,"后来,这些规定都没有做到是吗?"

"这个,我认为,上面管理部门到现场监督的力度还没有真正到位。"黄沙开采,距大桥越近,其危害性越大。

有的开采业主唯利是图,见大桥边的黄沙数量多、质量好,就再也收不拢手脚,恣意妄为,得寸进尺,贪欲再也回不了堤岸,使大桥面临着岌岌可危、万劫不复的境地。

"黄沙开采,靠近大桥下游实在是太危险了。"

何海向狄峰举了这样一个例子。

如果在大桥下游不到 200 米之内开采黄沙,等于把大桥下游的地面基础掏挖空了。

一旦遭遇特大洪水的突袭,汹涌的洪水从上游直贯而下。下游河床已经存在了落差,随着洪水的剧烈冲刷,地表沙石层就会像被撕去一张张纸片一样,持续不断地被剥离开去。

这样一层层地被剥离,最终会剥离到大桥脚跟边。大桥脚跟被剥离得空荡荡了,就会产生巨大的湍急漩涡,再把大桥所有护脚保护层一丝不剩地掏空。当桥脚被彻底地扒开了底层,裸露无遗,大桥就再也没有可依靠的支撑了。顷刻间,再雄壮巍峨的大桥也会摧枯拉朽般化为乌有了。

"就说大象坝大桥,有一家黄沙场在它的下游开采,距离还不到 50 米,这座大桥就是这样被开采黄沙'挖坍'的!"

"那么,花梅桥坍塌的原因也是这样的?"

"当然,花梅桥的坍塌也有年久的原因。它是 1968 年开始建造,1973 年竣工。到 2009 年莫拉克台风时被洪水冲垮,整整屹立了 36 年。"

"如果不是无序的黄沙开采,花梅桥也不会只有 36 年的'生命'吧?"

"那肯定不会就这样坍塌了,所以我说还是有几个原因搅在了一起。"

花梅桥在坍塌之前,已经发现了桥面有断裂的缝隙,这是桥面货车超重引起的。当时,大桥设计桥面载重不超过十五吨,而实际上远远不止,有的一辆大型拖拉机,装运黄沙、石料的重量就达几十吨。

"花梅桥竣工通车的那天晚上，公社还请来了电影放映队在桥堍边放映露天电影，记得片名是《上甘岭》，把苕西溪两岸的群众都吸引过来了。"狄峰这样回忆。

"就在花梅桥坍塌的那天，两岸许多群众还在桥堍边察看滔滔洪水，时刻也在担心这座大桥的安危。想不到，大桥还是被洪水卷走了。"

苕西溪的无序开采，还带来了一系列的问题，让属地政府部门也感到头痛。

"出现了什么问题，会让政府部门感到头痛？"

"黄沙开采有了许可证，还不遵守法规，发生持续不断的越界开挖，这让部分老百姓也学起了样子。"

"老百姓学什么样子？"

"那这方面的事多着呢。比如，有的人家门前屋后毁水田、砍桑树、败林地，这些地底下到处都是金灿灿的黄沙，就私下里偷卖。"

"听有关专家说，苕西溪整条沿线的东侧堤岸不能破坏，也就是不能在堤岸边开采黄沙。专家说，是地球转动吸引力的原因，上游下来的流水是偏向着东面流淌的，如果把东侧的堤岸破坏了，遇到了洪水季节，会导致大批农田被冲毁。"

"是的啊，我也知道这个道理，所以我没有去这样做。"何海说。

"哦哦，何海弟做得好。"

狄峰对何海说，这件事也让他想起了家门口的那段河流。河流东侧堤岸"长"得越来越宽、越来越高；而在北侧，每当洪水来袭，堤岸总会遭遇不同程度地冲毁。为了这样的严峻问题，两岸群众还发生过纠纷，甚至引发矛盾冲突。

导致这样严重的毁田结果，原因究竟何在？

何海说是"防卫过当"。

"这里还有'防卫过当'？"

"其实，这样一个问题，不是河岸双方的群众自己能够解决的，而应该是上面要有一个整条溪流堤岸具体的、长远的保护措施。这里，就会牵涉河道的疏浚，也就是该强化护堤的，一定要强化，该疏浚的，就要及时疏浚保畅通。"何海说。

何海还说，除这样的情况外，在花荷塘那边，当地一些群众与黄沙开采场主还发生了这样的纠纷。

这个场主的黄沙开采权，是直接从一些群众手里转过来的，也就是私下"买"来的，上面管理部门不知道。

这样的私下交易，就导致了一系列后果的出现。

场主当时想，从一些群众手里直接"买"下了开采权，他们不会找自己的麻烦，只要保证他们有利可图就没有问题了。

这样的"私下交易"起先还好，但过不了多久，这些群众以受益少等多种借口，迫使"场主"不得不停下开采。

一些群众说，如果不提高黄沙开采提成，就让"场主"卷铺盖走人。

天底下哪有这么简单的事？

"场主"心不甘情不愿，自己已在这里投入了不少成本，而且跟他要黄沙的建筑工地急等着要货。现在走人，还不要了他的命。

"场主"也坚持"有理"不让人。

其实,"场主"的如意算盘还是打错了。

这些群众这样认为,你"场主"不会轻易放弃黄沙开采的,我们不乘机"敲一下",你也不会轻易给我们提高利益分成。这些群众的"算盘"也是打错了。

双方一直这样无休止地僵持着,谁也不让一步。

结果,意想不到的事还是发生了。

就在黄沙场,这些群众将"场主"扭住不放,迫使场主开口答应提高黄沙开采分成。就这样,你不答应我,我不放你走,就发生了严重的打架事件。

"这件事情搞大了,风声传到了上面。上面组织人马迅速开展调查。"何海说。

狄峰急着问何海:"结果呢?"

"还有什么结果啊,就是这个地方的黄沙开采搞不成了,也就是打破了狗食盆,大家吃不成了呗。"

何海说:"当然这场'黄沙风波'并不是各打五十大板,而是对相关责任人进行了处理。"

"那肯定,那肯定。"

狄峰一连应和着何海的这些话。

何海又说了另一件事:在苔西溪山母王河段,同样是黄沙开采场主与当地群众产生了矛盾纠纷。

这位叫熊小旦的"场主",与当地群众几乎每个星期都会发生一起纠纷。

"每个星期都会发生纠纷,那还不影响黄沙开采?"狄峰看着何海问道。

何海说,这些群众,住在黄沙开采的河道边或者附近,肯定会出现一些问题的。

原先，这些群众家门前的道路，从来没有受到严重的破损。自从黄沙开采之后，每时每刻都有来来往往的运输车辆。

车子发动机轰鸣声不断，从运输黄沙的车辆上不时震落的沙石滚满了整条路面。伴随着从车上滴答滴答的泥水渗落，加上超负荷运输，车辆遇到坡度处，车轮就会在泥地上打转，便会发出尖利的叫声。所有的轮子，像一把把开掘的铁耙猛扎路面，使得路面很快变得坑坑洼洼。老百姓无论在家门口，还是途经这条道路，常常被泥水溅了一身。有些地段，车辆过后扬起了浓浓的泥灰，口里、嘴里、鼻子里、眼睛里，都会充满泥灰，让人叫苦不迭。

车子在路上疯狂跳舞，人们似走钢丝一般尽力避开"陷阱"。

"这些矛盾，后来又是怎么解决的呢？"狄峰问何海。

何海说："场主熊小旦，有合法的黄沙开采证。这给想钻空子的人也带来了难度。"

当然，当地这些群众为自己的利益不受伤害，就向"场主"提出经济补偿。

"怎么个补偿呢，会有什么参考依据？"狄峰说。

何海有些神秘地说："这些群众采取'两步走'的办法：一是让场主每天安排人力在道路上洒水，不再造成尘土飞扬；二是用经济赔偿来解决。否则，就要停止黄沙开采、运输。"

"群众这样的要求，也不是很过分吧？"狄峰似乎不懂地问何海。

何海回答："那是，群众的利益无小事啊，熊小旦到底是一个见多识广的人。后来，这些问题都得到了解决，双方也就相安无事了。"

"听说，苕西溪自从开采黄沙之后，不少场主只顾开挖黄沙，把整个河床挖掘得千疮百孔，而且没有把河床处理复平。水面覆盖着一个个深深浅浅的沙石坑，成了夏天村民涉水时的'丧命坑'。有没有发生这种事？"

狄峰盯住何海来回答。

"在苕西溪发生溺水死亡的事，每年都有。"

何海告诉狄峰，不少从外省来浙北县打工的年轻人，他们很喜欢去河里游泳或洗澡。他们的住处简陋，许多还是三五人合租一间房，没有洗澡的条件。他们会来到苕西溪，但他们不知道水面下的河床有多险恶。他们从岸上下水时，发现水面并不很深，但往河中央慢慢涉足时，一不小心，会跌入深深的沙石坑。水性好的，会从沙石坑里突围出来；水性不好的，就再也出不来了。

"那么，何海弟，我问你，苕西溪无序开采黄沙，导致了多少人溺水死亡？"

"哎哎哎，狄峰哥，侬你这样的口气，苕西溪溺水死亡的事件，是与我有关？我怎么能回答出这个问题？！"

"何海弟，常在河边走，哪能不湿鞋？我不是说你开采黄沙，导致了多少人溺水死亡，我的意思是，你可能也听说过，这些年来由于开采黄沙，有多少人在苕西溪溺水而亡吧？"

"这样说吧，在苕西溪，每年都会发生溺水死亡事件。也听说过，溺水死亡最多的一年有十人。这么多年来，我就不知道总共有多少人了。"

六

不知道从何时开始,浙北县有两种炮声日夜响彻上空,扰得山民、市民不得安宁!

两种炮声?

一种是来自千家万户的爆竹声。

爆竹声中一岁除,春风送暖入屠苏。千门万户瞳瞳日,总把新桃换旧符。(宋代王安石《元日》)

浙北县一千八百多年的历史,也与爆竹有关。

每当新年临近,百姓就会备足各种各样的爆竹,以示迎新。

《神异经》上说:西方山中有人焉,长尺余,一足,性不畏人。犯之令人寒热,名曰。以竹着火中,哔哔有声,而山魈惊惮。后人遂象其形,以火药为之。这是爆竹起源最早的记载,说明当时人们燃竹而爆,是为了驱吓危害人们的山魈。

据说,山魈最怕火光和响声,所以每到除夕,人们便"燃竹而爆",把山魈吓跑。年复一年,便形成了过年放鞭炮、点火烛、敲锣打鼓欢庆新春的年俗。

《荆楚岁时记》有记载,正月初一,鸡叫头遍时,大家就纷纷起床,在自家的院子里放爆竹,来逐退瘟神恶鬼。

狄峰对每年除夕之夜和大年初一凌晨燃放爆竹,印象特别深刻。这种深刻,还来自"两种担心"。

第一种"担心"是狄峰怕晚上深睡误时,没有抓住新年钟声敲响的美妙时刻。

这种担心，是从狄峰的心底里溢出，抓住了美妙时刻，就如获得了幸福美满的春光一样。

狄峰想得更多的是，这一时刻的爆竹点燃，在深夜的苍穹间炸响，幸运就会从天而降，一家人就会充满阳光，迎来又一个美好的年景。

狄峰每一次完成点燃爆竹的"任务"后，就像是完成了一件光荣的使命一样。

一家人中，只有狄峰能担任点燃爆竹任务。

妹妹狄颖当然不行。她假如要参与，狄峰也不会允许。

狄峰之所以不让妹妹燃放爆竹，是怕伤到她。大过年的，如有闪失，是件最不划算的"蠢事"。

乡下最早的爆竹，其包装是十挂一件。每支爆竹都像竹子的节杆一样，呈圆筒形的，用的是大红大紫的纸质，散发着浓烈的喜气。如果说区分爆竹点燃后的威力与声响大小，就是与爆竹的粗细与长短有关。

爆竹燃放后，其声响的大小，狄峰并不计较。但点燃后的爆竹能否"体面"炸响，而且要有"砰，啪"的完整两声，是唯一作为爆竹燃放结果的"评判"标准。这个声响的好与否，并非爆竹本身成为哑炮而视为劣质这样简单，而是关系到年关时的爆竹应该是个个清脆响亮的，意味着有驱邪逐鬼之功效，也是一家人心愿的寄托，特定时期的"彩头"的拥有，祈盼时来运转的好年景到来。

有时，点燃的爆竹，只有上升时"砰"的一声，而没有了"啪"的一记下落声。也就意味着只有开了个头，拉开了序幕，而没有了该完整内容上的完美"收官"。狄峰心里就会打起了鼓,七上八下:为什么会这样的啊?便产生了一种自责感和失落感。自己的这一"失手",生怕来年会有一些纷纷扰扰、磕磕绊绊的事。狄峰又转念一想,为迎接新年的到来,自己早已备足了爆竹,在除夕夜还是用足了心思,不错过燃放爆竹的最佳时机。心愿是纯净的、虔诚的,祈盼是美好的,行动又是雷厉风行的,即使出现了一枚"哑炮",不是自己造成的啊,上天也是知晓的啊。狄峰就这样安慰起自己,后半夜躺在了床上,前思后想,也就在迷迷糊糊中睡着了。

　　狄峰有时也会被凌晨前的爆竹声惊醒。

　　这个时候,无论是所在的村子,还是比邻村庄,以及远处的县城,已传来三三两两的爆竹声。其实,不只是三三两两,而是此时听觉上的一种模糊感受。由近及远,由远及近,你能分辨得清爆竹的多少,其声响的一二三……一旦新年的钟声敲响,送入耳边的爆竹声,你再也听不清晰其真正的声响了。而是浑然一片,如燃起了干柴烈火般的无数竹子,当火焰燃到了一个个竹节时,竹节破口爆裂开来,噼里啪啦,"砰砰砰砰"的轰炸声不绝于耳,整个时空已被千家万户的爆竹声充塞得满满当当了,让你震耳欲聋,昏昏沉沉,辨不清东南西北,是真的爆竹声还是战场上的枪炮声,似乎要把苍穹炸开一个个大洞一样。此时,其声势与威力,用言语也无法形容与表达。

　　十挂一捆的爆竹,完全是依靠手工点燃的,而且非得一挂挂分别去点燃。每一挂爆竹,引火线均在手持爆竹部位的下端,引线也只有短短的几厘米,爆竹一旦点燃,就会在几秒钟内爆响。如果点燃时分秒把握不好,依然手持爆竹不放,爆竹就会在你的手心间炸开。这样的事狄峰常常耳闻，因而自己特别小心。

狄峰每当点燃爆竹时，不会去考虑它还有几秒钟过渡时间，点燃的同时，就将爆竹随手向空中抛去了。有些时候，抛出后的爆竹还没有达到一定的高度就炸开了。当然，如此点燃爆竹，可以避免爆竹伤害到自己。爆竹点燃后，靠手持的两指轻轻握住，爆竹来了冲力就会迅速升空。但直接将点燃的爆竹抛出，爆竹没有了手持向上的姿势，离开时势必会东倒西歪，爆炸时也就没有正常的方向了。有时，爆竹会在自己的脚跟附近炸开了，这样一来，会惊吓和伤害到附近的人。后来，有人教狄峰一种方法，将一挂挂爆竹拉开引线之后，分别放在石板上，或坚硬平整的地面上。这样，点燃爆竹时快速逃离，就避免了危险，当然爆竹升空时也就有了准确的方向。这样的方法好，爆竹还会升腾得特别高，其声响也会更大，"噼，啪"两记声响，特别清脆、有力。当爆竹在空中"叫响"，没有发生一根"哑炮"，狄峰的心里是甜蜜蜜、喜滋滋的。

天下人，对燃放爆竹寄托着无限希望。

后来，燃放爆竹不仅仅是在迎新春、庆团圆这个一年中最重要的时刻了，燃放爆竹的理由越来越多，次数也频繁起来。人们认为，传统上，爆竹能驱邪逐魔，现在，燃放爆竹体现的是吉祥喜气。

狄峰感觉到，乡下人特别会跟风，只要从哪里听到了一丝丝风声，都会与点燃爆竹有关，会与你有着千丝万缕的联系。比如：三月，娘舅要为外甥放爆竹啦！六月，外婆要为外孙放爆竹啦！九月，舅佬要为姐夫放爆竹啦！十二月，侄儿要为姑父放爆竹啦，等等，不一而足。

人们听闻各种各样燃放爆竹的理由，一般都会把它当成一回事。尽管心里觉得这样的事太离奇，但还是紧跟着这样的风，宁可信其有，倒是心甘情愿。不然，亲戚之间会伤害了感情，严重的还会疏远了亲情，中断了来往，亲戚变成了陌生人。更多的是，如果没有按传闻的"主题"为对方燃放爆竹，在那个年份里，会被世俗的口舌传闹得沸沸扬扬，口水喷发得铺天盖地。

早期，乡下人受经济条件所困，当一个个"爆竹风声"袭来时，也只好想尽办法，东凑西借弄到购买爆竹的钱。完成了这样的任务，比自己在地头上栽种几株树苗都重要。栽种树苗，今天没有完成，可以明天继续，但失去了为对方燃放爆竹的最佳时间，就成了后悔一辈子的事情，所以不可掉以轻心，绝对马虎不得。说某某月、某某天，要为某某人放爆竹的事，狄峰后来还听到这样的说法，这些都是生意人杜撰出来的，为了多做生意多赚钱，就天天"变戏法"似的动着心思，一个生出一个来，接二连三，五花八门，"常变常新"。当然，出现这样可笑的事，那些人也是摸透了人间多数人的朴实与善良、祈愿与美好。

再后来，虽然这样的"爆竹风"渐渐刮得少了，随着人们的觉悟提高，那些无根无据，乱七八糟，虚无缥缈，空穴来风的"燃爆竹"风波也荡然无存了。但百姓传统意义上的良好心愿，在燃放爆竹这件事上仍然延续下来。诸如，除保留传统的为长者庆贺大寿燃放爆竹，遇到红白喜事燃放爆竹外，还会呈现出"春风吹又生"的局面，如姑娘小伙婚姻定亲、孙子满月、宝宝百日、婴儿周岁、十八成人、女婿三十六岁，以及考上大学、批准参军、新屋上梁、乔迁新居、购置爱车等，应有尽有，燃放爆竹与设宴庆贺联系在了一起，风气也就持续延绵了漫长的时期。

第二种"担心"就是点燃烟花爆竹时的安全。

正因为手持爆竹燃放存在安全隐患，生产厂家推出了十几响、几十响，乃至上百响的组合式爆竹。

这些爆竹，可直接置放平地燃放，燃放前只要拉出启封着的引火线，点燃后马上离开，安全就有了保障。

当然，这样的爆竹不仅有气派、有卖点、有威力，而且"摇身一变"就会大大增加其生产经营利润。

狄峰听说过，爆竹的利润高得惊人，人称"暴利"。明明只要三十元一组的爆竹，到了零售经营商这里，其价格会"翻筋斗"似的往上蹿，弄不好三十元就会变成了二三百元。因而，一时间，浙北比邻地区生产爆竹的厂家特别多。其实，这些厂家并不是一个厂子，而是家庭式作坊，一楼加工爆竹，二楼就是一家人的生活空间，存在着巨大的安全隐患。那些主人其实也知道，加工爆竹弄不好会摊上"厄运"，乃至生命财产遭受损失，但他们唯利是图，满脑子想着一夜致富，存在着严重的侥幸心理。那时，狄峰也常常听闻，哪里哪里的爆竹厂子爆炸了，炸死了多少工人和家庭成员。

这样的爆竹厂发生安全事故是必然的。有的作坊潜伏在深山沟，常年很少有人路过，还没有营业执照，偷偷摸摸生产，鬼鬼祟祟销售。这些家庭作坊就凭着暴利可图，胆大妄为，铤而走险，结果落得家破人亡，痛苦不堪，后悔莫及。

可是，几十、上百响的爆竹，也会出现燃放过程中像电源一样的短路现象，还没有全部燃完就悄然"失声"了。

狄峰虽然没有遇到过这样的情况，但听到村子里的人遇到过。当爆竹失声时，起先远远地观望，见爆竹纹丝不动，毫无反应,他们耐不住性子就靠近了爆竹,正要探寻虚实时,意想不到的是,这个爆竹又"发声"了。这样的景况,如果去用手拨弄爆竹,那就险象环生了。

  此外,燃放爆竹还有操作上的不规范。那年,狄峰获悉小区里的应氏人家,"毛脚女婿"姚丰担起了"准岳父"大人往年年三十燃放爆竹的任务,也乐得这位叫应强的岳父大人兴高采烈。因为,燃放了爆竹,一家人就可以开开心心地吃年夜饭了。可是,只过了几分钟,意外却发生了。原来,女婿没有真正了解燃放爆竹时必须做到的一些"要领",当打火机点燃了爆竹上的引线后,姚丰没有迅速离开,而是担心爆竹是否真正点燃了。"砰砰……"忽然间,爆竹蹿出了强烈的火苗,其冲击力一下子把姚丰击倒在地。这是一件多么尴尬的事。姚丰的脸部被炸得鲜血直流,用手一摸,满脸都是血,当时应强一家人都被吓得惊慌失措,乱了方寸。大家担心姚丰的眼睛受到伤害,迅速把他送往医院急诊室。经值班医生及时对姚丰的脸部进行消毒清洗,好在没有伤害到双眼,但脸部有多处灼伤。由于年轻人血气旺盛,抵抗力强,恢复得很快,后来,姚丰的脸上也没有留下一丝"痕迹",真是不幸中的大幸啊。

  随着人们生活条件的逐步改善与提高,逢年过节点燃的爆竹也在悄然发生变化。早期,除了乡下还保持着传统的那种包装简易的爆竹,城里人已捷足先登,点燃的都是外表华美,规格豪气,响声洪亮,色彩艳丽,划破夜空的烟花爆竹了。当然,当地百姓仍然把燃放烟花爆竹作为祈盼吉祥的良好愿望。

  狄峰也一样,每当进了腊月,就开始琢磨着今年的烟花爆竹该选择哪一种,该买多少,今年燃放的烟花爆竹,总不能少于去年的数量，而且应该"档次"更上一个台阶啊！

许多年份，狄峰采购的烟花爆竹，都是在县城几家定点的烟花爆竹专营店采购。这些店家尽管产品正宗，生产厂家都是有商标、有场地、有标价的"三有"合法产品，但老百姓认为价格还是有些偏高。老百姓想，现在生活水平提高了，也能承受得起，毕竟往烟花爆竹投入的钱无论多与少，一年也只有一次。当然，老百姓来这里购买烟花爆竹，想得最多和最关键的又会是，烟花爆竹的绝对安全可靠。

可是，有的年份，狄峰也听到一些朋友对他说："那个地方的烟花爆竹很便宜，质量又好。"于是，这个时候，狄峰也会轻易动摇，受之影响，贪图价格便宜的想法也随之滋生了。既然自己有朋友介绍与推荐，何不去尝试一回？狄峰获得了一个购买烟花爆竹的联系电话，大致有了方向上的地址，自己开着车就前往了。

狄峰此时这样想，一个人如果不做光明正大的事，心里肯定会战战兢兢的，会闷得发慌。车一直前行，但目标还是不明。再加上那个"销售点"不是设在公路边很容易让人找得到的地方，而是经过的地方都是些羊肠小道。车越往前开，狄峰更多了几分心虚，心里开始犯嘀咕：自己怎么会做出这样的事呢？后来想，既然已经来了，就当成做一件尝试和去了解的事吧，今后不再做就是了。

那个联系点终于找到了。对方听了狄峰的来意，是少量买些燃放的烟花爆竹，好像有点儿失望似的。狄峰后来分析，对方给出的联系电话是一般不让人知道的，这样的电话号码外界知道的越少越好，否则很容易暴露"销售点"。如果外界知道了，又让工商市管部门获悉了，准会立即前来查封取缔，还要受到严厉的处罚，结果会"偷鸡不成蚀把米"，空欢喜一场。

狄峰觉得这次"私下"购买烟花爆竹好像做贼似的，提心吊胆。到了年三十晚上，把这些烟花爆竹全部燃放完了，才了断了一直搁在心头上的这个心思。至于烟花爆竹的质量，还好没有出现任何问题。那时，狄峰的母亲还健在，母亲婉珠与父亲瑞麟还住在乡下，狄峰一家住在城里。燃放烟花爆竹，当然要做到城里与乡下"两兼顾"，购买的这些烟花爆竹，都用在了"城乡两地"。再说了，大过年的，"总把新桃换旧符"，哪一户人家，哪一个门庭，谁还不去燃放烟花爆竹呢？

无独有偶。再后来，狄峰又遇到一件烟花爆竹上的"畏难事"。

另一位朋友，知道狄峰每年要准备烟花爆竹，而且是"两地"燃放，就来了电话："兄弟，今年的烟花爆竹你不用买了，我会为你准备好的，你尽管放心好了。"狄峰接到这个电话时认为，烟花爆竹反正要买的，到时给朋友钱就是了。可是，到了年关，这位朋友就是不肯收下烟花爆竹的钱，说："我是为乡下伯伯、阿姆过年快乐买的，钱也不多，你不要放在心上。"狄峰要支付，朋友要推托，你来我去，僵持不下，也就作罢。狄峰想，到了新春拜年时就可以把这份情"补上"。

狄峰后来才知道，朋友送的烟花爆竹，说得严重一点儿，也算得上是"歪门邪道"。怎么会成了"歪门邪道"呢？

这件事，狄峰想了好长一段时间，这些明明被查处没收的烟花爆竹，怎么不去销毁它呢？又让它们流落到了市民手里。

这是一个永久的"谜团"。解开它，或不去解开它，狄峰认为已不是自己该做的事了。此事,狄峰后来也就渐渐淡忘了。

当然,狄峰也有过懊悔,这些烟花爆竹的质量,确实是有问题的。好在燃放时多了一个心眼儿,也躲过了被伤害的危险。狄峰从此将此事作为一个深刻教训,今后再也不会糊里糊涂地去触犯了。

"放炮放烟花这种事,都是我老公做的。他也挺注意安全的,没拿打火机直接去点燃。而是在客堂的供桌上取了一根香,然后远远地去点燃烟花。谁知道点燃的一瞬间,烟花就炸开了,老公的整个右眼都黑了,流出的血根本捂不住。"

东野乡农妇方翠花痛哭流涕,早知这样,宁可穷上一辈子也不要燃放烟花爆竹。那年,方翠花的老公还挺年轻的,不到50岁,右眼就这样保不住了。眼看着两个女儿就要长大了,老两口就要享福了,可现在……方翠花哽咽,说不下去,旁边的女儿也跟着落泪。

据有关资料查明,仅一个浙北县,百姓群众日常过这个节、那个节的,贺这个礼、那个礼的,今天这家、明天那家,燃放烟花爆竹此起彼伏,经久不息,已经造成严重的负面效果。更让人痛心的是,年三十之夜家家户户燃放的烟花爆竹,各地发生多起爆竹炸伤事件,有的不是脸部被炸,就是眼睛被炸,不是手部被炸,就是腿部被炸。原本喜气洋洋的欢乐时节,不知有多少家庭蒙上了追悔莫及的痛楚,又不知有多少家庭从此留下终身遗憾。

有一年的除夕夜,湖天峡晓尧村发生了一起烟花伤人事件。施小生从远高街上买了一箱烟花爆竹。施小生将烟花点燃后,璀璨绚烂的烟花直升夜空,当人们正在欣赏烟花时,意外发生了。"砰"的一声,一个烟花在施小生头部爆炸,其左眼当场被炸伤,血流一地。

意外发生后，120急救中心、公安、安监等部门迅速赶到现场救治、调查和处理。由于施小生伤势严重，被立即送往杭州市浙二医院治疗。据医生介绍，施小生左眼球被炸破，颅内出血，左眼失明。施小生治疗了两天，各项医疗费就花了5万多元。

据安监部门调查得知，施小生在远高街上购买的烟花的店铺，是未取得烟花爆竹经营许可证，即非法经营烟花爆竹。那么，这些烟花爆竹是从哪个渠道来的呢？结果调查是从安徽一烟花爆竹贩子处批发来的，而烟花爆竹贩子又是从安徽一家烟花爆竹生产企业采购的，该企业生产的烟花爆竹是涉嫌贴牌产品。

大年初一清晨，浙北县城医院眼科医生韦晓业，比起平常上班时间还早到了一个多小时，他知道每年春节燃放烟花爆竹受伤的人肯定会多。昨天晚上他已经很晚下班了，为了职业操守，他还是克服疲倦早早地来到了医院。此时，科室门口已经挤满了人。而这些人，没有一个不是与燃放烟花爆竹有关的。

韦晓业医生和助理配合有序，为一个个患者及时处理伤口。一位叫孙家才的大伯是清晨燃放烟花爆竹受的伤，眉毛和额前的头发被部分烧焦，卷了起来。左手臂的衬衣袖子被烧没了，胳膊就露在外面，身上、脸上有不少血迹。

接下去，从各地赶往医院抢救的患者接踵而至。

"有三个人的眼睛都已经没有光感了，很难保住。"就在那天，韦晓业医生的心情感到十分沉重。

"要知道，眼科医生最难过的事情就是帮别人摘除眼球。我新年最大的心愿就是烟花爆竹炸伤眼睛的人，能少一些。"韦晓业医生无可奈何。

又是一个除夕夜,足食乡的一个小区,居家杨力元的住宅突然发生了火灾,烧毁了杨先生一家的新房。大年三十年过不好了,房子被烧了,如一场天大的灾难降落到了杨先生的一家。原因是,隔壁的两户人家合起来一起燃放烟花爆竹,想图个声势大、气派大。结果,烟花被点燃后,恰恰掉进了杨先生的阁楼上,又没有当场发现,于是烟花借着风势一下子燃烧起来了。

燃放烟花爆竹的另一头带来的生态环境恶化,又是难以估计的。

人们回想那些年三十之夜时,总会像一团团漆黑的迷雾,一阵阵可怕的妖风在上空反复肆虐,让人痛苦不堪。人们这样描述:燃放烟花爆竹时,整个县像被置放在了一个大锅子里,其阵势似在锅子里爆炒老黄豆一般,噼里啪啦,震耳欲聋。不仅如此,似同家家户户烧柴的土灶,通往外界的每一个烟囱被人为地、严严实实地堵塞住了出口,滚滚浓烟便肆无忌惮地弥漫在了整个屋子,气味浓烈,让人睁不开眼睛,如窒息一般。

狄峰一位远亲是环卫工,她叫苏丽,那时四五十岁。那些年景里,每年只要新春佳节临近了,她就会担惊受怕与焦虑困惑起来。她在家里从来不会燃放烟花爆竹,哪怕是小孩子在点燃那种小小的"噼噼炮",还有的是"碰碰炮",只要往地上一掷,就会炸响的那种,她都会被惊吓得走得远远的。家人一旦燃放烟花爆竹,她更加会产生地震到来时的惊慌失措,总会找个角落把自己躲起来,双耳紧紧地捂起来,嘴里还会接连叫嚷:"过年就过年呗,还放这些炮儿干啥呢?!"家人每当听见她这样的怨声,就会阻止她不要再说下去了,意思是说这样的话是不吉利的,大过年的,是不合时宜的。

可是，苏丽的职业又会把她推向燃放烟花爆竹的第一现场。

当然，不是让苏丽去直接燃放烟花爆竹。

"到了这个时候，你再也脱不了身子，好像把自己与烟花爆竹紧紧地捆绑在了一起。"苏丽说，"你说吓人不吓人啊？"

苏丽因为害怕烟花爆竹，所以这种忧虑就会油然而生。那个时候，这些痛苦，便会充斥、灌满了她的整个脑子。

年关近了，环卫所就会打破往日的作息时间，排班的活儿就会上升到重要议事日程，于是把每个人的工作任务压得满满的。到了年三十当天，白班、中班、晚班的"三班倒"就出现了。

"如果轮上大年夜值班，那你就别想跟家人一起吃团圆饭了！"苏丽说，"更不要说与孩子们一起观看'春晚'了，到家已经三更半夜，累得就往床上倒。"苏丽的意思是，这个时候，家家户户都会选择一些时间节点燃放烟花爆竹，此起彼伏，炮声震天响。而这个时候，环卫工就要走上街头清扫烟花爆竹点燃后的残余垃圾，否则又会影响人们的出行。

"大年三十晚上，光城关镇上的烟花爆竹垃圾就会有上百成千吨。"苏丽说，"仅仅把这些垃圾扫在一起，已是苦不堪言了，还要动用所有的运输车辆将它们一车一车运走。"

七

那么，另一种炮声又是什么？

老百姓痛恨，那是毁了青山"采石卖"的放炮声！

狄峰上中学初一年级时，足食公社的中学设在距自己家三里外的一个村子里，这个村子叫武野村。学校是向村里还是公社租用的一座旧年老房屋，可能还是新中国成立初期被政府没收的那种大户老居吧。

狄峰的记忆里，这座居家老房子，是有着天井以及带着回字走廊的徽派建筑。外墙是用大尺寸的古老"青砖"对缝砌成，依稀可见建造时外墙被石灰粉白的痕迹。随着岁月的流逝，外墙表面早已黑一块、灰一块，斑斑驳驳，像一张张挂在墙上的蜘蛛网。正因为它的古老，屋内光线昏暗，建筑陈旧，地面潮湿，一遇雨天更是有点儿阴森森、湿漉漉的感觉。然而，这种老房子也"冬暖夏凉"。这样的老屋，虽然光线昏暗，但很少有风刮进来，冬天就显得比较温暖。闷热的夏天，老房子还是有点儿阴凉清爽的，坐在里面静心听老师讲课，会感觉不到夏日那种特别的燥热。

当时，新的学校正在建造，建在一个叫赤子山的半山上。后来，学校生源多了起来，加上公社对学校整体规划和资源整合与调整，这所学校在这里投入教学没几年，又被整体搬迁了。

学校搬迁了，场地空出来了。这时，不知从哪里吹来了一阵风，赤子山忽然响起了开采山石的隆隆炮声。

原本在此的学校，有一条通往村道、乡道，直至县道的公路。加上原校址场地开阔，开采山石的经营者，看到这里运输车辆可以大行其道，向赤子山"开吃"石头也就成了最佳的地理选择。再加上这里距离周围的村子相对偏远，来往的人们也相对稀少，放炮开山就避免了几分安全隐患。

赤子山大张旗鼓地放炮开山，人们对石块的需求也不知从哪里被激发了出来。

居家建造新屋，用上了山石。

那时，农家建屋的墙脚基础从采用苕西溪的大鹅卵石，改成选择大块大块的山石，用山石做墙身基础四平八稳，结结实实。

还有，苕西溪两岸的护堤采用的是抛石块的方法，同样选用的是山石。当时人们叫开采的山都叫"石膛山"，可能是一座座青山被石炮炸开时，就像"开膛破肚"，形容也倒确切。农民朋友用五六百磅（指车轮的大小）的木板车，把山石一车车拉到堤岸。从堤岸上将山石往溪里滚抛下去，顺着堤岸原有的坡度一直翻滚到水底落了脚。因而，这样的滚抛山石，从水底自然延伸到岸上，石块需要量特别大。这样的护堤方法，苕西溪堤岸虽然在一定程度上得到了保护，洪水袭击时堤岸的土壤不会被冲刷，但另一面的满目青山，也被无情地毁坏了。

这样的事，也该说是得不偿失了。

后来，赤子山虽然不开采山石了，山也渐渐变得绿了起来，一些有利于复土的地方进行了复土，但还是留下了严重的后遗症。

险恶的泥石流现象，这里会经常发生。

狄峰后来路过这里时，也就特别留心地往山上瞧瞧，他对这里太熟悉了，山山水水，甚至是一草一木。在这里，犹如闻到了满畈的稻香。这种稻香，不仅仅是原野上的，还有农家灶台上弥漫着的特别诱人的米饭清香，颗颗晶莹剔透，口馋得能一下子吃上几大碗那种。还有咬在嘴里发出嘎吱嘎吱响的锅巴脆香，想起了当年母亲会在锅巴上放些盐粒或红糖，让他趁着热吃，味道会更好。还有，母亲用搪瓷盆子调好被稀释的、薄薄的麦粉食料，在被柴火烧热的铁锅里"玄幻"出麦糊饼那种咸咸的、甜甜的况味弥久的醉香。品尝到了各种甜，桃子、李子、梨子、杏梅，还有西瓜、菜瓜、甜瓜、黄瓜、南瓜，每一个季节里都会在心底里唱出一首首欢乐幸福的歌。欣赏到了夜幕下萤火虫那种逍遥自在，随心所欲，悠然自得，扑朔迷离的美丽舞姿，夜色多美好，令人心驰神往。

触景生情，狄峰对家乡的每一寸故土都感到亲切、温暖。

然而，有一件事，让狄峰想起时总会五味杂陈，感慨良多。

赤子山半山腰的学校搬走了，这里也就成为开山采石的地方。那天恰逢山上没有放炮，狄峰就来到了这个地方。

家乡的每一座山，物产丰富，除了各地都会有风情各异的特产外，还会有稀奇古怪的各类野果，有长在树上属木本的，也有长在杂草上属草本的，赤子山也是一样。

那天，狄峰一个人上赤子山，是被一种野生的毛栗子所吸引。这种野生毛栗子，植株低矮，一般都生长在山坡间的通风透气的岗岭处，喜好阳光。长在大片的、密集的原始森林覆盖下面的毛栗子植物，恐会少之又少。任何一种植物都需要阳光雨露，都会生长在适合自己的地方，就像人有喜好，各有所爱。适者生存，互不干涉，彼此安详，也是植物多样性下的和谐环境所决定的。

狄峰到这里采摘的这种毛栗子，恰恰又是生长在被开山放炮过的悬崖峭壁上，毛栗子树沿着峭壁一带更是长得旺盛。看上去"貌不惊人"，浑身结满了挨挨挤挤的小毛栗，如一个个长在树上的刺猬，布满了一枚枚密集的针刺一样，连那些野生动物也很少去接近它们。所以，乡下还有句责骂小伙子不听话的俗语："你这个碰不得的毛栗子！"意思是小孩子不听话，很倔强，听不得大人或他人相劝，像一个周身长刺的毛栗子，不讨人喜欢。

呼啸的原野

　　长在悬崖峭壁上的毛栗子，就像小孩子一样特别爱玩耍。因而，向峭壁外延伸的毛栗树枝干，其枝干上不仅毛栗子长得多，而且长得特别大，很诱人。当然，长在路边、采摘方便处的毛栗子就会显得少些。犹如浙北县的春天，漫山遍野可以挖掘的各种野生竹笋，路边上的竹笋早已被人"取走"了，当你越往深山处跑，竹笋就会跟着你来似的，你面前的竹笋会越来越多，高高低低、胖胖瘦瘦，收获也就更多了。还有一种叫"五月麻"的竹笋，就在每年的五月里出土，天气已经很炎热了，它们好像与先前的春天不搭界，在这个时候一枝独秀，鹤立鸡群。为什么叫它"五月麻"？狄峰后来才知道，这种竹笋的外壳看上去像长满了一颗颗斑斑点点的麻子一样。山农有句话："只要你气力好，山上的竹笋随你挑。"这里的"挑"，就是挑选。因为山上的竹笋实在是太多啦，让你目不暇接，看花了眼。当然，你也不可能把山上的所有竹笋都占为己有，深山处的竹笋多无人光顾，也就成了自生自灭状态。

　　正因为长在悬崖峭壁上的毛栗子诱人，狄峰就在那天经历了"命悬山谷"一幕。狄峰被一颗颗伸出悬崖的毛栗子所诱惑，双脚往外移动，危险越来越大。当左手刚要够到一串毛栗子时，右脚忽然间松动了，狄峰没有经验。原来，此前脚底下的土壤已经往斜坡的峭壁边沿一丝丝地在滑移。千钧一发之际，狄峰像抓住救命稻草般的，抓住了另一株细细的杂草，总算没有跌落险恶的山谷。狄峰此时脑子一片空白，被惊吓得很长时间没有回过神来，两脚一直颤抖不止，只得躺在周边的山上。慢慢缓解了心境，狄峰还是被刚才的"噩梦"所困扰。狄峰这样想：如果当时抓住的是一根不扎实的枯草，那还了得？后来，这一回被惊吓的往事在很长一段时间内总是挥之不去，每当他夜间想起，仍然会心有余悸。

再回到现在。狄峰看到，此时的赤子山，几处从上至下的山体已经是黄乎乎一片，山体就像被挖掘机挖过、被推土机推过一样出现了"赤膊山冲"，一处处留下了山体坍塌的残痕迹象。开山采石，把山体的自然结构和生态环境彻底摧残了，即使表皮任其自然地长出了一些树木，覆盖得郁郁葱葱，但由于山体基础条件差，土壤浅显，一旦遭遇连续的大暴雨，山体大量水流穿注渗透，这些树木杂草连同山石表面的泥土，顷刻间似摧枯拉朽往下倾覆。

狄峰有一位朋友叫张善良，就住在武野村。张善良对狄峰说，那天晚上，泥石流下来，把山脚边的一座房屋全部掩埋了。

被掩埋的这座房子，居住的几户人家是来自河南、安徽等地的打工人。他们都是携妻带子来到这里，孩子们有的在附近的小学读书，有的在城里念初中。

那天晚上，这座房子虽然被山体泥石流掩埋了，但居住在里面的人没有一人遇难。

这些家庭是幸运还是冥冥之中有了什么感应，有几位民工见连日来暴雨如注又持续不断，凭他们的直觉与智慧，特别留心起来，为了家人们的安全索性彻夜不眠。他们发现从山体各处汇聚而来的水流越来越凶猛，流到房屋周边时如洪水一般呼啸而过，隐隐约约又听到山上如树枝、杂草什么的发出声响，觉得再也不能待在这个屋子里了。于是，三更半夜，他们快速撤离。当他们撤离到安全地带时，山体就发生了严重坍塌。如果没有那些民工的当机立断，那后果肯定是伤亡惨重。

武野村的赤子山发生泥石流，村民险遭掩埋，这真是虎口脱险，实属不幸中之大幸。其实，在那个年代，浙北县的各个公社、集镇，除了向田地要粮，就是"挺进青山"，时兴向青山"开刀"采石"要钱"。

　　有一个美丽的传说
　　精美的石头会唱歌
　　它能给勇敢者以智慧
　　也能给善良者以欢乐
　　只要你懂得它的珍贵啊
　　山高那个路远也能获得
　　嘿——

　　有一个美丽的传说
　　精美的石头会唱歌
　　它能给懦弱者以坚强
　　也能给勤奋者以收获
　　只要你把它爱在心中啊
　　天长那个地久不会失落
　　嘿——

　　这是当年的一首歌曲《有一个美丽的传说》。
　　狄峰想起来了，这首歌的诞生年代，这首歌的创作背景，是不是与那时"开山采石"有直接的关联呢？
　　"精美的石头会唱歌"，唱的肯定是人们当时的心境与心曲，是不是与勤劳致富又有紧密的关系呢？

狄峰不得其解。

八

说到开山采石，不得不说到另一个村子，而且它又是个极为典型的村子。

这个村子，后来闻名全中国，所有的中国人都知道了。

再后来，也让全世界的人有所耳闻。

这个村，有那么厉害？

这是一个闻名遐迩，在国内有着举足轻重的村子，发挥着"风向标"的作用，坐落在浙北县天篁阁镇上的——"富美村"！

狄峰对富美村早有耳闻，因为这个村里有一位年轻的"秀才"，当年与狄峰有同样的业余爱好，那就是喜欢"爬格子"，为浙北县里的广播站积极投稿。

他叫余文采。

余文采与许多业余通讯员一样，写稿并不是冲着稿费去写的。

狄峰记得很清楚，一件被录用的稿件，其稿费最多的是五元人民币，少的还有三元、二元的，甚至还有一元五角的，稿费单子还是粉红色的那种，盖着广播站的大红印，寓意着稿子被录用时涌进心头的一份喜气吧。

"下面请听来自富美村通讯员余文采的报道，今天播送的是人物通讯：咱们村里的年轻人。"

狄峰经常在广播喇叭声中，了解到通讯员队伍当中有一位叫余文采的人,他的稿件录用量也比较多。

后来,广播站开了几次通讯员会议,包括年度的表彰大会,狄峰与余文采之间也就熟识起来了,还有了往来。

"余文采这个人,哪怕是人家落下来的边角碎料,到了他那里,他会灵机一动,把它加工整合出'一曲'通讯报道上的好戏来,正如他的名字,也就文采飞扬了!"

那时,许多通讯员赞扬余文采会动脑,稿件多,质量好。

有一回,狄峰去天篁阁镇上办事,巧遇了余文采。他见到来人时,两只眼睛会紧紧地盯住他,似要看出对方的心里会想着什么。他说起话来滔滔不绝,做起事来雷厉风行,没有看见他在办公室会有"葛优躺"的那种。狄峰心里想,余文采这样的人,在机关里做事,肯定会做出一番业绩来。当然,也一定会受到老百姓的欢迎。

余文采1984年高中毕业后,在天篁阁镇谋到了一份工作。

"镇里还有个科技办公室?你在这样的部门还能有作用发挥?"

狄峰有点疑惑,县里有一个科委、一个科协,还有一个科技局什么的,镇里还专门成立这样一个组织,能有实质上的必要?还不是装装门面,解决一些人的工作与"饭碗"!

"你懂什么啊,我只要说出两项工作,就会让你一天到晚像陀螺一样旋转得忙死累死,狄兄你信不信?!"余文采马上打断狄峰的话。

余文采要说的两件事:一件是对全镇的竹类资源开展全面调查,建立系统台账,把竹类资源摸得一清二楚;二是跑农家、走田头,对症下药,全方位服务正在崛起的各类专业户。

余文采说出了这两件工作,觉得自己正进入大展宏图之时,心里想,你狄峰还有什么话可说呢?一种疑虑的眼光直盯盯地瞄向狄峰。

哦,狄峰被余文采这种眼神扫描时,脑子还没有真正犯糊,忽然想到了"科学技术是第一生产力",这是一位老人家刚刚提出来的,老人家这句话正在全国上下感召着,激励着,实践着呢。镇里成立科技办公室理所当然,正是时候,也是各部门从上到下垂直领导,做事一竿子到底的效率所在。

在此前,余文采有过在杭州园林学院委培一年的学习经历,天篁阁镇政府把他安排在了科技办公室工作,是有着"资源型"部门。这个资源型,就是那片绿水青山。镇里这样安排自有道理,让他学以致用,发挥更大的作用。

"我说,文采啊,你有这样的能力与本事,我老兄当然为你高兴,为你叫好鼓劲还来不及呢!"

富美村除了漫山遍野的毛竹,还是毛竹。当然,还有绕着山转、澄澈见底的潺潺泉水。

科技兴林,兴山致富是山农的祈盼。

天篁阁镇起先把余文采安排在了科技办公室,是让他担任多种经营部的经理,余文采能说会道,再加上会写,所以受到镇领导的重视,在这个镇上像他这样的人还是屈指可数的。

余文采信心满怀,踌躇满志。

狄峰从心底里佩服和赞扬余文采。

1992年,幸运又一次降落在了余文采的身上。

改革开放猛烈推进,各地乡镇企业如星星之火,蓬勃燎原。

把握火候,因势利导。省教育厅等单位在这个"春风吹又生"的火热当头，在全省范围内招聘乡镇企业管理委培生。

省里只给了浙北县一个名额。

浙北县四十多万人口，只有一个名额，又会给谁？

"我符合条件，有幸被镇里推荐去报考，当时让我高兴得三天三夜也睡不着，激动不已啊。"

余文采的那种兴奋与激动一点儿不假。

土生土长的山里人，能够从农门里走出来，到高等学府接受一段时间的委培深造，这是千载难逢的机遇啊。

余文采对此事，不只是十分重视，可说是用心用上了十二分，风吹雨打不动摇，他紧紧抓住这次从天而降的好机会。

浙北县各乡镇经过层层发动与推荐，在招聘录用中，余文采在浙北县所有参考人员中成绩最优，获得了全县考分第一名。

可见余文采对待这场报考"决战"，是完全彻底地动了真格的。

狄峰再一次佩服余文采。

这次在杭州商学院（浙江工商大学的曾用校名）有学制三年的委培生，作为来自"竹海"的学员，余文采上进心特别强，在学校先后担任了市场营销专业922班的班长，又担任了企业管理系的团支部书记。

"你在杭州商学院学习时，是怎么想的，三年后回到天篁阁镇会有怎样的打算？"

狄峰好奇地试探余文采。

狄峰说此话的意思，是有这样的担心：有些地方出现过委培生学习结束后，一些学员会寻找各种借口与理由，再也没有回到原工作单位。

"哈哈哈，狄兄说得对，这样的情况是有的，但是会很少。虽然你靠实力考上了，但你是有单位推荐你去报考的啊。上面分配下来到县里只有一个指标，也就是丁是丁、卯是卯，一个萝卜一个坑，你怎么能跑呢？这样，你不是成了过河拆桥，忘恩负义吗？"

余文采铿锵有力地回答。

"商学院的学习科目针对性很强，也就是委培结束了回到原工作单位，会让你真正'对号入座'工作岗位，充分发挥你所学的专长去施展才能发挥作用。"

"作用与专长？"

"乡镇企业管理班？"

狄峰想到了天篁阁镇富美村后来开山采石，唱响"石头经济"之曲的事来。

狄峰这样想，也有一定道理。

那时富美村"开山采石"，声势特别大，富美村位于浙北县城的西南方向，与县城之间的距离并不远，山头上传来的隆隆炮声，好像就在周边一样，可谓日夜响彻天空。

"有一个美丽的传说，精美的石头会唱歌。它能给勇敢者以智慧，也能给善良者以欢乐……"

村头上的广播喇叭里，日日夜夜在播放着这首《一个美丽的传说》。

天篁阁镇的干部，觉得能让村集体经济丰厚起来的事，肯定错不了，又能让老百姓家家户户富裕起来的好年景，更是错不了。

余文采这个时候，在镇上是一个什么样的角色呢？对富美村的经济发展，是否也起到过推波助澜的作用？

狄峰对这个问题特别感兴趣,好像能抓住对方的一根"小辫子"似的。

余文采心明眼亮,洞察到了狄峰的心思,索性顺着狄峰"转弯抹角"的路径,毫不顾忌、坦坦荡荡地把富美村采石"致富"的故事一股脑儿地和盘托出。

"1995年我还在镇上工作,那时旅游业刚刚兴起,镇里成立了浙北县第一个旅游办公室,又让我担任主任。但,我还是党政办的主任呢。可是,自己是富美村的人,许多方面还是更多的想着村里发展的事。"余文采说此话时,和颜悦色,有点儿沾沾自喜。

"听余兄说,你在天篁阁镇上共待了22年,应该是亲眼见到富美村'石头经济'发展的见证人了吧?"

狄峰知道,那时的余文采,是镇上、村里"两头跑"的人。

"我是在1998年真正回到了富美村,开始担任贤达老书记的助理。从那时起到2002年,享受着村班子的一切待遇。"

余文采话锋一转:"我在镇上的这22年,其实正是'石头经济'大发展的兴旺期。"

富美村80年代初期兴起了矿山开采,到了90年代,矿山产业如火如荼,达到了"火旺期",直到90年代末,先后发展了三家石矿,每年开采石灰岩二三十万吨。

"二三十万吨石灰岩是什么概念?"狄峰刨根问底,找出"话题"。

"狄兄,你知道吗?按当时每吨15元计算,就是450万元的石头经济收入,你说可观不可观?"

"那当然可观啊,富得会流油的啊,数钱还需要点钞机了啊。"狄峰一连说上了三个"啊"字,顺着余文采的话一步步跟进。

余文采说,这笔石头收入是稳稳当当地进入了村集体的口袋,还有那么多老百姓进厂子打工的收入呢?

狄峰觉得,把满目的青山都炸毁了,这难道也是村干部、村民心里真正觉得心安理得,晚上还睡得着觉的事?

这样的赚钱,图的又是什么呢?

余文采看出了狄峰对他的这番话并不感兴趣。

"其实,'石头钞票'是以破坏生态环境为代价的,来换取经济发展,它又是粗放型的生产方式,我怎么来描述它呢?当初我们村子实在是太穷困,太落后了啊,趁着大发展的好机会,我们想追赶,我们想乘势而上,我们也就这样冒险地去做了。"

余文采同样用了三个"我们"这样的排比句,意思是做这样的事,是经过大家讨论决定的,而不是镇里某个领导、村里某个干部拍板的。言下之意,是形势所迫,风头正盛,就做了这样的事,也不能去追究到哪个人的身上。

言谈中,余文采对炸山采石的做法,至少还是有过看法的。

"我们整个村子,像一条狭窄的带子,东面空旷,似敞开了胸怀,打开了大门,南面、西面和北面,都是连绵的青山,紧紧地拥抱着村子。"

"这样的自然环境,不是更好吗?"

狄峰又接着余文采的话题搭腔。

"好是好的啊,但在这样的环境里去炸山开矿,就像'老鼠钻进了风箱'里,两头受气不是?"

余文采说的"老鼠在风箱里受气",是这样的:

富美村的地理环境,东西走向,全长足有3公里,呈带状分布。西北走向最宽处有300米,而最狭窄的地方仅仅是一二百米。

这里,原本就是一块得天独厚的风水宝地,老百姓很满意能住在这样一片绿水青山、晴空万里、风调雨顺的"人间天堂",幸福得不得了。

自从家门口开始炸毁青山,进入开矿赚钱之后,老百姓的口袋虽然鼓起来了,但他们的心里觉得并不踏实,有的村民晚上还常常做噩梦。

浙北地区的季风气候,其特征在这里也就鲜明地表现出来:一到夏天,东南风劲刮;一遇冬天,西北风肆虐。三座大石矿像三座"飞来峰"压得村民喘不过气来,不仅白天黑夜受连轴转的隆隆炮声困扰,而且矿山弥漫出的尘土遮天盖日,灰蒙蒙,死沉沉,整个村庄就像跌入了暗无天日的世界。

这里炝声困,那里灰土扬。

由于整个村子是东西走向,又被西边远处的高山层层叠叠地挡住,风儿大献殷勤般的帮起倒忙,把尘土一阵阵、一拨拨、一股脑儿地席卷回来。

"我们是自作自受,吃尽苦头,炮声与灰尘,可谓'自产自销'啊!"

余文采说,一天到晚,老百姓如住在密不透风的箱子里,灰尘会二三百米在空中飘浮着,村民眼睛也睁不开,粉末吹进嘴里、鼻子、耳朵里都是,楼上楼下的每一扇窗户都不敢去轻易打开。即使不开窗户,风儿也会帮助粉尘钻到屋子里来。桌子上、床上到处被撒上了薄薄的粉末,刚刚穿在身上的衣服,稍不注意,就会白衣变成灰色衣了,真是苦不堪言。

"除了环境受到严重破坏外,还有比环境更为恶劣的事发生吗?"

其实,狄峰知道村子里还发生了接二连三更为严重的事,那就是村民的人身安全遭到摧残。

开山炸石,每一个炸弹,都在富美村老百姓的头顶上炸开,人们的双耳一天到晚被震荡得嗡嗡作响。

"南门边的青山,昨天还是碧绿碧绿的,今天就变成了这个样子!"

"青山",在富美村村部的南面,这里的毛竹山自古以来都长得很旺盛,竹子特别粗壮,比起其他任何一座山来都要好。所以,这座"青山"的名字,还是早年村民们这样叫着叫着沿袭下来的。

对于青山变矿山,人们也怨声载道,悔不当初。当年一些村民经常聚在一起,你一言我一语,七嘴八舌地嚷着、谈论着,有说讽刺挖苦话的,也有说三道四看笑话的。反正,众说纷纭,莫衷一是。

20年前的情景又在余文采的脑海里浮现出来了。

"我用一个关键词描述当时的开山炸石:狂轰滥炸。每一门石炮炸响时,飞出来的石块都会无情地击中每一根大大小小的竹子。这样接二连三、从不间断的日夜开采,山上很快被炸得光秃秃一片,没有一根竹子还会直挺挺地站立着的,可谓满目凄凉。"

余文采说这些话时,是低着头的。

"余兄,你那个时候也在矿山吧?"

狄峰这句带着一个语气助词的"吧"字,耐人寻味。

见余文采低着头说这些话,狄峰觉得余文采那个时候可能也在矿山上班。这里，指的不仅仅是上班的问题，是否还参与到重大的决策上呢？

"啊呀，我说狄兄，你怎么老是盯着我呢？我那个时候还是个毛头小伙子，还没有出场，更没有出山啊！我亲眼见到这样的事发生，并没有进入决策层啊。"余文采并不是推卸自己的责任，他这样说有他的道理，也就是回到前面已经说的"大趋势""大发展"。

富美村，自从开山炸石之后，不少村民这样说，我们的村是明显地富起来了，但村子再也不美了，不漂亮了，山河破碎，肮脏不堪，与"富美"两个字已经不相符了！

青山毁了，从深山里流淌出的泉水也变得浑浊，化工污染什么的，五颜六色还有毒害，不能再直接饮用了。于是污水横流，臭气熏天。

"早些年村道、机耕路也受到了严重破坏。原来装运石头的拖拉机，是单排轮胎，限制装载一吨重量，可是人们唯利是图，只要今天的钱赚得多，不管压不压破公路、村道，先把大把大把的钱弄进口袋里再说。出现了原本限制装载一吨货物的车辆，变成了超负荷的八吨、九吨，甚至十吨。"

余文采对那时拖拉机穿行在灰蒙蒙大地上的情景历历在目，挥之不去。村子里每一条道路，都被拖拉机碾轧得千疮百孔，支离破碎。

"余兄，就是这些？没有其他的问题？"狄峰等着余文采接下去要说的是什么。

"唉，狄兄啊，我知道你要问下去的。"

此时，余文采与狄峰的两双眼睛对视着。

"那些年，村子在石矿里做工的就有几百人，占全村每个家庭劳动力的80%，在石矿里受伤的就有几十人。矿石飞出来，有的矿工的腿被砸断，有的人手被砸成骨折。"

狄峰马上插上一句："矿山没有安全规章制度，没有采取预防措施？"

"有的啊！有些安全事故会让你预料不到，也就避免不了啊。"

余文采说的"预料不到"和"避免不了"，又会是什么呢？

水泥厂烧窑，在烧制过程中，会发生"喷窑"现象，此前发现不了事故将要发生的种种迹象，不知道它会在哪个时候出现险情。这样的事故发生了，每次都会造成工人身体上的大面积灼伤。

村民由于长期吸入硅石粉尘而引起肺部大面积纤维化，这样的严重患者也就更多了。

"我们村子里，先后有五位矿工死在矿山上，他们都是被活活砸死的。"说出此话的时候，余文采像交代自己罪行似的，头一直低着。这五位被砸死的村民，余文采都很熟悉，他们的离去，让余文采久久悲悯不已。

经济发展与生态环境，水暗山裂现象的痛苦不堪，存在一系列的矛盾冲突，人们的心态失衡，追求各自的利益。经济粗放，溪流上游污染企业一哄而上，导致清溪变臭河；青山被毁，开山采矿，家家冒烟，私搭滥建，发展无序，行为恶劣，溪滩滥采，导致河床被破坏，花梅桥、大象坝桥被毁……其中，狄峰所在的电镀厂，产生的污染源导致粮农的作物赔偿，一系列的矛盾与后患，直至关停与破产等，引起人们深刻反思。

狄峰的父亲瑞麟也痛心疾首,无可奈何地写下了一篇对往日苕西溪的回忆文章:

苕西溪忆昔日

时令进入盛夏,气温开始灼人。一阵阵热风,把苕西溪污水的恶臭送进两岸一座座漂亮的楼居。在棕黑色的污水上面,成群的大蚊虫时飞时停,好不活跃;溪边低垂的树叶上、草丛里,爬满了许多绿头苍蝇,稍一触动,便哄的一声乱飞起来。

我一辈子就居住在这苕西溪畔。虽然青年时期没有、也根本不可能过上现在青年这样的生活,但有一点比现在的青年幸福,那就是我和老一辈人,曾有过在清澈见底的苕西溪边生活过的历史。然而,现在这些青年人从出生到现在从未见过一次清澈的河水在苕西溪流动,这一点,我为他们感到悲哀。

苕西溪原本是一条充满生机的河流。一年四季都有人到河里捕鱼,有的人干脆以捕鱼为业。我家附近祖祖辈辈养鸬鹚的就有好几家。还有放丝网捕鱼的,但最有趣的要算用"白帘"捕鱼了。每当夏季来临,捕"白帘"鱼的人就忙了起来,他们白天抽空到河里寻找适当的地方,扒好一道略有落差的横道,让河水从上面翻流过去,再在上水道挖一条浅沟,这叫"扒江路"。一到傍晚,就背着一卷用竹篾篾编成的宽不到10厘米,但很长的白帘,提着鱼斗、鱼叉及照明工具,一人或两人一伙,来到河里,把长长的白帘依挖好的江道,插入水中,随后坐在河边吸烟或聊天。待到黄昏,便开始捕鱼。鱼儿喜欢逆流而上,当进入白帘江路内，说也奇怪，再也不敢从白帘上面逃出——虽然水面比白帘高出好多。据说这白帘是什么神灵封过的，鱼进入里面就像进入了迷宫。所以人们一手拿照明工具，一手握着鱼斗，很从容地把江路内的活蹦鲜鱼捕捞起来。如遇有大鱼，鱼斗不能制服，就用鱼叉刺。一般来说，常常是满载而归，第二天一早便可到县城镇上去出售了。

可惜这早已成为过去。现在虽然间或也有人到河里捕鱼，但收获已大不如从前了。苕西溪里的鱼已少得可怜，而且随着溪水长期被污染，幸存的少量的鱼都带着污水的臭味，当地人都不愿去买这种鱼吃。昔日在溪里挑水、洗衣、游泳的热闹场面更是难觅踪影。

回忆是美好的，可是只要污浊得熏人的苕西溪一入眼，这种美好的回忆便顿时泡沫般逐水而逝。《环境保护法》出台，振奋过我，《水资源保护法》公布，也振奋过我；从电视或报纸上看到省人大代表视察、呼吁、监督、治理东苕溪污染，促使有关部门采取了措施，并已取得了实效，我再次被感动，并为那里的人民而高兴，总以为苕西溪变清指日可待，但是一次次由激动而失望，苕西溪依旧流着一溪污水，而且日甚一日。这一溪污水，流过浙北，向东归入太湖。有朝一日，太湖人是否会和我一样，叹息着来把一个明澈如镜的太湖静静回忆？无论如何，我要为苕西溪辩护一句：那不是苕西溪本身的错！

第十四章　绿水青山

一潭清泉好风光,两岸花海点红妆;高悬瀑布青山绿,动听鸟儿把歌唱……

这是浙北县枣村镇蓝清村的一首村歌。

一

那天,艳阳高照,清风送爽。

狄峰与他的几个伙伴,为省外来的朋友做向导时,来到了这里。正赶上村民们在文化礼堂前的大操场上排练节目,说是为县里的文艺会演精心准备,其中就有这首村歌。

泉水叮咚,村歌飞扬。

天蓝蓝、水清清,一曲《蓝又清》从村民们的心底里唱出,偏僻的小山村被渲染得更加生动迷人。

紧贴浙北第一高峰——王龙山这座大山脚下的蓝清村,凭借其山势磅礴,水势萦迂之魂魄,变得妩媚妖娆,人们都说它是青山碧水孕育出来的美丽村庄。

蓝清村的村民们懂得这个道理,用挚爱与深情去反哺这座大山,采用"地埋式一体化生活污水场"和有效实施《村规民约》,让这座大山彰显出无穷的生机与魅力,成为"江源第一镇"枣村镇守护纯净山水之排头兵,被誉为"江源第一村"。

这是浙北县几百个村子中的一个缩影。

那么,蓝清村的这一悄然变化,其动力又是从何而来?

蓝清村处于浙北县的西大门,村子里的生态环境变化,根本原因与动力,除了自身的内因发生作用之外,也受外部环境与条件的影响。村子处于浙北县西南部的最上游,有"一脚可跨两省三县"之说。虽然与邻省邻县交界,如果仅仅说环境污染这个问题,这个村子本身不会受到严重危害。村民历来淳朴、善良、勤劳,爱村如爱家。但对生态环境的保护,如果放任管理,最终会带来不良的影响与局面。

"'太湖零点行动'战役打响了!"

什么是"零点行动"?

天下突然"掉"下这样一个新名词。

浙北县的200多个村子,与蓝清村一样,都在关注这场行动。

1998年12月31日14时30分至1999年1月1日零时。

这是"零点行动"的精确时间与概念。

抢时间分分秒秒,执行力不得有任何延误与懈怠。

"美呀美，美在太湖水。"

这下怎么了？

又要向太湖"动手"？

怎么会向太湖叫起板来？

这是一场完完全全、彻彻底底拯救太湖的大行动！

浩瀚的太湖掀起波澜。

国家环保局"聚焦太湖"前线指挥部统一实施指挥，以太湖流域工业污染源达标排放为目的的"零点行动"正式拉开序幕。

狄峰那时正在县级媒体谋生。

12月31日上午7时，领导提前一个小时到达台里，旋即把有关人员紧急召回到了一起。

每天的广播电视新闻编前会雷打不动，这次不仅是提前举行，而且突然加上了这样一项特别重大的任务。

参与决策的会议室气氛紧张，每一个人都很严肃，每一双眼睛都瞪得特别大，似乎都觉得要发生什么，既新鲜又神秘。

"从现在开始，你们要按照'零点行动'的统一部署与安排，马上制订出具体的宣传计划，形成强大的声势与影响力。要推出系列节目、栏目，广播与电视所有节目都要打通各道关节，合理调节，资源互补，人员统一调配使用，合力作战；设备全力保障，缺啥补啥，优先考虑。每一个环节，每一项内容都要步步跟踪，层层推进，深度挖掘，每一个人都要在这场决战中充分发挥特别能战斗的作用！"

分管业务的华副台长任宣传前沿总指挥。

新闻组、栏目组、专题组、保障组的几十号人如接下了军令状，分头行动，迅速出击了。

狄峰与永达、强伟、良多、波涛等记者和一名出镜记者，还有几名见习生，大家向坎多芬造纸厂赶去。

坎多芬造纸厂这样的大厂也要关停？那还得了？！
一路上，永达率先挑起了话题。
强伟紧接着一句："它是我们县里的税利大户啊，那怎么办？"

以浙北县1996年"工业战线"一组数据为例：

坎多芬造纸厂，获全县工业企业生产效益名次排列第一名：利润总额407.88万元，税金666.2万元；
坎多芬造纸厂，获全县工业企业生产规模名次排列第二名：销售收入10283.84万元，总产值13217.45万元；
坎多芬造纸厂加大技术改造力度，围绕调整，优化结构，发展自身，壮大实力，提高素质。

就在这一年，全县仅有的三家企业达到"亿千工程"和"二五工程"，坎多芬就是其中的一家。

"假如厂子被关停了，数千号员工又何去何从？"
良多有点儿"多愁善感"，与他的名字一样，感慨良多。
"生生死死是自然规律啊，这次企业被关停，弄得不好还是一件大好事呢，更是一次凤凰涅槃啊！"

波涛性格豪爽，他手下管着几十号人，至少像企业里的车间一样，有着车间主任的级别与待遇。如果在当年的农村，也就是像个生产队长什么的，派你做什么工，叫你管什么事，都会是一呼百应，水到渠成。他说话单刀直入，似乎见过一些大世面，那些在一些人的眼里觉得是一件惊天动地的大事情，到了波涛这里就会显得轻描淡写，手一挥算是一笔带过了，省略了许许多多的盘根错节，眼前的路似乎会变得一片光明起来。

随行的记者七嘴八舌，也都感到面前明摆着的一个"事实"：好像这件事，也都在往自己的身上动了"刀子"，隐隐作痛，又无可奈何。

记者们这样的担忧，是有道理的。

一个县级台的新闻资源本身有限，而此时正是各种经济成分一起上的大好年份。一个月里，甚至是一个星期里都会推出新栏目，都会调整旧栏目，广播电视每天的节目就是依靠这样的"重点报道"支撑着"一个台"，不仅确保宣传分量的加重，有声有色，而且年度的好稿评选，必须从这些稿件中加工完善后向上一级去报送、去参评。能在市一级获奖的，毋庸置疑，这是最起码的；获得省一级的，说明你开动了脑筋，下了功夫；如果获得国家级的，那你真的是高水平，不仅业务能力一流，而且还具有敏锐、高超的政治觉悟与洞察力。

像坎多芬造纸厂这样的国有大企业，也会被无情地责令关停，它将意味着什么？

跨进了坎多芬造纸厂，大家都惊讶了：

麦草制浆车间紧闭的大门上，已经被一张白纸黑字、盖着大红印章的大封条给封住了。

尽管是薄薄的一张封条，但它似乎被最高法院最后一次的终身裁定判决，给命运下达的是一道"死刑令"。

"给我印象最深的是，行动期间，时任国家环保局局长的解先生来到厂里，他直奔车间，二话没说，亲自将封条贴在了麦草制浆车间的大门上，大家心里怦怦跳，紧张死了。我们这家造纸厂，可是有着三十多年生产历史的大企业啊！"

现场一片肃静，似乎能听得到每个人的心跳声，大家都在认真地听着坎多芬造纸厂张朴友的介绍："这是一次观念的转变，我们开始思考发展，接下去到底该走哪一条路？"

"全县上下人人都知道，坎多芬造纸厂是浙北县的利税大户，我们企业职工个个以此为荣，也是人人骄傲啊。这次当地政府狠下决心关停，我认为，这不是权宜之计，而是长远谋划大计。我们今后一定会坚定不移地走上生态发展的良性循环之路。"

张朴友的每句话说得有板有眼。

大家从他的身上，也看得出企业对今后的发展仍然抱着一种勇往直前、坚定走下去的信心。

自改革开放以来，社会经济发生着翻天覆地的变化，太湖南岸的菰城市，皮革厂、造纸厂、印染厂发展蓬勃，带来经济效益的同时，对太湖水质也造成了严重污染。

1996年4月，国务院下达限期治理太湖流域水污染任务，菰城市委、市政府动员全社会力量，以"破釜沉舟、背水一战"的气势和决心，积极推进太湖流域水污染的防治工作。

浙北县乘此风力，重点加强对水污染案件的调处。

同样在当年，浙北县一共查处污染案件48起，其中难点、热点4起。继续对水泥行业粉尘污染实行强制治理措施，严格执行"环评制度"。

此外，浙北县还制止多家重污染企业的新建和转进，并实行重点治理，基本实现经济发展与污染总量控制目标。

这一年里，全县共征收排污费361万元。

到了1997年，浙北县进一步贯彻执行国务院关于《环境保护若干问题的决定》，积极配合"太湖流域水污染治理"工作，采取措施关停了15家对环境有严重污染的企业，对70家企业73个污染项目实行限期治理，对大量的中小污染源，做好日常的监督、管理和服务工作。

这一年，接访群众来信反映污染问题和投诉66件，处理完毕63件；行政诉讼案件6件，结案3件，另4件进入倒计时处理。

1998年3月，原国家环保局、水利部等国务院各部门组成的国务院环委会太湖流域水污染防治工作检查组对菰城市太湖流域水污染防治工作进行检查，地毯式追击，再次加大了根治力度。

菰城市在前期已经关停了66家低小散污染企业的基础上，又明确对全市有水污染排放的企业实行限期治理和综合治理，重点抓好73家日排放废水100吨以上或COD30公斤以上的排污大户达标排放。

紧接着，菰城市委、市政府召开全市水污染防治工作会议，与14个部门签订1998年度水污染防治工作目标责任书，要求1999年零点之前，完成73家重点水污染企业的达标排放工作，明确不达标企业一律关停。

这个时候，部分企业在大门口竖立了"零点行动"倒计时牌。

菰城市区主要街道亮起了"零点行动"宣传灯箱和广告横幅。

媒体不间断关注行动进展。

菰城市范围内"治太"氛围空前高涨。

"零点行动"倒计时进入了临界点，如果哪个企业还没有做到"达标排放"，那么连"老天爷"也拯救不了它了，这是一个再也不能往后拖延的时间节点了。

坎多芬造纸厂的命运，就这样被圈定了。

北风呼啸。

贴在麦草制浆车间大门上的封条已经昭示了一切。

"零点行动"，让更多的企业认识到环保的意义，明白可持续发展的重要性。

为此，不少企业不惜投入大量资金来弥补过去在生态环保方面的疏忽。

痛改前非，亡羊补牢。

坎多芬造纸厂的麦草制浆车间关停后，会有怎样的转机？
当然，这又是一件让政府头痛的大事。
企业决策者也不是等闲之辈，并不是把厂子一关了事，就可以关门大吉了。

一个人从哪里跌倒，就应该从哪里再爬起来。

企业也是一样，针对过去的失误，现在就要想办法来挽救它的命运，直至让它重新焕发生机和活力。

"那么，企业过去做错了的事，现在要由我们大家来背锅？"

有的职工想不通，怨声载道，说上面怎么会这样断了企业的后路？
"这个问题，连幼儿园的幼儿也能回答上来。"

莒西溪两岸，吃尽"污染"苦头的民众，情绪难耐，对此事的态度绝不含糊。
当然，也真切地看到了这次大行动，政府是动真格的，而不是口头上说说，走走过场。

政府对企业再次崛起倾注了心力进行有效扶植。

一次自救企业的行动，在坎多芬造纸厂全厂上下同时打响了！

全体职工集资两百多万元，用于建造污水处理主体工程。

坎多芬造纸厂就是大厂的样子，职工是"老大哥"，企业更是"大哥大"，了不起！这样的自发行动，也增添了职工的信心和决心。

紧接着，坎多芬造纸厂进行了转制改革，彻底抛弃了纸浆生产作业，转产之后主要生产机制纸及纸制品。

企业职工安心了，苕西溪两岸的民众更是放心了。

太湖是国家确定的"九五"期间重点治理的"三河三湖"之一。太湖的富营养化、严重的有机污染，湖泊的萎缩、淤积、水土流失等，严重影响和制约着流域经济的可持续发展。

"零点行动"采取的治理措施，使工业污水通过治理实现达标排放，对生活污水通过修建污水处理厂进行集中处理后再排放，这些措施的实施，使太湖水质得到了进一步改善。

百姓欢欣鼓舞，拍手称快。

1998年11月12日，狄峰父亲瑞麟目睹苕西溪从清澈到浑浊，从浑浊再到清澈的艰难历程，以"苕西溪变迁"为题欣然作诗三首：

忆苕溪

水清鱼争食，沙净蟹横行。
白日人欢笑，黄昏渔火明。

叹苕溪
百里苕溪实可哀，蚊团蝇族共优哉。
问渠哪得脏如许，为有源头污水来。

喜苕溪
凤愿将偿谁不喜？苕溪碧水有端倪。
为官勤查动真格，百姓常忧和烂泥。
终锁乌龙还秀貌，始瞧木鸭下清溪。
尉迟叔宝当长守，莫教鱼虾重苦凄。

当然，随着太湖地区人口的增加和经济的发展，仅有这样两条措施还是不够的，深化调整产业、产品结构，淘汰以污染为主的工业企业，发展无污染或低污染的工业产品，既减轻污染，又增加企业的效益。改善工业布局，应该结合小城镇建设，对工业布局进行调整，这样既便于管理，又可以从源头上严格控制一切污染的产生。

百姓信心满怀，无限期待。

二

1998年12月9日，狄峰采写的一则消息《鸬鹚又回苕西溪》

在《菰城日报》刊出,在浙北县和周边地区引起了一定的反响:

鸬鹚又回苕西溪

随着苕西溪的变清,家住苕西溪的浙北县城关镇王家生产大队的老农郭老汉又买回了10只鸬鹚,每天清晨就撑起竹筏下溪捕鱼。

今年60岁的郭来生,解放初期就随父亲从仙居迁移浙北县。居住在风光秀丽的苕西溪畔,祖辈三代以养鸬鹚捕鱼为主。然而,80年代初期,由于源头企业污水排放日趋严重,苕西溪鱼虾越来越少,无奈之下,老郭只得忍痛割爱将鸬鹚卖到了广东,捕鱼的竹筏也拆了。

国务院作出决定,今年年底前,太湖流域工业水污染限期治理达标排放并采取"零点行动",郭老汉的心情万分激动。特别是看到县里出台的强有力的治污措施和向全县人民亮出的"治污倒计时",郭老汉又憧憬着有朝一日重操旧业。今年7月,当苕西溪逐渐变得清澈时,老郭把竹匠请到家,重新做了一条竹筏,并从外地购回了10只鸬鹚,祖辈沿袭的捕鱼业终于在他的"黄昏"时恢复了。

郭老汉目睹苕西溪的演变过程,每当渔船满载而归时,他总是对前来帮忙的儿孙们说:"苕西溪是我们的母亲河,到我'退休'时,这根撑筏捕鱼的竹竿你们可要一代一代传下去哟。"

此后,过了许多年,狄峰一直惦记着郭来生一家。

那天,狄峰终于抽出时间,再次来到了郭大伯的家。看一看他们家目前的生活状况，以及用鸬鹚捕鱼的"老行当"是否还在。

从浙北县城城关镇驱车过去，只需要一刻钟的时间。

与以往不同，马路上不时有了"红绿灯"的装置。狄峰明显感到城市不仅在扩大、延伸，而且行者之道更是安全系数增高了。

我们的家乡，在希望的田野上。炊烟在新建的住房上飘荡，小河在美丽的村庄旁流淌……

这首久远而熟悉的歌曲——《在希望的田野上》，仿佛在狄峰耳边响起。

狄峰最熟悉这里的环境了。

经浦西大道往西行，在武野村口，有一条通往王家村的乡村道路。这条路的面貌还保留着老样子，但两边的房子有了明显减少。听熟悉的人说，前些年这里就开发了，于是不少农家房屋，也包括新建不久的一幢幢漂漂亮亮的农家别墅也被动员拆迁了。现在又没有了动静。

狄峰觉得，这些房屋被拆迁，一时又没有开发，可能还在做进一步的调整规划。今后，这里肯定会变得越来越美丽。

狄峰将小车停在了一座桥上，并熄了火。

百感交集，狄峰心里突然有了一阵阵酸楚：过去多好的一座石孔桥不见了，是一场莫拉克台风引发特大洪水把它彻底地冲毁了，替代它的是一座水泥桥。

更让狄峰难受的是，这座水泥桥建造时，先行建了半幅，也就是以后再续建另半幅。尽管如此，已经建成的半幅"花梅桥"，它的桥身不仅拉宽了，而且也拉长了。就是"拉长"的地方，延伸了桥堍，把狄峰家建好才四五年的别墅给拆迁了，这也是没有办法的事。小家服从大家，有国才有家，狄峰的一家人当然能理解。

"我们家听国家的，听政府的！"

尽管来了几拨人上门做动员拆迁工作，狄峰父亲瑞麟这样一句话让上门做工作的人感到意外。

大家都知道，过去有一句"天下最难是'计生'"，现在不同了，天下最难当数"拆迁"。

这个难，就难在拆迁费的多与少了。

"赔偿款，上面有政策规定的，你漫天要价，怎么可以呢？我啊，只要多活些日子，什么款都会回来的。"让上门做工作的人更为感动的是，狄峰的父亲瑞麟还说了这样一句话。

狄峰的父亲是离休干部，理应有这样的觉悟。

到了拆迁之后的第九年，父亲瑞麟对狄峰说："你知道吗？浙北县原来离休干部近400人，现在只剩下了60多人了（2020年8月）。"

狄峰的父亲没有再把话题展开，便朝狄峰看了看。狄峰觉察父亲说这句话时，脸上虽然很平静，但和善的眼光里或多或少还是会让狄峰读懂的。

狄峰对于这个"懂",其重要原因还是与父亲紧密相关。

就在狄峰"花梅桥"北侧的那幢别墅,被拆迁后的第二年,父亲被医院检查出口腔上颚有了不祥之患,医生说已是癌症中期。

晴天霹雳,家人们一筹莫展。

狄峰马上与县级医院里的朋友联系,朋友又与浙江第二医院专家对接。狄峰与妹妹狄颖等亲人们一起,陪同父亲择日去了杭城医院,医生嘱咐,这个病不能再拖延了,必须立即住院接受治疗。

狄峰父亲在医院接受的是激光治疗。

四个多月时间里,狄峰父亲以顽强的意志和毅力与病魔抗争。每天的激光治疗把狄峰父亲整个脸庞和脖子"激照"得漆黑一团,痛苦不堪。

即使这样,狄峰父亲瑞麟还是没有动摇退却。但按整个疗程的安排,到了还剩下只有一个星期的时候,狄峰父亲说再也坚持不下去了,要放弃了:"我再也吃不消了,反正自己也活了80岁了,算了算了,回家去吧。"

狄峰与家人没有好办法,只得同意父亲的意愿放弃治疗。

医生当时说,只要再坚持一个星期就好了。

医生的这句话,在之后的日子里,一直困扰着狄峰:

父亲怎么再也坚持不住一个星期了呢?

回到家后复发了怎么办?

如果复发了,还能治疗得好吗?

父亲遵医嘱,在以后的日子里,没有放弃药物治疗。

如今,狄峰父亲从杭城医院回家,已是十年过去了。

压在狄峰一家人心头的石头,终于跌落下来。

狄峰的父亲瑞麟辛丑年90岁了,身体感觉还是不错,每天会抽出时间外出走路。回到家后,都要写一首古诗词。一天当中,都会做出合理的安排:每天下午一个时段,在手机上看新闻,了解国家大事;晚上六点半看了"浙北气象"之后连续看三集电视剧。老人家还很会玩手机,用手机拍照,微信发出去的作品,经过编排之后都是"图文并茂"。

狄峰经常想起父亲那时对待拆迁说的一句话:"我啊,只要多活些日子,什么款都会回来的。"

狄峰有些时候追溯以往,每当想到这里,总会有不同的感受涌上心头,也会跳出像随遇而安、因祸得福这样的一些词来。

"狄峰啊,好久不见,你今天怎么过来了?"

"来生伯伯,我来看看你们二老啊。"

来生阿姆听到有人与她的老伴儿在外头说话,她从里屋很快来到了门前的院子。

"啊呀,你不是小狄吗?有些年头没有看到你了,快进屋来。"

来生阿姆亲切热情,马上从堂前的柜子里取出陶瓷茶杯,又从冰柜里拿出一个标有"浙北白茶"的茶罐,说:"今天你来得正好,昨天小女儿刚刚从那个白茶之乡捎来了上等白茶,这就让你来品尝品尝。人家都说喝茶好,延年益寿,尤其是我们浙北的白茶氨基酸含量高,对身体很有帮助,我们现在不仅学会了喝茶,而且还喜欢上了品茶呢。"

"谢谢来生阿姆,您那么客气。我也听人家说了,千好万好,这补那补,这好那好,最终还是喝茶好。"

"阿姆,您还认出我来了啊?"

"我怎么认不出你啊,你小时候,你母亲婉珠不是经常带着你到我家来,我是一直看着你长大的,现在你还是变化不大,很好相认。"

狄峰听了来生阿姆说自己变化不大,应该是一句夸奖的话。这样的夸奖,狄峰听到还有好些人说。每当听到这里,狄峰便会脱口一句:"我家里镜子总有的,自己还会天天照一照呢。"意思是说,一个人哪有一成不变的,渐渐变老也是客观事实,谁能回避得了呢?

经来生阿姆一说,狄峰也就细致地瞧瞧面前的来生伯伯和来生阿姆。觉得他们二老精神状态特别好,讲起话来的思路也很清晰,耳也不聋,说起话来更不背时。

"来生伯伯、来生阿姆,那么多年过去了,我真的觉得您二老还是老样子,气色比以前还好呢,人也长得白净了。"

"哈哈哈,小峰真会说话。"来生伯伯接上了狄峰的话。

来生阿姆抢着说:"哪有哪有,我俩都成了老顽固了。"

"来生阿姆,您这句话说得最好了,您二老岁数大了,身体像个老顽固,就是求之不得的好啊!"

"小狄,我不瞒你说,往年苕西溪到处污染,气味难闻,像个臭水港,鱼虾全没有了,你来生伯伯天天生闷气,我一直劝说他不要自己气自己,他就是听不进去,身体也好不起来。现在可好了,他虽然80多岁了,不再下溪捕鱼了,但看着家门口的这条河清澈见底,鱼虾也多了起来,心情一下子好多了,像变了一个人似的,身体也就跟着好起来了。"

来生阿姆说着话时,完全不像老年人,倒还有点儿眉飞色舞,像年轻人的状态,狄峰深为二老的好身体、好日子感到高兴。

狄峰此前在想,怎么与二老聊一聊家门口苕西溪的变化呢?

来生阿姆三言两语,就把苕西溪水变清的话题打开了,真是求之不得呀。

狄峰转念一想,不对,或许是来生阿姆也猜出了狄峰这次上门来的意图。

因为,苕西溪还没有治理好时,狄峰为此事来过几次,现在来生阿姆顺水推舟,便打开了同样的话题,说明阿姆还没有真正变老,她也是与时代同步和合拍啊。

"阿伯,阿姆,我想看看你们家的那些鸬鹚,还有那条竹筏好吗?"

"好的好的,鸬鹚今天清早已被侄儿赶到竹溪湾那边捕鱼了。竹筏就在小屋边下面的苕西溪里。"

狄峰随二老来到溪边。

这条竹筏,由八根毛竹串成,宽足有一米,长有四五米。竹筏被日晒雨淋,又天天浸泡在水里,色泽显得有些黑不溜秋。

竹筏的翘首处,由一根粗糙的麻绳牵拉着,被系在河边一棵叶子浓密的柳树树干上。

溪水如镜,好生欢喜。

狄峰跨入躺于水面上的竹筏,竹筏便有些晃动起来。静静的溪面,忽然荡开了一个接着一个的水晕圈。

狄峰双手横持竹竿,保持平稳,迈开双腿,使劲地往竹筏上踩蹬,便发出了"嚓嚓嚓"的划水声,嘴里又发出"呵呵呵""去去去"的吆喝声,意思是让鸬鹚们快快跳下河里去抓鱼。

"小狄还是年轻啊,去城里那么久了,还没忘家乡的活儿。"

"小峰当然不错,对我们农民还有着很深的感情啊。"

伯伯、阿姆二老,口口声声夸着狄峰这样好那样好。

"来生伯伯,您现在不下溪捕鱼了吧?"狄峰问着。

来生伯伯朝老伴儿看了一眼,脸上流露出一丝不易让人察觉的尴尬。

"这老头子,看着苕西溪重返清澈,他连做梦都想着要下溪捕鱼。小峰你说,他岁数那么大了,还当自己是小伙子似的,怎么行啊?不光我极力反对,儿女们也一个个不答应。"

来生阿姆眼盯着老伴儿,态度坚决,说起话来绝不含糊。

苕西溪自从那年太湖"零点行动"之后,取得了立竿见影的效果。浙北最大的坎多芬造纸厂被立马关停后,苕西溪从上游至下游,两岸大大小小产生污染的企业,随之改行的改行,整顿的整顿,治理的治理。

苕西溪就像是一条刚刚开挖出来的全新河流,从上到下焕然一新,流经的溪水变得干干净净了,溪水哗哗,波光潋滟,不时有各种鸟儿欢快地从水面上掠过,激起水花朵朵,闪闪发光,再加上绿植的覆盖,把苕西溪两岸映衬得更加美丽。

来生伯伯从小以鸬鹚捕鱼为业，现在年岁虽然已高，但让他一下子与捕鱼决断，心里总有种不可名状的痛楚。

老伴儿和儿女们让他在家享受晚年清福，实在是难为他了，他常常觉得心间起痒，脚底难安。

"我们不让你来生伯伯再拿撑筏竹竿，但竹竿交给了晚辈们，多好啊，不是有了传人？儿女们虽然不再以捕鱼为业了，但各自在工作之余，都可以随心所欲下溪捕鱼了。"

来生阿姆乐呵呵地对狄峰说道。

"那么，伯伯，您现在又是怎么想的呢？"

狄峰很想知道来生伯伯此时的心情，他又会说出些什么话来？

狄峰一提问，来生伯伯的兴致也升了上来：

"我也没有真正地闲着啊，每天的宝贝鸬鹚们总得要投食管理吧，不然饿瘦了身子怎么会下溪抓鱼？以往我自己赶着鸬鹚下溪捕鱼的时候，鸬鹚们的食料都是它们直接从溪里抓捕的，非常新鲜。现在家门前的院子里，开挖了一个大池塘，常年放养着各种杂鱼，不下溪捕鱼的时候，我就可以从池塘里抓些鱼儿作为鸬鹚的备用粮了。"

"小峰啊，不再让老头子下溪捕鱼之后，你不晓得，他在岸上的事反而还多了起来，找他的人一拨还接着一拨呢。"

来生阿姆告诉狄峰，苕西溪变清了，县里搞了个"百里渔乡"项目，利用水资源、渔资源和青山绿水资源，开发休闲旅游业，来生伯伯发挥余热的作用还大着呢。

"那好啊，找来生伯伯的是些什么人呢？"狄峰问。

"你问他，他说得清楚。"

来生阿姆示意老伴儿向狄峰介绍介绍。

来生伯伯说:"建设'百里渔乡',是把整条苕西溪作为休闲旅游观光的'绿色带'来打造,从江源的王龙山到梅灵镇的'小上海',可说是'百里战线'全面拉开。他们找到我,就是想把传统的鸬鹚捕鱼项目保留下来,做好传帮带,我对文化休闲旅游部门的人说,除了传统的鸬鹚捕鱼项目之外,还要把过去那些在苕西溪其他的捕鱼方法也一块呈现出来,这样做不仅使休闲旅游的内容丰富了,而且能让游客在情趣中增长传统捕鱼的知识。"

狄峰在苕西溪畔长大,来生伯伯说到的其他捕鱼方法,他也基本有些了解。

除了鸬鹚捕鱼之外,其他传统的捕鱼方法还有很多。其中一种叫丝网围鱼,就是用渔网把选定的水域面积围起来。鱼儿只得在一定的范围之内活动,鱼儿七撞八撞,很容易被渔网挂住,渔民捕鱼时就会得心应手。另一种是搬网捕鱼,用四根竹竿撑起一张大大的渔网,纲举目张,收放自如。选准鱼儿出没多的水面区域,不失时机地将搬网沉入水域河底。当鱼儿游进渔网范围内时,就可迅速将渔网提起。这个将渔网提起的机关要领,是由一根缆绳统领全网,当滑轮上的缆绳紧紧往渔民身边抽紧收网时,渔网似伞面般被收起。渔民有这样一句俗语,叫"十网九网空,一网就成功",说的是渔民每次捕鱼,并不都是满载而归的。另一层意思是,做任何事,不能操之过急,要沉着冷静,不急不躁,这样才能稳操胜券,稳坐钓鱼台。在渔网还没有完全提起时,渔民就会知道"这一网"的鱼是多还是少。收网时,觉得渔网特别沉重,说明这一网的鱼儿就多。还有,当渔网渐渐往上提起时,被逮在网中的鱼儿会活蹦乱跳,到处乱窜,水花一片,说明"这一网"鱼儿就不会少了。

来生伯伯说的传统捕鱼方法,最让狄峰铭记于心的是"白帘捕鱼",狄峰父亲瑞麟在《苕西溪忆昔日》之文中有详细描述。

狄峰对白帘捕鱼铭记于心,缘于记住了一个人。

这个人叫林志,狄峰叫他林志伯伯。

林志伯伯一家,当年就居住在狄峰家的前"一进",也就是徽派建筑共有"三进"的最前面,又称"前进"。

那时,狄峰对林志一家印象最深的是,他们家的院子与别人家有所不同。

一个是"香",是常常钻进鼻子里的那种树木"松香"。这种"香",狄峰喜欢闻,是树木的自然清香。

这种树木松香,又称松油、松脂。它产自松树干上,或者松树根上。松树长大了,变老了,在它的树身里、树根里,长出淡黄色的、棕色的结晶来。这些结晶不是依附在树和根的表面,而是深深嵌于树干的年轮里面。把树干锯开时,截断面呈现出一轮轮、一条条,或集约或分布,或小圈或大圈,或点状或块状,形成一个个美妙的图案。从松树中提取的松香,可用于制洗衣皂、金属皂、清漆等。林志伯伯见树上有松香,会将它们连同树干,劈成不同规则的碎木块。这种带有松香结晶的碎木块,林志伯伯把它们摊晾在竹匾上。松木本身就有独特的清香,加上树木上长出了松香,这种香味就在院子里一阵阵散发开来。这种带着松香的碎木块,林志伯伯在夜间采用白帘捕鱼时,先放些在一个编成的铁丝篓子里,将它们点燃后用于照明。他一手拿着照明工具,一手操握渔斗,在苕西溪竹子编织的白帘河床上捕鱼。用松香照明,要比竹篾火把耐用得多,也便于灵活操持。

另一个是"黄",映入眼帘的是竹篾金黄。这种"黄",让狄峰了解家乡的竹子可以派上更多的用场。林志伯伯常年用竹篾编织的白帘去溪里捕鱼,每次捕鱼的多与少,都与白帘的材质有关。

"你知道用白帘捕鱼最讲究的是什么吗?"

老林告诉狄峰,在苔西溪选择一块地势有些落差的水域,用铁耙扒开一条横在溪里的水床。这个水床,距离水面三四十厘米,水床的上下两侧用竹子打桩,让白帘固定在上面。白帘的高度只有十几厘米,鱼儿从上游闯入了水床,被金黄的白帘刺激,觉得已跌入了"皇宫",不敢越雷池一步了。其实,这些水床里的鱼儿能像鲤鱼跳龙门一样来个弹跳,肯定会虎口脱险,然而这时的鱼儿晕头转向,只能在水床里游来游去了。这时,拿着松香照明,用渔网可以将游动的鱼儿随意捕捞。

每次白帘捕鱼的多与少,与白帘的材质有关?

"这里的材质,就是保障白帘的金黄,如果色泽乌七八糟了,对鱼儿不起作用,鱼儿会轻易地跃过水床,直闯下游去了。"

狄峰知道了。

林志伯伯院子里的满目金黄,就是一条条编织好的白帘被晾晒在用竹子搭起的架子上。整个院子挂满了金灿灿的白帘片儿,看上去似一幅波涛起伏的画,形似电影拷贝盘盘绕绕,在横放的竹竿间上上下下垂着。

这些晾晒的白帘片儿,多数是刚从溪里捕鱼后撤回来的,及时晾干,不至于受长时间潮湿使白帘片儿起斑点。如果反复利用,白帘色泽有了变化,就不能再用了,林志伯伯就会将刚刚编织好的白帘片儿替换了它们。

"休闲旅游,有了白帘捕鱼这个'玩儿',会让游客增添更多的乐趣。"

来生伯伯把白帘捕鱼看成游客取乐的"玩儿"。

狄峰觉得此话挺有意思。

"鸬鹚捕鱼与白帘捕鱼,前者乐在观赏,后者趣在参与。"

来生伯伯熟稔于心。

狄峰知道,渔民与鸬鹚朝夕相处,已有了深厚的感情,包括对鸬鹚的言语招呼和动作上的指令。

鸬鹚捕鱼,常常出没在溪流湍急处或深水区,为了安全,一般不让游客直接参与。

游客在溪岸观赏鸬鹚捕鱼,同样会获得视觉上的美感。

青年时代,狄峰经常来到河滩看渔民们白帘捕鱼,或多或少也熟悉和了解捕鱼中的一些细节。

白帘捕鱼,男男女女,老老少少都可以直接参与,体验溪流浅滩捕鱼时的无穷乐趣。

溪流中扒开一条"水床",也作"过道",渔民捕鱼作业时可以来往走动。"水床"的底层相对平整,除了光滑的鹅卵石,还伴有柔软的细沙,游客赤足入水嬉水,感受凉爽。河水清澈见底,夜间游动的鱼儿,在松香照明之下看得清清楚楚。

游客在戏水中体验捕鱼的乐趣,在与渔民的交流中,还可认识与了解了当地各类野生鱼种,以及它们的肉质的细嫩与鲜美。

除了向文化旅游部门介绍鸬鹚捕鱼与白帘捕鱼的妙招之外，来生伯伯还建议开拓苕西溪沿岸的其他休闲项目，如农田稻麦的播种，瓜果蔬菜的培植与采摘，还有苕西溪水轮泵农田灌溉作业等项目，让游客直接体验与参与。

农田灌溉中的水轮泵，它产生于六七十年代，是一项既不用电又不用油，是真正节能降耗的一种绿色灌溉手段。

狄峰老家的足食乡，1967年至1987年，建造了狮子山、汪家厂、益庄、木莲坞、冷水桥、雾山寺6所水轮泵站，共安装了水轮机9台，可灌溉农田3000亩。木莲坞水轮泵站，还安装了5千瓦发电机、碾米机、磨粉机各1台，得到了综合利用。

让狄峰印象最深的是，自己身在王家大队的粮食加工厂，每天老百姓都要在这里排着长队等候加工，如碾米、磨粉，过新年时的打年糕、磨水磨粉。

粮食加工厂东侧山头外，建有一个大水泥池，从加工厂的地下机房一直往上接出一个直径三四十厘米的铁质圆管。生产队遇到农田需要灌溉时，只要用脸盆或水桶将水池里的水连续不断地往圆管里灌入，要不了几分钟，便会"隆隆隆"发出上升的水声来。

水轮泵由水轮机和泵两部分组成，水轮机的转轮与水泵叶轮装在同一轴上，当水流向下流动时，冲击水轮机，使主轴带动水泵叶轮一起转动，达到了抽水的目的，其最突出的特点是无须机电动力进行提水。

狄峰觉得这个水轮泵实在出奇，有时会约上小伙伴来这里体验。征得加工厂师傅同意后，小伙伴们都会激动得赤足下水池，如果是大热天,水池里的水早已被晒得滚烫,像大人们在"双抢"下秧田拔秧时一样,热得直喘气,刚刚换上的衣服一下子让汗水湿透了,双脚被烫得通红,比起现在的足浴还要管用。

小伙伴由于气力小,你一桶水,我一桶水,不让灌进去的水有了空隙断了挡,这样很快就让地下室的水轮泵转动起来了。一旦听到铁管里的水就要汹涌上来,大家就连滚带爬地离开了。否则,扬程高高的水龙头准会把你冲得老远,必定在水池里打着转儿,让你爬也爬不起来。

"还有,利用苕西溪的活水、清水,形成立体化、多样化的各类休闲项目一条龙,如拓展漂流、垂钓、摸螺蛳、钓黄鳝、捉小龙虾和拦泥鳅,等等。"

苕西溪丰富了休闲项目,有了游客的参与,清澈的溪流才能真正丰盈起来,生动起来,欢笑起来,重现往日"白日人欢笑,黄昏渔火明"之景象。

这是来生伯伯的愿景。

三

狄峰听得最多的一句话就是:山青、水净、天蓝、气纯。

这些赞美的评价,成了美丽浙北的代名词。

这些生机、灵动、和谐的字眼,会让每一个来过浙北县的人觉得,对于家乡的山山水水、一草一木,这里的人们都有一双慧眼去发现它,都有一颗炽热的爱心去珍惜它。

蕴含着的那种勤劳、执着、坚定、友爱和淳朴,是从骨子里流淌出的真切情怀,去守望那片让人魂牵梦绕、既有理想又有浪漫色彩的绝妙境地。

这就是山里人敬畏大自然，向往美好生活，有着极其富有的一种精神风采与力量！

山得水而活，水得山而媚。
山里人更懂得"高山仰止"。
为浙北第一峰——王龙山而骄傲。
王龙山被称为"植物基因库"。
那里有神秘的"千亩田"。它是长在天上的沼泽地，可称苍穹天池，高山泽国，人迹罕至，群兽出没，它还是中国特有物种小鲵的"天上乐园"，它的珍稀程度可以与大熊猫、华南虎、扬子鳄相比。

伫巅眺望，碧空如洗，你我犹如徜徉在红豆相思、云锦杜鹃那延绵不绝的花海里，又好似乘上了一叶小舟，心旌荡漾，心潮起伏，胸有朝阳，仿佛心系这片世外桃源清丽地，与星月对话，与岁月同歌，清新脱俗，"青纱帐"里随手可及一枚枚吉祥飘逸的云朵。这是黄浦江源头的一个现实缩影。

山风徐徐，清泉声声。

在浙北，在富美村，"绿水青山就是金山银山"的发展理念一直激励着这里的人们百尺竿头，更进一步。

15年来的生动践行，也更好地树立了"两山"建设的新典范。回溯15年前，自从上海高校师生跋山涉水一路考证，确定浙北县的王龙山为"黄浦江源"之后，"走通黄浦江""重塑苕西溪""重走黄浦江",也真正成了上海与浙北两地民众共同的愿望!

说起水,家乡苕西溪的水是无与伦比的,它更洁净、更甘甜、更柔情,因为它是竹乡浙北人民的母亲河。

苕西溪位于浙江西北部天目山的北麓。

据考证,苕西溪60%的水来源于浙北王龙山即黄浦江源头,苕西溪60%的水注入了美丽的太湖,太湖60%的水又汩汩流进了黄浦江。

浙北县与上海的牵手,自古以来都有渊源。

我国艺术大师吴昌硕就是从浙北县走进了申城,一衣带水,源远流长,人文相亲,因而两地人民更加珍惜这千载难逢的"天时地利人和"。

狄峰在一篇文章中回忆:

小时候,我们这些小伙伴会光着脚板,跷着脚丫,踩在光滑多彩的鹅卵石上,小心翼翼地来到清泉边,此刻的心里啊是多么的怡然与甜蜜啊!

宽畅的河床,曼妙温馨,细沙柔软,金光闪闪。如诗如画般的"杨柳轻扬"之倒影,如梦似幻,水天一色,美不胜收。所见的溪流,微风吹过,波光粼粼,水面无论是尺盈还是深达几米,均是清澈见底。

那些小鱼小虾就在脚丫边游荡、亲昵,传递给我们的是一种特别的安详与幸福。喝着苕西溪水长大的我们，对水的认识也逐渐清晰起来，珍惜水、爱护水也就成了一种默契的心愿与责任。我们与大家对水的融洽与亲密，真正成了最知底最知根最知心的朋友！那时，居住在苕西溪河畔的人们，饮用水是直接从河港里肩担回家的，倾倒在摇曳着葫芦瓢的大水缸里，清清纯纯。无论清晨、白天还是夜晚，苕西溪的水总是"一汪清深"，照出我们的影子也是漂漂亮亮的。如果你渴了，最简单的方法就是可以用双手捧起清泉直接畅饮，如果你热了，就可以走进河里来个清凉，这真是一种"近水楼台"的口福和一种自豪啊。

清澈的河水尽管可以直接饮用，但有时也会不尽如人意。遇雷雨季节或台风汛期，苕西溪河岸随着汹涌的水浪冲击，泥沙自然沉落到河里，溪水就会浑浊起来，让人担忧。但，这仅仅是自然界的变脸而已。

"清水入湖"是浙北县实施"生态立县"战略的重大决策，是推进生态文明建设富有实效的大实事。

从70年代起，浙北县境内的苕西溪开始有商业性的采沙活动。这一行为虽然在经济建设的大潮中发挥过积极的作用，但用生态换来的经济，代价实在是令人痛心！有关资料表明，苕西溪30多年的采沙已使大量的土地资源被破坏，桥梁、堤防等涉河构筑物的安全面临严重威胁，已严重超越了生态环境的承载范围。

触目惊心的数据还表明，由于采沙点长期无序开采，2009年的苕西溪河道相比前10年宽了近3倍，苕西溪水面两岸大量的基本农田、可调整耕地和滩地变成了现在的水面，河床底高程都超过了3米的省控制高程，平均达到了5米，有的地段河床底高程甚至达到了 31 米以上，已经建好的堤防由于河床底高程太低，安全性能大大下降。

国务院《太湖流域管理条例》从 2011 年 11 月 1 日起施行，太湖终于进入了我国立法保护的新阶段，也为苕西溪的美丽"保驾护航"。苕西溪自西南向东北斜贯浙北县，至梅灵镇小溪口出县境，过长安经菰城注入太湖。

苕西溪作为太湖流域的主要水系，以往采沙与苕西溪生态环境的恶化有着密切的联系。

太湖水清了，浙北人民才会理直气壮地称自己是"太湖源头"，否则何以为荣?!

"清水入湖"初战告捷，浙北县紧接着又提出了"五水共治"三年行动计划和目标，推进"山青水净，美丽浙北"建设。

以践行"绿水青山就是金山银山"科学论断为导向，实施"全面治理、全面推进和全民参与"，筹集治水资金 18.25 亿元，确定重点建设项目 43 个。

以"清三河"排查的有效行动，提升治理标准，推进河岸净化绿化美化，确保达标率 100%；净化源头，严控增量，联动并治，推行"河长制"，建立跨界联动执法机制，完善实施《中国美丽乡村建设标准》，制定《浙北县集中饮用水源地保护资金奖补管理办法》《苕西溪禁渔制度》等，坚定地走生态文明持续发展之路。

"山青水净"是百姓的心境与愿望。

山是生命的山，水是生命的水，水有山而各有形态，山有水而尽显风采。

今天的黄浦江汇百川而入海，历万古以扬波。

浙北民众为"我是黄浦江源头"而骄傲,也为母亲河苕西溪的清纯美丽而放声歌唱,更为中国美丽乡村内秀外美而再接再厉,锦上添花。

苕西溪日益变清,恢复了它最初时的模样,这得益于浙北县民间"环保别动队"。

这支队伍频繁活动,战线拉在了整条苕西溪,看上去只有几十号人的"加强排",但他们在"百里苕溪"日夜巡查,参加作战的队员实际上布满了整条苕西溪两岸。

这支"环保别动队"自发建立,志愿加入,正迎合了浙北县深入贯彻落实"绿水青山就是金山银山"的理念,与党和政府,以及浙北47万民众形成了"大合唱",因而赢得了苕西溪两岸民众的广泛参与与支持。

那天,狄峰在竹溪湾王母山的蚌河塘一带,遇见了正在苕西溪巡查的"环保别动队"中的5位队员,其中一位叫李国明的,狄峰认识,他就是"环保别动队"的队长。

"现在该叫您李队长了,今天什么风把您这位大忙人吹到了这里?"

狄峰与李国明热情握手。

李国明说:"我今天带了5位队员是来你们城关镇上学习取经的。"

"您客气了,是不是来这里找'毛病'?"

狄峰早就知道李国明带领的这支"别动队"是专门"挑刺"的,把影响或者说是破坏生态环境的事给"挖"出来,通过政府和舆论监督来给予解决。

李国明是梅灵镇人,今天来的目的就是掌握苕西溪沿线一带是否还存在黄沙乱采的现象,职能部门是否真正在管,还包括各类损害生态环境的行为。

李国明所在的梅灵镇湾绕村,位于苕西溪的下游西岸。这一带,溪流弯弯绕绕多,以往积聚的黄沙也特别多,质地细腻,是优质的建筑材料。

"20世纪七八十年代,村里几乎一半人都在干挖沙的行当。挖出来的黄沙卖到菰城、上海等地,一个人一年能赚上十几万元,比外出打工来钱快多了。村民赚了钱,家园却遭了殃。由于挖沙破坏了堤防、河床,每到雨季,受到污染的河水到处漫灌,淹没农田房屋,给当地造成巨大经济损失。"

李国明说这些话的时候,声音"梆梆响"。

狄峰觉得,李国明虽然这样说,其实还有点儿"打丫鬟骂小姐"的意味。

李国明说这些话的意思是:他所在的梅灵镇,现在已经杜绝了黄沙乱采乱挖,你们县城城关镇上的所有地方,是否都做得很好了呢?

"我今天特别高兴。我们5人昨天从梅灵骑自行车一路过来,夜宿在附近的村子里,明察暗访,该跑的地方我们都跑到了,没有发现苕西溪一带有影响生态环境的问题。"

"别动队"成员都有分工。

他们尽管都有自己的工作,但自从加入了队伍之后,一有空下来的时间,就会骑上自行车"到处跑"。

通过"别动队"成员去现场监督巡查,一些违规违法现象得以及时制止,使那些原先已被列入对象的"破坏者",现在都转变成了生态环境的积极推动者、守护者。

当然,旁边也会有人说:"饭吃三碗,闲事勿管。你们倒好,自己找事,自讨苦吃。"李国明说:"生态环境保护是天下最大的事,你不管,他不管,那怎么行?我们就是要管,而且管定了,一直要管下去!"

七八十年代的苕西溪,还经常出现有人用自制炸药雷管炸鱼,不时从溪里传来"砰砰砰"的声响。

"有人炸鱼了,有人炸鱼了!"

听到有人这样叫嚷着,狄峰的第一感觉就是炸鱼是很危险的事,弄不好还会丢了性命。

有几回,狄峰硬是被村子里的伙伴拉着一起去看现场炸鱼。

这些炸鱼人,狄峰多数不认识,他们神不知鬼不觉地出没在苕西溪,炸鱼的地方都是深水区。

炸鱼人随身携带事先在家制作好的"炸弹",来到溪流岸上,迅速从拎包里取出"炸弹",那时,还没有打火机,用火柴点燃引火线后迅速将"炸弹"抛向河中央。点燃的引火线在水中"咝咝咝"直往炸弹里面钻,用不了几秒钟时间,河面上蹿出一些冒着水泡的白点子,紧接着就炸响了,从河底往上腾起了一股高高的水柱。这时,水面一片雪白,雪白中当然有被炸中的鱼儿露出鱼肚,也是白花花一片。

那时,一炸一个准,苕西溪的鱼实在是多。

那么,炸鱼人从岸上将炸弹投掷到了溪流中央,怎么会造成人员伤亡呢?

其实,一些伤亡事故着实让人意想不到。

炸鱼的"炸弹",也似以往的烟花爆竹一样,炸鱼的"炸弹"如果没有引爆,认为也是"哑炮",那么存在的安全隐患比爆竹的危害性更大。炸鱼的"炸弹"投掷到了水域底层,发现不了,你根本不知道接下去会发生什么。这枚"炸弹"如果不是哑炮呢?发生炸鱼伤亡事故的直接原因,往往是把没有爆炸的"炸弹"看成"哑炮"。有些时候,这些"哑炮"起爆的时间偏偏延缓了,埋下的悲剧也就随之而来了。这个悲剧,往往不是伤害到一个人,而那时往溪流边拥的人相对多,当"哑炮"爆响,其杀伤性就不是几个人了。

不是炸鱼的人,怎么会向炸鱼的现场拥入?当地一些百姓认为,炸鱼的人也是做着这种偷偷摸摸的事,何况苕西溪又不是哪个私人家的财产。私自炸鱼,行为本身不规,他们在苕西溪捕捞被炸死的鱼,难道不行?

苕西溪除了非法炸鱼行为外,在狄峰的记忆深处,还有一种危害极其严重的是农药造成溪流里的鱼儿大批死亡。

鱼儿出现药害死亡,有的是农民在田间使用农药时,喷施在禾苗上的农药会滴漏在农田水面,如果田丘决口被开挖,田水就会直接"反流"倒灌于水渠,水渠里的水也会不同程度流入苕西溪。这些被农药污染的水域,受农田喷洒农药面域的大与小的影响,其造成苕西溪鱼儿毒害的水域面积也会大小不一。

比如,当年有一种叫"六六六粉"的农药,是专门用来防治稻褐虱虫害。这种粉剂农药,必须与泥土混拌在一起效果更佳,在施药时稻田要保持三四厘米的积水,用泥土混拌的农药撒在了禾苗田,农药接触到田水,田水渗透到禾苗的根部,叮在稻根部上的稻褐虱吸入了有农药的水分,就会很快被杀死。

狄峰还知道,还有一种叫"鱼腾精"的农药。这种农药,防治棉花、果树、蔬菜、烟草、桑、茶树的多种害虫,对人畜比较安全,可防治家畜身上的寄生虱、扁虱、牛皮蛆和疥虫等。

按道理,这种鱼腾精农药即使流入了溪里,也不会伤害到鱼儿。但狄峰那时听得最多的,就是这种鱼腾精是毒害鱼儿的罪魁祸首。

那么,被鱼腾精毒害死亡的鱼儿能否食用?

百姓何以拥入溪流捕捞被毒害死的鱼儿?

狄峰当时想,这种农药对人畜不会有较大的危害,所以百姓可能理解为被毒害的鱼儿也就可以食用了。

那个时候,狄峰也会被伙伴们叫醒,跟着他们摸到苕西溪边。

狄峰记得,在家附近,有一条苕西溪的支流,这一带的地名有的叫基石渡,有的叫海街郎,还有的叫先家敞,等等。与狄峰一同去捕鱼的小伙伴,有几个的家中会备有渔斗,带上了它,在捕捞中毒的鱼儿时比较容易得手。

狄峰是赤手空拳,手里最多是一支手电筒和一个竹篮子。

那些被鱼腾精毒害的鱼儿,慢慢中毒,有的一时还会在水里挣扎,像鲫鱼、撑八条、红皮拉剌、旁边鱼等野生鱼,被毒害得晕晕乎乎,漂浮在水面还会乱窜乱撞,鱼嘴一张一闭呼着气,做最后的抗争。

那些鱼儿即使已成此状,有时也会让狄峰无从下手。狄峰将竹篮子刚向挣扎的鱼儿套扎下去,鱼儿还会打着水漂似的,机灵地游向了水中央。许多捕捉的机会也就这样一次次失去,也包括那些一条条大鱼。出现这样的情况,狄峰只好两手空空。虽然在现场收获甚小，但有时这样的情景还会植入狄峰的梦境里，也应了那句"日有所思，夜有所梦"，当然这样的梦，也只能是徒劳的。

除了非法炸鱼、农药药鱼，还有的是用电枪击鱼。

电枪击鱼，也常常发生击鱼人自己被电击身亡的事。

这种电枪击鱼工具，是随身携带、背在肩上的一种充足电的电瓶装置。在伸向水域击鱼时，控制传输电流的强与弱。但操作者，许多时候是白天晚上连轴转，造成身体过度疲劳。尤其是夜间容易瞌睡，对电流强弱的操控会失去清醒的头脑。如果电枪把自己击倒在了溪水里，后果也就不堪设想了。

让苕西溪的鱼儿惨遭厄运的手段五花八门，各种各样。

李国明带领的这支"环保别动队"，还包括阻止这些有损生态环境的各类违法行为。违法行为一旦让"别动队"的人员撞上了，他们就会在现场抓住大量的违法证据，让你无可争辩，把这些材料举报到上面之后，违法者只得挨罚接受处理。

正因为"别动队"像是一支"超级游击队"，出其不意地在苕西溪一带神秘活动，不法分子撞上了枪口也只能自认倒霉。

随着时间的推移，苕西溪非法捕鱼的事也就慢慢减少了，继而也就销声匿迹了。

狄峰与李国明一班人交流时，了解到开山采矿是极为严重的破坏生态环境的行为，它不仅让青山毁了，还会导致溪水污染。

采矿曾是当地发展经济的手段之一。

最多时，当地矿山数量达到50多家，处处是"村村点火，户户冒烟"的景象。

烟灰污染空气,尤为严重的是,运送矿产的柴油船只将废油排入河道,污染了整个水源。

"零点行动",关闭了大部分矿山,苕西溪再也没有了废油排放。再加上对74家水污染企业采取强制治理,关闭了33家污染企业,包括当地最大造纸厂坎多芬造纸厂的制浆生产线。

"哦,李队长,通过您这样一说,我终于听明白了。原来,我去农贸市场买来的本地鲜鱼,每一次吃了都会有一股浓浓的柴油味,吃到嘴里还会一股脑儿地吐出来,还是柴油船只运输开采的石头污染了水源。"

狄峰豁然开朗:"李队长,你们是在为家乡人民谋福祉,劳苦功高啊!"

初春,寒意阵阵。

苕西溪打破了往日的宁静,水面不时传来一阵阵"咚咚咚""哗哗哗"的声响,从鹅卵石、水草丛里跳将出来"探春"的小鱼儿,纷纷走出越冬时的层层藩篱,成群结队地游到溪水击岸的乐园,冲撞着朵朵浪花欢快地跳跃而上。

梅园溪、安城河、白水湾、梅溪港,渔民们撑着竹筏,赶着鱼鹰,又开始了新一年的"捕鱼捉虾"了。

此时的溪流才是最生动、最有感情的。

浙北竹海里的一座座农家小洋楼,看上去很像一艘艘崭新、豪华的观光游轮。假若你是观光客走了进来,不经意间又转身目光向外,给你的感觉一定会惊喜万分,心海亦会如热浪升腾、荡漾开来。视线远眺再远眺，让你的眼睛更是清澈明亮有了神。

狄峰推开窗户，喜讯随风而来。

晨曦中的诗意溪边，几棵垂柳、桃树窃窃私语，它们仿佛刚从梦境中醒来，闪动着炯炯明亮的眸子，不失蒙眬又呢喃丝丝地告诉你：我们是否与昨天变得大不一样了？

一轮朝阳喷薄欲出，新的世界热情地与你握手。

眼前的视线，又让疏疏朗朗的柳枝柔条、银杏盈袖遮挡得晃晃悠悠，忽隐忽现；光线，就是从这些曼妙、灵动的枝条缝隙里，被分割成层出不穷的万道霞光，把静静流淌着的碧水映照得波光潋滟，熠熠生辉。

忽然，一条金色的鲤鱼像跃龙门似的掠过水面，激起层层涟漪，也猛然惊落了挂在桃花蓓蕾上晶莹剔透的露珠，让荡开的水晕圈扩大了再扩大。

这个时候，从秋冬门槛里跨过来的柳蓬、水杉、泡桐、香樟，它们的顶端已不再显得凌乱不堪，漫长的冬季里缠绕、迷乱的卷曲长发，被饱含浓情的暖风一层层地掀动、吹拂，又像牛角梳子将它们一遍遍地打理得顺畅、光鲜、滑溜起来。最让人着迷的聚焦光点，使你的眼睛产生"秋波"的地方，像密集的丝绒针结一样，绣在它上面的、让你数也数不清的一颗颗圆润、饱满、珍贵的"绿宝石"。

顷刻间，这个世界完全彻底地把你的双眼给迷住了。

呵，一个"绿"字，就轻易地勾去了你的魂魄！

狄峰知道了：是春天约了你，是大自然与你相约了啊。

不然，"美呀美，美在太湖水"的白鱼们，又怎会眷恋起在水一方的苕西溪，愿逆流而上，与它轻言细语？

绝迹多年的太湖白鱼也游了回来。

苕西溪，又见太湖白鱼跳跃的身姿了！

家住梅灵港边的渔民张才发，有着三十多年的捕鱼经验。前些年，他一直闷闷不乐，怕这辈子再也见不到美丽的白鱼。想不到，近年经常能捕获到十来斤重的大白鱼，他为溪水的常清与长流而欣喜不已。

浙北县，又是全国著名的竹乡。竹制品加工是当地又一支柱产业，其中竹拉丝环节会产生高浓度废水。为了解决这个问题，2005年县政府委托浙江大学进行技术研发，建设了专门处理竹拉丝废水的逢春污水处理厂，而这项专门的处理技术也是全国首例。

除了治理企业污水，当地治理环境污染又一个重点是农村生活污水。2003年，浙北县开始对农村污水进行集污纳管，每家每户还新建了隔油池和化粪池。

到了现在，浙北农村生活污水处理实现了全覆盖。

经过一系列处理，苕西溪水质达到了二类水标准。

为了维护治理成果，浙北县设置了五级河长制，各级河长对自己辖区内的河道进行监管，并纳入部门考核。

浙北县境内有1624条河流。

自2013年起，浙北县推行"山青水净"行动，彻查所有农资商店，不允许草甘膦进入县境销售，全县禁止使用草甘膦等除草剂，从源头治理农业面源污染，全面禁用高毒、高残留农药，高效低毒低残留农药推广率达98%，绿色防控面积达15万亩。

现在，浙北的村庄普遍制定禁止在山区、林区使用农药、化肥的村规民约，全县农村生活污水处理率达 100%。所有小学都有一门 10 分的必修课，开学第一课就要学习水土保持，为的是把爱水护水的理念从小植入孩子心里。

太湖美呀太湖美
美就美在太湖水
水上有白帆哪
啊水下有红菱哪
啊水边芦苇青
水底鱼虾肥
湖水织出灌溉网
稻香果香绕湖飞
哎咳哟……

太湖美了，人湖源头、黄浦江源头今日更美了。

四

黄浦江源头的浙北苕西溪，蜿蜒曲折，碧波荡漾，扑朔迷离，贯穿于万种风情的百万亩毛竹林之中，象征着诗与远方，它欢快、激越地经过菰城，最终注入了美丽的太湖。

浙北县境内的清澈河面，以及溪岸坡地随处可见白鹭飞翔、野鸭穿梭。溪流深处，不时有载着鱼鹰、哼着歌儿，撑着竹筏的渔民轻盈划过，激荡起一阵阵跳跃的水花。

据历史记载，浙北县除了传统意义上的以鱼鹰捕鱼，早年的亩西乡，还是名副其实的"鹭鸟故乡"。有一个叫金黄村的，鹭鸟数量还达到了7800只，平均每公顷1300只，形成一道"人鸟和谐"的大自然景观。

让狄峰印象最深的是，浙北县处处鹭鸟飞。田野里，溪流边，柳树上，都成了鹭鸟栖息安家的地方。

狄峰还发现，只要有农民耕作的地头，鹭鸟与耕牛还成了形影不离的"朋友"。

王家村有一位叫"萧香"的，听上去像一个女人的名字，其实是一位男子。

那时，萧香四十出头，狄峰对他的印象特别深，他在当地是出了名的"犁耙耖"好手。他身高不足一米六，体重也只有七八十斤，瘦瘦小小，与他为伴的"三大件"——一副犁，一副耙，一副耖，无论是哪一件，只要往萧香身边一放，件件都像马大个儿，因而萧香就显得特别小巧。让狄峰不可思议，这样笨重的活儿萧香能胜任？

可是，任何一件农具只要到了萧香手里，出现在大伙面前时，他变得像个游击队员，操作起这些"家伙"来总会灵活有度，得心应手。

比如，犁地。萧香为了赶进度，鞭子猛抽牛身，让它快速犁地，牛儿也会发疯似的狂奔起来。无论牛儿怎样扭动着身子"折腾"与"对抗"，活脱脱像个不听话的"小犟头"，萧香的右手总是紧紧地把控犁把手，不左右偏离，左手牢牢地抽拉牛绳子，丝丝入扣降伏牛儿听话，坚定不移地让闪亮的犁头深深地切入泥地，犁起的土块像一条条翻起的黑浪，层层叠叠，起起伏伏。

其实，牛儿也像人一样，有个性、有火气，也有思想，不是人们说的那句"对牛弹琴，牛不入耳"，长时间让它干活儿怎会不累，怎不罢工？也就有了必然的抗争。人们常说那句"抓住牛鼻子不放松"，正是牛绳子穿在了牛鼻子的鼻孔里，你一阵阵拉紧了绳子，牛的鼻子会容易疼痛，所以它只得让你牵着鼻子走。

牛鼻子里能穿入绳子的"孔洞"，可说是"盘古开天地"，可能是那个时候就"发明"了。当牛犊子变成了"毛头小伙子"，这个时候，老农用锋利的铁器往牛的鼻子里钻出孔来，被穿孔的牛鼻子停止了流血，待伤口痊愈了，再往牛鼻子的孔洞里塞进可系绳子的木条栓。这个时候，牛也就成了名副其实的"壮劳力"，进入了漫长的下地干苦活儿的日子。

说来有趣，只要萧香牵着耕牛来到田头，大老远的白鹭们就像听到了集结的号子一样，扑扇着翅膀朝着他这里飞奔过来。一瞬间，萧香周围的田地里已让白鹭"占领"了，满目都是白茫茫一片，牛背上都会驻足三三两两的白鹭。

萧香牵紧牛绳，扬起牛鞭，嘴里"嗬嗬嗬"地吆喝起来，抽赶着耕牛犁地时，那些栖在牛背上的白鹭置若罔闻，就是不愿离去。这些顽皮的白鹭，还会飞落在萧香的肩膀上，萧香用牛鞭甩它们，它们虽然呼呼呼一阵子飞开了，但一会儿又呼啦啦地飞了回来，重复呈现人、牛、鹭"三重唱"的和谐美妙情景。

萧香又会把白鹭看成自己的小孩，不管怎样也不会去伤害它们。

白鹭为什么接近耕牛，形影不离？

在狄峰的心里，还是一个谜团。

白鹭喜食小鱼、泥鳅、螺蛳之类，而田里有泥鳅、有螺蛳，

第十四章 绿水青山

甚至也会有小鱼。

　　萧香犁田时，犁头卷起泥土，发现烂田里活蹦乱跳的泥鳅，他就会捉起它们抛给身边的白鹭们。白鹭习惯了萧香的施舍与爱护，便会争先恐后地抢起食来。

　　苕西溪有一条支流叫水浒溪，源头在天篁阁，它翻过一座座山，流经一片片大竹海，最后与苕西溪汇合，流向南太湖。

　　就在县城的城关镇，有一个叫"浙北外滩"的地方，就是以水浒溪的独特环境取名，象征着正在崛起的一个"小上海"。

　　奇怪的是，"浙北外滩"刚刚有了雏形，栖息在这里的白鹭竟然日益多了起来。

　　狄峰猜想，这些白鹭一定是从"白鹭故乡"的亩西乡迁徙而来的，如今的白鹭也和人一样，向往起城市里的生活了，也成了"城乡一体化"的成员了。

　　水浒溪上的一座座诡秘绿岛，芦苇深深，白鹭翱翔，它们踏水而歌，响彻天空，形成了"人鸟和谐"、美不胜收的壮美景观。

　　生态美了，白鹭重返故乡，又来到了欣欣向荣的新型城市，狄峰想，白鹭这样的"走亲"与"选择"，也是最好年景里的必然趋势。

　　水浒溪自从来了白鹭，风景这边独好。

　　微微波浪欣喜跃动，激情演绎，梦幻般呈现。

　　迎合你我的，又是色彩斑斓的多彩世界，令人遐想无限。

　　一番恬静的感受，总会在你的心间弥漫开来，情不自禁又喜出望外。

　　狄峰也和乡亲们一样，在欣赏它的俊俏芳容时，难免有点儿怦然心动的感觉。

　　五彩映岛，风暖两岸，几只水鸭起身早，追赶镜面苇影逐，振翅踏浪。播谷布谷，芦荡深深鹁鸪噪，此乃兴致为谁闹？枯草探绿仍挂霜。白鹭翻飞，几回回床被新枝添，冷雨敲窗伴心曲，乐随垂钓寻柳芳。枝枝条条击苍穹，节节点点鼓珠宝，身孕心印好运，水暖春江。（《芦苇岛》）

　　艳秋时节，醉秋的光影里，海市蜃楼般的"浙北外滩"，让人流连忘返，徜徉其间。
　　晨雾朦胧，星辰璀璨，芦苇轻荡，柳丝飘拂。

　　白花花芦苇风中吟唱，黑滋滋枫杨溪边静默。枫杨哥，你怎不吭声？芦苇妹，我在看你啊！有什么好看的，我还不是老样子，看不出变化时，才有新名堂呢。芦苇秘密从内心出发，秆秆枯黄深藏绿色情怀，一声惊雷浑身吐翠。枫杨公开从外表张扬，条条脉络里涌动青春活力，几场风雨遍体勃发。芦苇枫杨靠水而居，都在寻找新的方向，秘密书写滚烫歌词，公开酝酿激昂曲谱，合唱团，指挥家到了，雄浑的旋律顷刻响起。来吧，一个崭新的世界！（《枫杨与芦苇》）

　　狄峰沿着河边的小路行走，少不了左顾右盼，多了几分神清气爽。
　　呵呵，好一个惊讶的"日月同辉"：遥望西边赤子山巅，是当年狄峰念初中时的那个学校山头，云彩弥漫，苍穹挂着一轮冷月，把山峦之风骨映照得若隐若现，如梦如幻；东边翔宇外国语校园，已被地平线上的一轮红日高高托起，像一艘巨大的游轮在晨曦的霞光里扬帆起航，走向未来。

目光移之横跨"外滩"与县城城关镇的"鸿云西桥"，桥面也如流动的海洋，有从西侧"美的颂歌"那边，即"孝递同城"的客运中心徐徐而来的"铛铛车"、公交车、出租车、中巴车，有从东侧美丽乡村"范家头""猴山头"一带驶出城外的轿车、货车、商务车、摩托车、电动车，五颜六色、熙熙攘攘，仿佛描绘着"浙北外滩"那一幕幕流光溢彩与盎然生机。

神秘的水浒溪，难道与《水浒传》中的水泊梁山有关？当然，它是母亲河苕西溪的亲生女儿。淳朴、勤劳是它的天性，饱经了岁月沧桑又焕发了青春，与古老的地理脉搏一起跳动，一起成长，它的一举一动，一笑一颦，就是母亲苕西溪年轻时的那番美丽模样。它的眼睛就是清凌凌的浪花，它的刘海儿犹如天际飘逸的彩霞，它的容颜更是充满青春活力的象征。

眨一眼是一个春天，再眨一眼又是一个冬天。

水浒溪眉目传情，四季更替，就这样美轮美奂地演变着。

是清溪把它的眸子洗亮，也把它的心底洗净。

它传递给大自然的，都是人间的美好与大爱，触碰你时的那种柔柔滑滑爽爽的，全都是流遍周身的浓情与温暖。它神采飞扬，让每个春夏秋冬炫耀生辉，它左手的梳子轻轻一扬，东岸边成了"不知细叶谁裁出，二月春风似剪刀"；它的右手玉指一拨弄，西坡间又是"芦花不动鸥飞起"，好一个"蒹葭苍苍，白露为霜。所谓伊人，在水一方"。

如果把青松誉之男树，那杨柳就是女树了。浒溪边也有劲松且四季常青，而冬季的柳树像一个个疯女，丢了梳子还是性情懒散？一位凯尔特人从我身边走过，他急匆匆走向一棵柳树，这棵女树发际瞬间有了光芒。我看她的美，是挺胸时的那一刻。挺胸，又是哪一种醉？浒溪河的水暖了好几度，"两山"之水缘故？柳树，你是树妖？水晕里一只水鸟叫了一声"精神领袖"，它喃喃细语，说自己是"心灵领域"的居民。我只得远远欣赏，别无选择，空气里弥漫着一种诱惑的味让人窒息，是这棵女树浓烈的体香？还是"春哥哥"要背着"柳妹妹"出嫁？（《浒溪女树》）

浙北县城是一座丰盈的"水城"。代表性的有"一港一河"，即地大港和浒水溪。多少年来，"姐妹俩"情同手足，无论是港还是溪，最不缺的就是日夜流动的清澈之水，她们相拥在母亲河苕西溪的身边，梳妆打扮，欢声笑语，源源不断地又将"心爱之水"注入南太湖，"美呀美，美在太湖水"，就有了它们的缕缕情怀与默默奉献。

如果说，地大港是家门口的"一叶轻舟"，富有灵动与浪漫，那么，水浒溪就是迈向大观园的"豪华游轮"，尽显雄浑与轩昂。

水浒溪的美丽，是浙北县生态环境日益改善的一面镜子，它与城乡一体化建设同步崛起。

河堤处处石块垒筑，河床疏浚清波涌动，拦坝规整，储泄自如。

"浙北外滩"东西向河岸和一个个岛屿，经过精心的规划设计，已形成一道道绿色屏障，呈现出"绿荫不减来时路，添得黄鹂四五声"。杨柳依依，翠竹摇曳之际，平静的水面不时激越起朵朵炫目的水花和一条条、一环环的水帘弧线,这是浙北独有的水鸟、野鸭们被惊飞时的精彩画面,也是它们栖息、繁殖之理想家园。

"外公外婆,今天我们还是到水浒溪那里玩好吗?我很想再去那里看看蒲公英和柳絮花。"

"好的好的!"

狄峰和妻子梅梅异口同声,高兴地回答外孙女浠儿提出的愿望。

其实,狄峰与妻子几乎三天两头都会到"浙北外滩",沿着那条水浒溪休闲游玩。

"蒲公英,蒲公英……"

原野上,沟坎边,蒲公英总是亭亭玉立,鹤立鸡群。

浠儿每当与外公外婆来到清新空气扑面的山水间,只要看到那些枝头上白晃晃的一片片"云朵",就会急不可耐地朝着它们飞跑过去。她抿起小嘴,屏住气息,情不自禁地对着一个个洁白的"球儿"一阵子猛吹。原先顶在枝头上的它们,被呼呼聚焦着的"口风"急促地吹散开来,转化成了无数的白絮。于是,它们借着轻风顺势而为,纷纷扬扬,浩浩荡荡,向着原野,向着树梢,向着鸟窝,向着湛蓝的天空飞走了。

此时的浠儿抬起头,明亮的眸子在闪动,在说话,在许愿,看着飘远的白絮,她开心地笑了。

这些纷飞的蒲公英,是否真的愿意就这样被莫名其妙地吹散了呢?

"浠儿,你把白絮都赶走了,你知道它们会开心快乐吗?"

狄峰这样问浠儿。

"蒲公英无论飞到哪儿,它们都会找到自己的家啊。"

浠儿说得那么认真,肯定有她的道理,也是她心中美丽的梦。

起先,狄峰很少关注蒲公英,以及它们的家长里短和前世今生。诸如它们长到了大家闺秀的时候,是怎样深居简出或远走他乡的,又是怎样找到它们的第二故乡和托付的婆家,倾心倾情,去寻找心爱的另一半,终成眷属的。

狄峰知道,第一个吹响明媚春天清亮哨子的人,就是赞美"二月春风似剪刀"的那些诗人。蓝天下,白云间,暖暖的气候,甜甜的空气,涌动着飘飞不断的洁白柳絮,它们都是柳父柳母的儿女们。"三月尽是头白日,与春老别更依依。凭莺为向杨花道,绊惹春风莫放归。"

在天空中翻飞的,舞蹈的,歌唱的,跳跃的,就是心花怒放的柳絮姑娘。

先前,狄峰见到过柳絮们总会云集在它们父母的身边,亲亲热热,层层叠叠,丰丰盈盈,像洁白纯粹的雪花姑娘。经过时发现,天空中来来回回飘着,从一个方向又转向了另一个方向,它们都在精挑细选着美丽的村庄,善良的婆婆,心爱的情人。此时,它们驻足,它们流连,它们交谈,它们聚会,呈现给你的,仿佛就是一幅幅浓缩版"千里冰封,万里雪飘"的壮观场面。

初夏时节,狄峰终于明白了,柳絮与蒲公英絮,就是一对大自然的亲姐妹。它们天生丽质,活泼可爱,共同的心愿:爱蓝天,爱白云,爱游四方,爱交朋友,爱腾云驾雾,一路高歌,翩翩起舞。

絮儿们,其实与清泉、溪水有着不解之缘。它们在遨游长空之后,还是回到了养育它们的大地母亲那。它们与水相亲,与水投缘,与水倾诉,得到了土壤的滋润与营养,就会编织起希望的梦想。

浙北漫山漫坡长满了竹子,形成了无边无际的大竹海。

竹子巍然挺拔,壮志凌云,但有着人们难以洞察的万般柔情。山泉养育了它们,它们又把大爱回馈给了青山。每年都会遇到干旱季节,它们坚韧不拔,无私无畏守望着每一寸绿色。竹子一年四季不辞辛劳,竭尽全力铸就防涝固沙、涵养水源的"内功",一旦严峻考验的时刻到了,它们的优势也就悄悄地显现了。

竹海里的苕西溪、水浒溪、马白港、车水湾,还有许许多多不知名的溪流,君不见竹海之水天上来。

雨水丰沛的季节,尤其是夏日里接二连三的台风雷雨"轰炸",从上游各处山脉间,各险冲要塞处汇聚而下的滔滔流水,一泻千里,一浪高过一浪,经久不息,逶迤东去。

河道过水之处,都会诉说着"十年河东与十年河西"的故事。

去年河西处的一个小岛屿,今年不是变小了,就是不见了。原本河东无一岛屿或很不起眼的一个小不点儿,不经意间它们就长大长高了。无论一个岛屿消失了,还是一个岛屿东山再起了,各种阔叶柳、细眉柳、乡土枫杨,它们都会出现在那里。

这也成了浙北民众心中的一个谜团。

是谁往这儿带来了树种?是谁在这里栽下了树苗?其实,谁也没有来过,谁也没有参与过,谁也没有告诉过谁。

溪岸、河床岛屿长满了树木,都是柳絮们的心愿托付。它们播撒种子，播撒希望，是它们的毅力和顽强精神，让植物的根须穿过深深浅浅的水层，寻寻觅觅、死死扎进深爱着的每一片土壤。无论暴风骤雨，还是雷电交加，它们用生命捍卫着植物与自然界的尊严。尽管如此暗暗较劲，但它们的内心是充满阳光和青春活力的，展现给人间的，似一把把遮天蔽日的灵秀花伞，把每一个大大小小的岛屿装扮得分外妖娆。

如此的神奇与美妙，都是柳絮的亲力亲为，深情倾注。

是风儿把柳絮们带到了这里，是鸟儿帮助它们在这里找到了温馨的港湾。

有树林的地方，就会有杨柳轻扬；有花香的地方，就会有蝴蝶、蜜蜂；有小鱼儿欢畅的地方，就会有各种各样的鸟儿。

蒲公英与杨柳的柳絮，是世界的"美丽公主"，它们勤劳善良，质朴无华，它们爱人间、爱亲人胜过爱自己。

浠儿很喜欢蒲公英的模样，心中似乎也与蒲公英所期盼的那样，在暖暖的阳光下，在蓝蓝的苍穹里，努力编织美好，奔向幸福未来，快快乐乐，茁壮成长，风儿梦想　起飞。

五

浙北县生态和美，民风淳朴，就连脚底下的土地也是肥沃、松软、有机、色彩瑰丽的，丰富多彩的。

土地土壤资源，也如一座座丰富的地下宝藏，深不可测。

湖天峡镇、足食乡一带，还蕴藏着大量的膨润土，经过提炼，成为保健、日用、美容类等产品上的一种添加剂。

东野、天篁阁、川海等乡镇，还拥有丰富的富硒土壤，生产出的稻米、蔬菜、瓜果等富硒营养的农作物，成为绿色生态的著名农产品，走俏市场，深受消费者青睐。

祖祖辈辈与泥土打交道的农民，除了寄予深情与爱惜，利用与改良，整合与节约，还从中真正悟出了：泥土里，其实也是一个绚烂缤纷的美好世界！

美山美水，还美在脚底下的每一寸土地。

民众，脚踏大地；梦想，心驰神往。

浙北县膨润土行业的长足起步，作为一种新兴产业，曾经推动了当地经济的发展，还成了城乡居民增收致富的重要渠道。

山林覆盖下的地表深处，隐藏着可以随意开掘，又很快转化成"金钱"的这种膨润土，让当地大大小小的领导兴高采烈。当地经济发展的速度，就看每一年的考核指标是否往上蹿了，增长率啊、百分比啊，又究竟上蹿了多少高度。

人们都说，开发膨润土是一个"不错"的项目。

人家那里没有这个资源基础与条件，你倒是成了得天独厚，机会何不紧紧抓住？而且，这个淘金的项目就在家门口天天可以看得到的眼皮底下。

你说幸运不幸运？

当然，这种盲目性的、短期性的甚至是掠夺性的、破坏性的开发不可再生资源的行为，当时穿着的是一种既漂亮又合理的外衣，迎合了那个"年份"。只要是能挣到钱的，它就是"好事"。

哪能有错？

"千条路，万条路，能够快速赚上钱的一定是好路。"

你追我赶，争先恐后，跟风似的指导思想占了上风。

更何况，让当地老百姓亲眼见到又能见证的，是一条对未来发家致富充满着憧憬与希望的路子。

满目青山处，无数台挖土机横冲直撞，一座座泥山被拦腰切断，继而开膛破肚，不仅一棵棵树木被毁了，而且连杂草也一棵不剩地"赶尽杀绝"。

"挖土机开过那里，扬起的是一地灰尘，白茫茫，昏沉沉；路边，一张张塑料薄膜的四个角被折下的树枝固定，好多已经破败不堪，露出薄膜下的膨润土；工人师傅的衣服上，都积满了薄薄的各种色泽灰土。"

参与膨润土开发生产的黄虎生，记忆犹新。

狄峰当年所在的乡镇，有一位从泥地里上岸的乡镇企业家，他就是黄虎生，长得一米八九的个子，仪表堂堂，风流倜傥。高中毕业的他，回到乡村也算是个有文化的人。当时流行的是"社来社去"，意思是从什么地方来的就回到什么地方去。此前还有"农村是个广阔的天地，在那里可以大有作为"的说法。黄虎生进入乡镇企业后，如鱼得水，也就风生水起。

因为是同一个乡镇，又都在各自的企业工作，抬头不见低头见，狄峰与黄虎生一来二往，也就比较熟识与友好起来。

在当时，不仅膨润土开采无序，而且其他的开发项目也是杂乱无章。

那时，正是乡镇经济振兴大发展的初期，从上到下只有"一个调"，需求发展，挖鳖撬洞，只要能赚到钱，无论什么项目都可以立即上报审批，开发上马办企业，就像当时提倡竹制品开发生产的势头一样：村村"冒青烟"，家家"机声响"。

村村"冒"的是烧煮编织竹凉席需要对半成品竹丝进行防霉变、防虫蛀的那种"烟"，竹丝经过高温处理后，不仅起到上述这些作用，而且色泽亮了，卖相也就好了。

家家机声响，就是山里人家大都置办了竹丝加工的那种编织机。你只要来到任何一个村子，人还在村子的几里之外，其隆隆的织机声早就灌入了你的双耳。

"这个村不错，经济发展好。"

机器虽然这么闹，但人们的心里热乎。

其实，在这些背后，各种生产企业产生的污染危害也极其严重。

"狄峰伯伯，您环保部门有要好的人吗？前几天来了几个人，他们说要让我的厂子尽快关闭。那怎么行啊，我把家里的所有积蓄全部投了进去，这样一来，不是要了我的命啊！"

狄峰所在的这个村子，有一个叫夏盛的人，当年他也只有二十出头。夏盛长得很英俊，中等个子，开阔脸庞，浓眉大眼。

但岁数不大的夏盛，聪明机灵。

你能说夏盛搞的这家竹凉席染色厂，不会污染环境？

绝对不是的。

夏盛懂得这个理。

夏盛把这个染色厂办在了离村子很远的偏僻角落，一般人很少会去那里。人去得少了，就不会被发现他这个厂子产生污染。

夏盛看到遍地发展的竹子开发企业大多是低端的竹凉席生产，他想到了利用这些竹凉席制品，将它们染上各种色彩，会受到市场的欢迎。

"我说夏盛，那怎么行啊，环保部门都找上门来了，就不是一般的问题了，谁能做这个出头硬汉？"

狄峰看着夏盛，无可奈何。

夏盛既然把厂子办在了偏僻角落，怎么会被发现呢？

若要人不知，除非己莫为。

夏盛将竹凉席半成品染上各种色彩，所产生的污染废水到处流淌，根本没有采取任何的污染治理措施，那还得了，纸能包得住火？

夏盛的所作所为，很快被村子里的人举报到了环保部门。

不久，夏盛这家厂子不仅被罚了款，还被无情地责令关停了。

"狄峰阿弟，过去常在我们口边的一句叫什么来着，'只要功夫深，黄土也会变成金'。你说，我们什么时候能让黄土真正变成金子？我觉得还没有过吧？"

黄虎生眼看自己负责的这家乡镇膨润土厂红红火火，蒸蒸日上，觉得自己也赶上了发展的好机遇。

乡镇企业上面一层层的管理阶梯，对这些利用当地资源开发兴业的厂子，也充满热望，寄予了很大的期望。

当年，浙北县膨润土资源储量在 2500 万吨以上，是著名的"中国膨润土之乡"。

当地膨润土加工起步至今已有 30 余年，是浙北县利用资源的传统产业之一。

当时膨润土企业达到了 80 多家,其中 70 多家为初级加工企业,10 家左右为深加工企业,主要分布在天湖峡镇的禹高村、址吴村,少量分布在芝张、苑古和庄高、福五等村。膨润土矿山 2 家,是这些企业原材料的主要来源。浙北县膨润土资源开发起步早、程度深,当时足食、四明海、特娃等企业已成为该行业的领军企业,是我国最大的有机膨润土基地。

随着时间的推移,膨润土生产加工企业工艺落后、污染严重、能耗高产出低,且管理水平不规范、不完善,发展弊端逐渐显现,"小、散、乱、差、脏"成了膨润土产业生存发展的"致命伤"。

"绿水青山就是金山银山。"
浙北县义无反顾地向自己"开刀"。
追求绿色,开辟新天地,是浙北人发展经济的最亮底色。

那天清晨,黄虎生来到他负责的这家"足食膨润土厂",准备召开全厂上半年生产经营总结会议,部署下半年的工作计划。

黄虎生和与会人员刚刚落座,他的手机就响了起来,他正要拒接,一瞧是熟悉的政府座机号码,便接通了手机。

就是这个电话,让黄虎生心潮澎湃的情致被狠狠地淋上了一头彻骨的冷水。

"黄厂长,向您透露一个不好的消息,您要做好思想准备,包括做好全体干部职工的思想工作。我这样对您说吧,我县的所有膨润土企业都要进行停业整顿了。"

"张科长,您说什么,停业整顿?您不要开这种玩笑,我正在召开企业生产经营会议,下半年我很有信心,今年要确保实现产值、利税同比增长35%以上。"

"黄厂长,您的心情我可以理解,你们这家厂历年来都走在全县经济发展的前列,每一次成绩的取得离不开您黄厂长的艰苦努力,以及干部职工的合力拼搏。"

张科长在电话那头还在语重心长、循循善诱地做着黄虎生的说服工作,可是黄虎生的双眼已经噙满了痛苦的泪水,尽管他极力控制,但深深的伤痛已让他再也不可能平静,泪水还是止不住夺眶而出。

行政副厂长兼厂办主任林可娜,虽然没有完全听清楚黄虎生接听电话的全部内容,但从黄厂长的表情上,基本觉察到当下企业已经面临了发展的难处。

四十出头的林可娜,跟着黄厂长创业至今,察言观色,八面玲珑,尤其是有着驾驭控制这种场面的能力。

"各位经理、科长,今天会议暂时取消,什么时候开会请等通知吧,辛苦大家,谢谢大家了。"

黄虎生一言不发,林可娜的一番话,其实大家已经猜出了几分,也就心知肚明,不再追问下去,便悄悄地离开了会场。

浙北县经过一阵子对膨润土企业进行"暴风骤雨"般的停产整顿,该停的企业停了,该起死回生的又继续下去,不久可喜的情景又出现了。

对于膨润土行业"起死回生"的企业,浙北县采取了一系列

第十四章 绿水青山

强化监督管理措施,确保"生存"的每一家企业都要无条件服从规范要求,不得有丝毫的大意,否则仍然会遭到停业整顿。

黄虎生重新回到了以往生产经营的有序场景,精神面貌看上去要比过去好得多。

为什么呢?

"现在的企业,当然要比以往任何一个时期的生产经营状况要好。过去,尽管生产经营形势不错,但它是无序开发,管理失控,资源浪费,无论从生态环境的保护上,还是从资源的开发利用上,都是地地道道的粗放型生产管理。"

林可娜对前来见黄虎生的狄峰这样说。

"狄峰阿弟,今天你来得正好。"

"呵呵,黄兄,今天我是不请自来,如果我不厚着脸皮过来,你会想得到我?"

"兄弟,你怎么这样说话啊,前阵子你又不是不晓得,上面要求所有的膨润土企业停业整顿,我当时简直是受到当头一棒。这种痛苦,我不说,你也应该体会得到吧?"

"是的,是的,所以我今天来。你的意思是说我来得晚了?"

"我没有这个意思,我们兄弟还用说客套话?你什么时候来,都是最合适的时候。"

现在的黄虎生精神面貌焕然一新,说起的每一句话也大不同以往了。

狄峰知道黄虎生前段时期经历了不一般的痛苦,所以这次与他对话也是带有同情的意味,但更多的是为黄虎生感到高兴。

"你帮我参谋参谋,我这家保留下来的膨润土厂,已经不是过去的'摸着石头过河'了,在绿色生态面前再也不能去试探、去冒险了,现在的每一步都要按照'绿水青山就是金山银山'的要求去做,不能以牺牲生态环境获得经济利益。我想,我这家企业要在浙北县做出表率,带个好头,把企业真正办成现代化的绿色标兵。"

狄峰把自己想到的,以及还有一些并不成熟的想法或建议,毫无保留地与黄虎生进行了探讨与交流。

以足食乡膨润土厂临时过渡平台的生产场景为例。

整洁的车间,所有膨润土固废统一密封保存在仓库;生产废水集中在厂区中央蓄水池,经过低酸碱度、COD后纳管排放;在废气治理方面,拆除了锅炉,改为集中供热。

膨润土加工是浙北县地方特色的资源型行业,湖天峡镇还素有"膨润土之乡"之称。过去"低小散"的行业境况,虽然给地方带来一时发展,但更多的是导致环境污染。从2017年开始,浙北县开展膨润土专项整治,一年多时间,63家膨润土企业全部签订关停协议,余下5家入园发展。

整治"低小散",迎来了"破茧成蝶"。留下来的几家膨润土企业搬迁到了"初加工园",有的将进入"精加工园",并已基本完成规划设计、土地征收,建成后将更好地推动行业集聚集约、涅槃发展。

在浙北县,"决不以牺牲环境为代价换取一时的经济增长"这一理念已经深深根植于47万民众心间。

从确立生态县到中国美丽乡村再到中国最美县域,一路走来,"绿色"已成为浙北县最为厚重的底色,"生态经济化、经济生态化"成为浙北县经济发展的显著特点。

六

土地是人类的命根子。热爱土地的人是天底下最幸福的人!

整个浙北县四面环山,翠竹掩映,就像是一个用泥土垒筑起来的绿色盆地。但这个盆地,又像是一个拥有着丰富植物的巨大基因库。植被郁郁葱葱,四季如春,地下资源涵养丰富,气象万千。

一望无垠的起伏山峦,全部被绿色覆盖得严严实实,没有一点儿裸露的泥土。

不管平原地区还是缓坡丘陵,不同的季节,浙北县都盛产各种生态瓜果和特色农产品,山核桃、冬笋、黄花梨、板栗、猕猴桃、红心李、葡萄、蓝莓、白茶、百合等,数不胜数,应有尽有。

那天,狄峰的远方客人来了。

客人说想去狄峰所在的乡下看看他家前些年建造的新屋。

看着看着,客人说:"我记得,你们下放农村时最早的房屋是用泥土夯筑的,现在的住房条件真是今非昔比了啊!"

"那是,那是。"

狄峰连声应和,现在的居住条件已胜过了城里人的居住条件了。

客人说:"我其实还很留恋那种泥土屋的味道,无论春夏秋冬,总有不同的气味。晴天散发水分,房子呼吸空气,空气还会滋润着房子。"

"泥土屋最大的特点就是冬暖夏凉。"狄峰这样回答。

客人又说:"现在的乡下,还能见到过去的那种泥土屋吗?"

"有啊,有啊,就在隔壁的那个村子,一个院子里建有五六幢土屋呢,不过人们都习惯叫它们'生态屋'了。"

客人听了狄峰的介绍,像丢了魂似的,从屋内马上跑到了院子里,说现在就过去看看那个村子里的生态屋吧。

狄峰本想慢慢地告诉他,不承想,客人那么性急。这是一种深切的怀旧感受与烙入心坎的美好记忆。

"啊呀,这个地方太美了。有山有田有溪流,鹅鸭成群,鹭鸟飞翔!"

客人在"浙北剑侠山生态屋"的大门口就大声惊呼:"这里怎么叫剑侠山?也有过'侠客佩剑笑傲江湖'啊?"

狄峰好在对这个村子熟悉,就直接回答了客人的提问:剑侠山来源于一座古代的石桥,它就架设在一片湿地的两岸之间。传说当初建桥时风云莫测,先后三次遭遇雷击,建成后遂名为"天打桥"。后来为了纪念此桥,旁边的这座山也就取名为"剑侠山"了。

时令虽然已近金秋十月,大地还是涌动着似春天般的暖意。岸边的杨柳,仍然飘逸着碧绿的枝叶,像美丽的姑娘梳妆打扮,顾盼生情,别有风韵。而翠绿的枝干上,麻雀喳喳,松鼠跳跃。

"咚咚咚……咚咚咚""嘭咚嘭咚……嘭咚嘭咚……"

一阵紧似一阵的沉闷声响,不经意间从一座围墙里传出。

静静的山水,温暖和煦的季风气候,舒适宜人,最佳宜居。所见所闻,只有鸟语花香,清风送爽,怎么会有这种似乎"不和谐"的响声袭来呢?

走进院子,出来接待的是狄峰熟悉的吴中师傅。

一群人在这里来来回回地捣鼓着,忙碌着,用各种各样、各种色彩的泥土,夯筑起一方方充满自信的"样板"泥墙。

吴中是剑侠山村常年管理这座院子的"看家"。若有客人前来参观,吴中摇身一变就成了地地道道的"农家导游"。屋子遇到需要修缮时,也是由他叫上人一起施工。当然,吴中师傅又是一位擅长夯筑泥土墙的能工巧匠,当地人称他是"三脚猫",意思是他都会来一手好功夫。

随狄峰而来的客人开门见山:"村子里建泥土屋有什么初衷啊?"

"这个村是县里典型的美丽乡村,也是靠改革开放富裕起来的村庄,这里还成为乡村旅游线上的一颗明珠啦!"狄峰对客人说。

听了吴中的介绍,狄峰和客人才知道,干这些泥土活儿的人,许多还不是当地的地道农民,有的是从全国各地慕名前来取"泥土经"的学员,有国内著名大学的博士生,美国、日本、瑞士等一大批国际友人。

生态实验的种类在国内繁多,可谓五花八门。而这里,"一门心思"造一些泥土房子,目的就是展示给大家欣赏,让大家有兴趣一起来学,让学到经验的学员再回到自己的家乡去"照搬照套"。

这样的场景,就像一个"原始部落"。

利用传统的人工手法，搬弄土坯疙瘩，看上去有些笨拙，还是以体力劳动为主，学员们汗流浃背，满身泥气，与现代化的工艺潮流、先进设备，以及上班族的"光亮透鲜"显得格格不入。

前来取"泥土经"的人，都是高智商、高学历的人。

他们一旦进入了"工作现场"，一个个就像是当地土里土气、熟能生巧的农民。

学员们一天到晚都与泥土打交道，吃住、生活在"生态屋"里。这里没有大学里那样的学习条件，课堂就设在阳光下，遇到雨天就改在房屋内。有的学员来时像个"白面书生"，回去时，脸庞已被日光晒得黑不溜秋。即使是这样的学习环境，也能让学员克服困难，信心满满。

"人，就是要接地气。脚踏大地，就有了精气神，自然而然会生发出对泥土的深厚感情，产生出对大地的一种敬畏！"

狄峰和客人对吴中的这番话感同身受。

四十多年前的剑侠山村，除了几处砖瓦结构的"老庄园"，家家户户居住的都是泥墙草屋。

现在村里开辟这样一个院子，把几座"古色古香"的泥土屋保存下来，除了让游客参观、体验夯筑泥土墙的传统技艺外，更像传承和保护"非遗"一样，别有风情。

这些泥土屋，不是年轻人进城后"人去楼空"的"空心村"。

村里把这些土屋利用起来，让游客体验传统意义上的磨豆腐、打年糕、做青团、煮南瓜、烤番薯和炒花生、瓜子等，感受农家多姿多彩的丰富生活。还像村级"文化礼堂"一样，举办"村晚"，开展赛歌、健身舞、拔河、踢毽子、跳方块等群众性参与的活动。

"泥土屋的好处嘛,真是莫佬佬(多的是)。"吴中师傅说的好处,是从生态屋返璞归真的角度赞赏的。

见到有一方已筑起一米多高的泥墙,吴中师傅对狄峰和客人说:"这些泥土墙都是游客体验时夯筑的。有的亲自动手夯一段矮墙,有的拌起泥灰来粉刷一堵墙。"

一板一板叠加起来的泥墙,颜色都不一样,绛红、青灰、浅绿、褐黄的,色彩错落有致,纹理纯属天然。

"我喜欢这种感觉,多彩的泥墙就像田园人家自然生态的'调色板'。"

客人描述它像一幅幅泼上去的油画,与树木、庄稼、菜花、瓜架、河塘、沟渠、栏栅结合在一起,五彩缤纷,蓬荜生辉。

吴中师傅管理的生态屋,里面还有一个泥土"标本室"。

"真是一个泥土芬芳的世界!"

圆圆的蚕匾里,盛放着一堆堆大小不一的新鲜泥土。木质桌上、凳上,摆满了长方形、圆柱形、椭圆形、正方形的各种泥土标本。客人觉得十分新奇。

吴中告知,在浙北当地,各种色彩的泥土已经发现了上百种。

传统泥墙的配料有黄泥、石灰、沙石,俗称"三合土"。剑山生态屋,其实是多了一层创新意义上的"再生版"。

"再生版"采用的每一种自然资源,都要从生态保护与利用的角度去考虑。

"黄泥、沙石是不可再生资源,不能去大批量开发,更不能毁坏。"

吴中师傅又说:"好资源,就在我们身边,你只要仔细瞧瞧,俯拾即是啊!"

建造生态屋,采用的是建筑工地上的废料,包括废砖、废瓦、废水泥等。过去,人们只考虑采用最好的自然资源"为我所用",而忽略了资源消耗后的"再利用"。

废砖、废瓦、废水泥,以往是到处抛弃、填埋,成了一个个"废都"。土壤结构遭受破坏,若恢复,难度更大。用废弃材料来替代泥土、沙石,就能节约夯筑材料中90%的新鲜土壤与沙石。

吴中师傅如数家珍。

吴中是浙北县港航局的一名普通职工。家乡的山山水水,家乡的风土人情,家乡的土地土壤,让吴中的心一下子"不安分"起来。

1999年,吴中精心策划了一场浙北"探江源"活动,他努力邀请了上海师范大学陶康华教授。于是,上海师生来到了浙北县,从江源源头的"浙北最高峰"——王龙山开始溯源,上海、浙北两地共同参与"走通江源溪,保护母亲河"的活动。这一活动,通过央视及上海、江苏等地媒体传播,在苏浙沪和全国各地产生了广泛和深远的影响。这个时候,浙北县提出了"生态县"建设,真正打响了生态环境保卫战。

吴中的"生态梦"也随之渐渐地清晰了,坚定了他追求生态环保事业的决心:一种不可名状的默契,丝丝缕缕,萦绕在吴中的心间,如七彩的美梦再也挥之不去,如影随形。

有的人喜欢住在城里的漂亮洋房,过上都市人的生活。而吴中却偏偏迷恋乡村。一路走来,构筑的生态蓝图绘声绘色,循序渐进。

吴中,已经坚守、追逐了三十余年的"生态梦"。

怎样走好生态之路？

对乡村来说，普通百姓应该从何处着手？

吴中认为，农民建房是一个"面大量广"的现实问题。他看到了不少地方，农民在建造房屋时，不注重生态环境的保护，特别是粗制滥造现象十分突出，不仅浪费了大量的自然资源，还严重危害了自然生态系统。长此以往，将会走向不可救药的境地。

吴中在不断地深思熟虑中，有了"重拾"建造"夯土墙"的深深愿望。

吴中是这样想的，也是一步一个脚印去实施、去推广的。2005年，吴中迈出了乡村生态建筑践行之路的第一步。

吴中的"土屋梦想"付诸了实际行动：向队、村、乡镇、县里逐级提交申请报告，自己出资，自行设计，先后建造起了五幢实践性土屋住宅。

院子里的五幢泥土房屋在田野里矗立，与周围漂亮的农民别墅显得大相径庭。

当时就有人议论："现在是什么年代了，还把那种'陈年作古'的泥土屋再翻出来，不是还要走落后的老路？"

吴中虽然也听到了这些议论，但他一边在做耐心的宣传、解释工作，一边坚定不移地朝着自己绘就的蓝图一步步去实现。

走"绿色生态"之路，既是世界潮流，更是一件利国利民的大事。那么，怎样才算是有利于人类的可持续性发展？

吴中的脑子里只有一个理，那就是保护和利用好土地、土壤。

吴中紧盯不放的这一课题，虽然经历过风风雨雨，万般磨难，但最终社会的舆论焦点，还是集中到支持的一面。

也就是说，吴中的选择是对的，他的做法得到了赞同和认可。

可喜的是，吴中采用的策略和自行研发的新技术，很快得到了建筑界的普遍认可。2008年，吴中的事迹在国内被广泛宣传，他还被《时代建筑》杂志评选为中国建筑年度焦点人物。

吴中还是一个热情、善良、心有大爱的人。

2009年，吴中参与了汶川地震的灾后重建工作。他带去了一系列"泥土墙"的建造方案与设计图纸。他的夯墙建筑理念，在川渝地区再一次得到了较好的推广、印证。

吴中认为，黄泥、沙石是珍贵的材质，最好不要去大批量开发，尤其是不能毁坏。自然生态资源的保护，就要从节约每一块土壤、每一粒沙石做起，因为它们是不可再生的自然资源。任何一种自然资源，如果人为造成枯竭了，那么你就是罪人，你再怎么想把它"补回来"，也就无济于事了。

有什么好的办法来解决或替代这些自然资源呢？

吴中说的这些资源，让人们压根儿没有想到，是一个颠覆性的新观念，就是要采用建筑工地上的大量废料，包括废砖、废瓦、废水泥等。这样的思维，无论从哪个角度来分析，都有其积极、科学的合理因素。

过去，人们只考虑怎样采用最好的自然资源"为我所用"，而忽略了资源利用后的"再利用"。

废砖、废瓦、废水泥，这些废材料的处理，原来是到处填埋，甚至随意丢弃，造成的后果，就是严重破坏了土壤结构。如果再将它恢复起来，难度就更大了。

吴中把夯土中的搅拌也看成一项艺术。他认为，控制好干湿度，掌握好黏性，就是对泥土墙的质量考究。

吴中还潜心研究在夯土技术这种重体力活儿环节上的探索与改进。这项体力强度大的活儿，通过他巧妙的创新，一下子变得轻松起来：把传统的手工夯筑与电镐夯筑结合起来。

这样一来，劳动强度减轻了，功效为之提速。尤其是夯筑的精密度和模板的精确度，经过检测、验收环节的鉴定，得到了显著改进与有效提升，还把劳动生产效率提高了50%。

抹墙也称抹泥，是一项墙体的立面艺术。现在无论是城市还是乡村，用砖块砌成的墙身，抹面的材料中多数采用的是化学胶水，成本高又不环保。

吴中恰恰在这个环节上，另辟蹊径，独特创新。他认为，抹泥不像往墙上"涂脂抹粉"那么简单，而是要学一学现在的女性，是怎么样去精心"美容"的。

这种墙体的"美容"，就是利用家乡的各种彩色泥土，掌握其内在的黏合性质，进行反复类比、反复试验论证。采用家乡的彩色泥土，不仅让墙身的色调变得原生态和自然美，而且经过三道精细的流水工艺，墙面细腻坚固，同样达到了现代"硅藻泥"的质量效果。

"通常，我们用泥土做夯土墙，但墙面粗糙，容易开裂。我的研究成果是，用泥土混合一些生物材料抹面，细腻柔滑，且不掉土。"

狄峰和客人随着吴中乐呵呵地指向一堵墙体立面，他们很高兴地摸一摸吴中称道的"抹墙工艺"，他们觉得，这种抹面的墙体，手感非常细腻滑爽，而且没有任何的土渣或灰尘粘在手上。

吴中见缝插针，又告诉狄峰和客人，有段时期，浙江松阳县也在提倡农民建房采用泥土墙，但遇到了处理不好传统泥土墙表面存在的粗糙问题。对方慕名而来，吴中敞开心扉，热情接待，将自己用"心血"换来的创新技术，毫不保留地传授给了他们。

"我的'原生态'技术，能得到更广泛的推广运用，我就一百个心满意足了！"

吴中还不放弃对"生态屋"里每个环节的"考究"。在吴中的视野里，家庭的洗手间千万不能忽视，要精心打造。

在生态屋，吴中特意"准备"了用泥土抹面的"两堵墙"，给前来学习参观的人们现场"示范"：一堵墙位于淋浴位置，水花溅上去后，全部沿着墙面流下；另一堵墙位于进门位置，用洒水壶喷上水后，不见水滴，全部渗入墙体，仅五六分钟时间，墙面即恢复干燥。

"它们的共同点是不会返潮。卫生间如果用瓷砖装修，很大的一个弊病就是不会'呼吸'，而我做的墙是会'呼吸'的，是健康的，能够一直保持干燥。"吴中显得有些骄傲。

这种骄傲，吴中始终这样认为，用泥土代替瓷砖的最大好处其实是环保，不含任何化学物质，而它的硬度可以与混凝土媲美，丝毫不用去担心在使用过程中会出现软塌等现象。

吴中经过摸索、创新，除了墙体抹泥巴，还在墙身上探索出一条潜在的新路。室内隔墙建筑采用的框架，用竹片来加以固定。其墙身中间，采用各种类型的轻质黏土填充，不用过度夯实，就能坚固扎实。

吴中十分自信地对前来学习参观的人们这样"考问"："你们来看看、猜猜，我夯筑起来的这些泥土墙怎么样？除了美观，就是要坚固、安全，防火能力强。因为它是在浙北研究成功的，浙北以生态环保著称，又是特别匹配。"

青海省推出一批古城保护项目，经过实地考察，全部用上了吴中的这种"夯土技术"。规划建设的100幢土楼，已经进入建筑施工阶段。

联合国环境规划署亚太地区办事处总代表任达先生慕名来到浙北县，他对吴中的"泥土夯筑"实地参观考察后这样认为："这些民居把古代传统的建造方式与现代元素，把人与环境的友好相处与可持续发展的理念有机结合起来，这种建造理念和建筑模式可在全球各个国家大力推广。"

屋内的地坪处理，采用的都是泥土，可看上去又不像泥土，且呈现纯自然的各种色彩，显得典雅与坚固，大气与温暖。

吴中还不放过任何一个角落，对过道、走廊这样的地面，同样是采用鹅卵石铺筑，甚至嵌缝的材料，吴中还是采用其研究的各种泥土，不加任何材料过度硬化。

院子里的空地，不只是布局一般的花花草草，而是用石块、泥土，构成感观立体的利用空间。里面点缀、种植的，都是些青菜、萝卜、番茄、辣椒、茄子、黄瓜、秋葵、豇豆、马铃薯等菜蔬，直接感受绿色植物的生机与灵性，更多的是让人们加深对土地、土壤的深刻认识。

吴中研究的，不仅仅是泥土的夯筑墙身，还有一种叫"夯土地板"，这种地板在一定的范围内，就是让土地不硬化、不板结，让土地始终保持它的自然"呼吸"——"永葆青春"。

这种"夯土地板"，目前虽然推广面还不是很广，但吴中认为，它是一个潜在的"大舞台"，对修复古建筑、古村落，保护非物质文化遗产来说，在国内也算是解决了一项实质性的难题。

西安古建筑一家公司,派出了三位技术人员前来请教吴中。

西安那里一个叫培田的古村落,古代采用的就是这种"夯土地板",民间流传的这种"三合土"结构非常好。但他们对目前当地古建筑破损后的修复,苦于配方失传而无从入手。他们在吴中这里,如获至宝一样找到了解决的办法。

"让古建筑恢复达到完美,更不能采用现在的那种水泥地板。"这是吴中探索"土洋结合"的又一把利剑。

吴中把这项古代的技术"再现"与"复活",不是凭空臆想,而是发掘于家乡浙北当地一家古老庄园里的原始屋基地。

为了寻找"祖传"的秘方,吴中走村串巷浙北县二百多个村庄。幸运的是,他在福生镇上的里统村发现了古老的"夯土地板"。

这种夯土地板的发现,让吴中高兴得快要跳了起来。

吴中的新发现,并不是急于求成地将它"开膛破肚",而是动员村干部与村民立即保护好现场,再不能人为地无序开挖。吴中想从这个千载难逢的点上,进一步发现与"夯土地板"有更多联系的"真金白银",为今后的探索之路奠定更扎实、更有科学价值的传承基础。

吴中经过精心细致的取样、多次解剖性的认真研究,他获得了成功!

这项成果在国内得到了多处运用,经建筑专家权威鉴定,吴中让这种"泥土地板"复活的工艺,完全达到了与古代建筑质量相一致的水平。

在梦想与现实面前,吴中更加坚定了自己发展的目标与信心。

"一个人的愿望，有时要实现它还是有点难度的。但是，在我身上有了充分的见证。在美丽、文明的国度，我真正实现了一个普通人的建筑梦想！"吴中与狄峰和客人交流时吐露心曲。

吴中的这一举动，得到了政府和社会的广泛认同。在国内，吴中获得了"生态卫士"等称号，以及福特汽车"生态环保奖"。在浙北当地，还被四十多万家乡人民推选为"浙北骄傲"人物。接踵而至的荣誉，还有"中国夯土第一人""素人建筑师"等。

狄峰记得，像吴中追梦似的"生态屋"，在中华人民共和国成立前后的乡村中均普遍存在。

那时，房屋的墙身均是采用泥土夯筑。屋顶的防雨材料，多数采用的是芦苇、茅草和稻禾秆。这样的建筑，也有"冬暖夏凉"之说。但其不足就是安全性差，一旦引发火灾，成片的房屋就会火光冲天，被焚烧得所剩无几。

狄峰回忆，70年代初期，当地一个叫"益庄里"的村子，在一个大晴天忽然起火了，几十户人家、几十座泥墙茅草屋，柱子、横梁、椽子，都是竹子材料，噼里啪啦，火光冲天。不到一个小时，几十座泥墙房屋被烧得只剩光秃秃、乌漆墨黑的泥墙。人们痛定思痛，引起泥土房屋起火的原因，还是轻视防火安全，以及使用的材质隐藏着极大的风险与后患。

中国自从实行家庭联产承包责任制之后，生产自主权彻底放开，多种经营给农民的生活、生产条件带来了明显的改善。泥土屋，一下子翻盖成了砖混结构的美丽别墅。乡下的泥土屋则一下子成了贫穷落后的象征。从此，泥土屋在乡村一去不复返，纷纷退了潮。吴中富有智慧,敢作敢为,又是一个性格与见解独特的人。

吴中放弃不了对于泥土屋这样一种传统意义上的真挚感情,像离别亲人般的那种伤痛。看到家乡的土地被日益开发,就好像从自己身上割下肉来那样痛苦与煎熬。

吴中在家一天也待不住,他天天往工业开发区、道路建设等施工地段跑。他在各处土地被掀开的地表上,竟发现了家乡土壤的色彩有成百上千种。

这样一来,吴中的心底就更有谱了,他要在"泥土天地"里,用自己的智慧干出一番崭新的事业来。

"老狄啊,你快过来看看,我今天又发现了泥土新色彩!"

有一天,狄峰接到了吴中给他打来的电话。

对于泥土的"色彩"话题,狄峰还是有些明白。在乡下农村,农民对土壤的色彩,虽然司空见惯,但很少会有人去关注它,尤其是潜心去研究它。

吴中就不同,他还有那么一股子韧性。什么事情一旦被他钻研进去了,就会"一根筋"地摸到底,干到底。

只要走在路上,他比别人会多长几双眼睛。

他不仅仅是饱览大好河山、生态美景,而是从山坡、河坎、峭壁、脚底下的泥土疙瘩里,发现大自然就是一位巨匠画家,鬼斧神工,馈赠给人类的就是色彩斑斓、无穷无尽的地下宝藏。

"家乡浙北,土壤色彩特别多。有黄、红、蓝、绿、紫、青、白等色系,仅黄色、红色两种,浅深不一,色彩多达数百种!"

浙北县的竹子又是再生资源,在这里又派上了大用场。

古代有一种木骨泥墙，采用的均是竹子。家乡这片大竹海，竹子廉价，生长周期快，三四年成材。吴师傅说得头头是道。

竹子属于纤维类性质，将它与泥浆混合在一起，铺在屋面上，保温效果就特别好。除此之外，它还会起到阻燃、无毒、环保纯正的效果，也会减轻房屋材料的过度负重。

"还有显著的优点，就是能够有效地反复利用，实现良性循环。"

狄峰和客人像听故事一样，对吴中这位研究"土壤"的当地行家赞叹不已。

"夯土地板"是一项古老的技术。当地里统村有一座古建筑遗址，发现的就是这种传统技术。经过反复实验，该项技术得以"复活"，对修复古建筑、古村落，保护非物质文化遗产很有帮助。

生态屋的院子里，还有实践性农田、菜园、花卉、竹林。过道、走廊，地面均是用鹅卵石铺就，嵌缝的材料也是各种泥土，不会过度硬化，彰显出浓郁的"乡土艺术"。

吴中师傅还神秘兮兮地把狄峰和客人引到了一处"地下暗室"，扑面而来的是地道的酒香。

一把毛竹梯子，伸向四五米深的地下窖藏。狄峰和客人也顺着陡峭的梯子小心翼翼地往下走。见排列着高高大大的坛子，里面都是黄花梨土酒。室温环境特别舒适，且冬暖夏凉。

剑侠山村，家家户户喜欢种植黄花梨。

春天一到，千树万树梨花开，势如"北国风光"，田野变景区。到了秋天黄花梨成熟了，产量一上来，销售有时也会遇到困难。此时，村里还帮助村民收购黄花梨，除了仓库储藏保鲜以外，还酿制出黄花梨酒。丰产要丰收，减少村民的一些损失。

如今，新农村建设欣欣向荣，泥土屋已渐行渐远了。

乡村极稀有的泥屋，在太阳、月亮、星星的辉映下，成了一道道若隐若现的影子。随着年轮暖风的不断吹拂，它们的影子在人们的视线里也越拉越长，散发出生命的光芒。

"泥土是随处可取的材质，特别是现在，城市也好，乡村也罢，建设力度大，工地上产生的废料不计其数，不需要专门开采，成本低廉；同时加工过程没有任何污染，粗料抹地，细料抹墙，可以全部利用起来。"

吴中踌躇满志，不无自豪地说。

"生态屋"渗透和弥漫着的，又是一种挥之不去的浓浓乡愁。

吴中有一个理想之梦，那就是：

用泥土里的缤纷世界，去塑造一个乡村里的中国！

七

那天，狄峰原本直接去"两山学院"拜访余文采的。可是，突然来了一个特别重要的采访任务。

当然，这个采访"任务"呢，根本没有人向狄峰下达过"命令"，而是狄峰寻找来的，自己为自己"下达"的。

己亥年。

这是一场没有硝烟的战争。

一个看不见、摸不着，阴险狡诈的魔鬼——新型冠状病毒肺炎，却乘国人沉浸在辞旧迎新的欢庆时刻，突然侵入了一部分民众的肌体，并兴风作浪，扰乱人心，祸国殃民。

举国上下,一场护卫家国,为人民生命而战的动员令似一枚划破夜空的红色信号弹,从华夏心脏的首都北京响亮发出。

战令如山,势如破竹,不可阻挡,召唤全国人民合力参战的集结号声响彻长空,惊天动地。

2020年1月25日之夜,不眠时刻,灿若花开,雄浑之声激越之音,势如破竹划破长空。纷扬的雪花将被驱逐,屋檐的冰凌随之融化,洪钟似一道电闪雷鸣,只有京城的汩汩暖流,才能淌过华夏每一寸土地。生命重于泰山,无可撼动,疫情就是命令,兵临城下,防控就是责任,金子闪亮!(《京城传来的声音》)

人民军队的英勇将士和全国各地优秀医务工作者,远离家乡,告别家人,泪洒征途,以迅雷不及掩耳之势,整装出发,以最快的时速,最严的纪律,最优的兵力,铸就一道坚不可摧的钢铁长城,浩浩荡荡开进了湖北,冲向了武汉,一场波及全国、影响全球的抗疫之战打响了。

三军将士从天而降,武汉迎来威武之师。三座大山被你摧了,倭寇贼王被你擒了,国家兴亡匹夫有责,你是大众光明的灯塔。你从"非典"战役走来,十七年的印痕如佩胸剑,谁说辨不清新型冠状病毒肺炎?人民疾苦心如刀绞,使命担当箭在弦上。勇猛的三军将士哟,你有千丝万缕的柔情,只有你听得见哭声,只有你懂得了眼神,只有你洞察冰火敌情,只有你伸出温暖双手。你来了,犹如身边有父母,任何磨难儿女们也能挺过!(《天降三军将士》)

"为生命而战",是人们从心底呼唤出的最强音符、最美颂歌、最暖言语。

只有在中国共产党的坚强领导下,才能发挥招之即来、来之能战、战之能胜的巨大威力;只有在全国一盘棋的紧密团结下,才能凝聚起十四亿中华儿女的巨大力量;只有在各级党委、政府和民众的全力参与下,才能激发起战胜一切艰难险阻的巨大信心!

国家有难,谁能袖手旁观?民众有困,谁愿冷酷无情?你着白衣,把天使改成战士。心中铭记的是南丁格尔,你每天精读纯洁善良爱心,你累积的是人间最美的热情,你知道需要时刻毫不犹豫。电视上我只记住你是江浙人,只有在这样的时刻不见了柔弱,动员令下,呼出铿锵第一声!我只听清了你的表白,"我是医生,我要去帮助他们!"抛下了四岁的爱儿,匆匆带上了一张照片,还有儿子温存的玩具。你说,一家人还在一起。你的眼眶充满热泪,写满了坚定自信,你的肩间荡漾希望,铸就了众志成城,国人心我的心,跟着你一起跳动,迎来又一场重大胜利。(《白衣天使最美丽》)

浙北县在第一时间,从申请驰援的广大医务工作人员中选派了10余名医务人员,肩负着沉重的责任,牢记初心与使命,满怀浙北人民的深情寄托与祈福,抛开一切、挺身而出,勇敢地奔赴了灾区!

《告全县人民书》第一时间迅速下达,各项禁令深入人心,尤其是春节期间不走亲访友,宾馆、酒店、民宿、农家乐暂停营业，外出必须佩戴口罩，不接触和食用野生动物，不造谣、不信谣、不传谣等一系列要求，得到了浙北县47万人民的一致响应，并积极投身到这场任务繁重的疫情阻击战之中。"坚守菰城西南大门，坚守浙北一方净土"，把疫情防控作为检验责任担当和能力素质的"试金石"。

浙北县在坚守"一方净土"中取得的实效，在于坚持问题导向、严实导向和效果导向，把防控工作做得更严、更实、更紧。这其中，离不开浙北广大干部群众的大力支持，离不开各项防控严管措施的有效落实。只有把疫情防控工作作为当前头等大事来抓，集中一切力量打大仗、打硬仗，严防死守、突出重点，补齐短板，才能打赢疫情防控这场特殊的战役！

浙北县以"五个务必"为统领，催生了阻击疫情的"强化剂"，扎牢了严肃纪律的"紧箍咒"：务必认清形势、务必担当责任、务必强化出行管控、务必强化协同保障和纪律执行。全县上下，众志成城，横向到边、纵向到底，把抗击疫情的一切工作渗透到各乡镇、各街道、各社区和所有机关、企事业单位及景区、酒店、商家和学校等。细化的五"比"、四"更加"：比整改、比执行、比速度、比智慧、比效果，比出了动力与信心。更加聚焦重点，落实居家医学观察机制；更加无缝对接，做到信息对称，底数清、情况明；更加严格标准，开展"三洗"行回头看；更加细化准备，扎实有效开展"三返"人员疫情防控。

那天是2020年2月10日，浙北县复工复产的第一天。

狄峰改变了先前去"两山学院"拜访余文采的计划，心急火燎地来到了"星火家具公司"。

这是一家专业生产各类转椅的外贸企业，90%的产品出口欧美市场，"星火"是浙北县众多转椅生产经营的典型企业代表。

浙北县最早启动了复工复产，企业的先进做法以及个体先进人物也不断涌现出来。

狄峰在星火家具公司采访了一对来自安徽阜阳的小夫妻，男的叫蒋俊云，女的叫张衬，他们的事迹不仅感人，而且还影响带动了全厂干部职工。

狄峰采访结束后，以散文的形式写就了《复工的日子》，投往《人民日报》，2020年4月11日，作品在《大地副刊》版面发表了。

全文辑录如下：

复工的日子

蒋俊云接到电话时，心头热浪翻涌——他和妻子张衬上班的厂子，终于重新开工了。小两口勤劳致富的日子，再次启动。

蒋俊云和妻子在外省务工，家中大小事都由母亲一人承担。过年时能回老家多陪陪母亲，带带儿女，是小两口心里的牵挂。但想不到这次会在老家待那么久。这个通知返厂复工的电话，如一道阳光，让小两口心中暖洋洋。

蒋俊云的母亲还有些担心，疫情风险仍在，此刻适合回厂吗？"隔壁的木根、水花他们，不是还没出门吗？你们为什么偏偏要在这个时候去上班？"

蒋俊云和妻子安慰母亲,讲当前的疫情控制情况,又讲严密的"十四天隔离"政策,上工安全有保障。再说,厂子确实有需求,小两口都是老员工,这时候要顶上去。

蒋俊云跟妻子开着车,拿着办好的"健康码",先行回到工厂。蒋俊云所在的厂子专业生产转椅,九成产品出口国外。蒋俊云是枪钉工,用枪钉赶制转椅,枪枪弹无虚发,最多时,一天可制作转椅半成品一百多把。妻子张衬是缝纫工,擅长吧椅、办公沙发等产品的缝制。她经手的靠背、扶手和坐垫,针针线线精益求精,是厂里认定的免检产品。

蒋俊云把厂子恢复生产的情况,通过手机视频发给同乡工友,打消他们的顾虑。不久,不少工友陆续回到厂里。

可人手齐了,新的问题又冒出来。

因为疫情影响,部分订单被取消,还存在订单延期等问题。这些倒还可以通过生产调整来缓解。可眼下,一些与厂子有产业链关系的上游企业,比如供应纸箱、面料、钢材、海绵、胶水等配件的厂家,还不具备复工复产的条件。一时间,生产线成了无米之炊。

难道复产之后,又要面临停产?蒋俊云左思右想,给厂子支了两招。

作为枪钉工的蒋俊云,第一招是紧盯枪钉的"钉"。他发现枪钉库存越来越少,又听到消息:枪钉生产厂家还要一星期才能供货。

枪钉,就像组合式的子弹夹一样,每个"弹夹"配有五发"子弹",生产中存在"弹夹"中残留"子弹"的可能。企业接了急单，工人加班加点追赶产量时，便会有零星的枪钉剩余，工人们将它积攒在一起，以供不时之需。了解这一情况的蒋俊云发动工人，把以往积攒的零星枪钉充分整理运用，这集腋成裘的量竟顶上正常生产的十天之用，解了配件供应的燃眉之急。

  蒋俊云的另一招：胶水的充分利用。盛装胶水的是桶形容器，桶底中心凸起，四周成了"死角"。工人在抢生产进度时，桶底"死角"的胶水往往没有倾倒干净。蒋俊云平时留心这些，现在愣是从"空桶"底部又掏出不少胶水。在蒋俊云的示范下，许多胶水桶又被"搜刮"一遍。小小举动，为企业从原材料短缺的状况中又争取五天时间。连合作的胶水供应商都忍不住夸奖："你们厂的工人不一般，这也是帮了我们厂的大忙，要好好感谢他们！"

  做缝纫工的张衬，也向丈夫蒋俊云看齐。缝纫的前道工序是裁剪，裁剪跟不上，缝纫也要被耽搁。张衬知道有些裁剪工人的老家前段时间疫情严重，一时间无法赶回厂子。她就自告奋勇，利用下班后的时间，干裁剪工作。

  张衬进厂时，不少工种都学习操作过，且缝纫与裁剪犹如"姐妹工序"，触类旁通。她对裁剪技术同样熟稔，不仅自己能顶岗裁剪，还手把手带出了一批新招的女学徒。转椅生产，面料类别多，PU皮革、毛麻、绒布等，在裁剪上各有讲究。PU皮革有直丝、横丝，绒布有倒毛、顺毛，如果不注意"因材施剪"，就会出现"阴阳面"，破坏了转椅外观的整体效果。各种"门道"和技术，张衬倾囊相授。

  面料裁剪，在电脑程序控制下的裁床进行，按理说不会偏离和走样。但新手往裁床上铺面料时，有时铺得过厚，超出程序预设,裁剪时就会出状况,甚至出现毁料。张衬在裁剪操作上多长了一个心眼,开机前对电脑程序设置进行再检查,发现问题就对程序进行调整。这些小技巧,她也都一一教给学徒们。

劳动让人充实。蒋俊云夫妻俩此前受疫情所困,在老家的那段时间,切身感受到了焦虑。这次与疫情的较量,让小两口感觉到,小家的命运是与企业、与社会、与国家紧密相连的。国家为抗疫付出了巨大努力,如今企业复工也面临着一些困难,作为员工此时就要更加尽心尽力,只有同心协力,一个个小家庭才能更加富裕美好。

春暖花开,英雄凯旋!

"外公外婆,今天李奶奶要来我们浙北县了。"

"小阿听,你怎么知道的呀?"

作为外公,狄峰觉得,只有6岁的外孙女阿听,怎么像大人一样关心起这件大事来了。

其实,能让小阿听问这句话的原因也实在是很简单的。

自从庚子年前开始,新型冠状病毒肺炎的出现,小阿听也只能在家天天看电视,每天的消息以及变化都会知道一些。

小阿听很懂事,在那些足不出户的日子里,还帮助爸爸妈妈做些家务事,学到了一些预防新型冠状病毒肺炎传染方面的知识,诸如勤洗手、用公筷、戴口罩等。奶奶还让她编排小快板节目,用小视频的形式发在朋友圈里呢。

"昨天,爸爸妈妈告诉我,说李奶奶要来了。"

"小阿听,那你想见见李奶奶她们吗?"

"外公外婆,我很想去啊,就在竹博园那里,你们带我去好吗？我要给李奶奶她们献上六朵玫瑰鲜花。"

"怎么是六朵玫瑰，而不是九朵呢？"

"六朵就是六六大顺啊，从今天开始，我也要把小口罩摘掉了。"

"九朵也好的，外公外婆，九朵红玫瑰又是什么含义啊？"

"小阿听，九朵玫瑰，就是九九归一。我们中国人万众一心，众志成城，把人民的生命安全放在第一位，所以取得了这场抗疫战争的全面胜利。"

2020年3月31日。

浙江省第五批返浙医疗队1010人乘坐包机返乡，其中国家卫健委高级别专家组成员、中国工程院院士李院士在内的476名白衣勇士来到浙北县，开始为期14天的集中休养。1010人的队伍，由浙江第三批援鄂医疗队（2支杭州医疗队和2支宁波医疗队）、浙江第四批援鄂医疗队（浙大一院、浙大二院、浙大邵逸夫医院医疗队）、李院士医疗队、疾控队等组成。

当日下午3点55分，杭长高速浙北出口处锣鼓喧天，重症治疗组李院士团队、浙大一院重症救治医疗队、邵逸夫医院重症救治医疗队以及疾控组、浙大二院重症救治医疗队的476名医护人员乘坐的大巴缓缓驶下高速，浙北人民冒雨前来迎接。

"欢迎回家！"

"你们辛苦了！"

有人挥舞着手中的小红旗，有人高声喊着，夹道欢迎从湖北武汉凯旋的战疫英雄。

"天使们！欢迎回家！爱你们！"

"欢迎英雄凯旋！"

当车队到达浙北竹博园游客集散中心时，群众代表还为医护人员送上了鲜花和浙北特色的熊猫玩偶。

476名白衣勇士分别入住浙北竹博园开元度假村、浙北凯承温德姆酒店。

接下来的14天里，酒店为医护人员们准备了健康饮食，让他们足不出户就能吃到家的味道。

为了医护人员能更好地休养，当地结合浙北竹乡特色安排了竹编、制扇、采茶制茶以及浙北生态文化、乡村旅游体验，特别为他们设计了昌硕故居—古城国家遗址公园—省自然博物院等历史文化游线路，让他们感受绿水青山的独特生态魅力。

浙北县在坚守"一方净土"中取得的实效，在于坚持问题导向、严实导向和效果导向，把防控工作做得更严、更实、更紧。这当中，离不开广大干部群众的大力支持，离不开各项防控严管措施的有效落实。

严防死守，确保一方净土。

尽管新型冠状病毒肺炎在全球疯狂肆虐，但浙北县没有出现一例病毒感染者，这在菰城三区三县中，成为唯一不受侵害和污染的"一方净土"。

浙北县的天，始终是湛蓝的。
浙北县的云，始终是洁白的。
浙北县的山，始终是常青的。

浙北县的土壤，始终是洁净的。

浙北县的水，始终是清澈的。

浙北县的空气，始终是清新的。

八

余文采，真的很有文采。

自从富美村坚持"绿水青山就是金山银山"的科学发展理念后，来自全国各地到富美村参观学习的人络绎不绝。

就在这个时候，富美村的余文采被抽调到了浙北县的"两山学院"。

余文采摇身一变，成了一名地地道道的理论讲师。

从富美村出来的人，干宣传，做讲师，谈理论，肚子里不仅要有"实货"，而且还要具备能说会道的"文采"。

当然，余文采有他自己的深切感受：从实践到理论，用理论指导实践，又在不断的实践中丰富了理论。

对于这些条件，余文采当然是具备的。

余文采肩负着历史使命与责任担当走马上任了。

过了些时日，已是深秋。

狄峰又给余文采去了电话，随后就去拜访了他。

走进"两山学院"大门，余文采早已在上楼的台阶处等候狄峰了。

让狄峰眼睛一亮的是，余文采西装革履，从上至下干净整洁,光鲜亮丽,看上去"书卷气"很浓。

狄峰对余文采的穿着,打心眼儿里高兴。

高兴的是,余文采的穿着不仅让自己有了个崭新的形象,提升了精气神,更多的是尊重来自全国各地前来学习、探讨、交流的嘉宾。

"浙北县人人讲文明,个个做文明事,我现在又是一名老师了,狄兄您说是吗?"

余文采似乎看出了狄峰的内心活动,他自认为狄峰对他的评价肯定还是好的,就突然冒出了这么一句既谦虚又自信的话来。

"那是,那是,文采阿弟总是好样的。"

狄峰与余文采两个人十分投缘,包括对方的一举一动,心领神会,了如指掌,都会从一些"蛛丝马迹"中悟出一点儿名堂来。

狄峰记得余文采以前是抽烟的,而且烟瘾很大。

现在余文采的办公桌上、茶几上、窗台上,已经找不到一个烟灰缸了。

狄峰还发现余文采在说话时,露出的一口牙齿也已经是洁白彻亮,办公室内也没有一点儿香烟气味了。

余文采为狄峰挑选了浙北县"白茶之乡"一种叫"白叶一号"的茗品,用一个纯透明的玻璃杯泡上了茶。

狄峰闻了闻白茶,有一种特别诱人的味道,一股清香也很快溢满了整个房间。

"冲泡白茶,最好用玻璃杯,白茶的娇美与可爱也就一览无余了,喝上它会让人心花怒放,也就更有味了。"

狄峰觉得,现在的余文采对白茶也有了研究兴趣。

当然，向来自全国各地的嘉宾介绍白茶也是其中一个不可或缺的话题。

浙北白茶，源于海拔近千米的一株"白茶王"，它长在天篁阁镇溪大村的深山沟里。通过当地科技嫁接"下山寻亲"，十几万亩茶园以"星火燎原"之势惠及浙北全县各乡镇村，显示出茶农自身品质和茶产业经济实力的提升。

一个"生命"的孕育成长，还在于潜心爱护与扶持。

白茶珍稀罕见，品质超群，孕育出"农字号"大产业，撬动地方经济提速增效。

浙北白茶从"国家地理认证标志"到纳入《中欧地理标志协定》保护范围，是科技引领、探索实践和铸造品牌的智慧体现。

"狄兄啊，想不到白茶就在我们天篁阁镇发迹，几十年的工夫做出了那么大的一个产业，这是了不起的一件大事！"

"那时，您还在天篁阁镇，对白茶的发展也发挥了很大的作用吧？"

狄峰用这句话来试探一下余文采，看看他对当时的白茶发展是持什么样的态度。

"这肯定是一件以科技惠民富民的大好事，尽管这棵'白茶王'生长在我们天篁阁镇的坑里坞，但全镇干部群众统一思想，让'白茶仙子'纷纷走下山，走向全县每一个乡镇和村，推动白茶产业壮大发展。"

说话听声，锣鼓听音。余文采这句话，其实也在表扬他自己：作为当时的一名村干部，在白茶产业的发展上自己也是竭尽全力给予支持的。

"'白茶王'虽然发迹在天篁阁镇，而做大这个产业的首推是龙港乡，这也应了那句'东方不亮西方亮'啊。"

余文采言下之意，这就是一个"先机"，谁先抓住，谁就会乘势而上！

"真是一种奇妙的好茶，拥有这得天独厚的白茶资源优势，更是浙北人民的福分啊！"

"一片叶子富了一方百姓。"

这是有关领导对龙港乡和浙北白茶产业发展的充分肯定。

"践行'绿水青山就是金山银山'理念，坚定不移地深化改革，持续拓宽转化通道，将绿水青山转化为源源不断的金山银山。"

余文采与狄峰交流中，这样的话语他会多次重复着说。

狄峰理解，余文采现在是"两山学院"的一名老师，这些话就应该多说，让它根植在每一个人的心底，就像"不忘初心，牢记使命"一样烙在人们的灵魂深处。

浙北县的茶农走上了富裕之路，又积极投入到国家"决胜扶贫"战略的行动之中。

茶农把"白叶一号"茶苗奉献出来，支援河南省古丈县、四川省青川县和贵州省普安县、沿河县等三省五县，并建立了白茶扶贫基地。

"远嫁"过去的一株株白茶，凝聚和释放出浙北人民"不忘党恩"的浓浓感情。

三年过去了，这些被捐赠种植的茶苗长势喜人，当地茶农也已经开始进入了茶叶采摘，有了销售的经济收入。

饮水思源、不忘党恩，增强发展动力与实力，弘扬为党分忧、先富帮后富的精神，全力打赢脱贫攻坚战。

浙北县还运用好"导师帮带制"的经验与做法，在当地培养一批种植技术专家，精细做好茶园管理。全力做好结对跟踪，帮扶到底，让脱贫群众早日致富。

让"白叶一号"成为传播"绿水青山就是金山银山"理念的种子。

"哎，余老师，您每天都要接待各地嘉宾，我这个朋友今天来，算不算是接待啊？"

狄峰为了尽快向余文采了解一些富美村的情况，就话题一转，称呼余文采也随之转了口，连声叫着余老师了。

狄峰这句话刚说完，"两山学院"的程浩院长来找余文采，说："下午有一拨来自云南省的考察团，你好好准备一下，下午我们一起去接待。"

程院长认识狄峰，便礼节性地打了招呼握了手，就匆匆离开了。

"两山学院"还挺忙碌的。

狄峰觉得，这个时候来拜访余文采还真不是时候，但余文采连说"没事没事"。

"我在天篁阁镇和富美村工作了22年，当然也亲历了'石头经济'的兴旺期，继而转型发展旅游经济的全过程。"

让余文采感触最深的是，那时，浙江省开始启动"千万工程",自己也潜心投入到这场极富时代意义的"竞赛"之中。

"一千个村庄搞示范,一万个村庄搞整治。"

余文采说,当时全省紧紧抓住这个"牛鼻子",全面推动和开展村庄建设。

"啊呀,你们村当时经济发展唱的是'石头歌',这场搞示范、搞整治,不是推倒了以往的一切,从头开始、重新再来?那还不是伤筋动骨,劳民伤财,变成了一堆难以收拾的'烂摊子'?"

"就是啊,最大的困难就在这里。"

"千万工程",富美村是试点村,2003年10月13日,浙江省"千村示范,万村整治"现场会就在富美村举行。

"千万工程"与浙江省率先实施的"八八战略"更是一脉相承,推波助澜。

富美村发展的新起点从"千万工程"入手,再到"美丽乡村"建设的进一步提升和完善,环环紧扣,步步为营。

富美村的"石头经济",也经历过"三部曲":

80年代开始开发矿山,很快就像点燃了一把熊熊火焰,继而兴盛不衰。

90年代,更是"火上浇油","石头之火"越烧越旺。

进入2000年,景象完全变了。无论在党员干部的心底里,还是普通百姓的潜意识里,已经比较清醒地认识到,如此这般开山毁林下去,彻底毁坏的是生态环境的大循环,最终会成为历史的罪人。

山河破碎，满目疮痍，污水横流，不仅自讨苦吃，遭遇翻不了身的逆境，还会让祖祖辈辈蒙上羞耻，再也挺不起腰杆，扬眉吐气了。

"2003年至2005年，是富美村历史性的大转折时期。"
余文采的眼睛里，此时散发出一种不易让人发觉的光芒。
"哦，村里有了'战略大转移'？"
狄峰很想知道余文采对这个"大转移"的独特见解。

生态美村，依法治村，平安护村，清廉富村。

由治而美，"千万工程"治理后，富美村真正变得美丽了。
由富而美，做活美丽乡村经营，给富美村带来了别开生面的"美丽经济"。
由富而谐，物质与精神相辅相成，富美村在实践中体现的又是辩证的统一。

这是富美村"富美经济"崛起的根本动因。

"当时，把所有的矿山、水泥厂全部关闭，老百姓有所担心，担心以后的日子怎么过。而干部呢，也是摸着石头过河，生怕脚下的路'打滑'、摔倒，再也爬不起来，一时心中无底数。"
余文采在天篁阁与富美村之间"两头跑"，对上面的政策了解得透彻，对下面的情况掌握得很多。

"虽然关停了矿山,但我们会走上一条充满阳光的生态富民之路,而且这条路一定会走得更加坦荡,更加富有朝气。"

余文采说的生态富民之路,就是发展村级旅游经济。

富美村关闭了矿山,面临的困惑接踵而至。

"我明天矿山运输任务很重,今晚我们早点儿结束,我再敬大家满满的一杯。"

一个叫彭天宝的壮汉,开了几十年拖拉机,是方圆百里很有名气的驾驶员。他从开手扶拖拉机、大型拖拉机,再到现在开运输货车,起早摸黑,披星戴月,受苦受累,为家庭挣了不少钱,在建的别墅还刚刚封顶,准备打算把别墅的内装修搞得富丽堂皇些。在乡村,看哪家农户的条件好,房子就是最好的明证。

"彭师傅早啊,可今天不同以往了,我接到了通知,所有的运输车辆都不能进入矿区了。"门卫池荣强从屋内急急匆匆跑出来,有点不好意思,结结巴巴地对彭天宝说。

彭天宝顿生疑惑,以往的池荣强都是客客气气的,今天怎么会是这个样子?

彭天宝看了看池荣强,觉得他变了样。

池荣强说这些话时,眼睛一眨一眨的,眉毛一挑一挑的,面部的肌肉也是一抽一抽的,好像自己做错了什么事似的,一脸"赔不是"的尴尬表情。

"我只知道,说什么矿山要彻底关闭,再也不能开采了,啊,所以嘛,啊,所以嘛……"池荣强对彭天宝又支支吾吾地说。

昨天晚上,彭天宝还与几个从小长大的伙伴们一起吃夜宵,大家一番海阔天空之后,就分别了。

此时的彭天宝显得有些手足无措,只好悻悻地离开了。离开时,彭天宝恼怒地重重踩踏油门,发出嘭嘭嘭的噪声,排气管拉风似的喷出了一串串浓浓的黑烟。

与彭天宝一样,富美村村民像做了一场噩梦,一大批村民再也不能进矿山、水泥厂上班了。他们心里也知道长期炸山采石下去肯定不是好事,但没有想到这一天会来得这么快,大清早就稀里糊涂地全都失了业。

"矿山、水泥厂关闭了,不要紧,要紧的是我们的思想不能颓废,情绪不能消极,意志不能衰退。我们每一个村干部都要带头做出样子来,各自在发展绿色生态产业上率先领跑。"

余文采和其他村党员干部一样,也雷厉风行地力争做示范。富美村早年已经有了一家竹筷厂,就地取材,村子里的竹资源怎么也用不完。余文采只准备了三天时间,就在自己家开起了村子里第二家竹筷厂。

"余老师,那个时候您怎么想到要办筷子厂,而且又会是那么快就办起来了?"狄峰故意这样问,目的是了解余文采有了这样一个快动作,是不是探到了什么好政策,或者说,是否有了其他的支撑"靠山"。

"狄兄,你这个问题问得好,你不这样问,我也会告诉你。你知道吗?那个时候,从省到市再到县,刚刚推出一项新举措,就是党员干部做好'双带'。"

"什么是'双带'啊?"

"'双带'就是带头致富、带领村民致富。"余文采对狄峰说。

这个"双带",余文采率先带了头,而且村民们很快知道了上面推动的这项措施正处在紧急关头。

"上面对下面的情况,实际上是清清楚楚的。不然,怎么会让我们把矿山关了?"

"早知这样,何必当初?"

"这样也好,现在来了个'双带',我们未来的日子还是大有希望的。"

村民们了解了"双带"的真正含义,觉得这样好,村里的党员、干部一起带领大家走出困境,也给大家壮了胆,笼罩在村民心头的乌云也开始渐渐消散,信心也提振起来了。

到了2012年年底,富美村竹筷厂达到了20家,加上其他各门类的企业,全村企业总数达到了48家。这样一来,在矿山、水泥厂失业的村民又有了工作,创造了新环境,精神面貌焕然一新。

这个时候,天篁阁镇利用天篁阁抽水蓄能电站启动运行的优势,顺势而为,提出大力发展"农家乐"。

一个叫溪大村的,处于天篁阁电站的半山腰,到电站游览参观的人们都喜欢到这个秀美的村庄来游玩,那里还刚刚建成了一家在国内有一定知名度的"百瀑藏龙"景区,游客欣赏了电站的巍峨雄姿之后,意犹未尽,在半山腰更是来了一场与青山绿水的亲密接触,兴致也越来越浓。

值得一提的是,这家"百瀑藏龙"景区还是当地一个农民开创的,"卖风景"成了一大新闻亮点。

狄峰当时采写了一则消息,1999年11月24日刊登在《钱江晚报》,全文如下:

水声轰鸣,飞珠泻玉
浙北农民开发"浙北第一瀑布谷"

浙北农民马达旦日前与该县天篁阁镇溪大村正式签约,投资100万元开发深山谷里的秀美景观"浙北第一瀑布谷",成为浙北个人投资旅游景点开发第一人。

马达旦是当地一位农民。去年,他看到该县旅游业蓬勃发展的大好势头,向旅游部门提出投资开发旅游项目的计划,县旅游局及时推荐了两处景点。经过实地考察,马达旦最终选择了"瀑布谷"。瀑布谷地处省级风景名胜区天篁阁内,人称"浙北第一瀑布谷"。这里拥有大小多达100多处百瀑群,其中两条最大瀑布的落差达60米,丰水期时,水声轰鸣,飞珠泻玉,十分壮观。此处地势险峻,以往人迹罕至,峡谷中的植被保持完好,野趣盎然。随着天篁阁名胜风景区知名度逐渐扩大和竹乡"农家乐"旅游全面启动,越来越多的游人慕名而来。据业内人士分析,开发"浙北第一瀑布谷"前景十分广阔。

为了使这一景点的开发更具科学价值,马达旦还专门邀请省市旅游专家考察论证投资方案,并得到了专家们的一致肯定。

溪大村看到了这是一个千载难逢的发展机遇,随之而来的近百家农家乐也就应运而生了。

溪大村农家乐的蓬勃发展,不是偶然性的,而是市场经济的兴起催发了它的形成,也是必然的。溪大村,几乎家家户户办起了农家乐,各有各的特色,形成了以一带十,以十带百,以百带千的"回头客"效应。

这在当时的年景里，溪大村的农家乐在浙江省还起到了"领头雁"的示范作用。

"而富美村呢？天篁阁镇对其更是'网开一面'。"

余文采说这句话时，其实他的内心更是五味杂陈、翻江倒海。

"怎么个'网开一面'，你们村还能搞特殊？"

狄峰紧盯不放余文采说的这句话。

狄峰知道余文采说这句话想表达的意思，也就是说，富美村下一步的路如果不走生态休闲旅游之路，还有什么更合适的路可以走呢？狄峰特意想从余文采的这些话中，来捕捉一些当地其他村子又是走怎样的路子。

这里就牵涉一个人。

这个人叫许玮，就是当时天篁阁镇的党委书记。此前，他在梅灵镇隔壁的铜锣乡任书记。铜锣乡与溪大村一样，农家乐的兴起也是走在前列的。许玮书记在天篁阁镇走马上任后，他认为，让天篁阁镇的老百姓先富起来，第一步就是要大力发展农家乐。其中，对富美村更是"另开小灶"，也就是每年发展农家乐不得少于两家。

"吴风光自从矿上失业后，就自费赴外地考察。发现不少地方正在开发漂流项目。吴风光知道，如果富美村开发漂流项目，一定会优越于其他地方。"

余文采肯定吴风光的想法是对的，其实也是他内心的真实想法，说白了，也是天篁阁镇许玮书记的想法。从村到镇都是这个想法，还能做不好一件事情？

与溪大村一样，富美村的农家乐与民宿蓬勃兴起，家家户户的"店号"叫得特别响亮。

村民没有一个失业的，农户每一家年收入远远超过了"石头经济"的那些年份。

富美村集体实力雄厚了，村民们更是扬眉吐气，从"卖石头"到"卖风景"的转变，真正实现了既"富"又"美"。

集体年收入：90年代300余万元；2005年91万元；2019年510万元。村民年人均：90年代4000至5000元；2005年8000余元；2019年49600元。令人欣喜的是，富美村村庄经营性收入突破了2亿元。

狄峰终于明白了刚才余文采说的那句"网开一面"的真正含义，虽然他表面纹丝不动，但内心还是佩服余文采的。

巧借东风。

也就是在这个时候，浙北县响亮地提出全县境内一定要"寸山清，滴水净，零污染，无违纪"。

这12个字，展现的就像一张全新的"实景蓝图"。

伴随着这张"蓝图"的抛出，浙北县在"绿水青山金山银山"的布局上，也勾画出一幅清晰、秀美的"绿色版图"。

根据现有空间布局，浙北县"划分"了南、北、中三大"战略区块"。

南：以天篁阁为中心，形成竹海景观、天篁阁电站旅游经济发展格局。

中：以浙北县城城关镇为中心，形成政治、经济、文化和商贸圈。

北：以湖天峡（月月良、亩西、元高）一带形成现代工业新格局。

"这样一来，我们富美村就有事做了，不仅要做，我认为一定要把它做好、做扎实。"

余文采刚说完这句话，突然扭转了脖子朝上空咳嗽了几声。

狄峰看得出余文采说这句话是满怀激动与充满信心的。

那个时候，余文采刚刚接任了富美村的重要职务。

紧接着，富美村的一系列"动作"也一个个出来了。

工业经济做减法：原来48家企业有的拆迁，有的搬迁。

休闲经济做加法：村集体这一头，着力发展和推动休闲经济，对于鼓励与激发村民来说，就是大力兴办农家乐。

既然要这样做，就该有个"长远规划"。

2003年，富美村终于有了"三区建设"大手笔，它把富美村未来的发展划分得清清楚楚了：生态工业区、生态旅游区、生态居住区。

富美村的"生态工业区"，布局科学合理，体现集中，不再凌乱无序。利用原有的水泥厂平台、老工业厂房（水泥三厂），也是严格按浙北县的总体要求来实施的。

最显著的特点"工业让位旅游"，检验标准：五年之内，一定要看不见一只烟囱。

进入2013年，富美村对村庄进行"精细化"管理，从"老三区"继而转变到"新三区"上来。

通过实践，富美村根据自身的发展实际，经过反复论证，全新的"三区"，也就是"新三区"这张蓝图徐徐展开：
——田野观光区。
——美丽宜居区。
——生态旅游区。

在不断的实践、探索与完善中，富美村还对"生态旅游区"加了"环村绿道"，整个村庄的"美丽线条"勾画出来了，给了游客全新的观赏兴趣。

其间，富美村融入浙北县开展的"中国美丽乡村"的建设之中，主动提出申报参与"美丽乡村精品示范点"的创建。

"生态旅游"的性质没有变，提档升级的重点在于做大旅游项目，其功能与特色也就亮眼了。

"美丽宜居"：替代"生态居住"，目的是打造国家级"美丽宜居示范村"。

"田园观光"：拆除了违章建筑，规划内的厂房做了拆除和搬迁，恢复农田，让农田的原有性质和面貌全部呈现了出来。

"从'老三区'转变到了'新三区'，我们用了六年时间，各个环节增加了许多工作量，但我们坚定信心不动摇，朝着既定的目标一直向前走。这样，富美村对'两山'理念的不断深入实践，有了更鲜明的彰显。"余文采很自豪地对狄峰说。

余文采说到"美丽乡村精品示范点"的创建，他认为自己是有"先知先觉"的认识的。他觉得把开采石头以及办水泥厂的做法彻底废去了，就"开弓没有回头箭"，走生态发展之路才是唯一的出路。

富美村，是浙北县一个县级大部门的联系单位。

2015年，联系单位主要领导尹春秀召集规划、建设、环保等部门的相关负责人来到富美村，直接听取余文采对"美丽乡村精品示范点"创建的工作思路。

"你这个汇报材料是你自己写的，还是人家代写的?"尹春秀开门见山、直截了当地问余文采。

"哎哎哎，是我自己写的，没有写好，请领导们多多包涵。"尹春秀用这样的"口气"提问，余文采一下子紧张了，心里怦怦跳，额头上也冒出了汗珠，脑子也快速在"回放"刚才汇报当中哪些话出了问题。

"我听取的所有汇报材料当中，你这个材料是最好的一个。"

余文采想不到尹春秀会说出这句话来，紧张的情绪顷刻间得到了很大的缓解。

尹春秀转过脸对坐在左侧的天篁阁镇书记许玮、镇长袁思冰说："作为村一级干部，余文采的思路比较清晰，我认为他这样思考问题符合发展实际!"

"他是我们这里小有名气的'镇村秀才'啊!"许玮书记回答了尹春秀的话。

"还有，在生态发展观上，我们不能停留在以往盲目冒进和小打小闹上，要突出重点抓发展，千万不要到处撒胡椒粉。"尹春秀又加重了语气，对天篁阁镇书记、镇长斩钉截铁地说。

其实，尹春秀赞赏余文采的主要因素，是与"绿水青山就是金山银山"直接关联的"音像资料"有关。

富美村是实践"绿水青山就是金山银山"的典型代表，那么，它的依据又在哪里？

"我记得很清楚，这个音像资料新闻单位肯定有，我在播报的新闻上看到过，讲得清清楚楚。"

对于余文采来说，他把查找"音像资料"早已记在了心中。

天篁阁镇人才辈出，人员提拔、转岗也成了平常事。

尹春秀从余文采这里获得了这样一个极富价值的信息，怎么能将此事轻易放过？

"后来我向新来的史海潮书记以及袁思冰镇长做了专题汇报，他们很快了解到'音像资料'就在县里的档案局。让我先去档案局把资料拷贝过来。不过，当时还是行不通啊。"

余文采说"行不通"的原因是，档案局有规定，村一级直接去办理拷贝资料是不行的。

后来，天篁阁镇领导出面协调沟通，档案局同意富美村把这个重要"音像资料"办理了拷贝。

富美村创建"美丽乡村精品示范点"，又按照县委宣传部的规划要求，把村子里的文化礼堂建起来。

"绿水青山就是金山银山"的音像资料，很快制作成了一个宣传片，在文化礼堂循环播放，这样，形象直观地面向外地来村里参观学习的人们，提升了富美村的影响力、知名度与美誉度。

后来，尹春秀听了天篁阁镇和富美村的再一次汇报，高兴得不得了。

"视频找到了，总算有依据了啊。"

尹春秀像吃了蜜糖一样，甜到了心底里。

"绿水青山就是金山银山"这一科学发展理念终于从影像资料中得到惊喜发现和证实。

它的时间,鲜明地定格在了2005年8月15日。

接着而来的,又成了中华大地聚焦、深入践行"绿水青山就是金山银山"理念的行动纲领,这一理念的诞生,是具有划时代意义的。

从富美村看整个浙北县,一组数据可以印证:

2005年,浙北县单位GDP能耗0.68吨标煤/万元,低于菇城全市平均0.5吨标煤/万元;2019年单位GDP能耗为0.34吨标煤/万元,低于菇城全市0.12吨标煤/万元;2019年八大高能耗产业总产值为157.76亿元,占工业总产值比重的24.9%,比2005年降低了10.7个百分点。

落后产能加速淘汰。深入推进"亩均论英雄"改革,实施低效企业整治提升、"低散乱污"企业整治。浙北县通过打出要素倒逼、环境倒逼"组合拳",3年累计完成低效企业整治提升1126家,合计出清低效土地7606.64亩,整治"低散乱污"企业595家,涉及土地2014.36亩。由此,工业亩均税收也从2017年的9.73万元提升至2019年的13.32万元,提高36.9个百分点。

放弃眼前的利益,追求更高质量、可持续发展。

在逐绿前行的进程中,绿色基因融入了浙北县经济社会各领域,推动着一系列蝶变!

第十五章　同生共荣

一

麻雀们也有了新生活。

清晨,狄峰几家邻居的院子里,相继传来急促的挖地声。

过了立秋,江南一带开始进入了传统的蔬菜播种季节。

秋播不需要像"倒春寒"时节那样搭建塑料薄膜来辅助,菜蔬靠的是充足的光照自然生长。

狄峰也跟进了。

开始拔除夏季蔬菜如黄瓜、南瓜、豇豆、四季豆等残留下的瓜棚竹架,打算先播撒几畦如"小白菜""小青菜"之类的秋季蔬菜。

想不到的是,播种下去的菜籽才刚刚露出嫩嫩的小尖儿,就吸引了不少麻雀前来"光顾"。

狄峰在想,如果麻雀们也喜欢上了这些"绿色",那么日后也可以与家人们一起分享啊。

狄峰认为，现在的麻雀们，其"观念"和生活方式，可能也是学着与人类一样的习俗、习惯了。

这一悄然的变化，不仅让城里人惊讶，同样也会让乡下人觉得新奇。

或许是逾越了"温饱"阶段，麻雀们对生活质量的提升似乎也有了更高的祈求。

"怎么，现在种蔬菜还用搭盖遮阳网吗？"

那天，朋友孟旭初来到狄峰家，见狄峰在院子里正在为种下的蔬菜搭建竹篷子。

"刚刚播下的种子还是要采取措施的，不然让麻雀们啄吃了，出苗率就会低，像个'癞痢头'似的。等这些蔬菜长大一些了也不迟啊，就让它们来一同分享吧。"狄峰对孟旭初这样说。

狄峰家在城里已住了好多年了。

近些年来在居家庭院里发生的一些事让狄峰对麻雀也有点儿刮目相看了。

麻雀们也赶起了时尚，变得不同于一般的鸟儿，它们乐滋滋地品尝庭院里栽种下的绿色蔬菜了。

在过去，麻雀是在乡下农家的泥墙、草屋，以及树木、竹林里筑巢，现在它们已习惯在城里的别墅、排屋的瓦弄里安家，也可以说与新时代"共前行"，乐享生态文明的"新成果"了。

狄峰发现，麻雀们把杂草"搬"进了屋面上的瓦弄，如同铺就了一张张"席梦思"，在这里婚配、生蛋、孵小雀。

由于麻雀们在瓦弄里进进出出，这些洞隙里就会向外面露出一根根草丝来,像给屋檐镶嵌了一道道"生态裙边"。

又会发现,居家的屋面上会生长出旺盛的植物来,其实这是鸟儿叼来杂草时,在这里掉落了成熟的种子,很快让绿色遮掩了屋面,也成了一道亮丽的"顶上风景"。

狄峰记得,早些年,浙北县城临街的树荫里,不时传来悦耳的鸟鸣声。据当时广播里说,经野生动物保护协会人员的观察证实,城里有许多的鸟儿就是麻雀。媒体称赞,是生态环境好了引来了鸟儿。

这一说法自有其道理所在。

隔壁邻居也都在说,院子里"啄绿"的麻雀们,就是爱吃人们栽种的时鲜蔬菜呢。

"我向邻居们打听,后来又向一些同事问起了此事,他们都有这样的感受。"

狄峰还说,起初发现这一现象,是在一垄抽青不久的菠菜地里,那时正值冬令时节,气温很低,但菠菜的生长也有它自然的拔节之势。可是过了一些时口,发现菠菜不仅停止了生长,而且日渐"矮"了下去,接着就成了一片光秃秃的根脚儿。

狄峰向孟旭初叹着这样的"苦经"。

对于这样的尴尬,狄峰疑惑之中又细细琢磨,院子里没有什么异样啊,蔬菜上也没有发现任何虫子的侵扰。

老农们都知道,像芹菜、香菜、蒿菜之类的蔬菜都有一种特殊的气味,人们虽然喜食,但虫子倒是不会问津。

狄峰觉得,这些鸟儿又像是城里人去菜市场买菜一样,会专挑些被虫子侵扰过、留下疤痕的蔬菜,说这些菜是绝对没有喷洒过农药的,买个放心。

"哈哈,现在的鸟儿也变得聪明起来了。"

孟旭初也来了一句幽默话。

对麻雀的再认识,也让狄峰忽然想到了一些当时的情景:

每当回家打开围墙门走进院子时,就会出现麻雀"轰轰"被惊飞的景象。

一次,狄峰特意在里屋窗台边向外静观,终于证实了如今的麻雀还成了"蔬菜之敌"。

随着"幼小"的菠菜被无情地啄光,麻雀们继而还啄起了"大龄"青菜那中间最鲜嫩的部分,老枝与残叶自然不讨其喜欢了。

麻雀的"啄绿"现象,着实让狄峰发自内心地感慨,如今随着城乡一体化建设,环境变得越来越优美了。

一些地方,还把山沟里的"大树"一棵棵地搬进了城里,说是"再造一座城"。

这样一来,也不难发现,城里人与鸟儿们也就亲近起来了,也有了"春眠不觉晓,处处闻啼鸟"之画面。

狄峰是在乡下长大的。

小时候对麻雀最深的印象是,无论是在晒谷场上,还是在金穗甸甸的田野,成群结队的麻雀其"啄谷"之景象可谓司空见惯,屡见不鲜。尤以清明时节,早稻谷子刚刚播撒在平整后的秧畦上,就被那些机灵狡猾的麻雀疯狂地侵袭,就连半裸于泥土里已发芽的稻种也被无情地啄成了空壳,害苦了农家再次或多次"补缺",不然,没有了秧苗,大田在这个时节算是无法栽种了。

如此这般的遭遇,也迫使一些精明的老农想出些驱逐麻雀的法子,如扎个稻草人来吓唬。风起"人"动,"双手"拿着的蒲扇便会摇晃起来。

起初这一招数还真是管用,但时日长了,麻雀们也识破了假象,便顽皮地飞到稻草人的眼皮子底下啄起了秧谷子,不见有威胁而来,就胆大妄为、肆无忌惮了。

这一招失灵,还有的农家采用竹竿,把一端用篾刀破开,靠双手掰开与合上的"声响"来驱赶麻雀。但日子久了,这一费时费力的办法还是不管用,老农望着麻雀们只得兴叹,只能作罢。

在人们以往的印象里,麻雀就是"坏鸟",有"四害"一说,麻雀还被归入"害虫"之列。所以,孩子们常常用弹弓去击落树上、围墙里、屋檐下的麻雀,大人们看了自然也高兴,不反对。

事过境迁,这些往事也都成了往日的记忆。

话再说回来,这些远离泥土芬芳的麻雀们,热衷于"恋城"却失去了在田野里潇洒的风光。

麻雀们似乎和进驻城里的人们一样,周围看不到广袤的田野,更闻不到金灿灿的稻穗飘香。

这些微妙义悄然的变化,也可说是城市在日益扩大,又在不断延伸呢。

狄峰在思考,失去了土地,或者是"下山进城""弃田淘金"的农民离开了祖祖辈辈、日日夜夜固守的家乡及几亩黄土地之后,在城里谋生,开拓了其创业与发展的新路子。有的确实也找到了属于自己的一片蓝天,生活的日子与城里人一样,过得潇潇洒洒、红红火火。

那么,今日的麻雀,有些也是从广阔的田野飞到了城里,在穿梭于"钢筋丛林"之时,猛然间,也会欣喜地见到了一片绿色啊。

然而，麻雀们以往在田野"撒欢"的那种日子几乎是没有了。它们飞入了城里后，也需要寻找适合自己的新生活，能满足适合自己的口味，能吃上蔬菜之类也就成了幸运。

人们啊，又怎能去责怪那些麻雀，吝啬院子里的这些菜蔬呢。

"听说麻雀后来被'正本清源'，列为国家保护的鸟类，麻雀的'身价'与'地位'也终于得到了肯定。现在，用气枪等打麻雀已属违法了。"

孟旭初不知从哪里了解到麻雀的"地位"变了，变得能与人类和谐相处了。

"只要使麻雀能得到生存、繁衍的环境，人们就应该去帮助它们，爱惜它们，为它们创造适应的新环境。其实，麻雀也与人类一样，对于绿色与生态的生活，也是向往与追求的哦。"

狄峰滔滔不绝，似乎觉得自己要比孟旭初理解得更深刻，懂得的更透彻。

其实，孟旭初也是在农村长大的。

孟旭初能叫出名字的鸟儿多达几十种，只要听到鸟声传来，他都能识别出是一种什么鸟。

比如，有一种叫"柯渔佬"的鸟，乡下人读"柯"为"柯"音。这种鸟儿狄峰也见过，尖尖的鸟嘴，笔直得像一把黑色的利剑，它的嘴巴比身子还要长。鸟儿的羽毛五颜六色，阳光下十分炫目，特别美丽。

"如今苕西溪变得清澈了，不仅各种各样的鱼儿多了，'柯渔佬'也多了起来。"

孟旭初还喜欢钓鱼，常常约上几个伙伴去"渔家滩"那里垂钓。他说，只要他选择好了可以垂钓的"地盘"安心下来，这种"抲渔佬"也会来凑热闹。有时，一时三刻自己还没有钓到一条鱼，从树梢间扑下来的"抲渔佬"一个猛子溅起了一汪水花，它的嘴里已经有了一条活蹦乱跳的鱼了。

"这种鸟好机灵，又特别聪明，它还会与人们比'抓鱼'的本领，孟师傅，你说是吗？"

狄峰似乎话中有话。

孟旭初的母亲杨彩花，住在一个叫"稻田畈"老房子的那边，屋后有几棵老槐树，屋的西侧还有一片竹林，每天鸟声叽叽喳喳，不绝于耳。孟旭初说，这里很幽静，每天只闻鸟鸣声。母亲习惯听各种各样的鸟鸣声，与它们相处久了，如同自己的孩子一样感到很亲切。母亲说，如果哪一天没有了鸟声做伴，反倒不适应了，自己肯定会生出一场什么病来。

孟旭初还告诉狄峰这样一件事，他小舅子李深的家在浙北县的坤山乡。这些年，依靠家乡"百竹之乡"的声誉，他做起了竹子产品外贸出口生意，订单也是络绎不绝。

有一回，李深随县里外贸部门去澳大利亚等国考察，自己从乡下将车开到县城高速路口停车场停放。十天时间回来后，发现自己车子的雨刮器旁边"长"了一个鸟窝，鸟窝里面还有七个鸟蛋。李深脑子一激灵，觉得自己现在还不能将车子开回家呢，一定要"成全"鸟儿将鸟蛋孵化成小鸟，而且小鸟会自由飞翔了，才能将车子开回乡下去。

李深爱鸟的举动，已经远远超过了对自己爱车的"爱"。

"小鸟在汽车雨刮器上安家，说明我们家乡的生态环境优美了,当然更优美的还是人们的心灵。"

狄峰称赞孟旭初小舅子的做法,在他的周围会起到很好的示范与带头作用。

这里的人们真心把鸟类当作与人类和谐相处的伙伴,大家以实际行动来保护野生动物与鸟类。

就在全球新型冠状病毒肺炎蔓延的那个冬春之交,狄峰在朋友圈里看到一位诗人在网上大声疾呼:"不要把黑洞洞的枪口对准鸟儿!"诗里披露的是,冬天与寒春的鸟儿,已经难以觅到食物。一些鸟儿,在小区里的香樟树上艰难地寻找果食越冬。可是,一些人晚上手持电筒做出了丧失良知的行为,鸟儿被无辜残杀,成了"盘中餐",让人唾弃!

而令人欣慰的是,一场春雪,狄峰又在"浙北网"上看到一则"友情提示":希望大家把饭粒撒一些在雪地上,让鸟儿不致受饿。关爱鸟儿的善举,似春寒里的一轮暖阳,传递给人们的也是一种温暖,一种人性的回归。

中国是世界上鸟类动物资源较为丰富的国家之一,这与人们具有悠久的爱鸟史不无关系。

《淮南子》中就有"孕育不得杀,壳卵不得采"的警句。传说中的仓颉创造文字,就是观察"鸟迹之象,合而为字"的。据《列子·黄帝》记载,古代,人人爱鸟,到处可见人与鸟共同玩耍嬉戏的场面,因而有"鸥鹭忘机"之说,即鸥鹭等鸟类不相信人会有捕杀鸟类的心机。《汉书·苏武传》记有"雁足传书,苏武归汉"的故事,鸿雁不但解救了苏武,还使国家赢得了外邦的信赖。历代诗人引鸟的佳作更是不胜枚举,千古传颂。国际鸟类保护会议的原则宣言认为野生鸟类是人类的宝贵财富,它们在许多方面对人类的生活素质、对环境的优美、对完美正常的生态平衡都有贡献。也有人曾说过,如果自然界一只鸟也没有,会是什么景象?有人称没有鸟的世界叫"寂静的春天"和"死的森林"。

狄峰在县城的居家小院,也有了鹁鸪这样的"贵客"来串门。

"咕咕咕,咕咕咕",起先,狄峰只闻其声,未见鹁鸪身影,它们隐栖于浓密的树丛里。

后来,每天清晨,狄峰在对面居家的屋顶上,都会看到一对鹁鸪。它们尤喜驻足在太阳能的顶端,好一个登高望远,优哉游哉,无忧无虑。

再后来,它们开始串门了,频繁地在小院菜地寻找食物。

有时,鹁鸪会用锐利的爪子刨开土壤找食,留下一些小坑小洼,狄峰还以为是遭受鼠类践踏呢。

"鸟儿已成了家人的朋友。它们不慌乱,不惊飞,与人和谐共处,相遇友好。"

狄峰有点儿小确幸。

孟旭初说:"现在的国家真的很好,早已不见持猎枪、气枪的了,鸟儿也就自然气定神闲了。"

小院"新朋"常至,生活意趣多姿,更显生动、生机以及生命活力之景象。

居家美好生活环境越来越好,狄峰满心欢喜。

二

动植物们也有选择。

"绿水青山就是金山银山"理念的诞生,就连浙北县的动植物们也深感生活在这片净土上的幸福。

庚子立夏前的一天,狄峰驾车去青峦村。

山道弯弯,凤凰湖明澈如镜,起伏的山峦青翠欲滴,狄峰觉得比之冬日丰满妖娆了许多。

尽管暮春,漫山的树蓬顶端如一夜间点亮千盏星灯,万花筒般潋滟生辉,妙趣横生。

一丛丛、一朵朵黄灿灿、白艳艳的花冠缀满枝头,俏丽妩媚,媲美秋日的层林尽染。

忽然,一只拖着长长尾巴的松鼠蹿到公路中间,狄峰一个紧急刹车,松鼠仍然处变不惊。几声喇叭之后,松鼠跳到了路边,忽闪着炯炯双目与狄峰会心相视。

"好一场美丽邂逅啊!"

狄峰开车的心境似乎更好了。

美好的年华里,一株植物又会让你心仪许久。

在浙北县,你认识它吗?

这株植物名叫脉叶翅棱芹,此前许多人对它很陌生。

距1957年浙江省现存的唯一一份脉叶翅棱芹的标本采集时间,整整过去了60年。

无论人与人,还是人与植物之间,留住的与留不住的,能相约几个60年?许多事物也会在不经意间与你擦肩而过,然后悄然离去。

狄峰在农村长大,对自然界的植物生存命运也感同身受。

脉叶翅棱芹物种,2012年被列入浙江省重点保护野生植物,在中国仅分布于安徽、江苏、浙江局部区域，十分稀有。在1997年至2017年开展的两次全国重点保护野生植物资源调查中，均未在浙江原分布地发现其踪影。这次在浙北县的发现，又是一个美丽的奇迹。浙北脉叶翅棱芹分布点，虽然数量不多，但生长环境良好。专家证实，浙北县是该珍稀濒危植物目前发现的浙江省唯一分布点。

山山水水，田园阡陌，一代代家乡人在流逝的岁月里，吃的、药用的、养生的、观赏的、熏香的、驱蚊的、寓意的、祈福的，都会与众多的野生植物有关。

"家乡的'动植物基因库'实在是有着数不清、认不全的物种。"

狄峰对认识与不认识的任何植物，都会有"看一眼"的那份关注。

今天认识脉叶翅棱芹，又是植物专家们调查中的细心发现，完美的牵线，我们才有相认的机会、诉说的机会、相爱的机会。从陌生到相拥，又是多么美好的一份喜悦。

狄峰盛赞植物专家在跋山涉水，千辛万苦中付出的艰苦努力。

脉叶翅棱芹在浙北县的发现，证明是生态环境和森林资源保护行动的有力推进。从一个侧面体现了多年来坚持生态立县、践行"绿水青山就是金山银山"科学发展理念，建设美丽乡村和中国最美县域，实现人与自然和谐共处取得的生动成果。

天蓝，山青，水净，气清，人和。

土地、森林等自然环境得到持续改进，野生动植物的生存环境日益提升。

第十五章 同生共荣

浙北县这些年来，国家一级保护动物白颈长尾雉，二级保护动物灰鹤、白琵鹭，省重点野生保护动物貉以及稀有极小种群植物多枝霉草、象鼻兰等多种国家级、省级珍稀野生动植物资源陆续被发现。

"美丽浙北"，成了动植物云集的天下。

王龙山自然保护区植被茂盛，森林覆盖率达95.8%，是上海黄浦江最重要的水源地，被誉为"黄浦江源"。

百姓口头上的"娃娃鱼"，其实就是世界珍稀物种"小鲵"。

1992年，专家在王龙山自然保护区调查时，在海拔1300米的泥炭藓沼泽地里发现了小鲵。采得小鲵标本9只后，同年12月在同一地区又采得标本10只，以及处于不同发育阶段的卵和胚胎，经鉴定属全新的小鲵物种，不无荣耀地将它命名为"浙北小鲵"。

小鲵科物种具有较高的经济和科研价值，对生态系统的稳定、基因多样性等方面具有重要作用。

"浙北小鲵"被列入全球极度濒危物种，珍惜程度与大熊猫、扬子鳄、华南虎同等重要。"浙北小鲵"的出现，使王龙山自然保护区被列入了国家级自然保护区，其保护级别进入了《世界自然保护联盟濒危物种红色名录》。

王龙山自然保护区内共有维管植物1478种，其中珍稀濒危植物达108种。有陆生脊椎动物254种，国家重点保护野生动物27种，另有昆虫1700余种。

不仅如此，之后又确定以保护银缕梅、鹅掌楸等珍稀濒危植物和落叶阔叶林原生生态系统为主要保护对象。温暖、和谐、富庶的这片土地，也是动植物繁衍生长、宜居生活的理想家园。

从家乡母亲河——苕西溪边走过，是它？

狄峰眼前一亮。

久违的植物——木槿，频频向他招手。

林林总总的各种花卉里，最耀眼的，初秋时节艳丽绽放的，最让人瞬间动情的，就是这粉红灿烂的木槿花了。

狄峰对她这样看重。

浙北的木槿花，最为灿烂，有白色、淡紫色、淡红色和紫红色，风姿绰约，风情万种。

它与秋日里的清风、秋日里的云朵和秋日里的碧水，情投意合，窃窃私语，如西子湖畔接天连叶的荷花，浓妆淡抹总相宜，绽放得豪情满怀，诗意芬芳。

居住在小山城里，狄峰经常会迷恋乡村。被称为城乡接合部的那个地方，总会让人耳目一新。

现在的城乡接合部，可不是以往那种被人指责脏乱差和荒无人烟的"死角"，而是那种闹中取静、温馨恬静、植物幽静的"三静空间"。

这里有着一天更比一天美的鲜活与浪漫，空气里散发着那种被浸润过的丝丝甜甜的清香味道，如坠"桃花源"天仙之境。

狄峰认识木槿花，钟情于木槿花，缘于早年在乡村里的那段生活。

农家与木槿花很有缘分，家家户户的房前屋后都会有它的身影。

它与乌桕、梧桐、香椿、枫杨、杜鹃等乡土树种一样，最受百姓人家喜欢，因而人与树木朝夕相处，和谐共生。

"前人栽树，后人乘凉。"

那时，狄峰的母亲婉珠，除了在居家的墙角边栽上几丛芙蓉花、石榴花、蔷薇花之外，栽种最多的就是木槿花了。

狄峰的母亲之所以喜欢木槿花，是木槿花有着芙蓉花、蔷薇花、石榴花那种红得让人醉的娇艳姿色，像姑娘粉扑扑的脸蛋儿，顾盼生辉、赏心悦目。他的母亲每天瞧见它们时，心里会觉得舒坦，仿佛寄托着一种安慰，传递的又是心花怒放般的温暖。母亲热爱树木，热爱劳动，热爱生活。尤其是木槿花，母亲会把它看成艰苦岁月里的"爱美使者"。

木槿花成为狄峰母亲眼里的"爱美使者"，还有另一个原因。

在浙北乡村，有一个传统习俗，每年的农历七月初七——七夕节，姑娘、阿嫂、婶婶、姑姑、阿婆、奶奶们，都会兴高采烈地把木槿枝条上的片片绿叶采摘下来，然后在清水里经过反复搓揉，便会流淌出植物里的汁液。这些汁液，就可作为美发的护理液了，这是大自然馈赠给天下爱美女人的"琼浆玉液"。采用这种纯天然汁液洗发、护发，发质柔软。美发似倾泻的瀑布，色泽乌黑光亮，气味袭来也是清香阵阵。

狄峰的母亲当然也爱美发。她说，只要认识了大自然，走进了大自然，许多植物都可以充分利用起来。就像当年狄峰母亲让狄峰去河边、地头采掘的"益母草"一样。这种植物，是治疗妇科疾病的"神丹妙药"。

农家还有一种习俗，也与植物密切相关，但这种植物的用途与木槿不一样。

这种植物叫南烛叶，它与饮食有关。

人们将采摘来的南烛叶捣汁染米，在农历四月初八清晨，将前日浸泡过夜的糯米淘洗后煮成"乌米饭"。

大清早,米饭煮熟了,木质盖板下的铁锅里就飘逸出诱人的清香。热乎乎的米饭,粒粒乌黑闪亮,吃起来与粽子一样甜津津、香喷喷、软糯糯的。

"吃了这种米饭,整个夏天里,你再也不会被蚊虫叮咬了。"狄峰小时候,他的母亲总是对他这样说。

小山城里生活的时间久了,狄峰对木槿花几乎渐渐淡忘。

如今,狄峰又在苕西溪边遇见了木槿花,称得上是一次"艳遇"。

遇见它,会让狄峰重现四五十年前的情景。

"峰儿,你去剪下一些'槿树条'来,把东面首这块地也好好围圈起来,省得让鸡儿钻到菜地里啄了菜。"

狄峰的母亲这样嘱咐狄峰。

乡下人,称木槿是"槿树"。

狄峰母亲叫狄峰把槿树的枝条剪来,围圈成一道篱笆墙。

木槿的栽种,可以选择扦插,每年的三四月扦插,成活率是最高的。

狄峰把木槿枝条剪来,用刀具在开剪处削出一个斜断面,就可以直接往泥土里插入了。

江南气候湿润,这些"槿树条"的切口一旦接触到了泥土,很快就会长出毛茸茸的根须。当然,木槿枝条上也长出了密集的细叶了。不久,这些卵形状的叶子,叶缘锯齿虽然并不规则,但有着旺盛的生命力,一株株变得青翠欲滴起来。

乡下人家都有自留地,用木槿枝条作为一种篱笆围圈菜地,还会是一举多得。替代了野生竹子,被砍下的竹子做成篱笆,缺乏绿莹莹的生机，当然，竹子还有更多的用处；采用木槿枝条，它可与院子里的任何植物打成一片，提高了绿化率，春意盎然，尤其是每年的六月至十月，木槿花开，可以欣赏到篱笆墙上层层叠叠、红艳艳的绚烂"风景"。

此时，是狄峰的母亲最为开心的时刻。

小时候，狄峰与伙伴们一起，还会用槿树条编织成一个个花环，戴在头顶上，手中拿着一根竹竿充当机关枪，像模像样地学着做一名"游击队员"。

狄峰的眼里，小山城的"城"，还脱离不了乡村的气息，山城就是山乡把它一步步养育长大的。就如一个人，无论走得多么远，离开家乡的日子再怎么长，无形之中的"村"与"城"，还是绝对隔离不开的。它们之间的情感，犹如父母之间、兄弟之间、姐妹之间的那种血脉亲情，好比水流之间是相通的，道路之间是相连的，人缘之间是相亲的。

心中的那抹乡愁，是山城与山乡把你紧紧地拉在了一起，让你始终有那么一种挥之不去、紧紧依恋的牵挂。

这缕缕情结，相互碰撞着燃烧出的火花，激越跳动，永远也不会失落与流逝。

狄峰偶遇木槿这种树与花时，就会有一种莫名而来的怦然心动。

小山城与小乡村，同样拥有丰富的草木、透亮的水流，还有荷塘月色，闪亮星空。

距这座小山城五里之外，有一座千年古刹——灵峰寺，据说它与杭州的灵隐寺为姊妹寺。

古钟禅意，悠扬穿越，声声拂过每一座山，每一片树林。

这一带的小乡村,在山城人的眼里,显得特别有灵气,就连一些自然村,如目莲坞、蔓塘里、稻好坞、横山坞、净土、剑山、屯兵、鸟巢等,都成了一个个"大家闺秀",出水芙蓉般亭亭玉立,芳香袭人,成了乡村旅游文化的一串串"珍珠"。

这些小乡村,与小山城一样都有休闲公园,依然保留着自然山水和自然村庄的模样。那些成百上千年的古银杏、古冬青、古松柏等,遮天蔽日,生机勃勃,与乡民们一起,倾情地诉说它们的昨天、今天与明天。

在母亲河——苕西溪,狄峰相遇了多年未见的木槿花,它似一位久别重逢的爱人,相逢有缘,既是偶然,又是必然。

美丽乡村与美好生活始终相伴、相印、相随。

木槿花,令人生发出对美好生活的一片深情,滋长出对幸福日子的满怀眷恋,以及永驻人们心间的一抹乡愁。

三

"户粮"不再惹心烦。

"阿姆,你家的阿丽要嫁到城里啦?"
"哎,是的呀,闺女真的有点儿争气呢!"

早年的乡下,狄峰时常能听到隔壁阿姆、婶婶这样的对话。问者和被问者的脸上都会写上"喜"字。

户粮关系变成了城市的,就意味着找到了一份一生都体面的好工作;女儿嫁给了城里人,更是被认为门户显荣耀,儿女们有出息，日后的吃穿就不用愁了。

旧的体制和传统观念，束缚着人们的思想和手脚。

在不少人的心目中，乡村和城市之间横亘着一道不可逾越的鸿沟。

农民自己会认为"面朝黄土背朝天"的苦力农活儿是命运注定的，向往城里人的生活是异想天开、不切实际；而有的城里人也会认为自己是上帝恩赐的福气，活着就是优人一等高人一筹，不懂得"粒粒皆辛苦"的来之不易。

这样的城乡差别，制约和阻碍了社会的发展，困扰了人们的思想，也提升不了人们的幸福指数和生活质量。

浙北县和全国各地一样，早早地推行以建立城乡统一的户口登记制度为重点的户籍管理制度改革，逐步取消农业户口、非农业户口的二元户口性质，实现公民身份平等。浙北县还将以具有合法固定住所为基本落户条件，进一步调整户口迁移政策，促进人才交流和人口的合理有序转移。

公民身份的隔阂被打破，有效推进了城乡一体化建设。

20世纪七八十年代，农村实行了家庭联产承包责任制，山区还实行了林权制度改革，大批的农村富余劳动力纷纷向城市转移，成为城市建设中的一支生力军。

农民在城里经商、开店、自谋职业的多了，各行各业也都有了农民朋友活跃的身影。

也就是从那个时候，浙北县的转椅、竹制品、白茶等支柱产业开始兴起，需要大量的用工，真正促进了人才的流动和人口合理有序的转移，为浙北县的经济发展和财政税收做出了重大贡献。

浙北县转椅业的经营管理者，大多数出身于农民。

他们有一股向上的憨劲，勤奋钻研，敢于吃苦，勇于创新，紧跟市场，锻造品牌，使转椅产量实现国内三分天下有其二的天地，还成了美国《时代周刊》报道的亮点。

浙北县的竹制品行业，同样是农民"当家做主"。

他们把漫山遍野的竹子资源全身的价值开发得完全彻底，有的系列还成了国家级高科技产品，缔造了令人瞩目的"中国竹都"。

浙北县的白茶，更是农民和科技人员联手创下的"茶乡神话"。

让一棵"白茶王"谱写了中国茶文化的新篇章，也描绘和开创了世界茶业的美丽春天！

这些支柱产业在浙北崛起，生产后方的不断培育、发展和壮大，也极大地开辟了前方销售市场的广阔天地。

就说县城城关镇的大街上，店家门面经营的产品，尤其是近年来打造特色市场的驱轮带动，其经营的产品多数与这些产业、行业相关，生动体现了浙北人的创业精神与智慧才能。

时间回溯到 1994 年。

狄峰所在的王家村，一下子走出了许多年轻人。

他们来到了浙北县的城关镇上。

"城里、街上，我们一年中也不会去几次的，去了也是'白搭'，手里没有钱凑什么热闹，当然年轻人还是向往的啊！"

乡下大伯大婶、阿公阿婆们的心坎里，都装着这样的想法。

进城，进城，进城！

城市究竟是个啥样子？

蠢蠢欲动的青年人，从小就有着梦境般的向往，对城市梦寐以求。

但双脚还深深地陷在烂泥田里，即使做了梦，清醒时还是不敢去多想。不切合实际的胡思乱想，想得会让人心惊肉跳睡不着觉。在他们的心中，城市是一个充满人间美好的华丽天堂。

剪出皮衣新天地。

有一个男青年，名叫陈亮闪，当时还不到 20 岁。

在王家村，陈亮闪是第一个"闯进"城里的人，对于他的行踪，可以追溯到 1989 年。

这个时候，狄峰距离"精减收回"在镇上工作已经有六年了。

陈亮闪打开"进城"的第一道"缺口"，是相中了在县城农贸市场谋上一份"屠工"。

"亮闪啊，你既然进了城，怎么又选择'杀猪佬'这样一份苦差事呢？"

陈亮闪的亲戚、长辈和朋友们，一时都有点儿想不通。

"我浑身有使不完的劲，年轻人就是要多吃点儿苦，况且，苦差事还能多赚钱啊。"

是陈亮闪的名字取得好，还是他的脑瓜子特别灵活，一到城里，他就像变了一个人似的。骨子里有着一种固有的黏合剂，把自己紧紧地与城里人捆绑在了一起。

不认识陈亮闪的人,还当他祖宗八代就是吃城里饭的人。

陈亮闪有一米八的个子,方方的脸庞,尽管长在乡村,皮肤却白皙干净,尤其是一双大眼睛清亮得会说话似的。遇到任何人,陈亮闪眼睛看着你时他总会先笑盈起来,这样的感染力很容易让对方也跟着笑起来。即使再陌生的人,也会顷刻间拉近了距离,话题就跟着出来了。

当时,社会上流行一句"拿手术刀的不如拿杀猪刀的",意思是名医生也比不过使蛮力的杀猪屠工。

当然,陈亮闪起先说干屠工钱来得快,但内心并不完全看重金钱。他这样考虑:通过先干上屠工,在城里站稳了脚跟,拓宽视野,才可以寻求更好的发展机会。

后来,陈亮闪以自己的独特眼光,选择开一家皮衣加工店。

陈亮闪虽然从未涉足过这样的活儿,从"杀猪刀"变成了"裁剪刀",同样是一把刀,但无论从其性质的变化,还是从技术上的精湛要求,绝对是两个概念。

陈亮闪懂得这两把刀的"角色转换",而后者更可以让自己在全新的领域去实践,去摸索,得出其水底深与浅的真实。

陈亮闪还有一个显著特点,就是有一种初生牛犊不怕虎的倔强,骨子里还有着不怕"摔跤""翻跟头"。

"即使摔倒了,可以爬起来,但不能有前怕狼后怕虎的畏惧,不然,青春易逝,你什么事都会做不成,还绝对做不好。"

这样的话,陈亮闪时常挂在嘴上,狄峰很了解他的性格。不然,丢掉了杀猪刀,拿起了裁剪刀,就成了一句空话。

陈亮闪不会有"陈奂生上城"时的那种胆战心惊,也不会有不敢越雷池半步的后顾之忧。他比陈奂生进城时的年纪年轻不少，所以胆子要大得多。陈奂生一见到生人，会把头低得很低很低，拘谨得会让腿肚子震颤。而陈亮闪呢，有着像孙行者的性格，天性活泼，激情四射。所以陈亮闪拥有的胆魄给他借了力，做起事来也就少了一些羁绊。

市场开放搞活了。

当城里悄然"冒出"几个穿着风衣似特高课般的"皮夹克"人，头发油油光，皮鞋锃锃亮，走过街巷成了一道耀眼生辉的风景时，更是给了陈亮闪一个激灵，为他打开了一扇"世界之窗"，他即刻萌发要学制皮衣的想法。

陈亮闪发现，城里还没有一家皮衣加工店，自己要在这方面大显身手。

可是，陈亮闪操熟了"肉斧"，灵巧的裁剪活儿自己能行吗？

干！

只要有心，不怕学不成。

陈亮闪先后去了杭州等地拜师学艺，很快掌握了设计、裁剪、缝制等技术。

陈亮闪别出心裁，首批成衣他先让"哥姐们"替代"模特"试着穿，让他们大胆提建议，甚至包括反对的意见。于是，这些"模特"像一道道闪亮的倩影，流动于大街小巷，这些招数果然比在广播电视上做广告还灵。城里人纷纷拉着"模特"问长问短。于是，陈亮闪把加工店索性迁到了繁华的大街上，接受大众"检验"，门面一打开，顾客蜂拥而至，皮衣生意风生水起，一浪高过一浪。

洒向人流尽是美。

姑娘倪小莉,在乡下称得上"铁梅"式的里外一把抓。当商品经济潮涌向"田野"时,她也和陈亮闪一样,毅然地奔向了县城,经过对市场需求的一番走访了解,她要在服务女性方面,开一家自己喜欢的女性头花、化妆品和袜子、鞋帽之类的店,终于如愿以偿。

倪小莉走杭城,奔义乌,在消费者需求的领域拾遗补阙。在小倪的店里,不少城里的小伙子把新颖别致的头花作为初赠女友的恋情礼物。隔三岔五逛市场的城乡姑娘,总喜欢到倪小莉的店铺浏览一下,有的姑娘家中备有多枚形状各异的头花,一天换个样,好不俊俏、艳丽。

倪小莉还想到,为女性腿部增添流动的灵感,人流大潮的美丽风景更加发挥得淋漓尽致。

小倪采购商品时尽选时髦:长有连裤齐腰的,短有仅至小腿的;厚有纯棉、尼龙的,薄有腈纶、锦丝的;织物组织既有纬编的,又有拉舍经编的;从图案设计上,有纬编绣花,也有经编提花;还有裤、裙、袜连为一体的,别具风趣。

"她们美了,我的好心情就美了。"

倪小莉在装扮"人间美"的道路上,心花怒放。

构筑大厦与爱巢。

斯文，与陈亮闪、倪小莉在同一个村庄。他们似乎约定好了一样，先后来到了浙北县城。

斯文与陈亮闪、倪小莉不同的是，他放弃了在村子里担任的团支部书记一职，离开乡土到城里求学于建筑高手。

斯文用有限的工钱购置了与建筑有关的技术类书籍，潜心钻研，并联系现场施工来吸取消化。通过工程师们的传帮带，经考核，斯文获得了建筑工程等级资质。

那个时候，浙北县的党校正在筹建一幢五层楼，凭斯文的综合素质与团队能力，经过竞逐，他独自负责承建了该项目工程。后来，还与他人合作建造了浙北县人民剧院等工程。

"'乡巴佬'进城筑大厦，真是体味到了人生价值。"斯文当时对父老乡亲这样感叹。

斯文在城里"宏图大展"，很快被城郊一位叫阿英的姑娘收进了视线。你来我去，交往频繁，情投意合，很快就产生了感情，筑起了爱巢。阿英也不示弱，在县城租了一间临街店面，经营各类时装。而斯文呢，每次从工地上回来，总是帮阿英照看店面，还充当起了"顾客"，向阿英提出对经营服装款式、质量等方面的建议。而阿英呢，对斯文更是体贴入微，常常鼓励斯文要在城里多建造优质工程。

与陈亮闪、倪小莉、斯文一样，年轻的乡下人如苕西溪激荡的浪花，一波又一波，一阵又一阵地涌向了城市。

乡下农民在县城购房的多了，农家子女在城里上学的更多了！

那时浙北县又在全国首创了以标准化促进"美丽乡村"建设

的"浙北模式",不少城里人还向往过上乡下人恬静、安逸、幸福的新生活,返璞归真,崇尚大自然。

在城里人的眼里、心里,再没有什么"农民""居民"之分了。

男女的婚配嫁娶,也不再受过去城乡观念的羁绊。

城里的小伙子喜欢娶乡下的姑娘,她们淳朴、美丽、勤劳、善良,真正实现了自由婚姻的"门当户对"。

他们追求和营造的明天,是城乡和谐与"美丽家庭"的七彩之梦!

二十六年悄悄而逝。

今日的陈亮闪、倪小莉和斯文,以及他们的工作与家庭生活又会变得怎样了呢?

"峰哥,自从丢掉了'杀猪刀',拿起了'裁剪刀'之后,我的城市生涯其实是在不断地变化着。"

一个人的一生,就是变化着的一生,市场经济也逼迫自己适者生存。

陈亮闪毫不掩饰地对狄峰直言不讳。

"那么,放弃了'裁剪刀'之后,阿亮弟你又改行做了些啥?"

"我做过的事确实太多了,我得好好梳理一下。"

陈亮闪说,当时开皮衣加工店比较早,也迎合了市场潮流,后来这样的店，城里人也是越开越多，这是市场发展中很自然和正常的现象。

"不可能在一棵树上吊死，我的观点是，东方不亮了，西方就会亮起来，但要靠自己去寻找，靠等是等不来的。"

陈亮闪的命运，一步也离不开市场。

1999年，得知在北京总部的一家食品商家需要在全国各地寻求合作代理商，陈亮闪就选择了沈阳区域，以10万元买断专营权加盟，东北三省的"代理权"从此就掌握在陈亮闪的手中了。

"做这样的代理商，虽然时间还是不长久，但我在市场大潮中学会了游泳。"

陈亮闪说的"游泳"，就是市场给了自己锻炼的极好机会。在这样的过程中，能够更好地掌握市场跳动的脉搏。

要做市场的有心人。

浙北县竹产业的蓬勃发展，让陈亮闪怦然心动。

"我在外面闯荡了十多年，积累了一些经验，就要为家乡的经济发展贡献自己的力量。"

陈亮闪回到了浙北县，决定立足"竹子之乡"，为众多的竹质产品企业当好"配角"。

竹凉席企业需要大量的"包边布"，陈亮闪又不惜本金，投资购入了5台裁剪、切割机械设备，又赶上了一波发展的浪尖儿。

陈亮闪紧跟形势，面对国际互联网的突飞猛进，他又在"线上线下"角逐中勇于试水，更有了在市场深水中不断探险的真本领。

那么，倪小莉呢？

她与陈亮闪的想法也是一样。

浙北县又是"转椅之乡"，与转椅产业相配套的配件产品多达上千种。这样一个产业的崛起，很快形成了地方独有的集聚优势，在浙北县来说，是其他产业所不能企及与匹配的。

"我喜欢设计、裁剪与缝纫工作，只要自己努力，人家就会'抢你'，到了这个时候，你就有做不完的事情，再也不会担心下岗失业了。"

倪小莉说到的"抢"，真是"形象生动"，也是她十多年来得出的真知灼见。

浙北县的转椅企业，除了在当地招聘了大量工人，远远不够企业实际发展的需求，且招聘的工人绝大多数来自乡村，城里已很难招聘到。

庚子年前后，中国在抗击疫情的过程中，以智慧、信心和力量取得了巨大胜利。2020年上半年外贸出口还是遭遇"寒暴"，不能动弹，市场一片萧条。但到了夏季，外贸形势似酷热的气温直线上升，转椅产品处于供不应求态势。

众多企业开足马力，抢抓机遇，却面临了意想不到的"用工荒"。企业界想方设法向国内紧急招兵买马，信息的扩散起到了快速效应，各类人才从四面八方蜂拥而至，从全国各地招聘的转椅工人在浙北县已超过十几万人。

那么，倪小莉在这个转椅行业充当的又是怎样一个角色？

倪小莉从小喜爱"针线活儿"，在她的闺密眼里，她又是最能干的。有些"针艺"别人会遇障，但到了她手里总会迎刃

第十五章　同生共荣　　471

而解。

转椅产品要想在大市场站稳脚跟，除了产品质量为牢固根基外，产品的款式也需要常变常新，迎合潮流。

倪小莉擅长对产品款式推陈出新，一个靠背、一副扶手，甚至一个不起眼的小装饰，她都想得极其细致。

"你将生产出来的产品推出去，首先要问问自己是否喜欢，如果连你自己也不是很喜欢，那么，你的这个产品的市场怎么会好？"

倪小莉就是按这个显而易见、近乎寻常的工作思路，对待每一个产品的设计环节。无论从产品的构图到认定，还是从设计的周密，以及线条的优美，都是以一个女性独有的"柔美"与"切肤"之意去激发灵感，几乎让人找不到一丝"缺陷"。

倪小莉针对电子商务的特点，将一款"休闲椅"大胆地进行了"回炉"，从而设计出全新的"折叠式"构造，体现的是耐力、便携、轻盈、美观，出口输送更是"大行其道"，迎合了西欧、东欧市场。

一个产品，救活一家企业乃至一个行业，其"内功"莫非就在这里？

倪小莉说的"被抢"之秘籍，也就出来了，在她自己的身上也常常遇到。一些企业以高收入的待遇来"挖"她，但她都没有动摇过。

"我们是中国的'转椅之乡'，作为一个'乡'，员工就是'家人'，在哪一家企业工作都是一样的。只要我们的产品受国内外市场欢迎，你无论身在哪里，都是家人的贡献。"

倪小莉的思维与众不同。

要"挖"她的人，也就无从下手，如果要"论理"，更是无懈可击了。

斯文与陈亮闪和倪小莉不同。

斯文做事的稳重以及风格，就像他的名字一样斯斯文文。

斯文自从到了县城之后，他选择的建筑行业始终没有放弃，无论风云变幻，还是遇到不尽如人意时，他都没有消沉，坚信自己走的路是充满阳光的。

"你要在城里多建造优质工程。"斯文记住了妻子阿英曾经对他说的话。

其实，建筑行业是一个难以触摸的"深水潭"，水面看上去波澜不惊，阳光下总是潋滟耀眼，璀璨迷人，但如果只为利益驱使，完全掉入钱眼儿里，视工程质量于不顾，那么，无论船与舟总会有颠覆的那一天。

"文弟，听说你改行了？"

"没有啊，峰哥，你听谁说的？"

"那么，做个'包工头'不是好好的，油水足、钞票又多，你怎么搞起了建筑监理？"

"峰哥，我能否开个玩笑？我们都是好不容易从王家村走出来的，不管怎么样，我们都要为父老乡亲争一口气吧！"

狄峰没有想到，斯文会有这样的思维，刹那间，一种莫名的东西让自己心里也咯噔了一下。

斯文说的要为父老乡亲争口气，大家都懂。

建筑行业风险大，浪头高，如果自己没有足够的定力去把持，弄不好就会前功尽弃，后果也将难以预料。

第十五章 同生共荣 473

斯文参与过浙北县不少上规模的建筑工程项目建设，他从中也深切感悟到：有关百姓的建筑质量，就是身后的一座山、头顶上的一片天。

"峰哥，你比我了解的情况更多。这些年来，建筑市场乱象丛生，大厦坍塌、桥梁倾覆、道路塌陷比比皆是，触目惊心，其代价与教训是极其惨痛的。"

"是啊，我们浙北县还好。教育是百年大计，建筑也是百年大计！"

狄峰佩服从乡村走出来的斯文有志向有抱负。

这些年轻人，就像新开垦的处女地，没有受过外界的任何污染，没有病虫害的侵袭，长出的一定是茁壮的庄稼。

县城有一个漂亮的小区，它的名字叫"春天尚居"。这个工程项目就是斯文监理的。

"我真的祈盼斯文一直这样坚守下去，我们的家园永远是美丽的春天。"狄峰思索着。

陈亮闪、倪小莉、斯文等一大批年轻人从乡村走来，在市场经济大潮中摸爬滚打，锤炼了意志与胆魄，当下迈出的步伐更加坚定，更加有力了。

那么，他们的子女在城乡一体化的架构上，呈现的又会是怎样的局面？

"父亲对我的影响很大，最终我还是选择了从商的道路。"

陈亮闪的女儿陈珊珊，报考就读的是社会劳动保障专业。毕业之后，她虽然也从事过与专业对口的工作，但后来还是选择了放弃。

"像父亲一样,做自己热爱和喜欢的工作,觉得更有奔头。"

陈珊珊与丈夫都去了杭州,还在大城市购置了房屋,有一个活泼可爱的孩子。丈夫在杭州一家物流公司工作,而自己进入了杭州玖堡商场华贸鞋城,从事经营时下兴起的电子商务,重点是做电商服装,业务量也是与日俱增。

倪小莉呢,她的丈夫黎维与她选择的职业一样,也是浙北县的转椅行业,在一家上规模的外贸企业担任办公室主任。他们的儿子黎战和儿媳冯娅,双双闯入了大都市上海,落户在宝山区,有了自己的新家,儿子已经上了幼儿园。

黎战毕业于国际贸易专业,初入上海时先在外贸企业实习与磨炼。后来,有幸被"食品大王"世界500强"上海来伊份有限公司"录用,至今已经有了九年的营销经验。妻子冯娅在上海一家日资服装企业做物流工作,是公司里的业务骨干。

"父亲给我取名'黎战',与此谐音的,我就想到了'恋战'。小时候,想看一看大上海,可以说是天方夜谭。现在我们小家都迁到了这个国际化大都市的'桥头堡',我想,我要好好扎根,好好适应,也就好好地'恋'上'它'吧。"

黎战说的"恋战",是一个双关语,他的妻子冯娅就是上海人,一是好好爱妻子,有幸娶上了美丽的上海姑娘;二是恋上一场持久的"营销之战",把自己锻炼成一名坚强的"营销战士"。

那么,斯文家的情况呢?

"我让斯文能安心地搞他的优质工程,自己做出一点儿牺牲吧。"

善良的妻子阿英,最终放弃了服装生意,在家做起了全职太太。

斯文和阿英生有一个女儿,名叫斯霞,就读的是工程造价专业,毕业后被浙北县的检测中心招聘录用,天天奔跑在建筑工程施工现场。

"这也是'女承父业'吧?当然,父亲还年轻着呢,我可以让父亲好好带我一程。"

斯霞这样说,好像话中还有话似的。

这就是城乡一体化建设带给我们的新变化、新景象、新天地、新生活!

四

"草木是一种文化,一种大文化,假如将草木从中国的文学作品、艺术作品中抽掉,这些作品将会失去色彩,甚而是一片空白。"

狄峰记得,这是一位作家说的。

"老胡啊,这个地方你还记得清楚吗?"

"怎么会记不清楚呢?这个地方,我一辈子也忘不掉啊!"

胡辉志毫不犹豫地回答。

那天,庞天佑考问老胡的这个"地方",原来就是胡辉志的老家居住地。

二十年前,在浙北大地崛起了一家"南方大草原"。

后来，对国人来说，这个地方已经不是很陌生了。

挥洒"南方大草原"大手笔的，正是庞天佑。

"南方大草原"建设初期，需要征用大面积的荒山荒坡，也包括胡辉志家在内的一块土地被征用。

庞天佑"考问"胡辉志，是因为原先老胡屋基地上的树，庞天佑一棵也没有去动它，反而将它们保护得特别好，一些珍贵、古老的乡土树种，还给它们一个个挂上了"特殊护照牌"。

被征用的土地和地表植物，直至现在还保持着原来的地形地貌，沟沟坎坎，地面上的作物只见葱葱茏茏，显得生机勃勃。

老胡的土地被征用了，按理说与老胡就没有了直接的利益关系，但老胡的家乡情结还是剪不断的。

好长一段时间以来，老胡还是天天惦记着曾经的爱恋之地，一有空就往这里跑，看看他曾经一手栽种的树木：杨梅、香樟和枫树。思念之情一直在"疯长"，总是念叨着它们长得多大了，又长得多高了呢。

创业初期，庞天佑董事长就盘算着今后的大发展，想到白手起家不易，时时处处的开销，点点滴滴的经营，"钱袋子"就要抠得很紧，可不能大手大脚啊。被征用的这片数千亩的荒山野岭，其租赁费数额对于当时的年景来说已是一个天文数字了。

庞天佑把"圈进"的老屋充分利用起来，经过改造先开起了"草原一号农家乐"，包括一些辅助用房。后来，随着"园"变成了"大草原"，一些农家屋又进行改造变成了别具风格的员工宿舍。

"这里的一草一木，只能一点一点多起来，不能一丝一丝地少下去。"

许多老员工都知道，庞天佑有很深的"草木情结"，他这句话特别让人震撼，让人温暖，又特别能打动人。

受庞天佑这句话的影响，"南方大草原"的员工对树木的爱护如同爱惜生命。员工们天天会展开双臂合抱一下周围的树干，用手指分分寸寸"丈量"日渐变粗的树干围度。老胡的那些树木，直径已到了六七十厘米。

庞天佑对草木的情结，如一根缠绕在手指间的棉线打了结，很难解开了。

有了草木情结的温暖，大家觉得在这里工作似四季的花朵，心花怒放。

庞天佑最理解像老胡一样的乡亲们的心情，不仅把当年老胡栽下的树木护理好，而且还常常把老胡和乡亲们请来，听听他们对大草原发展的愿景。

"南方大草原"形成了植物、动物和运动"三大世界"的鲜明主题，展示出生态与人文有机结合的理念。这些理念均与一草一木环环相扣，丝丝相连。

"江南大草原特别有味道，这里的每一棵草都有情，每一棵树都有爱，我们对它们有着深深的情结与向往。"

这是游客的留言。

"在浙北地区建设一个与'草原'有关的景区，实在不容易，当初就有人感到疑惑，说江南山水处处有，特色在哪里？"

"我很坚定，就是要把生态建设植入景区的各个环节、各个细节，处处体现人文关怀，没有生态与文化相结合的景区是不丰满的，缺乏生命力的，也是走不远的。"庞天佑说。

庞天佑曾经这样想，一个旅游经营者或许与高屋建瓴，乃至上层建筑扯不上什么关系，何况企业是以发挥经济效益的最大化为前提，做到守法经营，照章纳税就行。

"在庞天佑这里，我的想法一次次被改变，后来就被彻底地给颠覆了。"这是狄峰对庞天佑的理解。

狄峰对庞天佑的理解，不仅仅是这些。

旅游行业四海为家，庞天佑认为不能仅仅停留在赚钱的层面上，如果是这样，也就是在做简单而重复的事了。

庞天佑在旅游行业之外确实还有路数，让人捉摸不透的是，他会把哲学与生态环境的保护结合起来。不少地方把他请上讲台，他一说就是几个小时，以理论修养和辩证的观点，把生态问题分析得入木三分。大院校的教授们，还称庞天佑为"生态界"的大教授和活教材。

"多置放一些泄水管道，使水流保持畅通，也让游客感到踏实、安全。"

景区需要建设一些挡土墙，但建了挡土墙，有的地势会遇到大暴雨的冲击，水势聚集凶猛，会导致墙身冲垮。

这些细节，庞天佑总会在现场发现，亲力亲为，对施工提出要求。

"庞董又是一个'公厕老董'。"

庞天佑时常会往景区的角角落落去查看，看到哪个景点集聚的游客多，说明这个景点有吸引力，就要把服务质量及时做到位，其中就是要把"公厕"的布局跟上去。

员工和游客这样评价庞天佑。

一些地方本来没有路，可是让游客踩出了一条条小路。游客

"走近路",有其道理的定论。庞天佑细致观察景区需要提升完善的地方。他会把这个情况及时告诉工程部,列入修改计划。

庞天佑这些人文关怀的细微举动,潜移默化地影响着每一个员工,渗透在景区景点管理的各个环节。

"南方大草原"的面积接近7000亩。集生态与农业相结合,显著特点就是与"水"有关。大大小小的山塘有20多个,这些山塘就是做到让平时的每一滴水不白白浪费。里面开辟樱花园、香樟园、桂花园、红枫园、紫竹园、瓜果园和白茶园,培育扬子鳄、观光鱼、野生鱼,还有竹海漂流、"清泉水世界",每天都需要清澈的水资源。一旦遇到了干旱季节,这里的水总是丰盈富足的,有"水"的地方就显得有生机与活力。

狄峰与"南方大草原"是很有缘分的。

狄峰出生在母亲的老家富春江畔的桐君县。

"无论我生在桐君,还是长在浙北,对于我来说都是特别的幸运。现在我的家乡浙北县,是中国'美丽乡村',而桐君县又是中国'最美县城'。两地的自然风光、青山绿水和人文内涵也极为丰富、相似。"

狄峰喜欢把"桐君"与"浙北"放在一起来比较。

桐君是国际花园城市,中国优秀旅游城市。当代的著名画家李可染曾题词"家家都在画屏中"。宋代文学家苏轼赞誉"三吴行尽千山水,犹道桐庐更清美"。历代文人墨客游历后留下了数以千计赞美桐君山水的诗词佳作。浙北县是艺术大师吴昌硕、林业学家陈嵘,还有诸乐三等一大批近代史上名人的故乡。浙北县是中国第一个生态县,还被联合国授予"最佳人居环境奖"。唐代诗人周朴的《题董岭水》,赞美这里的山水优美,神奇,宁静,致远。

"南方大草原"所处之地,人杰地灵,出类拔萃。

让狄峰不可思议的是,当年这样一个荒郊野岭的地方,还走出了三国东吴朱治、朱然等一代名将。

不论生活在第一故乡,还是生活在第二故乡,在狄峰的心中是同样重要的。两地的生态都很美,民众的生活都很富庶,自己都有一种难以割舍的血脉情缘。

狄峰的家紧靠着"南方大草原",他的童年、青少年都在这里度过。那时,并不同属一个乡镇,更不同属一个村。狄峰的村子当时叫王家大队,"南方大草原"所在的地方叫官三乡官三村。后来乡镇区划的调整,也就成了一个镇了,随着行政村的再次调整合并,狄峰现在居住的村的北面,就紧紧地连接了这片让世人神往的大草原了。

"南方大草原"一带有一个叫"黄泥岗"的地方,让狄峰留下了很多的脚印和汗水。

狄峰家连接这里的是一条羊肠小道,路程足有七里地,去砍柴完全是靠肩挑步行的。黄泥岗就在"南方大草原"的西侧,从地域区块上与大草原是紧紧连成一片的。

给狄峰的印象:一片片不高的山坡,十分荒野,乱石土堆,且荆棘丛生。狄峰从来没有涉足过这片荒地,更没有在这个地方砍过柴。而是经常路过这里,去它的背面叫"鸭舌岭""青山冲"的山上砍柴,其实不是真正意义上的砍柴,而是捡些枯死的树枝。因为那时也已封山育林，乱砍滥伐是要被处罚的。

有一回，狄峰孤身一人钻进了茂密的松林里，砍一些纤细的苦竹，松涛声声，身旁还会跳过如黄麂一样的野生动物，使人胆战心惊。此时，凑巧又被一个"看山佬"发现了，狄峰心里嘀咕，这算不了什么吧。

"我看你家境不好，你就快快离开吧！"

劝说狄峰的是一位叫"喇希奴"（谐音）的长者。

狄峰听说这位长者在王家村有亲戚，所以狄峰家的情况这位长者是知晓的。

从这件事上，狄峰悟出一个道理：这位长者在当地可算是严于律己的人，连山上的野生小竹都不让人砍，想必禁止砍伐是多么的严厉呀。

还有一回，狄峰跟随几个比他年龄大的青年去山上砍柴。

"他们个个体力好，像游击队员钻进了山腰处的青柴蓬里。这种青柴蓬叫青枫栎，有长在阳处的，也有长在背阴处的，给我的感觉就是绿色富矿，绿得看不到尽处。他们会用锋利的柴刀砍柴，掌握好用力的技巧，也就不会发出多大的声响。我没有这样的经验和胆量，体力又小，只好在阳岗上砍些长不大的杂柴，诸如'白栎条''圈雀毛'，结果发出的声音太大，把'看山佬'给吸引过来了。一同去的伙伴由于我坏了事，只得钻出树林纷纷给我解围，也算是人多势众吧。"

那次与狄峰一起去的伙伴一无所获，只好空着手回了家。

"他们嘴里不说什么，心里肯定是很难受的。"

好多年过去了，这件事虽然发生在困苦年景，但一直以来在狄峰的心头总是挥之不去。

之后，狄峰经常想：幸亏当时封山育林的措施到位，才有今天林木森森的生态环境，对自己来说是活生生的启迪、教育。

"南方大草原"的经营者庞天佑，就出生在那里，是地地道道的农民。其实，他早就默默地酝酿、筹谋"虎石山"这片荒山野岭了。历经20年的执着奋斗，庞天佑让近7000亩的荒野之岭变成了绿洲，变成了大草原，景区植被覆盖率高达95%。

庞天佑是一个了不起的开拓疆土的人，执着的是这份对家乡的生态情怀。

南方大草原漂流附近，有一片千亩淡竹林。它的存在与茂盛是个奇迹，因为国内各地已经难觅这么一片集聚在一起，又生长得光鲜亮丽、风情万种的小竹林了。

"这样集聚生存的淡竹林，世界上也只有这里了。"庞天佑自豪与自信地说。

青少年时代的狄峰，对这里印象很深：

老家的村子就在四季青翠，又似竹海滔滔的野生竹林里。在这些竹子品种中，面积最多的就是淡竹。

村庄的每一条路都从竹林里穿过，显得神神秘秘，曲径通幽。

阳光从林间折射下来，竹影婆娑，景色优美极了，空气又是那么的清新。

狄峰想起这些竹子的品种，脑海里就会浮现出多姿多彩的画面：有可编织笠帽、凉席、饭篮、篾箩的黄苦竹，有可利用竹竿做成锄头柄、钉耙柄、耘耥柄的红竹、刚竹，有可做成晾衣竿、抬轿竿、捻泥竿、烤烟竿、瓜架的篌竹、淡竹等，这些竹子的用处可谓五花八门，随心所欲。

"这些竹子长出的竹笋，即便是最简单的蒸煮也是特别的脆嫩、鲜美，让人垂涎欲滴。"

狄峰记得在"农业学大寨"的年代里，队里把连片的竹林砍掉栽种桑树发展蚕桑养殖。那时，还没有到开春时节，笋芽还孕育在地下的一根根竹鞭节上，人们把竹蔀头掏挖起来的同时，这些小笋芽就跟着"跳"出来。狄峰会小心翼翼地把它们从每个竹鞭节上摘下。到家后，狄峰的母亲会把这些小笋芽剥去薄薄的外衣，清洗干净后放在生铁饭锅里蒸煮，如能在它们上面放上一些如腌猪肉之类的稀罕物，那就成了一道妙不可言的"神仙菜"了，满屋香气弥漫开来。

狄峰赞美"南方大草原"完整地保护了这片原始淡竹林，如今来说显得尤其珍贵！徜徉于此，被这片迷人的竹海而沉醉，也看到了游客流连忘返的那份心醉。

淡竹一般分布于黄河流域至长江流域间以及陕西秦岭等地，生长于丘陵及平原，尤以江苏、浙江、安徽、河南、山东等省较多，属于耐寒耐旱性较强的竹种。

淡竹通常采用移植母竹造林。

"南方大草原"这片淡竹林，栽植年代久远，繁殖的生命力强劲，它又处于平原以及河滩地，自然地势优越、土壤肥沃、湿润，因而生长得特别旺盛。

"我把这片淡竹林视为'宝贝'，与树木一样不能人为去毁坏，这是一笔可贵的生态资源财富和'无形资产'，它一定会为将来的'大草原'带来无限生机。"

庞天佑还认为，北方的茫茫草原，在于它直指天际的一望无垠，有着风云变幻的超然气度，但它没有南方大地的那种"小家碧玉",也就是那种像竹子一样灵动的风韵和神态为其添彩。清风竹影,遍地绿茵,说明"草"与"竹"的联姻,尽显其动静相宜,摇曳多姿,将会为这片大草原起到无可比拟的"魔幻效应"。

浙北县的生态优势在于拥有100多万亩的毛竹林,这些竹子又成为生态经济的重要组成部分。

国内有这样的"定语":世界的竹子看中国,中国的竹子看浙江,浙江的竹子看浙北。浙北的竹子,已经成为国际竹资源保护和竹产业开发的"领头羊"。

浙北县就整体而言,就是一个大竹海。自从拍摄了电影《卧虎藏龙》后,剧情中的周润发与章子怡,在神秘的"浪尖"上"亦舞亦武"的生死打斗,其精彩画面曾倾倒了全球观众。周迅、陆毅担纲的《像雾像雨又像风》,以及竹林间的《夜宴》等凄清缠绵的意境与神韵,让整个世界一下子记住了"中国是竹子的故乡",也深深记住了美丽竹乡——浙北。

在这样的背景和视角之下,庞天佑把这片淡竹林打造为浙北县竹子集欣赏、休闲、探索、栽培和科研的"生态精装版",也就成了一种经营谋划的事实。

庞天佑心中有"竹海"。他心中的那片"竹海",不仅仅就是一片竹子,而是要有四季"活水来"的推波助澜,有水又有竹,才称得上是真正的"海"。幸运的是,在淡竹林的周围,就像苍天有眼,赐予了它美妙绝伦的一片湖泊,这片湖泊可谓是"寻常看不见,偶尔露峥嵘"。它被四周的竹子包围着、相拥着,没有一丝丝外来的污染物侵袭。这里的每一滴水,又都是从黄浦江源头的"植物基因库"王龙山山巅欢快流入的清澈碧水,流淌于此集聚在一起,从此与淡竹林相约、牵手,这片湖泊一年四季也不会有枯水期。

湖泊里艄公们手里撑的是竹竿，游客乘坐漂流的是竹排，孩子们打水仗的道具用的也是就地取材的竹子。竹与水、水与竹的丝丝缕缕、点点滴滴，都是情投意合，难解难分。

一汪湖泊的彼岸，面前的竹海如迷宫，似同穿越久远的历史时空。"淡竹迷宫"就是一道道"天然屏障"，各种鸟儿在竹梢间筑巢安家，小鱼小虾也在绿色的溪流里自由徜徉。

竹林里的四季，游客直接参与劳动体验。

春天里扳春笋。把鲜笋悄悄地从地面上扳离开，发出清脆悦耳的声响，就像一曲轻快的舞曲。

夏秋里寻鞭笋。你会神情专注，循着地表隆起的新鲜泥土，发现土壤里的生机与活力，又会让你欣喜地找到这些心仪的宠儿。

严寒时节探秘挖冬笋。你的身旁会有农人"指指点点"传教招数，即使大地被厚厚的冬雪覆盖，仍会耐心地对你说："顺着它伸展的浓密枝叶方向慢慢寻找，'好东西'就在它的下面啊。"

"这个地方还会像神话故事里的'呼风唤雨'，向地面冒出一个个神秘的泉眼，日夜丰丰盈盈，浩浩荡荡，象征着'竹'与'水'相亲相爱的绵长永恒。"

狄峰感叹：水之柔情，竹之刚毅。

走出淡竹林，呈现的又是一幅"田园农庄"。你知道白茶是怎么培育的，彩色玉米是怎样种植的，杂交水稻又是通过怎样的途径产生的？西红柿、秋葵、茭白、黄豆、黄瓜、南瓜、丝瓜等，又是在怎样的节气里播种最适宜，它们之间的产量会增长多少？

"南方大草原",一草一木都有情。

河流、池沼、湖泊、丘陵、河谷,多种地貌形成的景观,特色各异,多种生态系统蔚为壮观,生机勃勃。建设初期,荒坡上原本很少的树木一棵不少地保护下来,继而发展到了成片的杉木林、湿地松、天然阔叶林和动物繁殖区。引种的珍稀植物有银杏、鹅掌楸、柳杉、三尖杉,名贵药材有厚朴、杜仲、黄连、野石斛遍布山脉缓坡。几百年的古木银杏、香樟散布在景区,保护完好。溪旁的白茅、荻、束尾草群落,以及苦草、马来眼子菜等水生植物群散发出迷人的气息。茂密的植被花草,让丹顶鹤、梅花鹿、孔雀、金钱豹、老虎、狮子、大象、黑豹、马鹿、猕猴、娃娃鱼、小熊猫、金刚鹦鹉、鸵鸟、世界名犬等各种各样的野生动物安营扎寨,繁衍生息,美好生活。

"南方大草原",碧绿得干干净净,一尘不染。波光潋滟的湖面中央,一对对白天鹅、黑天鹅显得悠闲与温情。一柱金光闪闪的"定海神针"从湖底猛然钻出,高耸入云、无可撼动,寓意着随唐僧西天取经的孙行者也留恋于此,与百姓情投意合。"神针"顶端,在灿烂的阳光、蔚蓝的苍穹下,折射出一道道、一圈圈五光十色的"祥雨雾珠",祈福着这片祥和的土地风调雨顺,美丽富饶。

五

一朵"县花",由五万棵金钱松云集在了一起。

金秋十月,位于浙北最高山的九母田,金钱松结出的球果,已是金灿灿,象征着一朵朵富裕的"铜钱花朵",成串成串,层层叠叠，似在枝头间尽情舞蹈、歌唱。

岭上一户户农家乐、民宿，游客盈门，红红火火，也似一束束怒放的富裕之花。

王家村的隔壁村子，有一位叫闻涛的男青年，庚子年34岁。有一天，狄峰在川海乡偶然遇到，才知道他们的老家还都在一个地方。

"闻涛，我们还好好商量过的呢，你说不会再下派到村里去了，所以我同意怀上二胎。现在，你又不在身边，两个孩子我一个人怎么照顾得过来啊？"

闻涛不知道该怎样回答妻子史晓睿的话，过了一会儿说："我请姐姐来帮助我们一下吧。"

史晓睿虽然有点儿责怪丈夫，但心里又很清楚，闻涛熟悉旅游行业管理，经济薄弱村发展乡村旅游会用得上他。

2019年1月24日，再过十天就是大年三十了。在浙北县旅游部门工作的闻涛接到通知，让他在这一天去川海乡九母田村报到，加入扶持经济薄弱村的行列。

闻涛去了村子。

闻涛在家的两个儿子，大的6岁，小的只有几个月大，姐姐闻海燕支持弟弟的工作，乐意承担接送大侄儿上学、放学的担子。

两年前，闻涛在浙北县城郊区的山康村有过四年大学生村干部的工作实践。这次离开县城，家距村子四五十里，不仅孩子无法照料，而且起早摸黑在外，总觉亏欠了妻子许多。

另一件事让闻涛更揪心：母亲患有白癜风疾病已多年，以往自己每个星期都要陪同母亲去邻县皮肤专科医院接受治疗。现在，姐姐闻海燕把母亲看病的事又揽了过去。不仅如此，姐姐看着弟弟天天骑着电瓶车去村里，很是心疼，索性将自己的一辆"铃木"小汽车送给了他。

亲人的理解、支持、体贴与关怀，深深温暖了闻涛。

闻涛被村子岭上的美丽风景吸引住了，一有时间，他就会往深山林地里跑。

山上除了漫山遍野的树种金钱松，还有甜槠、马尾松、鳖蕨锥櫧木、云实等树木穿插其间，黄灿灿、白艳艳花冠缀满枝头，俏丽妩媚，倾诉着绵绵不绝的大地诗语。

九母田，海拔 1000 余米。

久远的战乱时期，有九位母亲逃难于此，带领先民开荒造田，发家兴业。

九母田上山林面积 8300 亩，金钱松占了 5500 亩。

祖祖辈辈"长"在岭上的这座村庄，虽然只有 112 户人家 402 人，但此前村民们的日子过得并不富裕。

村子里曾发生过砍伐金钱松引起纷争的事，后来这样的事虽然没有发生，但村民们为了过上好日子，各自都在林地里套种了散生竹子。可是，生长的竹子放任管理，破败荒芜，产出的效益并不高，还挡住了视线，"英俊潇洒"的金钱松反而失去了应有的魅力。

闻涛与大家一起探讨研究，提出建设金钱松森林公园来推动村级经济的发展。对策出来了，村民们先把金钱松林地里杂乱无章的小竹子进行了清理。

"我自己有十几亩小竹山，原先想不去动它的，现在我要支持村里发展。我们的年龄渐渐大起来,上山扳小竹笋这样的事又很危险,金钱松森林公园建成后,村民们的收入才会更有保障。"

村民管力胜,是一位支部委员的胞弟,又是党员,他起到了带头引领的作用。

党员家庭户纷纷做出表率,村民们也就紧紧跟了上来。

清理小竹子简单,这样不是减少了村民的收入?

村民虽然没有怨言,但村里做出决定,从公益性收入中拿出钱来贴补村民的损失。

"人家硬是把劣势转化为优势,5万棵金钱松就是我们的聚宝盆,这就是'先天优势'。"

闻涛与大家的心愿一样,要把九母田这个天然大花园建设得更美好,再也不能毁坏一棵金钱松,将它们全部"盘活"起来,成为一棵棵盛开的"摇钱树"。

建公园、护景区,会遇到征地上的难事。

有一回,闻涛带上《习近平讲故事》和《养生知识》两本书,走进了陈月娥老奶奶家,送给了这对年近八十的老夫妻,两位长者很高兴。后来,闻涛经常与爷爷奶奶聊天,讲形势、谈政策,帮他们做些家务活儿,还修理一些家什。一次,陈月娥老奶奶特意做了一碗肉丝笋面招待闻涛,可又担心他是否嫌弃不干净、吃不下,见闻涛吃得有滋有味,就像自己的晚辈一样亲切,连说"他人很实诚",我们要支持村里的工作。

同样是征地,闻涛与村干部一起,赶往在隔壁余杭区承包梨园的海强和海华兄弟俩的住地。闻涛自己掏钱请兄弟俩一起用晚餐,兄弟俩"考量"闻涛是否有诚意,让他先喝上几杯酒再说。

"公务不能喝酒啊,我下次一定会好好陪陪你们。"闻涛说。

"你们创新创业,思想解放,视野开阔,也为村民树立了榜样!"

闻涛称赞兄弟俩敢于走出去开阔眼界,让自己的小孩也能在城市里的学校接受教育。

海强、海华听了闻涛的话,心里暖暖的。

建设金钱松森林公园,带动村级旅游业,首先要让游客留得住。

村里把一些废弃的故居老宅收购来,改建成民宿,由村里统一经营管理。

有一个签订200万元修缮5幢老宅的合同,在修缮前2幢时,已经花费了100万元,闻涛觉得有些超标,村里统一了思想,其余3幢都改成了从简修缮。

村里原计划投入300万元建设高端民宿,16个房间设计费起先要15万元,大家又给了建议,后来该项目还是改成了村民受益、村集体有公益收入的"森林公寓楼"。遇到工期延后,村里还是达成了年租金42万元的长期合作协议。

为了扩大民宿,闻涛与村里一班人还把村委会500平方米的办公室全部让了出来,大家挤在了只有100平方米的简易场所,去现场办公的时间反而多了。让出来的房子被杭州南兜庄一位王先生租赁了,仅此一项,村里的年收入又多了5.8万元。

闻涛开着姐姐送给他的小车,自己出油费、修理费,跑山头搞旅游规划,爬山冈选景点,走农户听意见。

车子多次被锋利的石块扎破了轮胎,常常抛在了山路上。某个晚上,闻涛为了紧赶金钱松森林公园工程进度,途中车子的离合器突然遭遇爆裂,险些出现事故。

有惊无险,闻涛从中悟出了一个理:把轿车前驱的两个轮子称为动轮,他说这个动轮就是要"强村",先要转动起来。两个前轮就是要抓好两件事:建好"金钱松森林公园"和"森林公寓楼"。后面两个轮子,就是辅轮,村民们齐心合力,推波助澜,要成为"富民"之轮。

九母田的隔壁,有一座闻名遐迩的"云尚大原野",每天吸引成千上万的国内外游客,村民期盼着也能带动自己村子的旅游。然而村旅游始终不温不热,原因是一段"天堑路"。这段路直线距离尽管只有 300 余米,但去山的对面要经过"山路十八弯",安全风险大,闻涛与大家达成共识,一起打破这一"瓶颈"。

"我们迈入'快车道'之后,游客一定会多起来。"

村民们信心满满。

九母田金钱松森林公园建成了。

闻涛趁热打铁,把当地旅行社的负责人请到村上来考察,帮助出谋划策。他自己还撰写"导游词",给每个景点取名,闻涛反复琢磨,编撰出了村里第一本"旅游指南"——《云尚九母十景与云尚九母八响》。有一个景点,村民以往一直叫"儿子洞",闻涛觉得有些俗,他去县档案馆和图书馆,查找了九母田的历史记载:当年一位孕妇在洞里生下了儿子,儿子后来还中了状元。闻涛建议把景点改成了"状元洞天",村民们拍手叫好。

沿着九母田起伏的山路"网状图",九莲竹海、二丫农家、梅竹山庄、登云仙境、木屋祥阁……29 户农家乐、民宿落户在了旖旎秀美的山旮角落,各具风韵,并与桃花古道、仙人石印、草山湿地、井空峡谷、云台观日、云雪梯田、双坑冬温等旅游景区串联在了一起,意境互融,珠联璧合,像一颗颗闪耀的红宝石、绿翡翠,把山里山外映衬得分外妖娆。农家乐、民宿的客房价格,每人每天从原来的150元提高到了260元。

"有一段时间,经营农家乐的村民,纷纷要加我微信,加上之后呢又一言不发,我很纳闷儿。"

闻涛后来才知道,村民加上他的微信后,从他的朋友圈下载九母田的"美图"来向外宣传,"晨雾奇观""江南雪乡""黄金林道"等。闻涛经常往山上跑的原因,就是用手机把优美的风景拍摄下来,然后往微信群发布"图文"分享给大家。

"不能涨我们的价啊!"

有些老顾客担心农家乐、民宿此时会抬高价格,村里及时成立了游客服务管理中心,规范经营行为。

"村里花钱建设,对待游客我们可不能随意涨价啊。"闻涛常常对经营农家乐、民宿的村民这样说。

"那就少涨点儿,少涨点儿……"林之江等农户们乐呵呵地笑了。

村民们喜悦,闻涛也十分开心。

逢传统节日,九母田会向游客推出"百家菜宴"。

100多户家庭,每家都会拿出一些祖传的做菜秘方,张家拿出卤鸡、酱鸭,李家捧来油豆腐、粉蒸肉,王家献上甜酒酿、干菜饼等,让游客品尝,听取意见。

通过"斗菜",村民之间切磋交流的机会多了起来,也给游客留下了深刻印象。

以往,九母田每户人家,茶叶与笋干的年收入合在一起也只有1万元左右。建好了金钱松森林公园,游客多了,村民们可以在家门口推销农特产品，采摘的高山茶、甜苦茶、九母菜，精制的龙石笋、酿造的泉米酒，品质纯正。"九母油青"，2018年还是100元一斤，2019年就到了150元一斤，村民们乐开了花。

金钱松森林公园内，建有村民文化记忆馆，馆内，每户村民的"全家福"彩照都上了墙，洋溢着"我们是一家人"的浓浓温情。为游客提供打年糕、做青团子、磨水磨粉等体验类休闲娱乐项目，游客和村民们一起包粽子、吃土灶饭，说说笑笑，情深意浓。石臼、犁耙耖、扬谷风箱、水车、锄头、山袜子、竹编等，渗透着村民勤劳与智慧的各种传统农具、器具一应俱全，还有舞动乡村之夜的"鳌鱼灯"，充分展示了九母田悠久的历史文化。九母田每年度举办"山民森林节"，爱绿护绿，从我做起。

"记忆馆"还成了游客热门的"打卡点"。

花开金钱松，今日摇钱树。

九母田旅游经济经营性年净收入得到了明显递增。金钱松森林公园网络点击量达30万人次，九母田一跃成为"网红村"。

"阿亮！"村民们喜欢这样称呼闻涛。

"哈哈哈哈。"

闻涛的脑门儿发亮，村民们说像一道"天篁阁电力之光"，闻涛听了大笑起来。

新九母，
新气象，
村民游客共分享。
致富路上永向前，
人人增收不停闲，

不忘初心再前行！

这个时候，是闻涛最开心的时刻。

闻涛把妻子史晓睿和两个孩子以及姐姐闻海燕等亲人接到九母田，在"文化礼堂"与乡亲们一起观看村民们自编自演的文艺节目。亲人们看了闻涛表演的"金钱松公园诞生记"等节目，都情不自禁地笑出声来。

闻涛呢，幸福的花儿也开在了心头。

六

那天，狄峰将车子发动了，但脑子里还不知道今天往哪儿去"游山玩水"。

只因美丽乡村游的地方多，事先就不需要特意去思索和安排了，这也成了狄峰这些年来的一种习惯，可谓山乡处处皆美景啊。

沿着浙北大道一直往东行，在不到凯蒂猫天使乐园的地方，狄峰将方向盘往西打了转。

此时，狄峰担心外孙女小阿听发现了不去游乐园会一下子闹哄起来。

嘿，小阿听偏偏没有拒绝。

狄峰心里暗暗夸奖着小阿听也懂长辈的心事了，口里急着说："外公外婆今天带你去一个很好的地方玩。"

浙北县有很多美丽乡村的精品村，适合孩子们玩乐的地方自然也很多。

没有围墙的大自然乐园无遮无拦、无边无际，有山有水有石，有鱼有虾有青蛙。观花草、摘野果；摸螺蛳、钓黄鳝；听蝉儿鸣、赏蝴蝶飞；闻鸟鸣声、猜植物名。

一年四个季节里，漫山、漫坡、漫岗郁郁葱葱，仅一株竹子，就可以展开扳野笋、寻鞭笋、掘冬笋。

还可以在缓坡、平原上采桑果、找蓝莓、摘黄花梨、打板栗、摇山核桃、选"一叶一芽"白茶。

启发幼儿们的灵性和动手能力，增长一些在课本上没有学到的新知识、新体验。

面前又是一条布满修竹和乡土树种的景观大道。

佛肚竹矮矮胖胖，每一个竹节都显得极其夸张，弥勒佛般模样，一个个脸庞洋溢着满面春风，和蔼可亲。

龟甲竹鼓鼓叠叠，整个竹秆布满一块块像乌龟背脊构成的有规则的线条，站姿稳健，精神十足，好一个忍辱负重的风范主儿。

银杏树摇曳多姿，叶子片片金黄，纷飞于空中并坠落得满地都是。

红枫叶霞光满天，光影斑驳，生动有趣，色彩斑斓，点燃了道路两旁热烈的"火焰"，也映红了人们的张张笑脸。

穿过一条悠长的"山禹坞"隧道，别有洞天。

山边，都是错落有致的一幢幢红顶、蓝顶、白墙、黄墙的农家小洋房，显得熠熠生辉，光彩夺目。

这里还是"盘云山"的山脉地带，是从西向东延伸的尾部，起起伏伏，满山滴翠。

山脚边盘旋着一条清澈见底的苕西溪支流，神秘得如暗香浮动，它一直向美丽的太湖激情奔去。

水鸟不时惊飞掠过，野鸭觅偶低头害羞，一切都显得空灵静谧，如诗如画。

何谓"盘云山"？

四周山峦起伏，像一个形状特殊的"铁锅子"，构成了地形上的盆地，因而，这里夏季的气温也会飙升到 40 摄氏度，且终日云雾缭绕。

"不识庐山真面目。"

就在它东侧的山脉里，还隐藏着深不可测的"独松关"。

"那关两边，都是高山，只中间一条路。山上盖着关所，关边一棵大树，可高数十丈，望得诸处皆见，下面尽是密密丛丛的松树。"

《水浒传》中对独松关及古驿道独松岭有这样的描述：独松关是南宋京城临安北侧的主要屏障，只要守住独松关，也就挡住了杭州北来的兵患，因此，独松关是古时兵家必争之地。

"盘云山"的北侧，与浙北县南西向波澜壮阔的"大竹海"不同，这里是连绵起伏的山坡丘陵地带，松涛覆盖，深红色土壤还见证了"浙江的历史从这里写起"。

就是在这里，浙北母亲河苕西溪发育有良好的一、二级阶地，考古发现了上马坎旧石器遗址，大量的宽刃类、尖刃类、刮削器、砍砸器等石制品标本，就被埋在第二级阶地内。这些珍贵的石器为人类的起源与文化关系研究提供了有价值的资料，成为中国南方最重要的旧石器时代文化遗址之一。

这一发现表明，浙江的历史向前推进距今有 12 万年至 80 万年。

往前的不远处，狄峰一行遇到的是一个丁字路口。

再往哪个方向行进呢？

狄峰开进了一条小巧而精致的柏油马路。

这条马路，干干净净，路面虽然不宽，但车辆可以交会。

小阿听此时也看得专注、开心。

狄峰心里在想，没有去过的地方才觉得新鲜，可能还有"新大陆"被发现。

"新发现"还真的被撞上，来得也真是太快了！

穿过一个个转弯抹角，几乎是林荫遮盖着的村道和紧贴路边的农家门口，却发现了不少"前有火车轨道，请您注意通行"的指示牌。

狄峰迷茫了：交通闭塞的山旮旯里，还会有穿过村庄的火车通行？

狄峰一行还是径直往前。

路边的村庄已经稀稀落落，渐渐地落在后面了。

像做着梦一样，面前出现的竟然是一幅大自然的"农场美图"。

"小火车，小火车！"

忽然，小阿听在车里高兴地嚷着。

"阿鲁村火车站！"

哦，这就是"阿鲁阿家"号小火车。

此时，让狄峰想起了早些年，阿鲁村开起的第一家农家乐就叫"鲁妈妈餐馆"。

"我家不姓鲁，阿鲁村就是我们大家的家，开一家'鲁妈妈餐馆'，这样就叫得更响亮啊！"

当时，狄峰就问过店主，得到了"鲁妈妈"这样的回答。

阿鲁村的村民们,与村庄的这种"鱼水之情",今天仍然让狄峰有一种到了"家"的感觉。

"呜呜呜……呜呜呜……"

一辆"红黄蓝"相间的小火车,从不远处徐徐驶来。

狄峰才知道,这里就是阿鲁村通往全村18个家庭农场的小火车"枢纽总站"。

当你来到了阿鲁村,这里,就是进入全村域大景区的"出入口"。

阿鲁村是出了名的中国美丽乡村精品村。

狄峰有点释然了。

莫非,这里的农家人,其美好的新生活,就是从这延绵不绝的小火车轨道上飞奔向前,绽放出一朵朵别有风情的美丽之花!

此时的小阿听一骨碌下了轿车,就往火车站里跑,把外公狄峰、外婆梅梅甩得远远的。

狄峰和梅梅只得拼命地向小阿听追赶,合力把她紧紧抓住。

狄峰和梅梅跟着小阿听,乘上了一辆光鲜簇新的小火车。

紧接着,小火车拐了几道弯,就进入了18个家庭农场的观光、体验之行。

经过一条长长的"葡萄隧道",盘根错节的藤蔓上,一串串紫紫的、青青的葡萄就在眼前晃过来摇过去。

"我要吃葡萄!"

小阿听再次叫嚷着。

"旅客朋友们,前面就有一个停靠站,是为大家提供摘葡萄、尝葡萄的体验项目。"

一名叫陈艺韵的列车长听到了小阿听的叫嚷声,她手持喇叭乘机告诉大家。

小火车似长长的一条龙,承载着满满的一车人,车上的人个个兴奋得喜笑颜开。

采葡萄,买葡萄,尝葡萄,让游客们自由挑选。

"卖葡萄咯,卖葡萄!"小阿听在一根藤蔓上采摘了一小串水葡萄,连忙吆喝着。

引得周围人哈哈大笑。

小火车的整个行驶线路,串联了18个家庭农场,村子里数百户农家,都盘踞在小火车弯弯曲曲的铁轨沿线旁边,错落有致,一家家、一户户,像居住在"花果山"的迷宫里,神神秘秘、安安稳稳,别有洞天。

小火车缓缓而来,只要"呜呜呜"的声音靠近了,农家人就像是欣赏莅临的"外宾"一样,在阳台上、操场里笑脸相迎游客,并吆喝着各自的农字号特产:老南瓜、番薯粉、野笋干、辣椒酱、山核桃、葵花籽、花生仁、银杏果……五花八门、应有尽有。

"葫芦娃葫芦娃,一根藤上七朵花,风吹雨打都不怕。"

小阿听看见了挂在竹竿上金灿灿、大大小小的"宝葫芦",拉着外婆梅梅的手蹦蹦跳跳起来,她如愿以偿地得到了一大一小两个"宝葫芦",就唱起了卡通影片《葫芦娃》里的主题曲。

"我要把两个宝葫芦都挂在外公外婆家的客厅里。"

小阿听还对外公狄峰这样说。

游客们在家庭农场的游览线上,可以自由地选择上下小火车,又可以像在城市里逛商场一样,一家一家跑、一户一户看,每个农场都有自己的特色。

人们有时一连观赏、浏览几个站点的农场,如"桃柳农场""竹园农场""药材农场""野山茶农场""野猪林农场""花海世界农场"等,舍不得急匆匆离开,陶醉不已。

"蔬菜农场",最亮眼的是"荷塘夏色"。

数十亩荷花,被山坡间青青的翠竹相拥、怀抱着,在丽日下风情万种,妩媚动人。

小阿听左手拉着外公狄峰,右手拉着外婆梅梅,走在一座通向荷塘深处的木桥。

两边荷塘中的荷叶随风摆动,像是深情地欢迎狄峰一行的到来。

一朵朵粉红的荷花,一个个滴翠的莲蓬,争先恐后、恰到好处地从碧波与尚叶间跳跃出来,清新脱俗,满目生辉。

狄峰和梅梅抓住机会想给小阿听多拍几张照片,但小阿听偏要拿过手机给外公外婆拍照。

这样的场景,这样的亲情,外公外婆在幼小的外孙面前,怎不动容?

狄峰、梅梅的心情,也像朵朵娇艳的荷花一样,美滋滋、乐陶陶啊。

走过"荷塘夏色",一畦畦、一垄垄,全都是五颜六色开着花、结着果的鲜活菜蔬,有匍匐在地面上的西瓜、甜瓜、南瓜、冬瓜,有长在枝干上的秋葵、茄子、番茄,还有藏在土壤里的番薯、萝卜、马铃薯、山药、百合等。

小阿听对长在藤蔓上的瓜果特别感兴趣。

小阿听身子不够高,双手够不着,让外公狄峰抱着她采摘。

小阿听一会儿在瓜棚的架子上挑选了几个青皮黄瓜,一会儿又要了一些四季豆、豇豆和丝瓜。

"噼里啪啦,噼里啪啦",蔬菜园里,炊烟袅袅。

游客们围在垒起的一个个农家小土灶旁,点燃的柴火猛烈地燃烧着。

"叮叮当当,叮叮当当",人们争先恐后,一显身手,灵巧地握着锅铲,翻炒着刚刚采摘下来的菜蔬。

"我们也要在这里做饭吃,外公外婆好吗?"

纯正的菜籽油香味随风而来,让肚子也跟着咕咕地叫了起来,垂涎欲滴,小阿听嚷着也要在这里用午餐。

狄峰和梅梅也和其他的游客一样忙碌起来,便选定了"5号灶台",准备油米酱醋茶。

时鲜的菜蔬,就在面前的院子里,伸手可得。

"在这里用餐,我们省去了进城销售的全部费用,只收一些必要的成本费。"

经济又实惠,吃得又生态,农场主说。

狄峰感慨,农场主的生产、经营理念,于常人来说,已经领先了几大步。

阿鲁村,把整个村庄盘活经营的"招数"就是充分利用了全村优良的生态环境与丰富的资源优势。

村子虽然离城市偏远一点儿,但把拥有1万余亩低丘缓坡看成了全村百姓发家致富的"聚宝盆"。

开辟的18个家庭农场，是阿鲁村百姓集体智慧的结晶。

阿鲁村采用"公司+村+农场（农户）"的模式，村里引入第三方经营平台，成立旅游公司，村里占股49%，公司占股51%。这样一来，还吸引了早年在大市场闯荡的经营能人回到村里一展身手，开创新天地。

朱天伟，原来是养猪大户，现在是"野猪林农场"场主。

在朱天伟的农场里，还搞了个"野猪与杜高犬决斗"项目，特别吸引人。此外，还开设"垂钓""山地越野"等项目，把整个农场经营得风生水起、红红火火。

阿鲁村的农户，每年因土地流转而产生的收益为8000元，许多村民在农场上班，每户又能得到村集体经济分红。全村已从原先纯农业的经济薄弱村，一跃成为一、三产业比翼齐飞的旅游强村，彻底摘掉了浙北县出了名的"贫困村"帽子，村庄环境卫生评比也获得了全县冠军。

阿鲁村就是一个经营"金山银山"的"大花园"，成为看得见山、望得见水、留得住乡愁的美丽胜地。

"书记就是村里大景区的一号导游。"

这是村支书给自己的定位。

"外公外婆，我们下次再来时，我也要当一回小火车上的小导游！"

当收获满满地离开阿鲁村时，小阿听突然说了这么一句话。

一座鲁家田园

呼啸的原野

火车是红的
穿过了二十四个节气
永葆青春活力

我在立冬站驻足
一棵红枫告诉我，太阳很暖
进入第四季只剩数天了

田野里的红薯穿着背心
一个个热得钻出地面
与红玉米结伴在横梁上乘凉
红红灶火沸腾着红红的南瓜
甜香漫过紫色残荷的肩头

我在鲁妈妈菜馆
窗外涌来红日霞彩
桌上西红柿蛋汤映得脸也红了

一串红，红辣椒，红柿子
每一片绿叶心甘情愿做配角
书写大地上热烈的请柬
来吧，收获在火红的季节！

（《火红的深秋》）